广东省人民政府文史研究馆

莫仲予集

陈永正题

莫仲予 著

陈永正 整理

SPM
南方出版传媒
广东人民出版社
·广州·

图书在版编目（CIP）数据

莫仲予集 / 莫仲予著；陈永正整理；广东省人民政府文史研究馆编. —广州：广东人民出版社，2021.8
（馆员文库）
ISBN 978-7-218-15014-7

Ⅰ．①莫…　Ⅱ．①莫…　②陈…　③广…　Ⅲ．①中国文学—当代文学—作品综合集　Ⅳ．①I217.2

中国版本图书馆CIP数据核字（2021）第096945号

MOZHONGYU JI

莫仲予集

莫仲予　著　　陈永正　整理
广东省人民政府文史研究馆　编

出 版 人：肖风华

责任编辑：李永新
装帧设计：奔流文化
责任技编：吴彦斌　周星奎

出版发行：广东人民出版社
地　　址：广东省广州市海珠区新港西路204号2号楼（邮政编码：510300）
电　　话：（020）85716809（总编室）
传　　真：（020）85716872
网　　址：http://www.gdpph.com
印　　刷：广州市浩诚印刷有限公司
开　　本：787毫米×1092毫米　1/16
印　　张：23.25　　插　页：4　　字　数：350千
版　　次：2021年8月第1版
印　　次：2021年8月第1次印刷
定　　价：78.00元

如发现印装质量问题，影响阅读，请与出版社（020-85716849）联系调换。

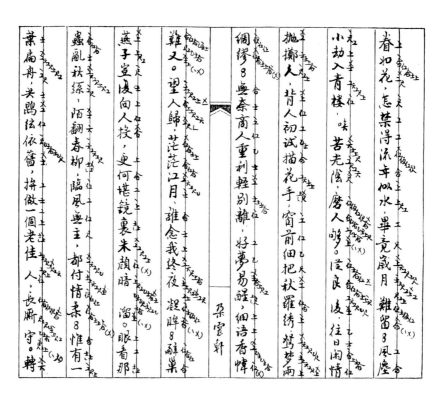

春如花。怎禁得流年似水。畢竟歲月難留8風塵

小劫入青樓。嘆 苦兒俊。磨人够。烝良俊。往日閒情

抛擲人，背人初試描花手，窗前細把秋羅綉，鴛夢兩

綢繆8無奈商人重利輕別離，好夢易醒，細語香幃

難又。望人歸，茫茫江月，誰念我終夜，赶眸8離巢

燕子堂復向人挼，更何堪鏡裏朱顏暗。溜。眼看那

蟲亂秋綵，陌翻春柳，臨風興主，都付情素8惟有一

葉扁舟，共鷗絃依舊，拚做一個老佳人。長厮守。轉

朵雲軒

眼又粉黛骷髏，數不盡花菩花開人消瘦，江潭憔

悴。顧影誰傳8

（滾花）細認牙檣，未知幾搭新茶曾賣否。又怕寒

對蘆花洲畔月，夜潮空咽四絃秋8

朵雲軒

（尾聲）以上尺上尺合仪士伬仁合仁合仪仁合

《四弦秋》手稿

《馆员文库》总序

文化艺术的传承是人类智慧和民族精神的传承；是"成孝敬，厚人伦，美教化，移风俗"的必要途径；是陶冶道德情操，抒发美好理想，丰富人们生活，推动社会进步的重要领域；是一项益于今人、惠及后世的经久不衰的事业。

优秀的文化艺术作品记载历史，展现未来，静憩在书本之中，发力于现实之间，弘扬主流价值观和核心价值体系。观今易鉴古，无古不成今。对文化艺术研究成果的整理、总结与利用，是国运昌隆、社会稳定的表现，是为党和政府决策提供参考、借鉴的要务，是保存民族记忆、推动社会发展的大事。

广东省人民政府文史研究馆，以文化传承为核心，以弘扬民族精神和时代精神为己任，汇聚群贤编史修志，著书立说，文研艺创，齐心描绘祖国辉煌灿烂的历史画卷，共同谱写文化发展的生动篇章，不断挖掘中华文化开拓创新、博采众长的精神内涵。

广东省人民政府文史研究馆馆员享有盛誉、造诣深厚，在投身改革开放和现代化建设的伟大实践中，留下了大量的著述和研究成果，是独特艺术魅力与社会进步思想的完美结合，是文化艺术研究者对时代、生活的深刻思考和感悟。正是通过这些作品的表达和学术成果的积累，馆员将自己渊博的理论知识、丰富的实践经验传给后人，使优秀传统文化不断延伸和发展。

为了使这笔珍贵的学术成果得以保存并充分发挥作用，让经典涵养道德，让智慧启迪人生，我们将馆员的文史、艺术等各类研究成果精华编纂成《馆员文库》，不定期地持续出版，以飨读者。《馆员文库》是人生哲理的文库：从不同角度反映馆员专家对历史和现实的认识与研究，蕴含着宝贵的人生经验，有利于我们冷静地观察和反思各种历史文化现象，从中获取解决现实问题的智慧和力量。《馆员文库》是文化基因的文库：深入挖掘历史文化资源，力求探索优秀传统文化基因，展现中华民族解放思想、实事求是、与时俱进、开拓创新的精神风貌，增添人民群众全面建设小康社会的精神力量。《馆员文库》是道德标尺的文库：与中华民族传统美德相承接，与社会主义市场经济相适应，与社会主义法律规范相协调的社会主义思想道德体系，让文化艺术成为价值标尺上最明晰深刻的衡量尺度和践行坐标。

在《馆员文库》付梓之际，我们期冀敬老崇文之风历久弥新，优秀传统文化精华薪火相传，文史阵地翰墨飘香。

广东省人民政府文史研究馆

前 言

莫仲予（1915—2006），原名尚质，字仲野，号小园，广东新会人。童年随父莫渭臣先生学中医，兼习诗文书法。少年受业于顺德胡兆麟先生之门，精熟经史。中年薄宦天涯，饱经丧乱。晚年幸得进入广东省文史研究馆，贡献出自己的一份力量。先生诗、书、琴、印四艺俱精，著有《留花庵诗》。为诗初学唐人，高华壮亮，尤擅长篇古体。冯永军《当代诗坛点将录》中，点先生为"天退星插翅虎雷横"，称其诗"出唐入宋，境界宏阔。格调超迈，诸体皆好，七言近体尤佳"。胡迎建《民国以来广东诗人丛话》称其"诗风超逸浑雄，句如"老僧似鹤龙池竭，野鸟如棱石磴残"（《玉台寺》）、"山色绿将帆影外，桂花香到寺门前"（《集北山寺》）、"幽梦巢痕碎，尘炉麝火沉"（《江楼四首》），圆畅活泼"。

抗日战争时期，流离道路，避乱村居，风格又复一变，吸取宋人梅尧臣、陈师道、陈与义拗折沉郁的诗风，写战乱中悲愤的感情，反映了他在抗日战争的亲身经历，为后人留下了真实的历史影像。《坪石道中》是一首有关抗战的佳作：

> 岐门飞浪似瞿塘，十八滩头跃九泷。满眼杜鹃红过岭，一声鹈鴂绿浮江。心随北雁归程急，梦逐南云战火降。地老天荒人去去，书生无补是经邦。

1940年春，诗人举家避寇出逃，转徙粤北各地。这首《坪石道中》，记述了他在战乱中经历的苦难。感时伤事，在流亡中还牵挂着家乡的形势。又如

《灵山道上口占》："屈指园梅已着花，年年依旧卧烟霞。乱离莫问家何处，到处江山到处家。"在艰辛的路途中想起故园的梅花，今已无人欣赏，多少年来，寂寞地开谢于烟霞中，而自己依旧家无定所，不知何日能重返家园。这也是当时无数流离失所的难民共同的感受。在这类型诗中，以《江行十四韵》诗最为深切动人：

> 向晚江行急，催诗酒力微。夕阳帆影乱，春水鳜鱼肥。风定江波渺，天寒鸟迹稀。丛祠埋断碣，荒树恋斜晖。寂历空村暮，苍皇贾客归。传闻孤寇酷，休问六师威。烽火延华夏，黔黎尽蕨薇。乱离何日已，忍让到今非。肉食充廊庙，韬钤误甸畿。岂容偏逸计，坐失灭夷机。蜀险终难据，韶危未解围。偷生随毁誉，定策每依违。岸草迷烟渚，樯乌下钓矶。遥看霜叶落，又逐峡云飞。

这首也是诗人流亡中的作品，关心国事，怀着心忧天下的热诚，谴责政府的无能，以致丢掉了战胜的机会。又如《忆昔》诗：

> 忆昔遭丧乱，倭寇祸神州。山岳撼雷霆，亿兆共雠仇。召侮阋墙起，浩劫咎谁尤。泱泱炎黄裔，投鞭足断流。夫何本末倒，乱内反外求。空挥回纥马，坐大柳城酋。杀戮震遐迩，尸骨崇陵丘。哀号盈四野，天昏神鬼愁。一旦庆收京，瞑眩厌疾瘳。殷忧应启圣，复兴履新猷。胡为忘前车，曾弗异昔畴。暴贪竟相易，罔恤群黎忧。八载久流亡，凄苦如束稠。家毁妻子离，弟兄委壑沟。母失儿何恃，终身恨莫酬。虽谓普天庆，春还发已秋。归欤复归欤，培我椿庭榴。（大人手植榴花于庭中，枯荣未知也。）重坚乡土约，书付连州邮。（大兄避地连县，书约归期。）

此诗作于抗战胜利后。诗人回忆战乱时的惨烈情景，对目前的形势深感失望。《收京》诗："噍类能存命已微，也应旷劫负前非。八年浴血今何补，一旅收京古所稀。膝下岛夷曾不死，眼前国是竟安归。不堪四野号鳏寡，沉醉峨冠四牡騑。"感时抚事，格意俱高。

　　1949年后，先生主要精力放在广东地方戏曲的整理工作上，从事古琴的研究，并创作书画、篆刻，这期间也有一些清新典雅之诗作。如《留花庵》诗："留花小住息繁阴，诗画生涯榻一琴。只恐人花留不住，空忙蜂蝶负春心。"十年浩劫期间，时局动荡，遭际艰难，先生徙居于雷州遂溪村舍，从事农业劳动。虽然环境恶劣，仍坚持读书创作。他向友人借来书籍，每一种都抄录一过。十年中写了不少诗词，可惜部分作品因惧祸而焚毁，但仍留下一些佳作。如《幽兰》诗：

　　　　幽兰以秋馥，奚惮霰与霜。松桂以冬荣，风雪焉能戕。物性本无极，大道乃有常。而我久坎坷，所遇风霜强。风霜有荣馥，坎坷日沦亡。所贵知天命，穷达庸何伤。抱璧而履仁，矫志思陈王。

　　借咏兰而表现自己的节操。如《陈屋杂诗》十六首，描述当时的生活状态，抒发对世情人事深深的感喟。如以下几首："小小池塘鹭鹚飞，高低禾黍野烟微。日才过午人初静，荷竹携筐觅钓矶。""去冬苦旱今春雨，淫雨经春迄未晴。可笑定公信诗谶，闭门夜雨亦关情。""身远冥沉意蔑然，不知兰谷尚翩翩。深藏窈窕留香泽，仰瞩浮云态万千。""秦王破阵争纷泊，鼓角筝琶百里振。竹外花香春梦晓，黄鹂枝上故撩人。""幽窗雪意夜如何，土室油灯老一幡。屈指春回看腊尽，严寒岁月已无多。"尽管在艰唯困苦中，先生依然从容面对，如刘逸生序中所云："优游自在，坦坦荡荡，有车骑之雍容，无金戈之嗤杀，则其性情所在，有不得不然者，非他山之比也。"《岁晚》诗四首，是先生此时之力作，如其二："持律非关病，衔枚亦似瘖。世纷原可料，灰溺竟何心。梦冷寒侵席，窗虚月照琴。起来弹一曲，凄绝小雷音。"刘逸生称之为"直逼老杜"之作。

　　1983年聘入省文史馆后，作为馆员，参与各种社会活动，走遍大江南北，写了大量的诗词。精神舒畅，眼界广阔，创作又进一境。长诗如《登邙山望黄河放歌》《长城谣》《三峡行》等，均沉雄郁勃，音节宏亮，铺陈排比，极有气魄。如《长城谣》：

　　　　幽燕八月秋风号，黄沙白草霜天高。群山北控蓟门月，登临八表明秋毫。居庸天险冠九塞，虬龙崛起居庸外。一带蜿蜒万里长，嘉峪西来东入海。古时设障限华夷，胡骑纵横塞草肥。错落黄金光照眼，将军擐甲守边陲。边陲人立墙台垛，日起狼烟夜烽火。狼烟烽火腾青霄，戍鼓声中胡胆破。边城夜夜梦魂惊，银烛闺房到晓明。一针一线无穷意，心随针线寄龙庭。征衣染透龙庭雪，银勒金戈襟似铁。沙场百战凯旋回，君王杯中健儿血。谁为长城记厥功，无名万里挺英雄。光芒四射遍寰宇，冲霄直指广寒宫。筑城儿女挥血汗，不为封侯御寇患。捐躯卫国三千年，皇皇史迹垂青简。迅雷一发天地光，宇宙休明及万方。万方安谧洗兵甲，从此长城秋草长。长城秋草连天碧，梯航万国来重译。耸立雄姿天地间，先民智慧留奇迹。

此诗叙述长城的历史，歌颂古代守边战士的舍生取义的爱国精神，末段转笔，抒写登临时的观感，通篇雄浑古雅，甚有气势。又如《七星岩三十韵》：

五岭自北来，山势陡南向。蜿蜒逐牂牁，西止灵羊上。崛起七朵云，层巅迥四望。嵯峨临绝磴，万壑列屏障。或疑混沌初，斗奎坠琅玕。一水泛芙蓉，纡馀蓄溶漾。下有百丈潭，回旋泯深广。龙潜不知年，伏腊时一仰。仰首忽长吟，空谷乱樵唱。潜龙久不归，遗穴今已旷。石室生风烟，游迹遍凿珩。烨烨北海锋，薜壁涵邪将。代有骚人至，云根逞巧匠。隶篆杂真草，题名相倚傍。岭峤搜金石，殆亦一宝藏。蛇沫渍涧流，春夏通游舫。钟乳悬崖下，幻作诸空相。魑魅伏相扑，形拟及狮象。磊砢欲向人，纷诡难名状。说者谓神物，毋乃涉虚妄。谁为发其端，欺人亦自诳。我来值初冬，秋肃馀沆砀。木叶萧萧下，野草渐凋丧。湖水不盈尺，残苔霜犹创。独有山上松，谡谡涛声宕。赫赫贤守风，凛然震天壤。嵚崟陟危峦，到此襟怀壮。安得挹此风，尽起人间瘴。偃卧高松侧，纵横一览畅。会有好风来，长歌且引颃。

诗人热爱岭南故土，描绘独特的地方风物，满怀激情，气势磅礴，形象生动，雄奇壮美。"我来"以下一段，笔触一转，融景入情，因情生意，表达自己对先贤的景仰，并抒发个人的豪情壮志。此外，如组诗《西山杂咏》七首、《北海》十二首、《武夷杂诗》八首、《大明湖杂咏》八首、《沈阳故宫书感》六首、《杂感》十五首等，均见才情与功力。

由于参与文史馆组织的文化交流活动，先生作了不少题画诗，并亲自书写在画幅上，书画双辉，为时人所珍爱。本书把题画诗集中为一辑，置于诗集之末，以便揣摩学习。此外，还撰写了不少楹联，工稳妥帖，今亦附于诗后。

先生诗词兼擅，《留花庵词》一卷，虽不足百首，已可名世。刘梦芙《二十世纪中华词选》引《冷翠轩词话》云："仲予翁《留花庵词》，工力深湛，气味渊雅，风格在梅溪、草窗之间。""粤地多才，骎骎然并驾江左，莫翁亦一健将也。"先生早年之词，风怀绮丽，如《鹧鸪天·饯江楼》：

> 泪颊模糊晕酒红，一年聚散太匆匆。霏霏凉露窗前月，漠漠愁云槛外鸿。　帆影乱，玉瓶空。不须惆怅怨西风。数声残笛催人去，依约芦花入钓篷。

写离怀别绪，能以硬笔写柔情，无纤巧之弊。中年后则多沉郁劲健之语，如《庆清朝慢·柳园渡口望河》：

> 翠压巉云，青连塞壁，车尘又过新丰。柳园渡浪，淘尽千古英雄。记得翻天波靖，春来次第展新容。沧溟万顷，关河壮阔，顿豁襟胸。　越鸿沟，临广武，叹西风残照，霸业图空。梁王台畔，几人夺得天功。最是桥横烟水，金堤千里贯双虹。凭高处、倚阑看剑，欲起蛟龙。

柳园口是黄河上的著名渡口，词人在黄河故道旁，抚今追昔，胜慨豪情，跃然纸上，非寻常怀古吟呻者可比。

20世纪80年代中，先生与广东诗人张采庵、刘逸生、徐续等过从甚密，彼此时有酬唱。1988年初，先生与诸人编定《岭南五家诗词钞》。北京老诗人孔凡章先生读到后，代为转赠施蛰存、吴孟复、杜兰亭、陈葆经、汪稚青、包谦六等多位海内名家以及梁披云、陈荆鸿、苏文擢、梁耀明、潘新安、何竹平等多位海内外名家，此后诸家均与先生书信往还，对其诗词备见称许。

先生能为文言文，少日所作，均已散佚，本书收入"文集"中的文章，多为序跋，均自各家诗文集中辑出。此外还有"随笔"若干篇，辑自其手稿。先生之文，古雅纯正，如为刘峻《严霜诗词钞》所作的序文，略云："夫《离骚》之哀愤，汉魏之风骨，少陵之闳肆，玉溪、樊川之风流蕴藉，山谷、简斋之峭拔简练，乃至羽琌、两当之博取纵恣、清新飘逸，洪北江所谓咽露秋虫之声，读君诗往往遇之，而要非古人之诗，君之诗也。其为揽群言之综，集诸家之长者耶？"议论得体，亦带感情。"随笔"则继承历代笔记的传统，信笔所之，抒情纪事，可供谈助。

先生还在《岭南文史》发表了不少文章。论文如《连县夏湟村黄庭坚疑冢辨》，有力地论证了"白祖六郎"的古冢非黄庭坚之墓，纠正《夏湟黄氏族谱》之误；《冼玉清教授诗词浅述》一文，对这位"旷代逸才"的作品进行较深入的研究，诗人解诗，自是出色当行。先生所撰"文史杂谈"多篇，短小精到，题材广泛，如历史掌故、民间风俗、文学艺术等各方面的内容，丰富多彩，具有的阅读和欣赏的价值。

先生更为世人所熟知的是他的书法。其业师胡兆麟是广东著名的书家，功力深厚。先生自幼从习《圣教序》《砖塔铭》打下扎实的基础，青年时又临习过《高湛碑》及赵之谦的行楷。二十四岁时认识岭南章草名家李怀霜先生，转学章草，从《出师颂》《月仪帖》入手，复临赵子昂《千字文》《急就章》及宋克诸帖，后又私淑王秋湄先生，得其峭劲的笔法。先生习章草六十年，遍学诸家，镕铸成自己独特的风格——简古清雅，秀逸洒脱。先生章草的结体极为简省，每一个字都没有多余的笔画，每一笔都恰到好处，虚实相应，浓淡相生，尤其是"磔"笔，如快马入阵，蹑景追风，在凌厉的气势中有沉着的姿致。近代书家如沈曾植、王蘧常等亦作章草，多取生涩老拙一路，对时人影响颇大，不少青年书者特意效之，每坠入犷野枯槁的恶道。而先生的章草，无论在用笔、结体、章法上，都能植根于传统，而又有个人的创意，本正源清，可供后学取法。最难得的是，先生是一位诗人，他的书法充满着浓郁的书卷气，其深厚的文化内涵，绝不是学者所能梦到的。当前书法界正面临着文化丧失的危机，"朝学持笔，暮已自夸其能"的"书法家"比比皆是，书法堕落成为技术制作的产品。在低层次低品味的"书法热"中，先生的自书诗词，也许可以让人们清醒一下，知道什么才是真正的书法家，什么才是真正的书法。

先生多才多艺，精通音律。中山大学古文献研究所的一项国家重点项目——《陈澧集》点校，其中的"乐律通考""琴谱""箫谱"等，即由先生的兄长莫尚德先生与先生合作完成；又擅古琴，曾师事广东省著名古琴家招鉴芬，常与馆员杨新伦先生切磋琴艺。好天良夜，明窗净几，奏一曲《阳关》《忆故人》，清韵泠然，真是最美的享受。先生亦研究粤剧粤曲，60年代初，广东省音协组织专家整理广东"八大名曲"，即由莫氏兄弟主持其事。先生闲中也创作粤曲，亲自打谱填词，以供艺员演出，如《四弦秋》等曲，在行内颇负盛名。

先生的篆刻虽为其诗书之外的"馀事"，然皆古拙中有清新之气。其印上溯战国小玺、秦汉官私印记，下逮明清流派诸家。拟战国小玺气息醇厚、古雅，书卷气流溢于刀石间，无丝毫流俗习气，如"仲野小园""与陈公甫同里""莫氏、仲野"连珠印等，置诸古谱亦不遑多让；流派印中于邓石如、徐三庚、赵之谦、黄士陵诸家均有涉猎，而于浙派用力犹勤，如"三研堂""二十馀年如一梦，此身虽在堪惊""仲予印信"等，高古清刚，刀笔灿然。先生之边款，以其早岁所习赵之谦行楷为基，以石就刀，挥刀直写，有笔有墨。其自用印，多为亲刻，书与印相得益彰。先生之画，则学四王、吴、恽，饶有雅意；所作墨竹，以草书笔法入之，洒落有致。

广东省文史馆本着"敬老崇文"的宗旨，为老一辈馆员整理、出版学术著作及诗文集，莫仲予先生的诗文集已列入出版计划，委托我负责整理。先生的诗词集已有两个版本，一是1989年自印本《岭南五家诗词钞》中的《留花庵诗词》二百馀首，另一为1999年澳门出版的《留花庵诗》手钞影印本，两个版本均为先生生前自选本。先生的文章，散见于各期《岭南文史》及《粤海挥麈录》《岭峤拾遗》中。在编辑过程中，先生哲嗣莫家麟提供了多种手稿，广东省文史馆黄建雄、梁伟智二君亦提供了有关资料。我先请舍弟永滔把先生全部诗文逐篇录入，再与已刊本排比校勘，编成《莫仲予集》。征得湖南师范大学郭鹏飞君同意，将其所编写的《莫仲予年谱》作为附录置于书末。

文人专精一艺，已属难得，而诗、书、琴、印四艺俱精的，在广东恐怕就只有莫仲予先生一人了。人们常把莫先生称为"广东一宝"，他的诗词和书法在广东乃至全国都有一定的影响。广东省书法家协会在2002年曾举办"莫仲予诗书艺术研讨会"及《留花庵诗集》《莫仲予章草集》首发式；广东省文史馆在2015年举办"纪念莫仲予先生诞辰100周年学术座谈会"，会上，文史馆领导致辞时说："莫仲予先生生前是中国书法家协会会员、广东省文史研究馆馆员。他多才多艺，是广东诗词界和书法界的名流，是我省文艺界有影响的人物。莫老在弘扬中国传统文化和岭南文化方面做了大量的工作，我们要学习他严谨的学风和对传统文化终生不渝的追求精神，学习他一生淡泊名利，孜孜不倦，认真钻研学问的治学精神，为繁荣岭南文化、推动广东文化强省建设做出新的更大贡献！"我相信，《莫仲予集》的出版，将对推动广东文化发展有所贡献。我曾以一首小诗表示对先生的景仰之情：

三世交亲在，今唯老叔尊。真诗光岭海，壮气尚腾骞。笔妙史游草，琴清庾信园。寒家执经子，卅载仰春暄。

陈永正　2018年春

目　录

卷一　留花庵诗

留花庵诗

题画诗

卷二　留花庵词曲联

词

曲

对联

卷三　留花庵文

卷四　留花庵随笔

卷五 　留花庵诗词联话

卷六 　留花庵论评

卷七　文史杂谈

附录

留花庵诗

序

天地，一诗境也；人生，一诗旅也。吾曹幕天席地，自少而壮，由壮及老，耳目之所触，手足之所及，情感之萌，万象之接，是皆诗也。或者曰，非诗也，是皆理也。夫理亦诗也。或者曰，非诗也，是皆物也。夫物亦诗也。或者曰，是皆空也。夫空亦诗也。或者曰，是皆情也。情则诗矣。得理而昧诗，唯物而忘诗，观空而废诗，发情而无诗，可乎不可？未可也。以诗人之哲观理，理皆缠绵；以诗人之目视物，物皆婀娜；以诗人之照观空，则纷呈万象；以诗人之感注情，绵绵漠漠，浩浩洋洋，上下千载，纵横六幕，而情尽化为诗，至矣盛矣，充天地而无极矣。是知所谓无诗者，蔽于理，胶于物，执乎空，拂乎情而已矣。莫子仲予者，游于诗者也。其游于诗也，书也，画也，琴也，金石也，与诗为一。喜愉也，忧患也，劳瘁也，闲适也，亦与诗为一。其诗优游自在，坦坦荡荡，从政然，放谪亦然，不改其态，莫子真能游于诗者也。人谓莫子由唐入宋，近则节庵、刚父，参以兼葭，而面目是具。是则然矣，唯莫子之优游自在，坦坦荡荡，有车骑之雍容，无金戈之嚄杀，则其性情所在，有不得不然者，非他山之比也。一九九三年三月，中山隆都刘逸生于羊石蜗缘居。

留花庵诗

红花岗道上作 癸酉

仄径疏林马厂村，绿杨辇道望思园。微云踏遍山前路，蛎瓦松窗隐士轩。

漱珠冈探梅

春入枝头醉凤皇，寒松曲水绕崇冈。议郎祠畔寻茶社，销尽诗魂是冷香。
雨馀拾磴斗台寒，红玉村中露未干。市闹春茶人欲散，一花一树一盘桓。

怀李苡谦夫子

长街傍墟顶，市声袭馆树。依山讲席开，师勤授经诂。为诗戒病俗，行文去浅
躁。白沙传心法，清内养殊操。灯火夜青荧，兄聪弟愚鲁。与大兄同馆。频年
嗟老大，碌碌莫足数。苟同世俯仰，师期徒虚负。

新会玉台寺 戊寅

碧草斜阳古刹闲，杜鹃红上绿屏山。老僧似鹤龙池竭，野鸟如梭石磴残。几树
回廊看堕粉，一天飞瀑溅危阑。云幢玉塔依稀在，风度疏钟落市阛。
飞泉如带护灵丘，一水厓门天外流。红鲤池边生绿草，白沙村外失危楼。浮屠
尚瘗秦淮月，丹井难寻博浪仇。几树杉松森世外，红萸菊酒小亭秋。

夜醉游香山访梅 己卯

踏月来寻万树梅，身随履迹有深哀。依山月尚知低就，近水花曾不仰开。故掩

青衫遮别泪，敢烦红袖理新苔。春来省识寒无力，咄咄经时念已灰。

饯江园

凭阑无语立移时，月斗婵娟会有思。襟上泪痕疑是酒，灯前鬓影竟如斯。星眸细认殊今昔，画桨频催况乱离。惆怅江声解维去，月光渔火两参差。

送李怀公北上

烽火东南寇炎张，衣冠北指去堂堂。将军开府新延幕，岭峤雄关古战场。薄暮旌旗催橹急，隔江箫管笑帆忙。忘年倾盖尊前语，幸报平安付八行。

嘉荫堂紫薇

聚散前缘在，浮沉一叶轻。深灯闻络纬，短梦寄鹐鹏。浥露与风舞，含情对月明。坠楼恩已薄，珍重紫云英。

怀霜丈自韶关寄诗两首

离乱因缘始受知，又从粤北寄新诗。南江口外归舟日，正是西窗侍砚时。

岁暮别康州 庚辰

倜傥张明府，筵开单父堂。庭梅飞绮席，烛影热中肠。惜别情何惋，感时语重伤。五更留不住，风雪又殊乡。
嘉荫堂前月，香山岭上花。一年光景异，午夜旅程赊。寥落伤庭桂，栖迟类井蛙。客心千里外，帆影远堤沙。

小泊藤县

古藤阴下系人思，秦七当年醉卧时。山抹微云消散尽，青虫相对读公诗。

除夕泊桂平

夜夜筝琶到岁阑，未停歌扇蜡灯残。一年笑脸今宵尽，收拾冰弦不忍弹。

灵山道上口占

屈指园梅已着花，年年依旧卧烟霞。乱离莫问家何处，到处江山到处家。

三海岩归途

一骑冲寒雨霁新，东风残蝶送归人。投林鸟倦依红树，纵辔蹄娇走绿茵。已近城楼三海远，初明灯火万家春。到门又觉荒衙寂，不似西山鼓角频。

紫松塘杂咏

端居心共战云驰，窗外扶疏竹几枝。残夜灯昏人静后，泥他沉醉说儿时。

来禽花发紫松塘，曲柳横溪绿到墙。小立门前三坒地，青青篱落豆花香。

去年初失镇南关，白发将军老泪斑。动魄惊心前日事，铜驼衰草马鞍山。

坪石道中

岐门飞浪似瞿塘，十八滩头跃九泷。满眼杜鹃红过岭，一声鹈鸠绿浮江。心随北雁归程急，梦逐南云战火降。地老天荒人去去，书生无补是经邦。

夜宴　　　　　　　　　　　辛巳

记从昨夜问堂名，髯柳桥边月正明。半角阑红凭窈窕，一泓春绿绕咿嘤。深灯绮席传歌扇，微麝盘云绾玉璎。乐眼从人宵尽闹，绯衣犹带夜烟轻。

过风度楼谒文献公祠

立朝謇谔古臣风，相业全唐独数公。旷代词华开岭表，一楼风度灿韶中。岂容真伪疑金鉴，能辨兴衰即治功。不幸直名犹恋阙，至今浈水尚朝东。

谒韩文公祠 癸未

一像庄严起慕思，春深微雨展韩祠。临阶草色青如许，漫剔苔痕读简碑。右立简岸先生撰书碑记。

陪许志澄先生登贤令山访摩崖石刻

北粤三春寒，南云战火炽。番禺敌骑严，苟安韩公治。将军镇雄关，盘石或足恃。许丈间关来，除长黉宫士。经阳山重长中大。得间出城门，岩巇随杖履。小憩听泉亭，又过北山寺。崎岖陟层峦，贤令一山峙。载登游息洞，石刻丛菅委。山阴打字岩，岿然立碑记。摩崖圣传颂，赵宋张本中侯识。泐石绍熙年，洋洋五百字。古劲笔有神，遒近北海李。千载历不磨，形神俱未玘。丈立久凝睇，啧啧叹珍异。意谓有神助，呵护沧桑世。覃溪亦尝言，宋刻此为最。年前发内帑，拓取三本实。蜀都迁播中，恐亦沦弃置。际此丧乱年，有司失重视。徒令古文物，将随风雨瘗。徘徊久叹息，归途步旖旎。漫逐出山云，山花红欲醉。

韩公钓矶

向晚村醪熟，微醺岸草愁。丛祠桐叶路，斜日塔铃秋。江浊鱼知避，天寒孰放钩。行吟非楚泽，此意欲盟鸥。

集北山寺

题襟载酒坐岩烟，百尺松萝九仞天。山色绿将帆影外，桂花香到寺门前。南迁传颂摩崖在，八代文章故令贤。同是永嘉南渡客，秋风禅榻拂吟笺。

重阳集听泉亭得催字

泉水不知何日涸，座中谁为听泉来。寒蝉高柳三秋尽，绮席黄花九日开。世乱莫嫌新酒薄，诗成休待晚钟催。浮名物理原多事，胜会登临偶一陪。

衙斋夜话同韵翁则哲

难能风雨寻常会，黄菊初花愿已乖。万物眼前供绮席，一尊灯下共寒斋。懵腾语渐生丛脞，过从人多辄寡谐。落落已随时势换，也应酒后论平淮。

庭梅初放柬韵翁则哲过饮

破腊未闻消岭雪，一花先已着衙梅。如何少却花前鹤，为报诗人载酒来。

听泉亭饯韵翁

秋风萧寺听泉亭，帐饮传杯酒半醒。南下江涛翻咫尺，东来寇警迅雷霆。窥山月色如留恨，到树鸦声欲向冥。寂寂归途看棹去，疏钟零落绕冬青。

庭柏

庭前森森柏，对此已无颜。时有夜鸮鸣，听之唯泪潸。道颇吾意倦，欲行路且艰。荧荧油灯下，落落一诗屏。

韵翁改辙东行留衙斋一宿而别

多君怀故人，思我来褰裳。日暮出南门，迓君湟水旁。携手入我室，挑灯陈肴觞。含泪举杯酒，凄凄东路长。淫雨夕多降，行潦何迷茫。疏散人如鲫，寇警日旁皇。吾道贵自适，身退容徜徉。行止各异势，所怀同惋伤。明晨与君别，风雨且联床。

东风

东风拂面说流亡，日出东南陌上桑。有妇使君休抱恨，罗敷夫婿侍中郎。

江行十四韵 甲申

向晚江行急，催诗酒力微。夕阳帆影乱，春水鳜鱼肥。风定江波渺，天寒鸟迹稀。丛祠埋断碣，荒树恋斜晖。寂历空村暮，苍皇贾客归。传闻孤寇酷，休问六师威。烽火延华夏，黔黎尽蕨薇。乱离何日已，忍让到今非。肉食充廊庙，韬钤误甸畿。岂容偏逸计，坐失灭夷机。蜀险终难据，韶危未解围。偷生随毁誉，定策每依违。岸草迷烟渚，樯乌下钓矶。遥看霜叶落，又逐峡云飞。

舟次清远闻曲江警返棹阳山

羽檄遥传一夕虚，婴城策定早空闲。严寒野店催程急，乍灭渔灯过客疏。返棹已成骑虎势，归心真似漏鱼初。儿童不识流离苦，犹傍篷窗自学书。

夜泊峡山寺

薄暮孤烟起梵宫，疏钟零落绕江枫。渔灯分影迟迟月，雪意穿帘索索风。坐报曲江传寇警，且沿湟水转征篷。相逢过客停舟问，此去连阳路可通。

泊城楼

回舟三峡头，两岸纤歌发。篙师汗如雨，邪许步迲蹀。北风彻夜号，雪意森毫发。屏营不敢语，但恐来倭卒。昨日见报章，已谓前师突。缘何不旋踵，韶远相继没。坐致民生凋，郊坰空薇蕨。四泽滋萑苻，千里鸡鸣竭。朝野严缇骑，遂令众口讷。行行过含洭，群峰忽崒屼。才度将军山，已近韩公碣。推窗见树影，惊魂犹恍惚。灯色灿南楼，又乱寒山月。

再别阳山　　　　　　　　　　乙酉

着眼分明旖旎春，梅边吹雨送行人。鹧鸪啼处知泥滑，尚有滩声不忍闻。

江上

江上舟行急，窗前人语喧。山开天地阔，水暖鸭凫翻。千点万点雨，三家两家村。炊烟树杪起，日落又黄昏。

莺塦

乳鸭池塘乌柏堤，一湾新涨玉桥溪。亭荒午静茶烟冷，鸟唤春深蝶翅迷。细雨入帘寒似雪，浊醪和梦醉如泥。乱离到此天难问，红杏堂前柳已稀。

泛棹玉桥同鲁式则哲

春潮到岸家家桨，柳絮粘丝阁阁风。历乱眉痕犹掩黛，桃花人面石榴红。

萧乡七夕

初月临阶淡，华灯入阁明。星楼红袖弹，金缕画罗轻。盘彩堆庭实，杯光泛玉晶。青苗裙履会，银汉女斗横。巧竞花瓜小，工夸腊雁精。鹊桥通上界，鹤辇接仙瀛。箫鼓迎王母，威仪迓蔡经。遗簪争绮席，促坐逞飞觥。佳节人间乐，清歌客里听。留连宵欲尽，鬓影有馀情。

收京

噍类能存命已微，也应旷劫负前非。八年浴血今何补，一旅收京古所稀。膝下岛夷曾不死，眼前国是竟安归。不堪四野号鳏寡，沉醉峨冠四牡骓。

忆昔

忆昔遭丧乱，倭寇祸神州。山岳撼雷霆，亿兆共雠仇。召侮阋墙起，浩劫咎谁尤。泱泱炎黄裔，投鞭足断流。夫何本末倒，乱内反外求。空揖回纥马，坐大柳城酋。杀戮震遐迩，尸骨崇陵丘。哀号盈四野，天昏神鬼愁。一旦庆收京，瞑眩厥疾瘳。殷忧应启圣，复兴履新猷。胡为忘前车，曾弗异昔畴。暴贪竟相易，罔恤群黎忧。八载久流亡，凄苦如束稠。家毁妻子离，弟兄委壑沟。母失儿何恃，终身恨莫酬。虽谓普天庆，春还发已秋。归欤复归欤，培我椿庭榴。大人手植榴花于庭中，枯荣未知也。重坚乡土约，书付连州邮。大兄避地连县，书约归期。

十一月望夜宴江园 　　　　　丙戌

雕堂歌管泛杯霞，露滴阑干湿鬓纱。一骑笺传催送雁，重帷亲为理盘鸦。今宵又见当头月，并世难逢解语花。巢换凤鸾知是梦，梦回犹自溯风华。

颐园老人书赠屏条翌日赋谢 　　　　　丁亥

丝竹东山带酒胜，殷勤接士愧吾曾。书词大义觇仁厚，刀笔生涯尚葛藤。为凛沧波辞一叶，暂安尘榻对孤灯。得真善恶斯平治，周务求难向独能。

江楼四首

庭梅初绽白，春色入江楼。新沐盘鸦乱，明妆婵凤修。酒酣喧绮席，灯炧戏藏钩。剥啄惊晨梦，残香玉簟秋。

晌午江楼静，阑花欲吐朱。绿芽浮蟹眼，素手卷虾须。涂额蜂黄腻，拂胸蝶翅酥。仰看梁燕在，又恐梦华胥。

柳外娟娟月，江楼独向明。蝇头誊字细，蝉鬓乱宵清。灭烛歌声歇，惭花舞影轻。广寒无玉杵，含泪谢云英。

江楼人影寂，雪意冷孤衾。幽梦巢痕碎，尘炉麝火沉。奁留红蕊粉，环认紫磨金。汉浦虚悬佩，依依此夜心。

宿黄埔艇同伍观淇丈翌日游南海神庙

扶胥口外黄木湾，矮篷艇子维寒滩。同舟矍铄翁最健，<small>袁翁同舟。</small>目光灼灼谈笑喧。为言一生低首李，<small>任潮。</small>谊同管鲍攻他山。中庸道已沦斯世，攘夺风从被宇寰。流毒坐为厉之阶，侈言爱国惭衣冠。飞蛾扑火纷自灭，枉尺难逃议者弹。宁忍一棹聊自全，尸位徒贻来者讪。天明为说海神庙，溯源建自开皇间。漫陟微阜瞻沆瀁，苏髯曾此浣衰颜。断壁圮亭绝人迹，唐碑宋碣依榛菅。障江阡陌杂村舍，沧桑已失湾头澜。谁为海神振一气，劫后疮痍民力殚。太息有司空尔为，坐视文物随尘湮。落尽红棉犹可待，庙貌难期灰复然。嗟嗟归辇冲尘去，如闻铜鼓声盘盘。<small>是日伍丈假艺人关德兴小车代步。</small>

过暹冈孔庄啖荔支并留午宴

万木蝉鸣荔子红，诗人解闷过泸戎。累累实结参差树，侃侃风生夔铄翁。未许东山闲谢傅，一从凤阁起姚崇。冰丸百五才半日，北海金尊为我空。

客舍 戊子

瞥见罗衾旧泪痕，明知是梦亦重温。归期已负春前约，别绪难消此际魂。心事无多惟有泪，眼波横处抵千言。花残未解东风恶，长笛一声日向昏。

南石头舟中望海珠桥

冲天舟上见烟硝，一举宁甘物议招。膏血已从沧海去，残民终亦到斯桥。

感事

一曲后庭歌未歇，苍皇舞断五更绡。东流漠漠秦淮水，寒雨秋风送六朝。铁锁千寻百万师，隔江草市杂虾夷。紫金山上啼鹃血，洒向人间尚未知。检点尘奁旧袷衫，落花时节望江南。龟年落魄诗人老，春梦昏昏历岁三。

饮菩提园

仆仆蒸轮冉冉思，杯觞落落夕阳迟。烟硝乍息非吾地，冠盖酣歌岂佛知。碧海波涛归大陆，鬼灯明灭唱秋词。有人尚倚红鱼畔，梦到慈航普渡时。

澳居杂诗 辛卯

新装儿女尚趋时，偶尔珈琲手一卮。郭索入盘呼晚市，浊醪聊为寄遐思。不堪异国论情调，王土居然作寓公。曲字估卢谁管得，汉家伏腊俗风同。华灯酣醉夜呼卢，之子腰缠十万蚨。老去王孙隅向坐，豪门学士在江湖。

荔湾怀古　　　　　　　　　　　壬辰

高峙春鬟一尺霞，红云酣醉舞芳华。举头又见当年月，触目堪惊易代花。一水流舠环暑殿，无人凭槛折宫衙。降王尚有封侯日，已比徽钦二帝差。

十六夜荔湾泛月

暮色秋灯黯画船，姜甋鱼鲙入糜鲜。浊醪且尽今宵醉，好月难如昨夜圆。已损一分终是恨，欲留残梦竟无缘。金波玉露孤城笛，却负佳辰独不眠。

江楼感旧十章

芍药阑干寂寂阴，回风舞雪小楼深。十年未醒围炉梦，一往相思直到今。
心似春蚕未尽丝，情甘作茧尚何词。谁于婉转投怀夜，想到江楼感旧时。
螺鬟新梳试闹妆，不知谁是最清狂。此中莫向他人道，又恐他人说短长。
浓阴不是旧时春，惆怅风前老此身。细认阑痕凭半角，微云衰草总愁人。
虚阁春寒夜校词，红泥炉畔睡偏迟。难堪最是团圞月，莫更灯前读我诗。
迟我更深未放衙，手栽玫瑰正开花。一枝先上云鬟畔，未必天明始到家。
一低徊处一丁宁，为恋银河愿作星。最是镜中人似玉，得依杨柳更亭亭。
书声灯色入江楼，伴读宵分月一钩。哀乐中年回酒味，风随凉意已残秋。
悼亡赋别死生殊，入骨相思信不渝。风露一庭今夜月，可知孤影太清癯。
似此蹉跎老可知，更无情思赋红儿。十年前事从头说，错在当初一着棋。

闻蝉　　　　　　　　　　　己亥

淡淡微云缀太清，人间冷暖最分明。黄槐树下论生意，太息垣西第一声。

繁霜

野菊初花乱客心，山居七月似秋深。不须更待冬来雪，即此繁霜已不禁。
作圃今吾迈素王，秋菘葵藿豆花香。耰锄日日忙生计，莫笑官仪是两当。

山居除夕

蜗字墙头燕子家，破陶瓶子白梅花。一声爆竹知除夕，起汲山泉夜煮茶。

午梦

辛丑

活己活人梦已非，江风吹梦逐云飞。夜来又作俳优梦，休梦春前带梦归。

留花庵

留花小住息繁阴，诗画生涯榻一琴。只恐人花留不住，空忙蜂蝶负春心。

市楼晤李枚叔

柳色阴阴悄入帘，楼头细雨共愁淹。南冠忍道三年聚，依约青青老一髯。

园坐侍招师

促促三年别，园亭异昔游。茶烟花露晓，竹径柳塘秋。古木依萝架，晨曦落茗瓯。看山陪杖履，荦确几淹留。

雨山寓楼望坚白先生故居

清行高能世未宜，片言前席感新知。犯颜交誉三君下，慎取常矜一介私。向绝地维谁得士，终成骥绊彼何时。抚膺怅惘过汾水，肠断棠阴树影蕤。

至日北园楼坐同迂翁

乱离开府数诗才，历历虞城话劫灰。鸟语花香明日事，小楼高处又寒来。

听梅楼挽词

癸卯

懿遗竟夺岂天心，寿考令名亦古今。侍座昨犹元礼接，幽怀终与汨罗沉。堂堂双绝交湖海，渺渺千秋揆浅深。春事荼蘼三月尽，一楼宛在怆人琴。

登横排先慈墓地望厓门 丙午

日落厓门白水寒，临风陨涕岂无端。兴亡恨已随波没，今古魂犹带泪酸。鹃血有痕花在野，阡原无主梦凭棺。陇头踏破云多少，万里潮回总未安。

过象山下

梅鹤庐荒辇道迷，林竹琴丈筑梅鹤寄庐山下，今圮。重来庭院日殊西。已残望站台生蔓，未涸流泉井易蹊。养拙有轩沉谢榜，张拭人称象山先生，洪武初，县令谢景旸为构书堂于山麓，颜其轩曰"养拙"，榜今不存。圭峰无石访苏题。圭峰与象山对峙。明罗蒙正诗云："坡公题咏今残剥。"石今亦不存。髫年景物成今昔，小立风前格磔啼。

悼莥君 丁未

髫年垂发正鬖鬖，一字新声入韵三。今日花前莺宛转，似非疑是最难堪。凄凄一曲四弦秋，初学琵琶背影羞。偶击珊瑚时一拍，文人珠玉女儿喉。定公句。

岁暮园坐三首

名园一莽坐来曾，乱竹繁阴覆牖罾。自诩身闲能半日，枉抛心力是孤灯。萧萧风雨催残岁，落落情怀负旧朋。槛外疏花斜正好，一冬残渴寄春冰。
消寒遣日点梅茶，胡饦凝酥味已赊。地涌溪流唐苑树，香随灰烬汉宫花。何当曳尾能书草，宁有闲身学种瓜。虚炼娲皇天上石，半生难补是年华。
杜门忽起岁寒心，垂白须眉睨古今。已敝貂裘惭夜哭，忽闻犬吠乱宵吟。一年芳物思量尽，廿载江楼缱绻深。明日阴晴曾不料，帘栊细雨坐萧森。

翌日再用前韵

菱塘藕陌记游曾，拂面垂杨入鬓鬙。昨夜梦回前日事，深宵帘动一星灯。池边紫燕雏来早，雪里青篁凤可朋。梵谛机锋诗律细，<small>秉坤研内典，凤朋能诗。</small>艰难着句凛渊冰。

丛阴常拜赵州茶，临济宗风道转赊。雨后模糊襟上泪，眼前零落梦中花。何堪赭服重行酒，已尽黄台可摘瓜。天道何心伤造物，频催腊鼓送韶华。

难排岁晚怃然心，此念连宵直到今。累月茶铫惭陆煮，应时糕煤费刘吟。荒亭倒影临窗乱，恶竹抽条入槛深。憔悴岸容应有待，开春稊柳绿森森。

岁晚四首

岁晚闻哀雁，南陬讵可通。岭梅欺腊雪，花萼寄春风。心事艰难日，离愁浩荡中。凄凉惟月色，相照迩遐同。

持律非关病，衔枚亦似喑。世纷原可料，灰溺竟何心。梦冷寒侵席，虚窗月照琴。起来弹一曲，凄绝小雷音。

破衲斜披晚，微灯特地寒。才人商北鄙，词客楚南冠。开卷堆尘案，疗疴解蜡丸。狸奴花欲雪，仿佛镜中看。

幽雅黄梅馆，襟怀北海风。乳羹调可可，禅悦寄空空。岁事相将尽，天心来复中。故人珍重意，含泪托衰翁。

夏热 <small>己酉</small>

蝉雀争喧闹不停，扰人清昼梦中醒。繁阴已隔骄阳艳，盛夏难逃酷暑凌。黄柳枝头花冉冉，绿槐叶底露泠泠。雷霆霹雳空期雨，病骨将衰杜少陵。

抵陈屋 <small>庚戌</small>

苍皇襆被下雷州，千里移家亦壮游。落落梦魂今夜月，萧疏竹影柳梢头。

灌园

霜拥秋蔬凋绿葵，晨餐徒为玉盘悲。劳生折节躬糇耜，次第天风向我吹。

幽兰

幽兰以秋馥，奚惮霰与霜。松桂以冬荣，风雪焉能戕。物性本无极，大道乃有常。而我久坎坷，所遇风霜强。风霜有荣馥，坎坷日沦亡。所贵知天命，穷达庸何伤。抱璧而履仁，矫志思陈王。

秋夜苦热据案欲睡室人以浮瓜进颓然赋此

蒲柳疏疏大小杨，鹑衣如旧废添香。镇心瓜美宁蠲渴，倦眼灯沉渐焮光。似我踟蹰诗枚杜，念谁戕贼赋欧阳。何劳千里将鸿案，瘴雨蛮烟是异乡。

归途寄怀穗中亲友　　　　　　壬子

漠漠川原去去思，已开丛菊及秋时。巢痕泪影分明在，野色鸥波次第移。少日难酬犀首志，馀年空负伯牙知。疏林夕照车尘迹，回首天涯故故迟。

小园　　　　　　癸丑

丛竹绿阴静，小园春意闲。篱花开自落，檐燕往仍还。酒醒犹贪睡，诗成且待删。轻烟散林表，帘外自看山。

久别偏多梦，昼长梦易惊。平时无客至，镇日厌蝉鸣。蜂蝶争来去，鸡凫自送迎。焚香倚琴榻，细雨落花轻。

乡人惠竹栽归植园中今已成丛矣喜赋一律

小园有此碧琅玕，赢得予怀一晌欢。岂为风前矜劲节，移来窗下伴清寒。记曾渭畹栽千亩，错被诗人斩万竿。不用粉墙高百尺，任教墙外仰头看。

自嘲

柳州甘蛤蟆，昌黎以蛇羞。长吉食蛙瘦，山谷爱苦笋。嗜欲有异同，好恶各畦畛。而我四者兼，且共佐朝菌。爬罗复剔抉，思量及井蜃。或云穷思滥，相责似未允。顾尝厌粱肉，千金掷不吝。岂复为纤芥，贻彼俗夫哂。生逢坎坷年，恬退须自忍。薇尽死首阳，力竭竟绝膑。贵乎安所遇，持此用自黾。

岁晚

岁晚松云薄，霜严竹影昏。宵寒灯欲暗，被冷梦难温。萧瑟愁风雨，栖迟忆弟昆。可怜才力尽，落落不堪论。

清明   戊午

两树寒松先子宅，九年迁客故园情。陌头绿柳催归色，帘外黄鹂唤友声。麦饭冥钱人上冢，春风细雨鸟催耕。遥知罗岭芊芊草，上有儿孙正展茔。

兼味

市远无兼味，思量及井蛙。庣庨炊野鼠，苦笋荐秋蛇。莫为他人道，须防此物赊。田家风味薄，得此直堪夸。

春梦词七首

花开看尽待花残，待得花残未忍看。负手阑前空记恨，成泥砌下尚凝寒。非时物每招天妒，入世人多隔岸观。风露警时天亦瘁，不堪篱落小盘桓。

小雨焉能遏怒云，未临寒食已纷纷。活人渐觉原多事，残卷何伤付一焚。乞米渊明餐有菊，陈情令伯续无文。闲来偶作钟仪调，投倦归鸦破夕曛。

永巷明珠久寂寥，一琴一箧两萧萧。诗因老病工尤拙，书到亲朋近更遥。裘敝敢呵苏子妇，时残宁憾伍胥箫。双眸自信能青白，放眼春波几度潮。

药弗瞑眩疾弗瘳，凄凄风雨抉双眸。落花未必真无主，垂实方知乃有秋。到此拚教憔悴尽，劳歌无复寝兴忧。山川欲共沉江月，纵目登临待倚楼。

八年从此厌笙歌，绿柳繁阴百舌多。病鹤翎伤终在沼，蹇驴文炳却凭河。难期一诺徐君剑，犹待重营燕子窠。修竹万竿原不恶，墙根新种小青萝。

千里相随酒有樽，书生意气近犹存。苍皇就道多年梦，濩落移家半亩园。彭泽菊曾开北牖，邵平瓜已长重孙。雏莺慎莫轻饶舌，鹦鹉笼中亦解言。

淫雨经旬未放晴，灯昏瞑坐梦难成。移家绝域轻生死，隐士生涯乏送迎。巷陌人稠千犬吠，菰蒲春涨万蛙鸣。孤吟自觉难成调，已负蕉窗彻夜声。

大兄自海南来一宿而别

小园春半菊花开，未已阴晴镇日雷。髡柳无多娇眼望，蛮陬难得几人来。南荒瘵骨天留地，中夜扪心念转灰。弹指光阴三载别，鸰原新绿尚徘徊。

世上宁无逼与潜，眼中蝇影入清帘。诸桓未死思江左，儋耳逃生卧子瞻。旷代典坟无此事，漫天风雨到斯黔。三杯软饱蒙头睡，朱紫翩翩且待觇。

聚首难忘雪意严，雷阳携手喜悲兼。艰危渡海杯盘共，颠倒生涯岁月淹。灯下相看潘鬓白，客中徒讶楚腰纤。君归我住难成语，寂寂春愁上短髯。

漫成

胡地原思汉，东门亦避秦。茂陵多病日，珠海饯花春。菊蕊盈枝瘦，榴丹入眼新。潇潇帘外雨，落落夜灯人。

幽居七首

幽居丛竹绿当门，地僻人稀远市村。筑室何妨谋道左，栽花寻亦及墙根。世纷已验荒鸡谶，梦呓真同野叟言。莫问凄迷风雨夕，生涯留向酒边论。

小园佳日菊花开，蜂蝶迟迟偶一来。济溺纵无今日责，疗饥且骋昨宵才。渐愁花谢人将老，却恨春归梦不回。蒲柳已非为世用，斧斤何事到樗材。

依旧星河风月殊，累丸愁以失锱铢。且披尘卷灯前读，坐待园蔬雪后苏。野浦供庖蛙欲王，春雷带雨雉成奴。朱儒未死非关粟，怕过村垆是酒逋。

苦楝婆娑百尺阴，萧萧庭竹已成林。重苏几见辞枝叶，三徙宁排跃藻心。觺鼻能甘司马裈，剑池终忍莫邪沉。壮怀销尽寒灯下，疏懒生涯渐废琴。

护雏谁为织筠笼，尚有鸡枞荐晚菘。坐拥寒衾孤馆月，空摇霜烛一帘风。青虫相对丝成茧，白发频添貌似翁。因病能归时亦晚，惊心又过木棉红。

秋河黯淡客星沉，薄薄青衫冷不禁。半掩残编新病目，一灯寒雨旧伤心。乍翻露叶初难定，已着风帘不可寻。残箬何妨泥沼住，独愁明日料晴阴。

三日窥园坼甲多，田田新绿入池荷。蛙声阁阁初晴雨，草色青青试踏歌。别泪每同村酒混，愁怀聊逐岭云过。举头又见梁间燕，依旧年年自作窠。

除夕从邻村乞桃花一枝含蕾待放楚楚可人因成一律

寂寞凭谁伴岁阑，一枝斜供破窗寒。瓜当再熟宁堪摘，花未全开最耐看。灯影迷离闲里过，霜颜珍重客中残。明朝处处门符换，带水拖泥又履端。

雷州逢故友

蝉唱新声又遇君，事于缺处见精神。行因狂简惭无似，诗为愁多记不真。一用岂无天赋我，三生容或再为人。倘归珠海红棉地，酒后枇杷共试新。

再赋二首

花爱春时叶爱秋，冬心归结海山楼。岭南冀北知同慨，一斗还期话别愁。五亩榕阴水际居，化州南望但长嘘。行歌野哭人何在，影事宁提十八初。

湖光岩 己未

寂寂雷州道，湖光此一岩。楞严开古刹，法雨护云函。鸟逐苍波没，碑横断砌荟。归途新月上，夜色黯春衫。
南渡偏安局，岩花照逐臣。纡回前去路，寥落后来人。寺废怜僧瘦，时残见士珍。举头看石榜，漫漶不堪陈。岩有李忠定榜书。

庭竹 乡人来乞竹栽者多

庭竹今春剪伐多，新梢何日出墙阿。孤根本是龙孙种，恶性难逃杜老柯。或有风云来次第，更无才略供销磨。客怀如此吾何往，留得衰年鼠饮河。

撷笋

甘浓黄竹笋当门，甲乙推求餍晚飧。白发南迁淮海恨，当年明月至今存。

蛰龙破箨餍厨甘，谁恤霜根剪伐三。不谓雷州烟瘴地，宜阳风味胜江南。

陈屋杂诗

小小池塘鹭鹚飞，高低禾黍野烟微。日才过午人初静，荷竹携筐觅钓矶。

去冬苦旱今春雨，淫雨经春迄未晴。可笑定公信诗谶，闭门夜雨亦关情。

听梅楼上虚双绝，琴画谁人作我师。一艺已嫌馀事累，清灯寒影夜阑时。

爰居岂有长生术，在冶难逃不耗金。风雪北来千里雁，飞鸣犹起念群心。

身远冥沉意蒇然，不知兰谷尚翩翩。深藏窈窕留香泽，仰瞩浮云态万千。

繁阴萝架护蔷薇，细雨春寒燕子飞。人静绿窗欹向晚，宫词低唱小徐妃。

秦王破阵争纷泊，鼓角筝琶百里振。竹外花香春梦晓，黄鹂枝上故撩人。

一树夭桃绰约姿，残花未落见空枝。荒村何处寻萧八，煮鹤焚琴事可疑。

雷州六月多风雨，一日雷声断续闻。天意龙蛇将起蛰，谁人煮酒论宵分。

岁月消沮白发生，渚烟溪月寄编氓。鸡孙燕子闲生计，不及疏林听晓莺。

频年百炼仍顽铁，四壁无归未典琴。寄语梁间双燕子，春来何事又相寻。

鱼网鸿离古有之，未闻檐雀亦如斯。居安应有思危念，野有狸奴树有鸥。

幽窗雪意夜如何，土室油灯老一燔。屈指春回看腊尽，严寒岁月已无多。

盲词哑曲大江南，淫手繁声调再三。倘以喧腾解烦寂，寒灯短榻定中参。

幽梦还寻到玉桥，老来心迹付深宵。翩翩鸿影当风舞，往事都成五内潮。

蝉嘒丛阴日向昏，春深檐燕认巢痕。回头六十年来事，久负亲知未报恩。

别雷州

汉诏还冠冕，唐诗颂圣明。九年边戍地，千里故乡情。风露孤村寂，琴书一橐轻。明朝沿北辙，又向五羊城。

归途二首

燕子徘徊辇外飞，迎人南下送人归。行囊莫讶琴书重，尚有啼痕旧絮衣。
老圃归来万木枯，绿芜庭院日初晡。明年三月红棉下，又听云山响鹧鸪。

车抵西门

无病能归事已奇，最难功罪论当时。到门李子情休问，降格黔娄我岂宜。客梦
恍然疑一顷，生涯从此念千丝。车尘又过城西路，不见风云帐下儿。

云岩茶座与陈明德学长话旧   庚申

蒲井花浓入座香，漏天涛影树千章。十年今昔看晴日，一莽辛酸说断肠。野竹
旧分门径在，陈独漉《蒲涧》诗："竹分山色为门径，石咽溪声似管弦。"苍松新带茑萝
长。山僧方士知何处，烟火庵灯两渺茫。

东湖小集同越秀艺专诸子

堤柳依依合有思，繁阴沮暑午凉时。晴窗潋滟人留影，佳木葱茏鸟唤枝。麟史
文章原不烂，鳣堂风雨各相期。白云天外无穷意，说与阑花恐未知。

灯前叠思字韵

灯前忽起十年思，严谴苍皇就道时。老去尚容穷虎穴，归来顿失拙鸠枝。依刘
岁月身难料，入洛声名自不期。坐雨虚堂宵欲尽，所留残梦似应知。

次韵咢生见示洛溪峡口阻雨之作

海气层层接混茫，深烟散入渡头航。牂牁水暖千浮舰，峡口人多尽羃桑。踯躅
堤痕同祭獭，低徊旅梦欲腾骧。隔江渔舍疑天外，铁马遥遥叹望洋。

徐祖立分惠盆兰书旧作艺兰词屏条以报

兰艾同焚岂偶然，移根犹复慎当前。谁颁玉觚供闲玩，我有离骚正待笺。孤抱心原栖物外，危阑香入养颓年。灯前呵冻能书草，为报蒙君盛意拳。

寒宵

龟策何曾为卜居，遥村向暝独纡徐。危窗每入随风叶，蠹箧重寻历劫书。壁有尘琴弦未改，灯摇破衲影犹虚。休看白发青冥里，自笑寒宵百不如。

荔湖小集

少年豪气未全消，佳日相携慰寂寥。胖眠不忘湖外路，茗烟残苕柳波桥。

咏兰

绿竹啬花梅啬叶，青松轮困却输香。得兼三者谁能似，空谷幽兰最擅场。

岁晚偶书

云容漠漠共寒宵，万念支颐坐寂寥。短榻残编驱睡意，明灯小阁护兰苗。难求白发闲中逝，已报青春笔底消。枉事苦吟终不悔，料无良法慰逍遥。

虚窗再叠思韵

虚窗危坐费寻思，最是难忘补漏时。一水照人通彼岸，数声啼鸟向阳枝。灯前问字论风教，雨后看花误信期。自悔残年违用拙，风尘晚节愧相知。

陈巷故居　　　　　　　辛酉

青琐藤萝宅，乌衣燕子家。低徊阶下草，零落雨中花。鬓影虚帘幕，巢痕乱岁华。不堪人去后，斜日带归鸦。

晚抵香洲

零丁洋外晚风柔，碧海沧波一角楼。极目远帆归断港，明珠百二是香洲。

庆云寺小憩啜山茶同大兄晓峰曼硕汉兴

古寺闻钟梵，青山忽老苍。门当松荫密，茗瀹野泉香。竹院深延客，闲云静拂墙。清风撄万虑，一碗且浇肠。

赏菊

赏菊毋忘种菊时，抛残心力几人知。西风未必恩情薄，傲骨宁求月露施。浇此畦花千斛泪，泥他霖雨十年期。思量景物催人老，篱畔青虫欲吐丝。

七星岩三十韵

五岭自北来，山势陡南向。蜿蜒逐羊舸，西止灵羊上。崛起七朵云，层巅迥四望。嵯峨临绝磴，万壑列屏障。或疑混沌初，斗奎坠琅圹。一水泛芙蓉，纡馀蓄溶漾。下有百丈潭，回旋泯深广。龙潜不知年，伏腊时一仰。仰首忽长吟，空谷乱樵唱。潜龙久不归，遗穴今已旷。石室生风烟，游迹遍凿珦。烨烨北海锋，薜壁涵邪将。代有骚人至，云根逞巧匠。隶篆杂真草，题名相倚傍。岭峤搜金石，殆亦一宝藏。蛇沫渍涧流，春夏通游舫。钟乳悬崖下，幻作诸空相。魑魅伏相扑，形拟及狮象。磊砢欲向人，纷诡难名状。说者谓神物，毋乃涉虚妄。谁为发其端，欺人亦自诳。我来值初冬，秋肃馀沆砀。木叶萧萧下，野草渐凋丧。湖水不盈尺，残苔霜犹创。独有山上松，谡谡涛声宕。赫赫贤守风，凛然震天壤。嶒崚陟危峦，到此襟怀壮。安得挹此风，尽起人间瘴。偃卧高松侧，纵横一览畅。会有好风来，长歌且引领。

中宿峡

撼石冲云出二禺，势分太华劈灵裾。记曾舟下湟川日，流水桃花卖鳜鱼。

黄婆洞归途

倚天岩色立崔嵬，三月云山四面开。续绝钩沉新建树，淡妆浓抹古楼台。堤榴经雨红初勒，湖棹分波绿渐回。修竹苍松迎晚照，依依车影远林隈。

萝岗探梅同馆中诸先辈

园橘垂金一陌秾，曲尘廿里逐游踪。闲云咽石飞泉洌，野色通帘入座浓。古翰馀香东塾篆，萝坑精舍悬陈澧篆书木联云："行己有耻，博学于文。"阴山一盖玉岩松。玉岩书院前古松如盖。及随筇屐来高会，又上萝岗第几峰。

一阳嘘冻起霜苔，槛外疏花取次开。芳讯欲回逾岭雪，香风先为报春魁。馀年努力存株朴，废阁重光奂瓦颓。游屐未妨收社稻，初闲农事且探梅。

辛酉春节同人茶会席上赋

千家爆竹庆弹冠，碗茗浮香各尽欢。春入花枝人不老，昆裹异牡丹一盆供厅事，春意盎然。新阳又暖一冬寒。

东风一夜消梅雪，春色今酬望岁心。晼晚馀年应不惜，青青庭树作新阴。

黄花岗烈士七十周年祭

篝火丛祠早着鞭，丹心不负汉山川。黄花岗上一抔土，幸瘗忠魂七十年。

郊原雨足近清明，春色重新国士茔。今年新葺墓园，自由神亦复旧观。血染山花千古碧，归来华表看承平。

死生自古关名节，成败宁论及盛衰。功狗沐猴俱往矣，蔡公时《祭黄花岗》诗："战馀骨肉皆功狗，劫后衣冠半沐猴。"九原毋悔击秦椎。

洛溪渡口

互市连维通海舶，横空迟渡接溪虹。眼前一带禺南岸，松树秋风细雨中。

市桥　八月十四日馆集同人作市桥一日游

万木江村绕岸青，一堤高筑接空溟。鱼乡风貌今来变，长突参差列似星。

重过江楼

卌年依约旧池台，老去刘郎今再来。岸柳轻盈疑鬓影，屐痕深浅认阶苔。沈园往事成空忆，陈巷斜阳恨不回。人事秋风两憔悴，黄花篱落冒霜开。

艺苑开学典礼即席赋

雕堂爽籁薄秋阴，太华沧溟说古今。晓日曈曈开大道，春风桃李百年心。

登峰雅集

浇圃飞泉横落虹，杜甫《佐还山后寄》云："几度泉浇圃，交横落慢坡。"桃栽灿灿舞迎风。他年想见皇姑岭，又名东得胜岗。新种千株一片红。
交红漾绿荐秋蔬，隔沼浮仙绿更多。牧草蒿莱今昔异，漫天霞蔚象岗阿。
茅茨榛莽记当年，宝汉甘泉地厌偏。今日重来凭槛望，高低华筑碧阑前。

乞文宽补书诗箑

风雨神交二十年，向人圭角拜华篇。荡然秦火当斯世，鸣矣齐风复曙天。百粤才名君不忝，一山缣素孰能前。披图双绝赊鸿制，诗事他年更待笺。

辛亥革命七十周年感赋

摩天拔地挟风雷，一举千年帝祚摧。大厦不倾梁栋力，万牛真挽陆沉来。杜甫《古柏行》："大厦如倾要梁栋，万牛回首丘山重。"
涤荡乾坤不世功，呼庚呼癸见初衷。可怜一暝违三策，热血虚流几度红。
三秋风雨泣斜阳，不负头颅负国殇。七十年来功罪在，不须惆怅问霜黄。
去国还堪再误无，民残留喘望来苏。尝闻耀德橐弓矢，沧海一丸旧版图。

衣裳鳞介成陈迹，璀璨神州意在斯。国是正看如旭日，九原贞魄可无词。

珠海上园赏荷

横塘无雨不闻蛙，向夏回红一例花。媚世蛾眉招众妒，高槐蝉嘒聚群哗。幽怀坐快斯游最，翠盖犹擎昨夜华。袖手朱栏休近恋，亭亭照彩立堤娃。

舟中望濠镜

有明人悼鬼方雄，四百年来肘腋中。七十六尊蛮器在，于今初见艳阳红。

谒中山先生故居

青青庭柏拥雕薨，冉冉彤云护翠亨。万国衣冠拜遗像，一朝狐鼠竟寒盟。哀鸿落日沧溟外，蛮蛋哇楼指顾清。燕子横琴千古碧，伤心遗恨未功成。

过玲珑山馆故地

旧苑岿然一榜存，新枝摇曳舞林园。无言桃李成蹊后，花自芳菲鸟自喧。星台零落恋朝曛，乐乐今真共此民。阅世园花休怅惘，是非功罪百年人。

阅江楼晚望

牂牁一水护嵩台，缥缈双山峡影开。云落苍梧洲渚晚，数声渔唱逐潮回。高廊曲阁镇端州，千里牂牁昼夜流。细柳旌旗如昨日，不磨功业在斯楼。

辛酉岁阑听雨轩茶叙

霜饴馎饦缀辛盘，相顾耆年四座欢。一舜浇肠沉凤梦，三冬回首凛馀寒。又逢花信迎春候，已近山园芍药阑。转眼沧桑得一慨，休将万事付毫端。

岁朝 壬戌

朝来烛影报冬残，盼得春回蜡泪干。一卉亲培盆石供，半生心似井泥寒。终成蝼蚁生何补，未了虫鱼死亦难。吉语迎人徒尔尔，尊醪瓶菊笑相看。

夜饮同大兄基溱

谁将衰鬓付吾曹，灯馆盘觞亦自豪。一事不忘春雨霁，金沙溪畔钓蓝舠。

红棉二首

炎祝司南一树明，尧天十日灿花城。莺来三月啼初滑，红入群山醉欲倾。磊砢独能高众木，英雄咸为锡嘉名。馀寒飞絮分春暖，康济苍生见物情。

百卉能低得众心，凭高俯瞰古来今。坐怜风雨摧危节，故后桃梅挂绿阴。春事方殷人起舞，诗怀不负此高吟。天教十万金铃护，一杖珊瑚化邓林。

瑶溪修禊同艺苑诸子

采兰赠芍已非时，上巳流觞或有之。老耄不辞修禊醉，因循犹及饯花期。湖亭寂寂新黄柳，帘雨蒙蒙细酿诗。风送微寒春服薄，死生能一尚何词。

南馆观书归呈胡希老

南园诗事几销沉，竹柳依依酿故阴。十子囊遗风教在，半生虚负岁华深。麟经久烂人犹传，尘席重开孰与任。想象云淙歌盛世，秋风亭馆此时心。

重过峡山寺

泛宅浮家一再过，江行十日走残倭。烬馀兵燹南朝树，岸拍禺阳古寺波。福地榜书仍十九，琳宫尘劫剩无多。昆仑竹解西来意，一律黄钟起达磨。

寺庭偶书

缥缈云峰七十二，飞来几换菜园桑。倩谁借得韦侯帖，付与诗人筑草堂。唐韦宙帅南海时，以俸钱买菜园，有亲书帖。余僦居市郊冼村，室极湫隘。

庭菊

一年一度开庭菊，俯仰非时枉自尊。受气独迟容颟颔，立锥无地寄遥村。坐伤残苔缤纷尽，晚砺秋心偃蹇存。飒飒西风为谁秀，托根失所莫穷源。

竹夫人

专房虚拥此君心，亲炙肌肤眷恋深。所恨恩情团扇薄，西风一夜便分衾。亭亭才卸绿云妆，玉骨扶疏侍寝忙。可叹天心移夺后，恩深终亦守空房。

读《双清词草》感赋

独任艰难百折馀，安危曾仗护储胥。廿年尽瘁灵明在，一帙遗篇旭日如。伉俪此心同报国，画词双绝不虚誉。兰芳继述千秋业，渡海春风一纸书。《双清词草》，广东惠阳廖仲恺遗著。先生殉难后三年，一九二八年开明书店据先生手稿以金属版影印发行。载诗十一首、词二十五首。

粤秀艺校雅集

会文此日赋清游，芸馆凉生沉砀秋。碧树一庭森气象，春来百卉继风流。

公园书所见

世间无鸟不争鸣，不协宫商也得听。任尔笼中千百转，何如络纬弄秋声。

题门人诗集

寥落南园七十年，自怜垂白说薪传。因循又过冬春夏，珍重秋声一嘒蝉。

次韵奉酬满桃见寄

莺啭新声柳外天，多情难得老吹绵。卅年旧梦劳相忆，不尽春心落故弦。原唱句云："多情笑我鬓如雪。"

漓江忆

文史馆同人赴桂林旅游，余不与。归来拟印新诗集，柯沂尝来索稿以实集中，漫写此以应。

乱离曩日匆匆过，四十年来始有诗。诗成已别漓江久，空忆山容长相思。寻思倭寇纵横日，云锁千山榛莽密。疏散人过象鼻峰，身在江湖心惴栗。沿江敌骑扑人来，展转流亡遍野哀。哀此生民百遗一，漫山渍血涂蒿莱。天翻地覆形势改，华宇休明三十载。兴废续绝几经营，瑰丽河山添异彩。一江两岸耸奇峰，峰峰高簇花丛红。果然山水甲天下，危峦踏遍游人踪。游人络绎真如鲫，五洲接踵来重译。群呼新貌倍奇雄，今日漓江异夙昔。吁嗟夫，一山一水本天然，盛衰兴替见媸妍。江鱼岭蕙曾相约，我负山灵四十年。

宿藏霞洞三宫殿舍二首

琪花瑶草神仙宅，石磴岩泉处士家。塔外雨云藏绝壑，几寻猿鹤到烟霞。

江山有待树无私，处处庭梅欲吐时。且向邯郸求一宿，收将残梦证前知。

冒雨游飞霞洞

炼师丹鼎祖师禅，泾渭何曾共一源。万壑飞云随雨过，小桥流涧隔林喧。高松俯阚窥游迹，曲径冲泥到洞门。虚阁尚留方丈地，死生谁共细评论。

赵胡钓台

渭水严滩不复闻，渔郎去后已迷津。是谁钓得黄金鲤，故筑高台误世人。

寻和光洞路迷不获

不见当年五色榴，藤萝曾此系行舟。昌期丹灶非无药，一味和光失狎鸥。

壬戌秋尽广州文化公园赏菊会上即赋遥寄台湾亲友

一年烟景酿秋词，写入秋心寄梦思。最是故园黄菊盛，莼羹鲈脍正当时。

十月新凉草未凋，江山今日更多娇。记否一夜繁霜后，细雨黄花送六朝。

四时园卉几回看，不及秋花更耐寒。篱上鹪鹩应记取，高松犹有一枝安。

满园佳色话秋荼，远渡沧波尚有家。岂识独输元亮节，归来三径好看花。

惠州西湖之游余以病足未与文宽有诗纪其事爰依韵奉和

琳琅触目作清游，病足难堪共倚楼。揽胜湖山来日在，惠州不负负汀州。丙午间，汀州后人持《伊秉绶年谱》原稿征序于郑彼岸丈，丈捉刀于余，未竟，其稿竟与余所藏书画荡然。今丈墓木已拱，九原之下，负丈多矣，亦负汀州也。

尘被千箱籍与图，书藏谁复问丰湖。梁节庵《丰湖夜泛》云："秋辛秉金肃，湖竟取日敛。收书积万想，理桨放一览。"可怜后学斯文坠，断简残篇且待苏。

九百年来事亦虚，墓门犹幸近人居。若非嫁得风流婿，欲比萧娘恐不如。刘克庄《六如亭》诗："吴儿解记真娘墓，杭俗犹怜苏小坟。谁与惠州书旧说，可无抔土覆朝云。"

修禊山阴节已过，文章海内以公多。时文宽以《兰亭》论文北上开会。右军才调凌金谷，不是兰亭尚换鹅。

黄菊秋荷灿一丛，节庵《画荷菊》诗："荷枝崛强菊坚苍，我见此花真断肠。"丰湖今古两髯翁。论诗恨未随高会，文宽谓余不来，无人谈诗。繁卉湖墩只梦中。

渚茶野酿真成乐，静院明窗任放歌。苏子美书中语，见《世说》。堂上逍遥堂外望，赵海驭，永嘉人。宋淳祐三年知惠州，有善政。尝于芳华洲上题"逍遥堂"额。东坡《江月》诗序云："或与客游丰湖，入栖禅寺，叩罗浮道院，登逍遥堂，逮晓乃归。"三溪云水汇湖波。三大溪之流，三大溪之水，北曰横槎，西曰水帘，西北曰新村、曰天螺。合于西新桥汇为湖，湖上有浮碧洲，前有甘公堤。

分春馆挽朱庸斋先生　　　　　　癸亥

烛地虚堂夜气寒，词人心力枉抛干。沉雷疾雨嗟来急，剩句零篇欲续难。公嘱续成所集宋词联，未及报命而疅耗至，故用公挽陈寂句。江汉东流应不废，玉绳西落竟无端。论交回首春风座，凄绝凭棺溯胆肝。

解行精舍庸斋三虞祭

天赋其丰啬其年，为君夺气泪潸然。可怜空负寒灯影，收拾才名到九泉。

车中遥瞻家别驾公故里

千里寻源度野望，抠衣魂梦拜登堂。西村栖得南山凤，岭峤鳌头冠有唐。
一水龙吟金缕村，读书堂址近犹存。望中端肃申孺慕，白发萧疏末代孙。

夜宿望江楼

青林红树野烟微，又逐斜阳倦鸟飞。万壑千岩秋不尽，一楼灯色待人归。

癸亥初秋偕门人游惠州西湖憩六如亭访朝云墓

西风不负游湖约，一夜乘潮到惠州。萧瑟秋声多在树，扶摇寒气共登楼。梅边
小雨凋亭草，柳外残碑咽暮楸。佞佛求官俱妄念，不须空为古人愁。

朝云墓下作

万里相从度岭云，孤山塔影薄林曛。六如亭下芊芊草，一树梅花伴古坟。

迎春园游

岁晚堪惊况暮年，水流花谢感华颠。一天雪意凋园绿，半萼春痕破腊妍。不死
坐耆元祐石，馀生无负伯牙弦。楼居岂为元龙卧，车骑何妨入市廛。

雨后探梅

十里瑶华昨夜开，可怜新霁下霜苔。游人莫践阶前雪，曾在枝头冒雨来。

题桐斋师弟合作燕子牡丹萱草寿石横幅时汉兴洛阳赏花归后三日也

紫颔偎风绰约姿，忘忧石畔弄晴时。洛阳归后新妆巧，独占园中第一枝。

许澹斋周年祭哀词

献岁深寒缀挽词，秋灯帘幕检遗诗。一年又到伤心日，菡萏西风冉冉思。

读分春馆与晚晴楼集得作

积雨成阴天作暝，一春顿失两词人。庸斋病痛中闻耗，伏枕作挽词，未几亦下世。丛残各有凄迷感，岂谓儒冠误此身。

题佟立章晚晴楼遗稿

暮色暗庭树，白日忽已暝。寒威在野塘，萧瑟岁欲竟。十年百事废，世士徒优孟。许子不惮烦，旦夕事吟咏。下笔苦耽思，收视反其听。胡为涵清游，眷此须臾兴。岂欲藏名山，蜚声与泉竞。孰知保厥身，幽潜养心性。尘箧理遗稿，开卷泪已迸。恍惚见斯人，谔谔一士称。世运复泰来，难招诗魂醒。寂寂晚晴楼，朔风入窗劲。

广东省文史馆成立三十周年献词

沧海钩沉盍在斯，卅年文教起南陲。汉兴七略分曹校，朔学三冬每自嗤。香入芙蕖怜小草，天留岁月赋清时。秋风冉冉催庭菊，愿竭涓埃报晚知。

舟中晨望江口

牂牁千里起闲鸥，渐去渔灯逐远舟。宿雾乍收回丽日，青山绿水贺江秋。

双龙洞

夹路山花欲放梅，麒麟白马峡云开。双龙洞里寒犹薄，瀹得甘泉待客来。
忝附车尘白袷衫，百年榛莽此初芟。千崖洞口云封处，信是南天第一岩。

代省馆贺市馆卅周年诗

文以载道史载事，相将磨砺共斯堂。卅年积翠苍松老，旭日迎风发异香。

千层峰四首

树作旌旗石作门，诗囊茗碗叩云阍。千层峰外峰无数，野鸟窥人绿一痕。
九月秋梨已着花，云林小劈足名家。白头自喜差强健，拄笻山前石径斜。
地僻偶容峰突兀，年衰难免步蹒跚。秋深凉意将成雨，胜日寻欢且看山。
深山迎客有高松，俯仰参天谡谡风。酒晕已添今日醉，明年来就杜鹃红。山上
有松，萼生题"迎客松"三字于岩石。

出千层峰沿黄岗河畔漫步

不竞水流此际心，一泓秋碧落苍岑。山花野鸟如相唤，眷我柔情一往深。

白垢电站

且听人歌白垢龙，馀光犹及万家红。横江鏖战飞鳞甲，一坝欣成化育功。

重过苍梧

一别苍梧四十年，重来又是已凉天。香山雪里香犹在，嘉荫台前月正妍。
火山文笔更妖娆，装点江城分外娇。好是秋声添绝韵，金风吹送塔铃遥。
蝶山文运不消沉，几历沧桑说到今。斯世不忘千载业，百年作育又森森。马君
武氏始办广西大学于蝴蝶山。

梧州中山公园笔会席上作

北山苍郁桂江清，一棹遄行唤友声。最是墨花开烂缦，毫端挥处结深情。
南郭自惭元祐脚，西来今学错金刀。他山当有吾师在，浑忘颓年作二毛。

谒梧州中山纪念堂

中山勋业有高堂，簇簇花红旖旎芳。不朽千秋三策在，乔松长郁苍梧苍。

集曼青画名斋

华灯照影拜双星，盘卉临风灿一庭。却喜秋花秋更艳，临川彩笔上眉青。

听雨轩新春茶叙　　　　　　　甲子

琼楼名荈坐吾曹，顿解冬心久郁陶。槛外莺声初唤柳，帘前竹影欲开桃。催人
绝业东风急，奋翮层霄燕翅高。未许冯唐呼老大，狂歌依旧少年豪。

重过馀荫园

名园人事两蹉跎，四十年来梦里过。桑下记曾三宿去，荷前犹剩半池多。穷鳞
谁为倾东海，新蕾人徒望北柯。欲向阑花问消息，难挥回日鲁阳戈。

次韵酬张采庵

已溺寒灰竟复然，白头重见九秋天。坐逢斯世轻生死，强为当时惜岁年。梦里
推移看剥复，杯前慷慨说荆专。风怀未老亲高论，依旧尘琴古调弦。

狮子洋舟中望莲花城

向晚秋风古堞残，孤帆归去塔铃寒。横江链断钩沉恨，辱国师沮惑苟安。坐失
羁縻输玉帛，何堪杯斝献金丸。三元父老今犹痛，回首沧波带泪看。

岭海老人大学诗词班聚餐席上赋

霁日明花不老春，琼楼酤乐共兹辰。当年壮志今犹在，逾腊长松晚独珍。高卧未忘千载业，馀闲仍练百钢身。鳣堂自忖甘王后，惭愧酡颜被酒人。

侯若卢自海外归招饮江楼

杯觞桥影落梅天，感逝江楼各耄年。相对不知成涕笑，海幢风雨话灯前。

甲子长夏重过新昌五首

潭江桥上晚风微，似水韶华又古稀。六十六年今夜月，多情照得白头归。

一江澄碧水涟漪，月下依稀旧酒旗。眼底西桥邮廨路，门前竹马记儿时。

儿时风物记分毫，伦教不忘宋栈糕。最是秋风龙虱美，桂花蝉臂似双刀。

秋风雁影纸鸢高，稚子溪头逐队呼。广茂栏边明月夜，乘潮小艇卖麻糊。

渡头花圃正当门，对岸长沙又一村。鸡豕鱼虾双桨重，趁墟人返近黄昏。

乘游艇绕三埠一周即赋

静渚长龙绕绿洲，一湾潭水望江楼。新花照眼看堤树，半日乘槎惬壮游。

夹岸崇楼接海潮，年年新筑巧华雕。一声长笛冲波去，又架横江第七桥。

宿罗浮白鹤楼

岭峤名山峻，罗浮怪石多。烟沉丹灶火，香瘗药池波。细柳军容肃，高楼鹤翅皤。晚云峰四百，清角数轻过。

冲虚观

盘础琱珉古殿严，群峰四百列当前。朱明洞外云房冷，犹是东樵七洞天。

飞云峰

依稀樵径草迷茫，见日庵颓迹已荒。应瀑江潮千里外，飞云犹见出山忙。

双人峰

阿谁磊石作双人，莫笑坡公妄记闻。若是无情奚有此，千年风雨不相分。

白鹤楼白鹤观旧址

双人峰上岭云开，野蔓荒烟去不回。白鹤楼前风雨后，仙禽将子又飞来。

五龙潭

鸟语千山雨霁时，烟峦飞瀑望参差。五龙竞吐云霞彩，化作清莹一曲池。

洗药池

停车小憩立移时，碧藻红莲偶见之。一自葛翁题句后，药香今已在梅枝。

稚川丹灶

丹灶何时冷，人间疾已多。罗浮山药在，可奈葛仙何。

飞来石

悠然万壑风，雨过千山碧。一醉罗浮春，偃卧飞来石。

寿泉井

幽麓诛茅山骨开，一泉清绝涌甘来。稚川丹屑能延寿，且坐亭前酌一杯。

跻云石

罗浮山上多奇石，石上龙蟠高百尺。十亩婆娑荫古榕，联步青云跻寒碧。

罗浮白鹤歌

双人峰上群鹤飞，双人峰下连理枝。枝头巢鹤去复返，秋去春来会有时。来时
共认摩崖壁，酧寿亭前招鹤石。仙禽世代不知年，聚此逍遥乐朝夕。今秋冒雨
我来游，窗角清严白鹤楼。高楼风雨闻鹤唳，如云世间胜地是罗浮。罗浮乐，
安群鹤，缘何有此桃源若。将军卫国杀敌回，不禁樵苏禁缯缴。

题合作纪念画

缔造艰难日，金刚不坏身。东风消朔气，园卉又逢春。

南武中学八十周年校庆感赋二首呈陈明德学长

风雨海幢八十年，艰难缔造念前贤。园花每惜初培日，云鸟能回欲暮天。修禊
已殊新甲子，回廊犹认旧经筵。堂堂岁月今何补，垂白凭阑一惘然。
绀宇庄严一殿尊，百年雨露感程门。鳣堂继暑怀前夜，马帐寻歌失故轩。久负
兰亭修禊约，终圆桂魄缺时痕。燕归旧垒争相唤，桃李春风又满园。

夜宿沙角

瑟瑟西风故垒秋，卷帘残照望江流。江声咽断波心石，入梦存亡入暮秋。

抵西安

雍梁王气十三都，蛮触纷纷逐霸图。沃野秦川千里固，崇山陇首八流纡。终南
太华环天国，阜北桃林护隩区。故垒夕阳红在野，一行蒲毂入康衢。

止园晚眺

止园为杨虎城故居，余等抵西安下榻于此。

兴亡递嬗古城楼，倚伏群山万里秋。汉阙唐陵哀晚照，名园华筑付清游。随阳
雁影天疑尽，度陇鹰翰雪欲流。我是南来渭城客，萧闲雕馆听秦讴。

登慈恩寺塔望曲江口占二首

欲穷陈迹俯沟塍，垂白将衰恐未胜。为共题名争一着，曾登雁塔最高层。鄂生
同行续末句。

大雁东南一片青，登临无复旧楼亭。空留蛱蝶穿花句，野老新声动塔铃。

荐福寺

岿然一塔角铃垂，古殿悄悄过客悲。卢狄花卉秋欲尽，苍茫斜照读残碑。

临潼道上

断霭沉沉晓日明，车尘拂地出东城。霸桥柳色青如许，一路秋风过邵平。邵平
店，霸桥道上小镇。邵平在长安城东，东陵瓜美，近青门外，因邵平即名其地也。

车中望秦政墓

宛转临潼路，骊山葬暴嬴。鲍车难乱臭，鱼烛岂终明。世有疑功罪，江无混浊
清。行人犹侧目，傺悸是儒生。

骊山怀古

蓝田人但罪幽王，革命从来颂武汤。玩火自焚前事在，何期接踵有秦王。
当年独骑脱鸿沟，玉斗难偿竖子谋。若使临潼留一旅，成名已不让炎刘。《晋
书》载，阮籍尝登广武，观楚汉战处，叹曰："时无英雄，使竖子成名。"
野狐髯栗雨淋铃，魂断马嵬一夜兵。记得三郎亲羯鼓，春风次第入华清。
一代兴亡系此亭，温泉西畔五间厅。独夫自背千金诺，留得他年污汗青。

过华清池

马嵬骨冷水犹温，潋滟千秋绿一痕。孰谓骊山多误国，谁令蜀道两销魂。红颜每恨遭非议，公道何曾为雪冤。若使早烦回纥马，_{杜诗："岂谓尽烦回纥马。"}怎教灾难及元元。

兴庆园杂咏

废殿颓垣莽草芟，果然北国胜江南。秋风九月湖堤绿，簇簇花红映翠岚。

璧珰华榱耸太清，相辉楼琐尽通明。登高引领东南望，一雁传笺寄阿兄。_{张衡《西京赋》："饰华榱与璧珰，流景曜之韡晔。"}

南熏水榭曲桥西，波绿龙池柳一堤。隔岸芙蓉岛前树，依稀犹见远山低。_{《唐会要》卷三十载，中宗景龙末，五王子宅内有龙池涌出，日以浸广，可以泛舟。}

沉香不是旧时亭，今古风流别渭泾。此日阑干人共倚，一池澄碧柳青青。

见嫉蛾眉宠辱殊，凤奁香殄委天衢。君王自爱霓裳曲，流落人间一斛珠。

丛阴人立画亭看，风入回栏照晚寒。老大关情惟纵目，牡丹庭畔小盘桓。

月团新碾缚龙堂，习习风生七碗香。陡忆华清池水滑，将军举足系兴亡。

观长安乐舞

漫天鼓吹舞胡腾，一曲霓裳百感生。不分檀槽说天宝，秋风先已入秦筝。

秦俑三首

堪笑秦嬴计已穷，长生求入辒辌中。如何刑戮遗三户，竟尔屯兵护殡宫。

秦士宁无傅说才，坑原谁为祖龙开。兰池博浪前车鉴，留得圬人作俑来。

圬人作俑后人师，举世咸惊意匠奇。文物好供探史迹，珍存瑰宝有专司。

圣教碑下作

寂寂樊笼供世玩，幽光潜閟褚公碑。风前我亦低徊久，铁干铜柯一代师。

乾陵没字碑

大盗移唐祚，下陈乱帝都。生驰徐业檄，没致董狐诛。足以明功罪，宁论字有无。秋风悲冀马，小立但嘻吁。《东都赋》：“汉祚中缺，天人致诛。”

咸阳怀古

叩关谁得望秦京，约纵离横枉用兵。独据崤函天府固，竟将符玺武关盟。守成首重奢淫戒，失国终贻骄恣名。坐纵焚书三月火，可怜焦土丧金城。陈恭尹《咸阳怀古》：“诗书馀火竟烧秦。”与余诗暗合。《史记·秦始皇本纪》：“阎乐前即二世，数曰：‘足下骄恣，诛杀无道。’”

马嵬怀古

社稷安危系有司，何曾祸本独蛾眉。一雕专擅开残绪，五宅从奸促乱滋。河朔屯兵仪弥重，渔阳挝鼓草菅卑。九原赍恨凭谁说，赢得骚人几首诗。开元间李林甫为相，固宠市权，专擅横行，张九龄、裴耀卿同为相，成雕挟两兔之势，朝政从此败坏。太真得幸，五宅恩宠，声灼无比。五宅者，锜、剑（国忠）、韩、虢、秦也。

杨妃墓下作二首

暮色苍茫欲雪时，低徊断碣足深思。不知岁岁清明节，野祭谁人荐荔支。
寂寂黄山草木疏，游人到此尽欷歔。马嵬那比长生殿，不瘗香魂瘗玉鱼。

杜曲

将军墓后杜公祠，恰似郧州跰䟣时。最是锦城春烂熳，万篇人吊草堂诗。

车中望华岳

皓首名都会，青衫末座陪。金城归雁急，爽气入车来。峻列三峰小，云从太华开。芙蓉青似削，怅怅望崔嵬。

华阴道上

东去秦关险，崤函势已夷。衣留西岳雾，云淡巨灵祠。雪意添行色，车尘入鬓丝。洛阳无亲友，何处寄相思。

出函关

山挟黄河去，经驮白马来。闲云辞陇坻，别意恋章台。回首潼关远，凝眸洛水开。秋风吹古堞，魂梦几萦回。

抵洛阳

一声长笛出函关，东望龙门万仞山。甘菊花黄侵野甸，牡丹丛簇展霜颜。杜康酒熟争酬客，兰寺钟沉顿起顽。璀璨中州文物盛，伐柯操斧不容闲。

伊阙登西山口占

陟彼龙门窟，襟怀大肆奇。香山添一老，不复梦陈思。

石窟四首

乱头粗服龙门品，平淡隋唐启迪功。一自金元开裂衅，千岩今始起荒丛。
毕竟西来意未知，穷年碻斫巧千姿。造成十万金刚佛，留与后人作匠师。
顽石逢时皆是佛，龙门何日见飞鳣。采珠拾羽原多事，每恨陈思不解禅。
北魏周隋及有唐，浮屠千窟凿崖疆。当时耗尽民脂力，文物于今发异光。

奉仙寺望东山

赐袍殿宇已阑珊，萧瑟秋风伊水间。寂寂琵琶峰上草，游人谁吊白香山。
樊蛮去后寺僧忙，十八年来寄上方。最是洛阳风景地，东山犹胜永丰坊。

白马寺

一塔齐云夕照迟，高幢扪读祖庭碑。上人为说摩腾竺，毗阁风幡动客思。
旷劫重生七十年，天花着袂尚依然。雕楹玉瑀庄严界，宿业无缘顿悟禅。

王城公园访牡丹

繁霜浓染牡丹丛，惆怅来游十月中。为报南来千里客，迎人如笑雁来红。

登邙山望黄河放歌

五龙峰上秋风凉，潜蛟逐浪翻腾骧。巴颜喀拉北山北，昆仑箭激奔澜狂。咆哮
万里东入海，巨灵掌劈嵩华藏。百川九道决地节，皓旰纡直垂天潢。甘宁蒙陕
晋豫鲁，沃土亿顷饶麻桑。中州平陆古帝业，郑曲分野角亢当。砥柱峡束三门
势，孟津直迈邙山阳。邙山西接虎牢隘，双桥凌空横缇浪。南北河广杭　苇，
用安行旅便工商。三峰鼎足盘十八，三亭耸立临高岗。纵观渺漫俯沉璧，溯源
愿与仙槎扬。万邦接踵来重译，下窥壮阔惊洪沧。吁嗟夫，黄河之水天上来，
金尊对月酬汪洋。汪洋哺育五千载，禹汤递嬗绵炎黄。

相国寺

信陵旧宅此招提，一记霜钟日未西。十绝至今成故事，岿然八角瓦琉璃。

开封菊花盛开游人趋城郊

紫珞红裳玛瑙黄，菊城十月胜春光。此行到处逢高士，不负间关入大梁。

开封二首

汴梁十代古名都，南渡纷纷剩野芜。华厦康衢红一径，丹青新绘上河图。
战国烟硝识四君，我来未拜信陵坟。三千珠履从人说，冉冉车尘带岳云。

中岳庙会

西出登封县，北临中岳尊。嵩云通海气，绀宇耸芝园。毂击随骡辇，钟鸣杂市喧。百工争列肆，襆被越遥村。

从西安清真寺得苏书两赋拓本于蒲圻车中展视感而赋此

故垒依稀入野望，风流千古说周郎。可怜学士荒疏甚，贻笑黄冈两赋堂。

过丘沧海故居

菊恨兰悲别有春，念台堂上会兹晨。樊川诗句英雄泪，惆怅天涯内渡人。镇平今日祀人豪，南峤孤标旷代高。七十三年遗志在，未完功业付吾曹。血泪征衫十七年，于今鳌没尚依然。故山东望云涛急，风雨终回隔海天。

谒仓海先生墓

西台痛哭失沉沦，白骨曾为守土人。海气压城云欲断，曙光今照蓟门春。

甲子岁阑集馆外曹寅茶叙

雪意冲帘霁色宽，龙团细瀹共销寒。东山诗兴闲中老，南岭梅开岁未阑。故垒融融归燕早，小楼语语寄春欢。从知此会人清健，莫作寻常聚首看。

春日杂诗四首　　　　　　　　　　　乙丑

小园春尽暖云轻，浩荡东风十日晴。梦里如闻花气重，不知莺燕弄新声。东风吹暖入晴天，燕翅如梭荡柳烟。浅草低栏人小立，不妨微露湿吟笺。踏青时节欲黄梅，雨洗荼蘼未忍开。难得故人寒夜至，围炉相对试春醅。三月红棉已着花，漫天如火越山霞。鹧鸪声里春常住，触处芳菲物竞华。

迎春集鹅潭宾馆

一年一度会春茶，愧负缤纷几度花。万态欲消残腊雪，高楼同瞰大江艖。时逢闰后春常早，人语杯前鬓已华。迎送不妨梅萼共，悠悠潭影上窗纱。

孙中山先生逝世六十周年献词

涤荡乾坤不世功，人间正气冠群雄。纵横世失悬沉日，万古名垂史册中。

天津文史馆书画交流会上即席

风流文史盛津门，济济衣冠扣粤阃。攻错敢攀山石重，木棉红遍越山痕。题蔡敬翔、孙文斌、邓长夫、关曼青合作画《顾影因依》。

咏兔

总在迷离扑索中，谁能慧眼辨雌雄。若非及早营三窟，已着东门上蔡弓。

孙文老贻画扇感而有赋

鹍弦弹出郁轮袍，沉醉溪头日影高。晌午药阑春寂寂，扶疏新绿钓蓝舠。

抗日战争胜利四十周年感赋

岁月堂堂四十霜，惊心史往纪篇章。献花曲起英雄恨，赴敌歌赓百姓伤。氛祲冥冥销不尽，艰危历历念难忘。萦情最是芦沟月，神社于今悼国殇。

次韵黄文宽即席书感

老去浑忘前日事，卢前王后亦诗人。乌衣门第今何似，安乱谁云尽细民。黄老原唱："搔首未伤臣易老，敢言少日不如人。萧萧白发吾何憾，留得顽痴作逸民。"

薛涛笺

蜀道云深几梦牵，教人肠断锦江边。去岁游陇，拟顺道入蜀，沿三峡归，未果而憾。肯将五日青毡俸，买得成都十样笺。

登电白虎头山二首

海城秀色曙光频，神电_{街名}风和万象新。朔气才消堤柳绿，东西今看两湖春。
次第彤云过晏镜，悠悠帆影活千舲。登高又见群鸥集，潋滟波光绿海亭。

十四夜雨

一夜秋霖怯嫩寒，抚膺惆怅立阑干。关心最是明宵月，莫负人间仰首看。

中秋

借得酡颜破寂寥，楼高无雨亦萧萧。星辰昨夜非如此，生死当时已弗聊。月色未伤云内好，欢怀长恨梦中消。记将杜曲秋容淡，柳色青青过霸桥。

楼居五首

分得山阴一角楼，登楼四望足销忧。微闻花气栏边菊，细抚巢痕镜里秋。坐久夜分伤腕晚，吟成灯灺梦沉浮。新檐坐待春来燕，帘卷西风冷夕眸。

卜居阡陌出郊圻，三面临街市闹滋。半日得闲删陋句，一阑无计觅栽诗。艰难国步歼夷地_{三元里}，濩落人间卧雨时。即此已同天上阙，休论林月独来迟。

城外风光八月天，山云撩乱荡秋烟。十年沟壑惭三窟，无地楼台寄一廛。芳草夕阳鸦影动，深灯凉夜梦魂牵。非时柳色毵毵绿，独有霜花为我妍。

摇曳风帘夜蟀鸣，四层阁子听秋声。闲挑苦荈迟汤熟，留得疏松漏月明。犬吠粉墙疑客至，萤生栏草入帷惊。劳生未已披残卷，起坐霜严梦不成。

江楼昨夜归残梦，梦醒丁香结灺灯。镜里有人真似玉，酒边无计竟如僧。蓬山路迕疑青鸟，鹰隼霜严类冻蝇。记得年前秋尽日，沈园重见合欢藤。

游九星岩三首

天风叩得玉屏开，起伏群山万马催。云外星星方着地，旌幢遁出洞天来。

古岩洞口绕云青，鬼斧斤斤凿九星。猿鹤笑人还自笑，我来深愧拜山灵。

百炼娲皇天上石，何时飞跃落人间。九龙不欲随云去，化作青青一桁山。

云浮蟠龙洞

蜿蜒一洞拟蟠龙，石乳流泉禹凿功。狮子山头云漠漠，奇瑰尽在此山中。

官窑驿观园即兴二首

六里长街古驿司，循墙难觅旧题诗。山村市隐新园雅，百卉千花好护持。

传车陈迹话当年，照眼园林辇道边。寂寞梅花今有主，新姿妩媚凤山前。

乙丑岁暮罗冈赏梅有寄二首

去年曾试玉岩茶，惆怅枝头未着花。今日重来亭上望，一天香雪玉无瑕。

傲骨曾无媚世姿，托根微惜近郊圻。无端惊起游蜂蝶，犹是冬寒未解时。

清晖园饯岁同咢生伟强

名园重粉旧朱门，岁晚微醺芍药尊。入沼残荷空席缀，临阶小草寄春暄。数茎白发随年换，少日清狂枉自存。王谢乌衣新巷陌，未关人事乱巢痕。

古棉雪重老犹妍，修竹亭寒绿刺天。日月云徂人饯腊，痴呆能卖我无缘。绮窗初倦停毫后，爆竹频催欲曙前。起瀹新泉香莽共，不须赊酒度残年。

珠海市书法研究会成立即赋　　　　　　丙寅

呵冻来探珠海梅，一堂高会墨花开。沧波迭起千重浪，钟瘦胡肥代有才。《世说新语》载，汉末刘德升书独步当时，胡昭、钟繇并师其法，胡书肥，钟书瘦，各有君嗣之美。

鱼脑天峰发异香，淋漓毫翰灿堂堂。枯藤堕石蛇惊草，凤尾飞沙各擅场。

事物类形象以文，可怜遗简尽陈陈。苏传晋法犹能叛，会见今人迈古人。

武汉伯牙琴社

碧苔深处失期牙，古调暗暗道不遏。湖水涟漪发春绿，千年今见故台花。

次韵咢生夜宿清晖园见赠

江水山陵赋上邪，相将白首溯年华。虞城共历沧桑劫，朔气频催岭外花。

丙寅迎春岁暮有作

电炬馀光落酒边，一冬晴暖透春妍。韶华悔共黄金掷，慧业从教白发添。岁岁迎春成故事，家家爆竹正辞年。寄言百卉从头越，休让梅花独占先。

道旁猴戏

一声锣响一筋斗，一片糖饴一鞠躬。观者欢娱猴子饱，旁人休更骂狙公。

文史馆书画篆刻赈灾义卖有作

一雨滂沱泛巨洪，堪怜四野遍哀鸿。扶倾拯溺人先后，举国齐掀至尚风。

楼居

楼居人惮四层高，我欲清霄远市号。涉世蹉跎人欲倦，依山楼阁晚多劳。

机抵海口

万顷沧溟环四州，天开奇甸悬南陬。迁臣渡海狂榛地，银鸟瞰空远近楼。冠带珠厓今日国，《汉书·贾捐之传》："珠崖非冠裳之国。" 蛮荒黿屿旧时洲。蓬莱自古神仙境，不及椰林土一丘。明孝陵称琼为奇甸，见屈大均《广东新语》。

谒五公祠登海南第一楼

移官岭外宋唐盛，人萃英华独海南。天壤不磨楼第一，莺花未老月春三。瘦金碑辱千年石，祠旁立宋徽宗御书碑。忠荩名垂五老庵。载拜祠堂悄无语，徊徨亭畔忆辛甘。

苏公祠下作

绍圣四年公贬海南，万历四十五年州人于金粟庵址建公祠。

九十日春将过了，下车微雨拜公祠。丛残烟缭新题主，光复时磨旧党碑。缯缴不忘加绝域，艰危何惮赋豪辞。南荒未死终成恨，凄绝常州易箦时。

谒海忠介墓

计偕伏阙陈黎策，抗疏婴鳞上万辞。盛世直臣山有幸，滨涯村名封树荫无私。东风一夜苏坟草，细雨三春老鬓丝。巷议未消黔首恨，氍毹犹唱奏分宜。

东山岭试茶有作

春风暖日东山岭，奇石嵯峨冠海南。一线清泉摇翡翠，鹧鸪声里试茶甘。

三亚杂咏

海阔天空一线青，珠崖南极作居停。多情岂独回头鹿，目断当年望阙亭。亭在海口，人谓在三亚，非也。
椰岛风光海一湾，牙龙澄碧漾漪澜。流沙玉链环翡翠，已到天涯春未阑。
人从倒影冲潮去，波自重洋洗石来。三月滩头儿女事，晚风斜掠桄榔回。
来游南国及春时，椒树花残子满枝。揽镜自怜非少日，偷从叶底撷相思。

陵水河苗寨

绣带青裙两幅拖，山中儿女斗茶歌。孩童送客频招手，荒裔开明陵水河。

宿通什宾楼听雨

飞云斜日峒溪沉，雨洗车尘溅屐深。帘带轻摇春影树，寨歌时续晚村砧。乍掠蕉琐蘧蘧梦，已茁藤梢寸寸金。三尺尧阶非昨日，高楼应会润花心。

车中望五指山

停车遥望五峰云，霁色千岩濯翠新。撑起炎洲天半壁，为招海外未归人。

经济植物标本图檀木

有缘奚惮隔重洋，撮合慎毋冈主张。至竟也须人作伐，殊邦金凤配檀郎。檀木旁不植它树始长，亦必择花色美艳者始盛，园选洋金凤配之，生势弥茂。洋金凤花有红黄二种，其色甚丽。汕头的金凤为市花，未知是此种花否。

集海风堂

琉璃屏底刺桐香，雕榭回阑护曲廊。南海明珠悬一岛，春深晴日海风堂。

张子谦前辈缦政七十五年颂词

听梅楼昔数誉公，赫赫声华播沪淞。古调久沉坚自爱，清时终为起焦桐。欣推坛坫今虞席，喜续中和鲁殿钟。想象愔愔弦未改，后生南墙仰高风。

上海今虞琴社建社五十周年颂词

以琴会友一今虞，五十年来道不孤。江左风流欣继美，成连应让领江湖。

次任文媛见寄原韵

举世唐音日盛时，能亲张籍足名师。寄言金石图书外，报我闺中倡和诗。

孙中山先生诞辰一百二十周年感赋

涤荡乾坤势，纵横天地间。功开千祀业，溺拯九州残。易辙遄三策，投荒感万端。可怜遗嘱立，耿耿念时艰。

重游台城

前尘别后未全删，通济桥边忆故关。回首石花如昨日，雨中犹认浅深山。
湖上华灯海上潮，晚祛炎暑雨萧萧。难寻五十三年梦，绿树沿堤雁齿桥。

登石花山

仙窟灵根宝石花，攀云仄径复嵯岈。登高不惮人垂白，先领山前一钵茶。

上川舟中

鸟噪虹收霁日明，冲波迎纳晓风清。沙鸥已逐渔舟去，目断犹牵一线情。

飞沙滩漫步

雄镇南疆海上山，飞沙滩口接茶湾。此中风物宜人处，尽在乌猪宝鸭间。
海上浮山一重疆，飞沙滩畔近渔乡。弄潮儿女双携手，借得宾园步夕阳。

丹霞吊古

五百头颅凝碧血，千秋崖石染丹霞。不堪吊草投今日，林际鹃声岭上花。《遍行堂诗文集》载，掘坟扬灰，丹霞寺僧株连二百馀人。今无《厓门吊古》诗："最是不堪投吊草，乾坤若个是男儿。"

游南华寺登藏经阁

淡淡曹溪水，车尘望祖庭。菩提今有树，卓锡浪留铭。苏轼有《卓锡泉铭》。古殿虚求法，浮生误识丁。早知能顿悟，何必问藏经。

重过风度楼

事到艰危忆至言，停骖骆谷枉凄然。一麾落落南州去，长笛暗鸣奏谪仙。

可园

一楼六阁五池亭，十九雕堂半欲局。易主园林新燕垒，微风开合旧蛛棍。衣香似尚留深巷，花气时犹入断屏。袖手赤栏桥上过，几回低首问荷青。

抵都门

晚岁游京国，蹉跎愧此身。金台千里骨，白首十年人。细草秋霖润，高松晓日新。南云依北斗，冉冉沐风仁。

过长安街望故宫

古殿惝惝燕蓟秋，闲将笔墨写风流。雷霆击碎千年梦，五代楼台咽暮愁。十里长街十里花，燕台无梦客京华。高轩熙攘邯郸道，但得车前一钵茶。

居庸关口号

控海幽燕鸟度迟，元戎匹马朔风驰。当年一钥分夷夏，正是功成报国时。已收残月泛朝霞，俯海凭山辇道遐。关外风情人向往，马前马后尽桃花。

长城谣

幽燕八月秋风号，黄沙白草霜天高。群山北控蓟门月，登临八表明秋毫。居庸天险冠九塞，虬龙崛起居庸外。一带蜿蜒万里长，嘉峪西来东入海。古时设障限华夷，胡骑纵横塞草肥。错落黄金光照眼，将军擐甲守边陲。边陲人立墙台垛，日起狼烟夜烽火。狼烟烽火腾青霄，戍鼓声中胡胆破。边城夜夜梦魂惊，银烛闺房到晓明。一针一线无穷意，心随针线寄龙庭。征衣染透龙庭雪，银勒金戈襟似铁。沙场百战凯旋回，君王杯中健儿血。谁为长城记厥功，无名万里挺英雄。光芒四射遍寰宇，冲霄直指广寒宫。筑城儿女挥血汗，不为封侯御寇患。捐躯卫国三千年，皇皇史迹垂青简。迅雷一发天地光，宇宙休明及万方。万方安谧洗兵甲，从此长城秋草长。长城秋草连天碧，梯航万国来重译。耸立雄姿天地间，先民智慧留奇迹。

中秋夜珠市口宾楼对茗同于城伟强李烽

弹指月圆七十二，今宵圆月照都门。应时节物珍乡饦，似梦情怀乱酒痕。帘外金波争入户，灯前苦莽强开尊。头童自忖冯唐老，笑语方知舌尚存。

长陵怀古

夺嫡论功罪，人非靖难师。扬帆西去日，重译远来时。六使通夷夏，千坟集鼎彝。守成终不忝，遗爱后人思。

碧云寺谒中山先生衣冠冢

万峰澄碧晓霜寒，小立临风感逝湍。沧海投荒闻易代，故园归棹望回澜。琼碑宝塔春秋永，玉鬣华阡殿宇宽。绿霭西山三百寺，慈云终古护衣冠。

西山杂咏

河山百二自西来，朵朵芙蓉簇簇开。万劫沧桑人去后，闲将笔墨记寒灰。
八月秋深落日迟，山山栌叶未红时。自穿萝径孤藤老，碧海红尘僧不知。
十万香山第一花，谁人吟咏记红霞。行旌九日前朝事，翠色依然此独夸。
薜萝门巷敝貂裘，白眼酕醄一醉休。落魄西山名士泪，栌林深处写红楼。
榻临琪树且随缘，兜率院中第四天。密藏一源同寂灭，十方普觉自长眠。
蒹葭诗有重九雪，独惜中秋雪未飘。果是盘桓难择胜，快心犹在半山腰。
重罹劫火吊圆明，物腐虫生匪不经。殷鉴当时犹未远，司晨曾见牝鸡鸣。

瀛台

运会如潮不可泯，笼寒袖手最难陈。书生断送君王命，千古阿谁是罪人。

珍妃井

劲草贞筠万古冤，君王马上掩啼痕。苍皇辞庙西行日，废殿空沉夜月魂。

长门无计可回天，妾命从教一线悬。岂为偷生求苟活，欲知禅让在何年。

北海

爽飒西风白袷衣，赤栏桥畔柳丝丝。飞花乱扑游人面，记得当年舞柘枝。

得陇仍求剧可叹，移来金粟筑三山。可知嬴政求仙药，方士当时去不还。

九州膏血汇成湖，万寿清漪餍独夫。今日名园谁是主，主人当日是家奴。

八千金碧绕长廊，石舫涟漪水一方。颐乐殿前歌未歇，硝烟熏遍御衣黄。

水漾轻裙薄薄衫，广寒宫殿隔仙凡。香风过处抛灵药，赢得诗人赋再三。

阅古楼高柳岸闲，明湖清浅绿弯澴。游人不解三希石，都向蓬莱高处攀。

一语梦窗凌乱碧，词坛月旦让人间。鱼藻轩前湖水浅，几番心事托洄澜。

移得楼船凿汉池，昆明波咽静安词。雷霆运会公天下，甲帐珠帘又一时。

湖柳深深色最娇，系人情思在眉腰。白头张绪风流减，一任飞花落御桥。

细马轻衫故苑秋，旁人指点旧妆楼。脂田粉砌都零落，递嬗兴亡问败甓。

一湖秋水老鲸鲵，玉带沉沉日落西。莫更西风入堤树，花红今与六桥齐。

瑟瑟秋林意惘然，难将心事付吟边。残荷风动斜阳影，归路时闻柳外蝉。

陈村花市竹枝词五首

饯岁围炉酒一尊，招邀微醉过陈村。百花争艳人如鲫，夹道歌声杂市喧。

陈村花市胜羊城，大丽夭桃伴素馨。万紫千红香似霭，卖花人面笑相迎。

辇道东西结彩棚，奇葩异卉各标名。今年又上新兰种，处处争相叫买声。

五彩缤纷拟后妃，桃红粉白竞芳菲。后宫佳丽三千宠，半侍阶前谢赐绯。五彩皇后茶花。

十五里花香万里，春秋百二寿星家。千头彩簇祥云绕，五色芙蓉五色茶。五色芙蓉又名五色茶。

迎春　丁卯

一舛消残腊，明朝报好春。东风初入户，淑气已宜人。

苏北联合抗日座谈会会址修复落成兼怀韩国钧先生

天地有正气，浩然薄岩野。至人赴义心，死生如传舍。天厌降丧乱，霹雳残民社。谔谔紫石翁，大节严夷夏。仗剑忾同仇，睢眦寇肆霸。一呼振阛阓，奔走日弗暇。攘臂集苏北，张弓后羿射。嘘气成风云，众士以默化。辛巳陷敌围，晚节终不假。返璞葆其贞，轻身祢衡骂。利名不可屈，浩气焉能罢。所叹国祚微，兴衰迭迁谢。宇宙今重光，白日起长夜。居安怀斯人，依稀闻叱咤。赫赫仰高风，凛然千载下。

南武八十二周年校庆即赋呈明德学兄

桃李花开又一年，年年同叙艳阳天。海幢风雨浑无昨，白发相看各辗然。

芦沟桥事变五十周年感赋

漠漠黄尘敌骑嚣，至今岸柳咽寒潮。岂容血海仇轻忘，莫谓休兵世已遥。真伪犹闻翻史籍，公私将复祭东条。从兹每过桑乾水，指点儿孙认此桥。

丁卯游石马时立春后五日桃花已谢落英缤纷废然而返

一气开寅报腊先，酿春成雨渍蹊田。文筋细会兹晨意，人物翻疑入晚妍。莫向溪流伤堕粉，且从馁实护残阡。缤纷夹岸分明在，恨不寻源廿载前。杜诗："江上人家桃柳枝，春寒细雨出疏篱。"又云："高秋总馁贫人实，来岁还舒满眼花。"

丁卯上巳流花湖畔修禊

春禊临流对酒欢，踏青时节暖犹寒。坐怜老病终难被，齐到彭殇强自宽。一室晤言欢旧侣，十年风雨断惊翰。诗成蛮语惭时彦，所幸天和废小弁。《小雅·小弁》："弁彼鸒斯，归飞提提。民莫不穀，我独于罹。"刺幽王宠褒姒、废申后、逐宜白，并斥谗人。

方孝岳教授之逝胡希老嘱李筱孙作南轩感旧图
并亲为之序余自雷阳归抚图於邑为之赋此

花红桂馥暮轩横，惆怅西堂路作坑。灯灺几曾消壮志，风狂胡忍落屏英。魂归鄂渚留虚室，笛黯山阳哭旧盟。莫以狐悲徒畏死，可怜憔悴是苍生。

寿刘昌潮九秩开一

一艺能专寿者资，桃开九秩卜期颐。渭川千亩娟娟好，与可情怀今在兹。
榕浦风流夙所钦，张颠草法子瞻心。毫端潇洒西湖梦，写出山阴处士襟。

汕头宾园晨兴

鮀浦晨光分外娇，东风浩荡杏花桥。卖饧天气家家暖，极目岑楼听海潮。
风物东南海甸清，人文经济各昌明。宵来绮阁我岂卧，留得春涛伴鸟声。

海丰红场

叱咤风云业不磨，先驱人念首功多。十年雨雪纷纷尽，日月更新遍颂歌。

海门莲花峰

一出桥阳远近山，毂尘又过海门关。莲花峰上千株树，信国回天梦已阑。
一剑终南泪暗沱，伶仃洋外几风波。忠臣定有回天听，千载唯存正气歌。

灵山寺

青山迢递绕韩川，又结南来世外缘。一表坐行千里役，留衣终作出山泉。

灵山寺壁兰

纫佩记曾收楚畹，移根谁为托招提。禅堂花木清如许，开落何因堕世谛。僧云，有显者至，花即盛开。

谒潮州韩公祠

十八梭船廿四洲，巍巍师表是千秋。丛祠不及开元寺，踯躅山前吊故侯。祠荒甚，其旁开元寺正鸠工重新，金碧辉煌，忾然有感。

昔年离乱客连阳，湟水矶头奠一觞。不是已砻元祐石，淮西谁识段文昌。

景韩亭文公石刻

一堤澄碧似丰湖，塔影回澜或不如。独有山亭鹦鹉赋，未多传世是公书。

曲江金鉴世存疑，真伪终涵补衮思。所贵诚能通异物，至今人尚重斯碑。

过海门莲花峰谒文信国祠

奇石碑镌一字伤，莲花风雨泣残阳。成仁取义无虚誓，赤胆丹心有炯光。万折必东曾指海，孤军从此过丁洋。五坡岭上完臣节，燕市从容报卫王。

丁卯暮春偕同人夜游丰湖待月不至

孤山云树记游曾，携手相看鬓已鬇。草覆堤回人欲倦，桥横春涨夜初澄。何劳想象云中月，且看晶莹水上灯。违世未遑惭我辈，玉堂歌板叹无能。

车过大科峰下穿云而上望西樵诸瀑

云拥青螺七十二，山山不及大科雄。飞泉入世新凝渚，广厦迎人旧植松。绛帐十年开翰苑，明末，西樵有三书院，方献夫营石泉书院，湛文简营大科书院，霍文敏营四峰书院，鼎足而立，三公讲学是间历十年。翠微一水注芙蓉。屈大均《新语》谓："四围皆江水，环有七十二峰，若芙蓉注其跌。"西樵自古多奇瀑，碧玉琮玎第几峰。

夜宿天湖宾园

古洞飞泉出，危峰鸟径纤。芝房虚福地，萍迹鉴明湖。水活知源近，秋深感岁徂。夜来霜露薄，多事坐诗通。

为象棋报发刊一百期题

几抛心力未专精，得来棋报有传经。纵横攻守藏机括，消长推移局一枰。

祝后浪青年诗社成立

一浪波澜一浪高，青山夹岸见分毫。瞳瞳晓日千帆过，已到中流再一篙。

中央暨十六省市文史研究馆工作经验交流会开幕即席

云萃天南第一峰，相将冠盖带征鸿。重临亿兆兰薰里，顿起蓬蒿薉落中。天为辟雍留一席，露分陶径泽千丛。蒲轮八表交文会，烨烨秋花啸晚风。

西樵天湖

借得匡庐千嶂瀑，平分一半汇天湖。鸣驺不敢惊猿鹤，少有移文谢我无。

沙头水榭遇雨

未近重阳风雨多，诗心能事付阴何。缘悭不断樵山梦，水阁临窗写檗窠。

柬鲁萍美洲

万里投诗稿易三，分携犹记大军南。十年岁月人无恙，两地萧疏鬓已毿。海外成名真怪杰，胸中奇气萃渊涵。毫端洗尽陈窠臼，珍重丹青一幅柑。

丁卯中秋成都宾园赏月

去年京甸月，今夕照蓉城。万里蚕丛路，长天雁羽程。槎通东井野，客汇锦江情。川粤婵娟共，天涯彻夜明。《史记》："秦地于天官，东井、舆鬼之分野。"

登峨眉万年寺

邛郲一脉岷山延，岷山从分两金川。插云嶙峋凌五岳，排空海拔逾三千。天下险峻无越此，秀绝三峨七洞天。金顶铜碑集王褚，万历殿记独岿然。绀宇梵宫纷栉比，卧云接引相蝉联。吾侪疲惫老且弱，安车图近陟万年。万年古刹建晋代，红枫树树岩桑连。安得蜀僧抱绿绮，为我一挥尘心蠲。归途一步一回顾，峻嶒在下云驱前。仰首峨眉千叠嶂，山气横亘群峰巅。

过新都杨升庵别业

宦海升沉似长公，萧条异代竟差同。肯因斧钺消廷净，自有文章表道隆。古堞阴迷沉露榭，残荷香断桂湖风。照人明月千秋在，万里魂归认绮栊。别业名"桂湖"，围墙如城墙有垛。沉露榭为杨夫人居处。

杜甫草堂

一谏微官失，万间广厦虚。病依茅栋月，贫减锦溪鱼。碑碣千秋颂，逢迎五马车。倚天松骨见，生事不胜歔。杜诗"病枕依茅栋"，又"盘餐老夫食，分减及溪鱼"，又"锦里逢迎有主人"，又"五马旧曾谙小径"，又"锦官城西生事微"。

过汉昭烈庙

天下英雄曾自许，半生戎马在营求。一隅业创蚕丛地，三统元赓赤帝瓯。山色至今犹王气，鹃声终古泣岷丘。庙堂共有千株柏，何独森森荫武侯。

武侯祠

人过昭烈庙，共指武侯祠。定策三分日，鞠躬尽瘁时。忠贞遗一表，书简畏无私。世有君臣义，应教殿柏知。

薛涛井

校书门巷竹成林，绿映晶帘落素襟。风致尚留千载下，井栏依旧作秦吟。

眉山三公祠

万里孤臣流粤海，一门三杰出眉山。至今儋惠新祠宇，俎豆千秋共此门。

晚抵重庆

素练横江万点星，家家灯火照嘉陵。一轮月色银河落，匝地珠光白露凝。向晚山城天不夜，临街崖磴步能胜。停车适馆高楼上，薄雾秋风感废兴。

鹅岭夜望

玉明磴道水明楼，滚滚澄江濆洞秋。银汉高悬鹅岭月，万家灯火是渝州。

白帝城怀古

干略机权输魏武，不谋讨逆竟谋吴。祚承继统重开国，计失传贤寓托孤。甚惜身前遗取士，敢从事后论潜夫。猇亭道上沉师旅，臣下谁修谏草无。

舟次秭归

闻道胡沙冢尚青，岂因图画误娉婷。巫山百姓今犹恨，恨自香溪选内庭。

三峡行

白帝城高晓日暄，征轮鼓浪下夔门。瞿塘西控巴渝地，东连荆楚群山嶂。白盐赤甲南北峙，波翻绝壁惊潜鼋。巨灵一掌分滟滪，雷轰石裂蛟龙去。渊沉象马靖洄澜，一叶轻舟驾容与。长笛一声过黛溪，巫山巫峡听猿啼。云深未醒高唐梦，十二峰巍天宇低。巴东东汇香溪水，水入西陵混清泚。西陵峡口急滩多，舟行飞越如奔豕。昔年三日上黄牛，行人咋舌危途视。三里一湾五里滩，蜀道行比上天难。葛洲一坝回天力，从此江平商旅安。君不见青滩东岸白骨塔，江水滔滔江水寒。

出峡

千里巴东水似油，巫山巫峡漾清秋。苍波百折东流去，消尽猿啼一往愁。

汉上琴台

几时魂梦傍高台，楚泽云深此日开。细雨欲沉孤馆树，崇丘犹护汉阴才。月湖鱼藻分明在，大别龟蛇取次回。壁上淋漓南岭墨，题诗人去我才来。

登黄鹤楼望晴川阁

岸隔晴川汉水秋，鼋鼍深窟自沉浮。三湘风月曾无恙，万古烟波尚此楼。岂为词华追屈贾，且从兴废说孙刘。低徊崔颢题诗处，槛外青青鹦鹉洲。

归途经黄鹤楼下作

一楼千载以诗传，人自沉浮鹤自仙。鹤不留人人亦去，几番回首望晴川。

谒歌乐烈士陵园

成仁为国英灵爽，碧血雠仇似海深。歌乐山前怀烈士，千秋铭记在人心。

丁卯腊月既望宿雨初霁冰蟾在天客去拥衾不寐起次顾太清销寒诗六首原韵以遣岑寂

应序阴凝腊意融，披襟犹冷畏多风。檐移雪色添梅白，酒泛炉光上颊红。茶熟烟摇灯掩映，客来吟破夜空胧。声林虚籁盘桓久，素魄流天又满弓。

爱居晚节倍兢兢，楼外云山树百层。岁事吉凶贞玉象，天心寒燠验瓶冰。穷阴急景时方逝，青琐无光旭待升。久别相思言不尽，泥封千里寄牙绫。

坐拥熏炉袅篆烟，霜钟寒落一城天。烛摇茗碗龙团外，雪压芦花雁影前。郁郁深怀谁可语，沉沉高阁我无眠。起来卷袖添檀炷，三五窗前月正娟。

独对疏林叹逝波，霜天无复见桑阿。佳人翠袖添雕博，帖子红笺写擘窠。万叶飘残寒鸟静，众芳徂尽曲蓬多。深灯暗神笼诗卷，雨滴空阶水部何。

冬来秋去换年时，花好难期不异姿。前席无伤谗贾傅，拂尘何惮蔑元规。薏腾浊酒叵罗尽，徙倚荒园步屧迟。自笑近来牢落甚，下帷珍重护瓶枝。

雪色侵凌岁欲央，曲肱难寐藉寒床。香分梅魄重帘入，月透珠栊一线光。弱柳回春初漏泄，残冬无处不荒凉。围炉烂醉飘歌起，莫道先生是酒狂。

广东中华诗词学会成立　　　　戊辰

东湖侃侃谈诗日，已后南园四百年。乌狗未甘陈竹箧，渊龙终见奋高天。词人绝业春声早，高会弹冠霁色妍。梅萼香中莺欲滑，一尊同起抗风轩。

三月三日访肇庆梅庵

庵以梅名怀卓锡，焕然丹腹再来时。甘泉兴废人无恙，留得幽香蕴古碑。

陈若金公子超英去国四十年顷自台湾归省曼青赠梅花燕鹊图咢生与余均有题诗时若老已九十八岁矣

白首相逢疑隔世，卅年亲老倚闾时。可知今日莱衣舞，两岸春风特地吹。

日中友好书道访中团莅馆笔会

樱花开处古梅红，旖旎春光两岸风。眼底银毫纷异彩，悠悠江汉溯源同。

汤泉园坐

一带逶迤瀑十寻，村原幽筑占春深。高低鸟任争园树，冷暖人应会水心。昼静搴帘窥虎迹，泉清激石记龙吟。早知南国多红豆，哺啜相从已不堪。

逍遥堂小憩

丰湖三度过苏桥，鸟唤春深分外娇。新瀹月团瓷碗薄，芳华洲上坐逍遥。

广东省文史馆三十五周年馆庆献词

大政开三馆，殊恩及五更。鹿鸣诗小雅，绵蕞鲁诸生。拨乱钩沉绪，匡时奋短檠。隙驹争晷刻，将以报休明。

戊辰初夏过会城故居

几日薰风一嘒蝉，更番晴雨酿荷天。偶过短巷闻乡语，独抚孤松感暮年。一笑入门今是客，重来访旧恐非前。邻翁莫问当年事，十载凄迷事已迁。

车过白沙先生钓台少日读书处

蝉嘒薰风四月初，丛祠劫后近何如。鳣堂奂矣添华彩，鲁殿岿然感逝徂。_{植虞新逝}。楚宝谁怜终抱璞，秦嬴人但罪焚书。不才弟子今头白，一水依稀绕蔓除。

过水南

村前仿佛旧书声，少日长街路已平。尚忆水南黄处士，十篇秋意咏羊城。

谒白沙先生祠

端肃仁贤里，巍峨碧玉楼。茅龙风雨夜，奇石海山秋。沧海遗音绝，甘泉古翰留。堂堂开学派，一代起横流。

过任公故居

曲尘扑面访怡堂，我有微词未敢张。易代中原纷立马，风云人物是康梁。

新羊城竹枝词

一箸万钱古所叹，食前方丈又何难。休言囊粟侏儒饱，且试东堤老鼠斑。
春秋货殖五洲通，络绎交流两会逢。大厦旌旗飘举后，车如流水马如龙。
赵眜居然作赵胡，史臣当日太模糊。象冈今纠千年误，墓藏犹疑缺五铢。
翩跹顿改老霓裳，国际新风展五羊。开放迎来舞蹈节，沟通文化试初尝。

惠来雅集即赋

六月三十日杨和明、刘逸生、徐续、陈永正应惠来文联之约。

荔子光阴里，榴花欲灼天。已过南岭雨，来听古葵蝉。肌剥罗囊雪，盘登鹤顶
鲜。流风文酒会，言笑且随缘。

黑叶荔枝与逸生池富三人联句

一树青圆以叶名，累累未掩陇头赪。冰肌自有神仙骨，肯向罗浮问浊清。

神泉

神泉又作小盘桓，岂为来求海市看。稍退人间炎暑酷，坐怜亭外水天宽。浮瓜
未已相如病，短褐宁知范叔寒。荔子光阴孤负了，也应拾贝到狂澜。

戊辰蒲月同和明逸生沚斋徐续游神泉归题
和明水墨兰花

幽人不作画，画则兰与竹。下笔不求似，所贵在心曲。蕴发胸中奇，英迈自殊
俗。清气集毫端，斯乃得其鹄。此意究若何，举似和与续。

惠东夜话

朝别葵阳入惠东，曲尘难隔荔支丛。稍回睡意邯郸道，且逐炎氛鲴石风。生事
蹉跎闲橐笔，诗情骀荡似飘蓬。坐怜蜃气消磨尽，夜话冰心到夏虫。

为伯彦题册

鸿雪涯湟一隙过，休寻残梦话蹉跎。蜂翻堕蕊红留迹，蝉嘒疏林绿上柯。莫损情怀伤旧雨，顿教老耄更新幡。虫吟浪说惊群吒，瓜熟东门自放歌。

桂洲客次与采庵逸生徐续诸老及门人沛泉论诗 灯下有作并柬都门孔凡老代贽

今古才人孰是非，真唐伪宋各相嗤。繁霜未掩秋蝉嘒，瑞雪宁求夏蟪知。代有风骚容降格，晚于门户总生疑。诸天称意花如锦，絮絮灯前论已痴。

赠桂洲诗社

獭祭无端惊博奥，不须毛郑作笺铨。纷纷耳食非关学，万卷胸中自有天。

过桂洲登青霄阁

百年灵气树生桥，澄碧鹏涌色逾娇。极目间阁新貌外，狮山高阁有青霄。

论诗

才名谁为播鸡林，洗净铅华不捧心。下笔何妨师自我，一言三昧度金针。

为许瑞人赠日本友人栗栖昭以昭字

昭世民人寿且康，蓬莱中土两重光。莫愁万里沧溟隔，管鲍交情似水长。昭谊深维异国情，樱花红艳古梅馨。阜财有道资生术，好鸟枝头听友声。

鼓浪屿

延平堂燕归祠馆，古树奇花有菽园。夷制尚遗今日宅，危阑空吊故侯辕。

厦门郑成功祠

玉帛干戈误鬓丝，踌躇中道叹淹迟。森森松柏今犹在，千载悠悠国姓祠。

车中望洛阳桥

蒲尘又过万安桥，夷祸名碑恨不消。我欲停车桥下卧，深心都付晋江潮。

林文忠祠下作

万里苍皇谴戍年，残民宁忍罪销烟。甘蒙白下输金耻，终戴延康代禅天。论世大名垂宇宙，盟城暴虎结鹰鹯。晋江风月珠江水，尽在巍巍篆榜前。

武夷杂诗

芒鞋踏破建溪云，缀玉含珠露半分。陆羽卢仝人已去，斗茶谁续范希文。_{范希}
文《和章岷从事斗茶歌》："露芽错落一番荣，缀玉含珠散嘉树。"
登攀奚惮舛途修，白发名山两愿酬。行尽峰峦三十六，方知奇秀冠罗浮。
千竿翠竹万重山，十里清溪九曲湾。一筏纵能通彼岸，也应先付渡头镬。
蒲毂冲尘入八闽，归来分得武夷云。卢前王后凭谁主，一任篙师竹下分。
云开人共洞门寒，石燕穿岩露未干。疑是先民天葬俗，停篙崖下觅悬棺。
云涌天游第一峰，汀州重盼洞梅红。伊墨卿《天游峰诗》："定识他生来有日，欲行重盼洞边梅。"现洞梅仅存一株。他生未审梅知否，今日山行剩一丛。
正心诚意紫阳学，绀宇峱然道未虚。仰首危峦人小立，诠经新论有乘除。
鸣驺来试越瓯茶，为爱溪山欲徙家。又恐山中猿鹤笑，移文遍客锁烟霞。

莆田怀古

已报殊恩抈发肤，上阳何必恨雄狐。至今父老无人识，涕泪当年一斛珠。

重过人境庐

煊赫钦臣业，高文重岛藩。河清终可俟，心远竟难存。馀事诗中老，先机世后尊。一庐今宛在，绵述有文孙。

滕王阁重建落成

阁以文名事偶然，盈虚兴废有机先。三迁已易新潭影，一水犹连旧馆天。胜地重开洪府阆，威仪不减汉时妍。王孙蛱蝶沉沦久，童子才华递嬗传。

戊辰除夕迎春口号

卖懒年年懒未除，今年懒更不胜书。应须策马从头越，百卉争春烂熳如。

戊辰除夕芳村花市

放眼园林百万家，嫣红姹紫灿如霞。相将蒲毂冲寒去，来看芳村十里花。

咏蛇　　　　　　己巳

羲皇玉简定洪流，夏禹凿龙门，有神蛇身人面，授之玉简，禹据此平定水土，蛇即羲皇也，见《拾遗记》。商隐还秦建午秋。李商隐诗："蛇年建午月，我自梁还秦。"有识龟龄同寿考，龟蛇皆长寿之物。苏轼诗："跨历商周看盛衰，欲将齿发斗蛇龟。"《玉策记》："蛇有无穷之寿。"明珠将以报隋侯。《搜神记》："隋侯出行见蛇伤，为敷以药，岁馀，蛇含明珠以报。珠夜有光，曰明月珠。"

陈景舒师生书法展览会献词

尝闻百艺师承重，太华崇成石一拳。风雨十年轻八法，曈曈晓日见薪传。

郁文轩开幕

六艺流风荡世纷，丹青翰墨续馀芬。菩提树下累累实，兴废钩沉郁有文。

题杨和明兰花长卷

与可画竹不见人，杨子画兰遗其身。蓬蓬不辨庄周蝶，浑然莫识人兰分。今春高斋展一卷，淋漓墨沈横天绅。写真造境穷殊相，略其形似存其神。灿然光芒跃纸上，幽馥盈室何氤氲。溯源根本托穷谷，复出尘表侪松筠。记曾九畹移楚泽，出山从此随尘纷。迷茫一堕萧敷世，草草辄与艾同焚。鱼网鸿离有时有，何期竟及无心云。早知俯仰供世玩，悔不长与巢由邻。兰兮兰兮安所遇，杨子下笔前无伦。焚香拂纸矜且慎，毫端惜墨如琼珍。偶然命笔幽兴发，呼呼运斧如千钧。所慎酒后一挥洒，投之匪人防兰嗔。

题杨新伦先生横琴图

人生不舞剑，英迈潜以伏。少壮不弹琴，气越莫羁束。二者相发挥，斯乃得其鹄。招师铭山后，交与先子睦。侍座十年来，授我琴与竹。画竹须养气，振笔先势蓄。弹琴贵传神，在心不在目。小子愚且鲁，又复学不笃。蹉跎二十载，得七失五六。所馀鲜蹄涔，遑论卑与熟。灯地听梅楼，茕茕感幽独。座中拜杨师，爱我同昔夙。谆谆随萧规，琴剑复相属。下指弗殊源，大江容四渎。舞剑画竹同，浩瀚发心曲。辙迹矫北辕，钩沉续脱辐。耳提且面命，崒屼趋平陆。晴窗偶展图，神光夺锦轴。春风吹岭南，赫赫鸣振玉。馀韵丹青外，金徽发幽馥。堂堂松鹤姿，期颐斯可卜。古云仁者寿，不尽九如祝。

荔湾湖修禊分韵得来字

踏青时节多风雨，半日清和霁色回。借得红云张宴地，相将禊饮白头来。

读岭云海日楼诗有怀仓海先生

海月鲲洋梦，风云鹿耳旗。灵槎通紫宙，俊物旧乌衣。波靖销兵甲，时清谢蕨薇。念台悬榜在，留待故人归。

过荻海谒余忠襄祠

楼榜岩峣尚俨然，崇祠突兀挺炉烟。安蛮有策风标在，去国无端谠论牵。十载丛残馀宿莽，一堂风雨两名贤。堂题白沙书"风采楼"榜。从来逐客多奇士，庙食于今俎豆虔。

重游邙山

迢迢文史中州会，蒲毂春风白发萧。四载重寻挥翰处，一碑来访庆春朝。

郑州宴席食鲤鱼

二尺黄河鲤，孟津点额来。龙门今已闭，跃入釜中炊。

参观仰韶文化遗址

仰韶文化接龙山，氏族犹存母系间。民智早开今日慧，当时顽石已非顽。先民以制石器为主。

洛阳王城公园看牡丹

前秋已作看花计，踏遍王城百亩园。憔悴旧寒凋后叶，清和今日照前轩。三年老去知多少，千里重来偶问存。乖隔久劳闲梦寐，凭阑忙与话寒暄。

粉痕脂腻晓临风，罗绮轻盈入汉宫。春尽始闻香旖旎，云深犹见玉玲珑。休当人海争姚魏，且向天涯集异同。底事阑前求一致，每于黄紫悟天工。

晓露侵肌蜡晕干，春归时节尚微寒。含情掩面娇凝睇，堕马啼妆醉欲看。韩寿帐中薰似麝，沉香亭北倚无端。云和斜抱轻摇指，谱入长生殿里弹。

岂容倾国罪名花，何地琼楼不馆娃。大抵才华招众妒，也应人世有微瑕。兰台望断长门赋，檀板歌停苏幕遮。休仗入门能解语，郁轮袍尚怨琵琶。

云裳曾缀寿王衣，川谷缤纷烂若斯。五色原知同一队，廿年赢得是相思。露凝巫雨清平调，粉覆庭莎助教诗。肯向人前矜国色，上阳犹唱斛珠词。

芙蓉原是女儿身，心事无端付与人。十二阑干闲倚遍，无多涕泪竟沾匀。青黄红紫初难别，开落兴衰夙有因。早识洛阳堪避世，百花何苦媚金轮。

重游塔林

浮屠曾寄六朝坛，东海一铭记菊庵。日僧邸元撰菊庵塔铭。休道陇西开国事，慈云留以护精蓝。

少林寺庭前牡丹

重来恰值牡丹时，人比花颜十倍之。结习未随年岁尽，花前能不更依依。

伯彦招饮寓斋

鹭江华筑绮窗深，数访高斋力弗任。入座胜流杯酒共，暮春佳日市车寻。酬诗自念相从懒，下笔谁怜亦似痁。花事酝酿应未尽，更留头白论晴阴。

端午归自都门

野云翻墨大街沉，孤馆楼迟坐雨深。艾虎向人终作噬，蒲觞成血竟何心。群生初喜天行健，稻熟宁禁雨后淫。肉食于今忘在莒，忍教憔悴汨罗吟。

都门书事

百里分符十万徒，东门请命敢号呼。一春已倦营巢燕，午夜惊飞攫肉乌。不信玄黄容屈贾，应知燕赵起坚卢。长虹吐日人何在，终古云雷定有无。

六榕寺惠能铜像

历劫金刚不坏身，千年衣钵属何人。曹溪已悟西来意，刍狗筌蹄亦夙因。

药王山孙思邈纪念馆

华原太白山头客，器大难为用世才。天马肯移高士驾，岭云端向隐沦开。济人岂吝辞三辟，畏道终还结五台。方有千金遗潭在，瓣香雕馆仰贤来。

游罗浮诸胜夜宿宾园

树密山高远市哗，为寻猿鹤到烟霞。稚川若许常来往，半在罗浮半在家。
为访仙源上翠微，我来重叩上清扉。至今未醒邯郸梦，惭愧当年受箓归。
寒燠阴晴朝夕殊，山深何处认仙都。几回歧路云犹护，欲问邹师指掌图。
端坐悠然念世纷，老怀心共入山云。龙吟潭水惊酣梦，卷入松涛枕上闻。
名山粤岳首东樵，四百峰头听夜潮。见日庵高高几许，飞云一路上青霄。

题赠广州棋坛六十年史

游涉能销百万戈，庙堂将略事如何。寻思楚汉争持日，广武山樵有烂柯。

哭台丈

病榻缘悭各自知，凭棺难已伯牙悲。依违于我容非憾，进退由人似未宜。岂坐
私交为汝哭，故当明世惜才时。可怜空负乾坤志，浪说从前五字师。

广东梅州客家联谊会成立

每从异域认乡音，一去天涯远莫寻。最是故园泉水滑，阴那雄峻岭云深。

厓门怀古

秋风极海话兴亡，忍死来投万里荒。中土无家南有国，偏安犹痛晚多伤。从来
史笔严夷夏，付与千秋论短长。莫指山河今尚在，可知人世几沧桑。

叱石僧舍见壁悬郑绩瓷画

残蜩新向故枝啼，习习西风过断溪。一事不忘今古讽，金钱壁上郑侯题。郑绩
字纪常，清名书画家，画中画一大金钱，旁十馀人追逐之，后跋百馀字深致感慨。

镇崖台

两树英雄秋有浪，镇崖依旧古台森。王师十万银湖鬼，犹在千年百姓心。

叱石岩

閟室天然隐士资，绿屏蜿蜒自东驰。千章绕径松犹健，一叱成羊石岂知。古刹已忘初岁月，清泉难为洗尘缁。初平仙迹从人说，冷落忠贞乏史祠。黄石斋祠在山上，极荒芜。

三忠祠

一代孤忠犹庙食，新祠有地寄冬青。诗题帝碗人何在，独立苍厓泪暗零。厓山出土宋碗，侯过、黄文宽两公有诗，今俱谢世。

汉甸青山着此祠，兴亡有责励来兹。茅龙风雨千秋泪，洒向堂前个个碑。

十二夜白天鹅宾园望月

明月天涯共此时，光被六合照无私。苏词有恨伤离合，谢赋因人感盛衰。风肃曾消三伏暑，秋澄一洗九霄缁。清辉应信来宵好，且为来宵尽一卮。谢庄《月赋》，因陈思、王粲而起感慨。

江苏南通梅庵琴社成立六十周年暨创办人徐立荪先生逝世二十周年纪念

缔造不忘创业先，停琴廿载念前贤。成连去后风流继，珍重梅庵六十年。

为欧广勇书展题

秦汉灵光冶一炉，奇芬异采拓康衢。芸台高论开新径，双揖承潮播具区。续起波澜南海棹，甘随猿鹤北山蒲。堂堂岭峤斯风在，壮岁惊才白额驹。

书赠伟强

春园百卉识琼枝，正是同沾雨露时。大抵有情多抱恨，焉知无梦竟招疑。名山绝业随流水，夙夜思危鉴累棋。共戴十年沧海月，等闲一任笑庸痴。

己巳岁晚萝岗探梅雅集

三年未访萝岗雪，今日萝岗雪未消。开落不妨游屐逐，燠寒应为酿春饶。词人慧业伤怀抱，蝶翅从兹起寂寥。为问百花谁第一，临风犹是让君娇。

己巳除夜

柳梢才醒漏春欢，枕上惊回报腊残。心力枉抛诗卷里，巢痕犹认画梁丹。风怀未老才看尽，霜露无端夜转寒。回首一年光景在，杯弓蛇影与谁看。

岁杪访宝晶宫摩崖石刻特约刻石

群峰蜿蜒白云乡，燕子岩幽发异光。珠玉一崖新起蛰，泫洭重见米襄阳。摩崖不让砀山雄，柳骨颜筋一代风。喜看湟溪文物盛，花开红遍万山松。

檐雀行　　　　　　　　　　　　　庚午

纭纭世态中，每见曾参误。枉直倒置间，安危一缕寓。哀哉檐下雀，顾尝罹此苦。檐雀微物耳，所食以虫蛊。虫蛊有时穷，偶尔及粟黍。粟黍人所珍，坐触世议怒。是非置勿辨，四害侪蝇鼠。一夫振臂呼，亿兆群相诅。锣鼓宵旦征，掊弋竭廊庑。事物不穷源，其说等妇孺。智者徒腹非，仁者惮潜护。自忖非乌鸠，奚致人间恶。形骸何足云，惜乎义理仆。惶惶篱落间，遗类倦且怖。投荒不敢出，默默抱幽素。反思无害心，泰然于所遇。天道本有常，孰令迷者悟。所幸春乍回，东风频入户。大地解馀寒，百卉竞芬布。烦冤倏涤尽，雀亦坎坷去。飞飞出篱落，且获交称誉。喜跃上梅梢，凭高气一吐。梅无媚世姿，久历风霜露。二者孤抱同，共结枝头侣。雀兮复雀兮，于兹当鼓舞。万物正敷荣，翱翔乐朝暮。

振玉琴斋视遗琴感赋杨老

振玉斋头泪，春寒更不禁。从来敦以道，曾不问藏琴。神物逃秦火，丈蓄唐琴
"振玉"，数脱日寇追踪。青萍负季心。丈遗言赠余明琴，终为人所沮。忍看遗手泽，
珍重小雷音。余蓄小雷音琴，丈为修复。

莲花室挽词

未干振玉斋头泪，又为莲花涕泗澜。皓首未遑孔席暖，伤心忍见墨池寒。岂徒
书道方名世，留得老成论盖棺。难忘新词初试拍，窗前低唱到宵阑。甲午间，
公携所撰《离魂记》至寒斋，订正音节至深宵。

一艺能专寿者资，何期移作哭公诗。穷年每惜肠遍热，囊笔咸钦老益孜。养教
过难君子责，乱离谁挽累丸危。言深侃侃相从久，岂忍凭棺尚诔辞。

次韵严霜元宵后见寄

难求笙磬强同音，树已穿人惮蚁寻。诗思消磨知命舛，书生结习积年深。当兹
佳节收灯后，顿起黄鹂避世心。喝道花间闻已惯，何妨煮鹤任焚琴。

答孙淑彦用己巳见赠原韵

盈虚倚伏起横流，风教消沉此独愁。国子文章师百世，虬虬英迈在潮州。

次韵孔凡老赠隆莲上人

珠海无波浊水清，词人风义重生平。诗因蛮语惭如呓，声比羊鸣辄类觟。尝入
岷峨参世法，今知寒拾有同盟。缘悭未啖残师芋，天外功曹几月程。杜甫《送
段功曹归广州》："南海春天外，功曹几月程。"

庚午荔湾湖禊集

桥亭回槛小勾留，十顷湖光占一筹。尚有情怀随禊会，最无聊赖作诗囚。临堤
荔已虚名实，垂暮年难论短修。莫为春归诸作态，得从文酒作清游。

禊事年年又到今，最无情分是光阴。饱尝风味知生死，莫对湖波论浅深。浊酒撼怀生野趣，名园芳躅集高吟。记曾胼胝修湖日，新植红棉已十寻。

庚午诗人节已过补集下塘

艾虎朱门又一年，薰风榴雨小荷天。捧心自息红颜老，羞整残妆逐世妍。

豫园楼坐

水阁沧桑几度潮，酒帘高入碧云招。香留春服鱼沼浪，雨过雕阑雁齿桥。木石犹涵初日丽，风云尝见大旗飘。点春堂上春常在，击筑歌声迄未消。

荆州城楼作

极目高岑沉砀秋，舳舻津树仲宣楼。折冲樽俎同孤注，太息英雄负一筹。

荆州博物馆观望山楚墓出土勾践佩剑

越剑归吴岂湛卢，十年生聚见深图。吴王早不戢干冶，巨阙纯钩满郢都。

纪南遗址留影

百世人歌屈宋诗，申胥犹及乞吴师。君王倘记望燎日，不有秦兵拔郢时。

寒山寺二首

十里珠帘卷画楼，阊门影事故宫秋。一从月落乌啼后，堤柳丝丝系客舟。
野桥荒刹一诗名，多少骚人为汝倾。不死雷州边戍地，天留双耳听钟声。

沧浪亭读碑

浓暖娇云雨后天，赤栏桥下绿荷田。诗人名将今何去，壁上孤碑剔欲穿。

虎丘

吹篪逐客去终回，霸业苍茫几度哀。谓有生公能说法，岂知顽石早成灰。好峰漫道僧能锁，宝剑初沉念已摧。谁似诗才如白傅，高吟沧海涌如来。

真娘墓下作

丰碑四字墓门闲，一去贞魂冷故山。花落乌啼人小立，海陵亭覆老朱颜。

拙政园山茶

十八陀罗一馆深，名园花事独招寻。法源曾会丁香意，崇效原知芍药心。春老未为游客惜，阑前聊拟昔人吟。迟徊雨后嫣红见，分日能过力弗任。

过胥门

伐齐平越伏机见，失计存孤命已悬。且看功臣范少伯，逍遥归去五湖船。

戒幢律寺西园

陵谷人间几变迁，苏台春色尚依然。不知佛子凭何力，独占园林七百年。

灵岩山馆娃宫遗址

灵岩依旧柳丝丝，销夏湾头月影移。一自五湖归去后，有人解唱屧廊词。

趵突泉涸引水为池而玉柱无复旧观矣怅然赋此

渊沉玉楝久酣眠，三窟谁能力胜天。福地几曾生后灭，雕阑今见海成田。何妨濯足从行潦，即此无心怅逝川。泺水亭中容稍憩，齐州留以记名泉。

登历山观千佛石刻

何代龙门佛，移来镇此山。人间曾历劫，石上已无颜。石像头部多被毁。虞舜躬耕地，晋齐百战关。不堪高处望，河水正漫潏。

大明湖杂咏

沧桑人谓寺成湖，络绎游人信也无。历下名泉七十二，大明泉水汇珍珠。<small>湖水源出珍珠泉群。</small>

柳岸荷风踽步迟，烟波十顷漾湖陂。汇波楼下思贤宰，一代文章太守祠。<small>曾南丰尝守齐州，后人建祠祀之。</small>

使臣祠宇委灰尘，轻重权舆似未均。二十万军佳子弟，斯湖早已属词人。<small>退园西原为李鸿章生祠，近毁祠改祀辛弃疾。</small>

柳阴深处明湖居，白妞当年大鼓书。赖有老残游记在，琵琶声尚荫游鱼。<small>明湖居即《老残游记》中王小玉唱大鼓处，今犹有私淑者在。</small>

海右琉璃此一亭，烟波历下溯沧溟。人从别院寻茶社，眼底齐烟九点青。<small>历下亭。</small>

渐过花期秋欲临，田田新绿已萧森。小邢自爱苏黄体，始占湖堤一槛深。<small>汇泉堂易安祠。</small>

几时北渚书声歇，尽得风流新柳园。坐致湖波生沉澉，铮铮诗教在潺湲。<small>王渔洋尝读书北渚亭，建秋柳诗社，即今新柳园。</small>

大明湖畔小沧浪，八角亭台绕曲廊。靖难回师天地改，世间何处不沧桑。<small>明尚书铁铉守济南，抗燕王棣，南京破被杀，后人建铁公祠祀之。</small>

谒孔庙

缘何谒庙昨无诗，午夜思量悟始知。鲁宅久埋千岁简，秦燔空立五经师。参天桧碧谁重植，治世麟亡势亦宜。庐墓岂无人可共，三千弟子竟何之。

杏坛

荒亭小立意何如，向往弦歌访故居。壁记已随风雨蚀，且寻列肆九流书。<small>坛上小贩摊列星相风鉴诸书。</small>

宿泰安县翌晨登泰山途中作

薄雾深深碣石暝，俯看齐鲁似星星。重林雨过诸山出，绝顶烟留一线青。王气几曾千载祀，秦封徒见五松亭。风来冉冉云生处，翘首天门又半扄。

雨中登南天门放歌

梦寐仪东岱，岩岩五岳宗。螺涵沧海浪，雨洗双崖松。丈人出群表，巉嵲莲花崇。我来值长夏，辇道盘龙嵸。缆舆陟绝壑，骤起深潭龙。云涛足下生，怒霰倾鸿蒙。谁掬东海水，濯此青葱茏。浑疑天角崩，玉简砸秦封。世远梁父禅，汉時祚终穷。须臾天忽霁，灵曜明双瞳。羲和临八荒，舒卷祥云彤。君不见俯瞻下界低齐鲁，凌风浩瀚藐遥空。苍茫独立磊砢外，飘然倚剑天门东。

夜坐

微风入青琐，月朗群星稀。远树鸦欲静，临窗人未归。流萤动书幌，黄蕙袭琴衣。闭户独凝坐，重寻梦已非。

罗浮腾云阁宴集

分得蓬莱三别岛，浮来岭峤万重山。朱明凤已传真篆，白发何曾驻旧颜。不信漏天能少补，重临移步倍多艰。灯前笔渐生丛脞，春蚓秋蛇未改顽。

重游罗浮二首

重来已过荔枝时，仙蝶蹁跹偶见之。错认胡姬来曲径，浑忘华发口占诗。
高山原不仗仙名，未出山泉水自清。入谷鸣驺来次第，一时猿鹤各相惊。

广东省文史馆集会武昌

汉广波天杳不分，去年冠盖又如云。雕台雅会东湖雨，坠绪钩沉五老文。鄂渚楼高来有鹤，武昌鱼处续词醺。黄花灼灼秋方健，绝业名山待斧斤。

庚午八月夜觞梨花园酒家

园树熙熙会酒边，西风杯斝又经年。骄阳一雨成秋晦，好月多情及晚妍。怀椠拚教添鹤发，题襟难为诉鸾笺。长生不捣蟾宫药，见说明宵月更圆。

重登黄鹤楼

西风八月汉江天，霜鬓重过感昔年。崒屼双山千载绿，巍峨三楚一楼尊。记曾冲浪归巫峡，即便凭阑写蜀笺。芳草夕阳秋渚静，烟波极阔瞰晴川。

葛洲坝南岸观江轮出峡

嘉陵凭天险，势束蜀江颔。太古行旅人，至此俱丧胆。民力可胜天，轰然摧鬼滟。一坝遏江涛，巴涪气顿敛。汶阜倚崇墉，南北横天堑。上游高十丈，下游水清湛。江轮白西来，集此候至三。定时闸门开，上下平如鉴。鼓轮缓缓行，顺流荆楚泛。闭闸复蓄水，又迟后至舰。蜀道已非难，厥功谁可僭。

至日傅静老招逸生对庐永正饮越秀宾园

天时人事苦相仍，至日园游感独增。舒柳尚疑梅已落，冻云犹憾雨将乘。十年弹铗谁怜我，一梦成灰念似僧。珍重老成杯勺召，漫寻微醉入薏腾。

杂感二首

解佩曾过洛水滨，临风搔首又何人。更闻子夜歌声歇，蹀蹀归来看未真。
危楼衡宇最高层，夜久悠悠灿一灯。非雾非烟帘半卷，崦花晕了醉薏腾。

罗岗雅集

记从去腊小盘桓，到处幽香到处看。东阁又为今日客，诗怀且尽一时宽。蛾眉倾国藏非易，老眼看花闭亦难。惆怅独怜疏影瘦，临风宜慎晚多寒。
冲寒细认窗前雪，破萼相看各白头。且共松篁交腊伴，肯随桃李作春囚。月留青琐前宵影，酒泛红泥小越瓯。醉襞蛮笺诗兴动，不须寻梦到罗浮。

探梅重访玉岩烟，九曲淙淙涧道泉。踏雪不妨微雨后，出梢常僭百花先。望中腊尽诸香暖，料得春回万态妍。自分老来才力薄，敢攀高会白云边。

题孔凡章回舟续集

浩荡岷江有此才，锦城春色栈云开。花经雨后娇红出，诗到清时雅颂来。爱古于今弹有调，疏林从此更多材。回舟又续琼瑰集，习习东风岭外催。

上巳集老干中心 辛未

草色青青展齿粘，绿芜庭院柳当檐。湔裙禊事花三月，濡笔雕堂酒一鬶。半树莺声啼昼暖，十年蛮语患诗纤。会稽高会云山色，北郭风光二者兼。

桂林七星岩

竹叶桃花夹道宽，山城一雨夏回寒。星峦缥碧疑沉陨，桂树涵青未吐丹。萧寺空馀钟磬在，烟江新涨鹭鹚胖。云来仙窟无昏晓，俯仰随人冷淡看。

漓江泛棹

山水甲天下，漓江一棹过。莺啼阳朔少，叶落武夷多。已寂端阳鼓，来听壮女歌。不堪怀昨日，历乱走残倭。

访珠玑巷

卵石犹存旧辇痕，深深古道百家村。乌衣门巷前巢燕，错认当年末代孙。岭南莫姓非从珠玑巷来。

编户人来访旧支，曾无故老说前时。门楼长护南迁道，泪渍梅花庾岭枝。

梅关

滚滚松涛万壑催，陇头踏遍避秦騑。疏疏古塞新栽树，赫赫雄关旧姓梅。南渡衣冠终有地，东坡文字隐深哀。山谷云："东坡岭外文字，读之辄令人耳目聪明，如清风自外来。"余谓东坡岭外后诗，时隐哀怨沉郁，纪昀所谓"隐寄名盛尤招之慨"是也。是非莫谓无解语，休向青山话劫灰。

闻曲

生死茫茫我岂知，宵来顿起卌年思。无端又听天鹅曲，正是当时白鸟词。

沈阳故宫书感

创业犹当重守成，计输排汉致倾城。穹庐不是开元殿，无复白头说盛京。
肃慎悠悠到女真，建州从此有强人。尧阶三尺连云起，赫赫辽阳毳殿春。
重檐斗拱八旗亭，旗入关中染血腥。十日扬州射雕手，金风鞭影到桓灵。
紫气东来金字榜，可知鸟迹已同文。六曹章奏当时体，董赵书风起异军。
文溯中藏四库书，十年财力痛焚如。挈经外集新收目，犹是当时毁窜馀。
搜罗珍异展胡沙，犹是神州甲乙家。太息千金轻一掷，已多舟辇到欧巴。

松花江桥上

桥上浓妆倩影双，婚侣数对合影桥上，闻近日风尚如此。秋砧声破大堤江。居人纷纷车异地衣冬服到江边洗濯，以备过冬。凭阑远望太阳岛，万木森森翡翠幢。

参观大庆油田

百里飞车入不毛，沿途油区，地质不宜庄稼。星罗油管正滔滔。开基早奠生民计，举国犹歌钻井劳。仰首烟云盘似篆，鞠躬上下拱如螯。长靴圆帽机声轧，胼胝终宵日未高。

千山寺怀剩人禅师

难逃文网罗天下，开法千山未死僧。抗节一门千古烈，梨花泪炙佛前灯。

题桐斋作品展

竹实桐花一馆开，翰云风逐隔山来。艺坛今古迎新局，南社浮沉剩此才。家法醍醐师道永，世纷奇谲阮途哀。焦桐爨后曾无价，肯为冰心着点埃。

翁一鹤先生见惠畅然堂诗词钞赋谢

畅然有集惊风雨，海角高吟白雪词。朗朗骚怀清似鹤，醲醲世味薄如斯。山川早入诗人眼，倚伏难排国士疑。咫尺未妨天水隔，等闲休恨识荆迟。

题梁披云先生雪庐诗稿

展卷心仪老斫轮，门庭魏晋想丰神。得闻白雪馀无曲，不见梅花负却春。续绝每疑今岭学，钩沉终亦有诗人。生平树蕙滋兰志，尽付先生著句新。

何剑吾师纪念碑书丹后感赋

摩挲长剑志犹雄，缔造艰难扰攘中。怆绝题碑沮典祭，沉沉寒雨泣秋风。

春树人家挽辞

文酒论交一往深，十年倚伏各伤心。灯前涕泪披遗卷，世外风骚有嗣音。吾道已孤胡见夺，沉疴奚复漫相寻。穷年刻意终何补，为告来生莫苦吟。

新居

久喧得寂自成欢，鱼掌能兼古已难。俯仰从心容啸傲，沉吟抱漆转清寒。闲曹历落人谁会，小阁郎当我独安。莫向天河高处望，女牛从此隔年看。

黄玄同见访夜话有赠

附郭危楼小，宵来喜君至。君于我殊厚，时挟奇书致。我书昔盈室，一朝野火炽。近年节衣食，聊复得一二。开卷辄茫然，往往失造次。治经自小学，丙丁亡段氏。文史学殖荒，唾拾筲斗事。学书徒苦辛，每贻宁馨议。壮夫素不为，屑屑雕虫技。嗟我老且病，大言狂如呓。毋乃学养心，养心期远戾。或谓可延寿，长生欺人耳。君才渊且博，书藏多珍秘。游迹遍南北，胸中蕴奇思。盛年志业成，发论闳义理。深人语亦深，醰醰起我闭。遇君迟暮年，殆亦鬼神使。

发七拱望连州诸山

苍皇八载投荒客，橐笔今方深漫游。万里飞车过晓日，千峰危石接残秋。滩声树色能容我，村舍人家正饭牛。惊麛猜鹰云四起，桂江东去是龙湫。

帝后岩后澄碧一泓汃斋题淳渊二字依杖小立悠然命笔

岩溪一棹度间关，清绝淳渊水半湾。赖有高州陈硕士，不曾孤负好湖山。

冬至前一日登巾峰同逸生徐续汃斋

奇峰一石绕云深，天地黄埃历古今。不坏长城千载在，南轩留得倚阑吟。张栻号南轩，有"天地多黄埃，凭阑频徙倚"句。

过陈村宿荟芳园同文斌景舒筱孙

抱得诗魂老尚妍，不知翰墨累穷年。生涯似叶经霜后，花信催人报腊前。莫怨移根兰芷晚，休论过隙岁时迁。偷春不惮寒风劲，阑畔山茶又吐嫣。

辛未除夜

野筑青郊百事艰，家家爆竹闹无端。尘编未许三韦绝，霜鬓犹禁一夜寒。新燕巢寻乌巷主，轻烟香入建窑檀。层阴幂幂将成雨，守岁依然到漏残。

清明夜宿乡泉别墅明日上巳 壬申

柳色新稀槛外烟，未临寒食雨连绵。踏青时节初三月，垂白韶华又一年。阅世人多埋冢久，偷生心有避才先。不辞夜浴温泉水，禊事明朝上巳天。

中宿峡阻雨

禺阳云雾掩崇阿，山气迷蒙夏雨沱。绝壁银涛侵客袂，满江帆影动渔蓑。舟维窗外新篁短，人立风前白发多。七十二峰天上落，山山依旧叠青螺。

重游飞来寺

福地岿然万劫中，名山留得旧仙踪。浮家不忘江鱼美，流水桃花棹短篷。重来岂为听猿吟，至德开山直到今。莫道武陵能避世，层岩邃谷杳难寻。

飞霞洞

危峰烟雨万松巅，江水滔滔汇百泉。一塔巍巍罗伞顶，谁人数典记长天。飞霞观住持麦长天建。

筹建白云山碑林集白云山庄同曲斋振东徐续
藻华永正初生诸公并柬静庵逸生两老

云山龙气雨中伸，末事文章起隐沦。十载惊涛归大海，无多精椠已成尘。漫呼苦茗烹来熟，夜深曲斋大呼茶来。共对丛残拾倍亲。寿石可知容寿世，百年而后孰能陈。

题七录居主芳林片羽

茅庵荆笔夜然蒿，字挟风霜亦自豪。识远体玄同出处，青箱琼树一枝高。

香江谒汪孝博先生

薰风岸暖群鸥集，云淡天清晓日和。独上高楼瞻海岳，得亲绛帐听弦歌。怆怀十载殊邦去，回首孤帆骇浪多。太息抠衣闻道晚，归来欲借鲁阳戈。

于曲斋案头读灵璧山房精印晦公秋斋遗墨有感
并柬何曼庵先生

黄门大雅消沉久，吴晋风流数靖皇。存正含章师古失，艺林一线系兴亡。今草大行隶法衰，有明宋克力能回。澄淳秘阁馀风在，谔谔秋斋不世才。驾言岭海娇书风，灵璧堂堂秘笈功。五百年来人第一，兴衰难问古今同。遗墨蒹葭有此篇，山房精椠藉流传。海幢弟子今头白，展卷挑灯一泫然。

同黄玄同登太平山远眺

岛市风移两岸乖，登临今又在天涯。洋场客里重游地，惊浪声中一惓怀。飞骑昔曾思汉将，版图将见复珠崖。宋台陵树空吟望，江海论心未许侪。

病起

自有三年艾，难逢百岁身。刀圭加此际，肝胆照何人。纵下瞑眩药，何如肺腑亲。白头胡忍死，爨火尽劳薪。

题沚斋自书诗卷

风雅升沉日，天涯有此人。忧时感万劫，威凤藏其神。落落时暗呜，内热慨浇淳。钟会释四本，掷户谁能陈。晴窗偶作书，点画镂贞珉。著句钢锋劲，弩决力千钧。同侪才俊服，轻隼鸿鹄邻。闳深不可测，龙虎焉能驯。展卷惊且奇，嚼味同桂辛。俯瞰天下士，每叹鲜其伦。夜久万籁寂，寒虫噤不闻。唯有天边月，照我读斯文。

次韵玄同岁晚见投之作

峨峨灯树独凭阑，万态劳劳总一般。湖海早知多俊杰，文章曾不救饥寒。客怀夜久终成梦，岁晚风严倦作欢。毕竟元龙豪气在，梦中儿女两心安。

挽汪孝博先生 癸酉

海隅人望鲁灵光，大雅嵚崎已足伤。一瞑世疑终得论，独全天意在钩藏。栖栖高阁论交晚，恻恻流风旧学荒。雨拂扉题寒助泪，敢悭馀日报雌黄。丈谢世前为拙集题扉，并遗书嘱为其近辑节庵遗诗总校。

为梁伟智跋李曲斋书题杨和明兰花长卷诗稿

古之善书者，钩玄以抉奥。兢兢专一业，拳石崇高峭。佳拓悬壁间，卧起习昏晓。初学患不熟，久之始渐瞭。磨墨十斗馀，习气仍来扰。岂不劲且巧，刻意杂心窍。博约互相成，今古涵内照。骎骎遂有得，古意融我貌。世有溺利名，朝习夕云到。竖眉复弩目，徒致后人诮。李翁贵公子，泰华馀光召。兀兀守家学，诗书名尤噪。古风总祭酒，庄丽相里表。冉冉衡山云，飞龙香象较。两管如纵兵，飒飒刀锋扫。造意既萧散，且挟风云妙。举止贯神明，足见师承要。我尝题此图，见此会心笑。梁子得斯卷，会当视珍宝。勿令俗子窥，闭户潜展眺。

祖立惠白杜鹃花植置露台每念先慈殡宫久失墓前杜鹃亦无存者辄为泣下

人谁不事亲，我独罹此玷。含涕见此花，颜色何素淡。当日植坟前，红花开潋滟。造物弃无端，天倾地维陷。岂非关人事，谁致閟宫掩。蜀鸟夜归魂，血尽啼空惨。遂令世间花，坐此红尽敛。哀哉儿不肖，失护痛至三。野祭魂何依，致抱终天憾。旦夕立阑前，增我劬劳念。深感惠花人，知我心轲轗。年年春风生，花白终难绀。

还乡书感

老去曾求避世踪，几回魂梦到圭峰。依刘岁月惊蝉吹，入洛才名笑笔佣。敬止每怀粉社酒，归来深愧古冈松。投林自叹寒鸦晚，客邸风遥烛泪红。

蒲车难得又重临，乍见园葵动客心。访旧多为今日鬼，吊崖碑泐昔年吟。虾夷火劫杨家巷，红杏花残董氏林。悟雪遗编终在箧，邑人黄炳垫辑《悟雪山房琴谱》，内有《古冈遗谱》六操。坐留指下有乡音。

风雨无家剧可怜，深心犹记乱离天。玉台钟蠡随灰烬，绿护屏隈泣杜鹃。先慈殡官在绿护屏，环墓植杜鹃，今坟花俱没。老大人徒知贺监，沧桑谁为说龟年。他时再续还乡梦，记取城东近市廛。

重游叱石岩

一径寒松翠晕生，高低顽石起初平。钟声梵吹循僧道，一路镌痕记姓名。

千年老槲有螟蛉，榕荫参天入眼青。百尺飞泉疑白练，抠衣重憩洗泉亭。

圭峰阻雨

玉塔依然殿宇空，最难收拾是蠡钟。无端雨洗鸠工地，历乱天花又几重。

八年劫火玉台残，瀑涧亭圮带泪看。塔影夕阳应是梦，诸天无语夏犹寒。

咢生书屋留题

丰湖曩岁遨游处，点翠洲前曾一驻。燕逐亭前孤屿云，蝉鸣雨后苏堤树。出水芙蓉尚怯寒，游人谁为记郎官。五代起居舍人张昭远居湖上，人称郎官湖。五代至今一千载，世远难寻古迹看。柳阴深处藏书屋，橐笔当年心血曝。惆怅遗缣寿世年，消沉愁共花洲曲。洲上有花墩，宋湘有《花洲曲》，墩今废。久别堂堂岁月新，旧欢如梦已成尘。微澜高塔依稀在，不见惇惇老古循。

北园楼座读李国明梅花册

涓流晚近孰寻源，寄寐新风感世喧。独举疏花开院体，菁腾琥珀一浮樽。

集莲花山度假村

危城玉帛事堪伤，塔影重门野堞荒。虎壁攘夷留故垒，狮山高论共斯堂。先民往迹寻非易，后死钩沉责岂忘。累世乘除尘卷在，同心商略起炎黄。

癸酉中秋雅集

霜娥应约明秋序，绮阁人赓水调歌。挥翰不辞新雨后，卷帘天送夜凉多。

哭大兄

海角传凶信，归来世已遥。天胡夺永诀，竖竟潜为妖。映彻九泉下，风流一恸消。凭灵号欲绝，绕树旐空招。

春夏身犹健，临秋病转深。笔谈依病榻，语邃契禅心。摧折慕延矢，汍澜子敬琴。空期倾积愫，底事费研寻。

忆昔雷阳夜，昏灯坐雨时。乘除知有数，忧乐慰无期。十载堂堂过，孤怀寂寂悲。尘琴犹在榻，变徵入桐丝。

贺李守真画展

岭峤骚坛着此翁，师承一代接天风。涉江每见狂澜倒，慢世难回失路穷。早占声华严气岸，老犹矍铄守初衷。将军皇象风规在，_{公擅章草。}烨烨秋花艳晚丛。

澳门粤韵春华大赛席间作　　　甲戌

审音知乐古今同，审乐于斯验污隆。卢后王前馀事视，贵从鼓吹领新风。

国俗欣欣不废歌，采风越海度南阿。清弦玉管人争席，可奈周郎白发皤。

朝宗万派不凡材，排日征歌擢霸才。兴废钩沉今有主，知音人看逐潮来。

字七分明入韵三，红氍歌板拍春酣。师承甲乙无偏爱，孰敢创新孰胜蓝。

累累清响贯珠圆，击壤新声入管弦。破阵惊雷时势异，悠悠粤韵播南天。

调古声今曲未终，泥人沉醉是南风。今宵浅醉旗亭酒，别有深情一万重。

乍闻箫管夜登场，半世蹉跎已足伤。细数风流馀几辈，接班矫矫有南强。

题徐续书龚定庵己亥杂诗卷子

春蛇秋蚓已陈陈，翰逸神飞此独亲。书外从知应有物，灯前方验渐无人。申韩法活风标重，搰炫名嗟雅道沦。不负晴窗一痕石，依稀留得六朝春。

胡希老逝世周年述感

三五中秋夜，江楼共月明。云前腾作雨，天外尚持盈。一恸经年隔，孤怀蓦地生。夏残秋亦瘁，园事寄春冀。

九日赏菊

独占秋光九月天，宁论桂后与梅前。繁霜着意谁能会，佳色何因自向妍。傲骨莫迟司马酒，昏灯尝为楚骚笺。当门未悔侪兰蕙，帘卷西风又一年。
应时寒露初三候，来伴幽人有此花。别泪模糊香欲褪，秋怀黯淡瘁无华。恨同萧艾生斯世，休忘紫桑是故家。寄语篱边重抖擞，明宵凉月照窗纱。

小榄第四届菊会纪事

忆昔咸淳甲戌年，衣冠南徙几流迁。榄山驼岭停车马，耕读渔樵杂管弦。遗世偶移彭泽种，托根终藉武陵田。玉山姓氏留金谷，一往风流递嬗传。
春陵喜得次山来，九疑考古，春陵无菊，自元次山始植。旗鼓东西菊社开。六顶人夸一捧雪，万铃香缀小银台。菊社赛例，以三丫六顶为式。一捧雪、小银台为当时名种。间阎置酒征诗选，甲乙分题刻烛催。自有探骊惊客座，花溪文采贯虹才。花溪、贯虹为当时诗社。
风光不落乾嘉后，斗菊筵开甲巷空。游兴坐添从事白，颜酡争似状元红。葵溪潮泛飘香晚，栗里人犹避世风。水色鱼灯穿彩鹢，翩翩裙屐艳秋容。
坐看林叶已飘黄，十八园花酿冷香。心远但求偏有地，世遗始见独能芳。十年春雨髯龙老，九月东篱粉蝶忙。劫后料应园事废，秋心终在小柴桑。

昔负花期愿未酬，喜逾周甲补前游。<small>民国廿三年甲戌菊会，余因事未果。</small>老来不减登山兴，病起能随入谷骅。为选名花寻旧谱，偶逢乡党话前修。荆园词赋山樵画，虚负春风六十秋。<small>余少日从履庵师学诗，瑶屏师学画，均小榄乡贤。</small>

缤纷盘架各夸奇，敛手襜襜信所之。素雅非凡徐氏赋，芬芳绝世放翁诗。巡檐霜蕊生来淡，寄迹春园恐未宜。傲骨稜稜人似菊，临风落落不干时。

晚来风肃怯秋寒，处处张灯狎醉欢。微露更添双鬓白，百年能得几回看。韦侯颐养终成赋，陶令襟怀岂称官。二十八街花路外，有人自在倚阑观。

觥席熙熙闹一隅，隔帘箫管唱于于。酒酣耳热吟三绕，鬓影衣光灿六衢。灯色照人羞就影，秋风着意护摇株。殷勤且作黄金糜，今岁新妆不尚朱。

知己千年屈与陶，雷阳曾借九秋豪。仁先爱溺真成癖，圣俞亲培不惮劳。惯共秋霜甘寂寞，生来原隰伍蓬蒿。何妨雅会过重九，客馆栖心岂独骚。

榄溪词客古来多，董<small>百庆</small>麦<small>翠岭</small>梁<small>今荣</small>刘<small>信烈</small>伍<small>瑞隆</small>李<small>东苑</small>何<small>吾驹</small>。代有才人堪继武，时逢菊会好征歌。挑灯笔下呈珠玉，负手花前竞琢磨。今岁游人齐驻马，未看金榜写经鹅。

杂感

细雨廉纤好酿诗，当年汾上柳垂丝。风亭月露人憔悴，难遣今宵入梦时。

渡头春水泛仙槎，已寂笙歌又到家。柳色门前依旧绿，可怜闲却一栏花。

短短松岗月下坟，穷泉夜夜冷孤魂。葡萄杯影春宵短，酒渍啼痕未易分。

雁到湘南春又归，已停歌板燕初飞。尘奁未启香风在，底事秋来入梦稀。

中年哀乐厌琴丝，欲避难排强顾之。燕子春灯新乐府，风流销歇已多时。

寂寂山城晚角寒，硝烟夷骑陇头看。含枚月下奔替濮，脱粟晨餐未解鞍。

久别青山恨未消，云容水态两迢遥。记曾绮阁酬诗后，人在天涯日在霄。

纵有庸才因老尽，幸无欺世以诗名。眼前光景皆沉寂，忍听秋虫尚苦鸣。

一从沧海人归后，野烧春萌更可悲。园坐每谈生计事，曾无一语及当时。

谁为名姝貌似仙，摽梅筐墅却当筵。丁香花下论公案，马迹蛛丝剧可怜。

杏黄衫子郁金裙，座客传觞酒半醺。夜久管弦犹未歇，当头月色已三分。

竹杖芒鞋苏玉局，晓风残月柳屯田。闲来重忆艰难日，万壑松阴不漏天。

不负梅花已负身，笙歌昨夜此星辰。沉沉月色凉如许，照见盈盈月下人。

松杉迷惘山中历，燕雀啁啾竹外花。报道明朝新甲子，寒林深处有啼鸦。
迷离扑索意如何，齿折何尝便废歌。笑不倾城徒玉骨，园中桃李正婆娑。

石马赏桃

影动香摇妒蝶寻，武陵花坞入山深。渔人三度闻鸡犬，分得溪云伴醉吟。

哭严霜 乙亥

倚伏关天道，人事或靡常。开春忽数日，掩袖哭严霜。收涕勿复念，念之徒惋
伤。我尝序君诗，慷慨吟秋蛩。被酒多真语，负气时激扬。长啸发胸臆，真语
人谓狂。狂人不可无，点缀留玄黄。竟以诗人死，人事诚不臧。彭殇几希耳，
奇才世弗彰。才高而遇卑，胡乃天不昌。一去同秋草，悲风吹白杨。岛中波浩
淼，宋台非故乡。远魂招不得，碧海空泱泱。沉沉连宵雨，灯烛馀寒芒。

挽吴孟复教授

造物成才老不穷，才消岸雪晚多风。十年书箧纵横泪，一夕春花惨淡红。青眼
昔惭开岭峤，公题《五家诗》："乍撑青眼为君开。"白头今再哭诗雄。严霜讣先一日
至。流晖顿失悬河汉，物望锵锵有此翁。

中秋集丽晶殿

填膺万仞气方雄，瞥见花光露一丛。病起诗酬秋霭晚，灯醅人会月圆中。蕡腾
醉点金壶墨，萧瑟寒生玉宇风。乱后百年过及半，凭高绝海望楼东。

承德宾园

帘外垂杨拂路尘，肩摩毂击四时春。离宫别殿秋云合，熙攘滦阳晓日新。
禾黍经霜八月中，秋深塞外送飞鸿。当年殿宇巢乌鹊，犹向游人噪晚风。

冼玉清教授诞生一百周年书感

过江人物早知名，离乱文章掷有声。绝业名山成不易，深闺黄卷岂无情。易安身世班姬影，齐鲁风流北女婴。并世狂才坟典尽，百年留得二难并。_{诗文集将付梓。}

澳门文化广场喜晤梁雪予丈

十载神交晤倍亲，百年风雨百年人。沧波留得吟身在，珍重穷年续古春。

黄树森陈树荣两先生邀叙市楼赋谢

每伤文教消磨久，端赖深人富道心。绝代清才原不朽，最难高义仗钩沉。丛残忍见遗篇没，检校甘随驽力任。感谢华堂初接席，宵分客馆溯洄深。

参观澳门大学午过菩提园赴树荣先生蔬席

一抹琼林开绝径，酒香寻梦到斯园。秋蔬未减当年绿，广厦新添古渡村。见说华藏门可度，忽闻绀殿磬微喧。世纷用晦宁从隐，净地看花意自存。

濠江杂感

三巴残壁溯圆明，人祸天灾两不经。柔远输将同失策，夕阳衰草吊空庭。

白鸽巢高万木苍，_{丘仓海句}凤凰花发舞朝阳。诗人去后游人在，曾向花前酹一觞。

旧隐新营几市楼，巢痕犹恋故居幽。梦中瞥见窗前月，留取秋波一段愁。

一声汽笛鼓轮航，澳氹交通旧不臧。赖有国人多鼎力，长虹高架越汪洋。

欣欣海上有黉门，旧学新知寄紫阍。他日培成经世士，凭山终让一楼尊。

离岛风光逐浪新，路环滩畔弄潮人。天风轻透鲛绡薄，冉冉秋云下洛神。

万贯堪嗟一掷轻，搏蒱博彩只殊名。东方蒙地人争说，功过他年有定评。

索汜斋世兄书诗健峭可宝次韵奉酬

古人论学殖，尝闻达者尊。天标培后进，绝羽迈孤骞。溺昔疑灰火，荒惭失兔园。霜严萧艾瘁，苟活仗晴暄。

李鹏翥先生贻所著濠江文谭读后赋呈　　　　丙子

茫茫湖海几人贤，烨烨醍醐第一篇。尚友未忘夷攫地，钩沉犹重此寒天。百年风雨人何在，几度沧桑孰与传。坐阅千帆过逝水，烟波万顷自年年。

挽陈明德学长

累代交亲世所稀，低徊怅触致余悲。寒斋论易过尝密，泪眼凭棺祭岂知。蒲苑招魂归有路，海幢横雨席无遗。平时晤对嗟谁语，今料九原亦我思。学长精于《易》，住中山大学蒲园。

客有持董香光书轴求鉴乃赝品也

锦轴牙籤几饼金，近来市道最关心。青莲八法凭谁辨，可问僧房葛叔忱。《闻见后录》载，葛尝于僧房伪李白草书数本。

陈芦荻赠鸥缘集属为赋诗久未报命而耗至
忽忽五年矣不胜有负故人之感

白首论交百感并，相逢携手说生平。情投四海诸天相，泪渍千觞一醉倾。念我床前初病起，知君泉下待诗成。鸥缘有集凝心血，新旧凭谁识浊清。

挽李曲斋

一瞑徒伤瀊露寒，卅年涕泪哭凭棺。荔园夜话庸知诀，文馆孤松失老蟠。气夺旌旗悬此际，梦回诗酒恋前欢。九原负我书朱帖，剩抚零缣忍复看。

雨霁

积雨秋成晦,晨兴一展颜。残荷容苟活,陋句任慵删。揽镜顽躯瘦,携筇思步艰。开窗徒怅望,愁念晚来山。

答铭田卓生问红楼曲本事

曲终人散已相忘,却费羊昙往复商。为问当年开绮席,座间谁是蔡中郎。

题邓禹藏桂南屏己巳补录南园十子截句卷子

堂堂风雅续南音,一脉韶贤直到今。未枉云淙开茗垒,也应太史写诗淫。千秋坛坫依稀在,十子仪型次第寻。倘有寒虫鸣断砌,众星残夜广陵琴。

题朱庸斋山水遗作

词人心力消磨尽,又对云山几席看。汲汲劳生谁不朽,梦中芳草想高寒。

重过南海神祠

千载冯夷尚有宫,十年风雨起潜龙。重溟远接扶胥浪,沉鼓敲残浴日红。休问星轺颁旷典,且觇华胄咏南风。珊瑚十丈今犹在,寂寂残碑立殿东。

邓禹兄自美洲回携粉彩天球瓶寒斋展玩

天河小阁坐吾曹,袖底云山恨不高。归路携来沧海月,新添长物越窑豪。

中秋夜露台赏月

澄鲜几见墨云开,疾雨连宵霁一回。暑尽第从秋气夺,茶香又逐老怀来。盘登瓜果酬佳节,人望团圞洗俗埃。喜是来年当此夜,秋灯重照宋王台。

秋窗杂书

中秋十日寒犹薄，晚雨初晴未改阴。病久卒难争少日，半规凉月动高林。
乱砌临阶野蟀鸣，牵牛花底听秋声。余以梅畹华法盘植牵牛花，含苞初放。暮年萧瑟
看云过，又负西风半日晴。

雨后霜前看几回，秋花不耐晚凉摧。松阴未放临窗月，却送营房画角哀。
典坟岂为茂陵忙，玉轴扬灰邺架荒。迭代宁无悲去故，从容犹自理残筐。
何期皓首始言归，花事逢秋愿已违。倚仗本非人事事，眈眈月色又临扉。
山月照人动远尨，柳营笳角破宵窗。清帘摇曳风初肃，聒耳苍蝇有别腔。
风怀无改旧峻嶒，烟火青灯我独能。不分营蝇同唯唯，闭门趺坐一孤僧。
竹影枝疏记小园，鸡凫生计午雏喧。雷阳风雨吾能说，土室茅檐不忍言。
阳戈力尽日偏斜，伊水悠悠几传车。周鼎倘留荆楚客，明年来问洛阳花。
倾盖论交谊不忘，是非奚必律行藏。千秋管鲍同心迹，珍重风前一瞬光。
依城断角扰清晨，梦境迷离记未真。秋雨夜来频作祟，卷帘梳洗是何人。
静夜抬头万点星，参商牛斗辨分明。心无一竞光如镜，岂独中秋月最清。
弗恤人前众口咻，茫然蚕尾与银钩。贾侯爱玩青帘帖，抵死不还万卷楼。
轩窗微敞待朝阳，天意安排雨未央。倔强岂因贫贱改，肯从生事定行藏。
相知何必更陈辞，生死才名早蔑之。太息交初成隙末，不应华管异今时。

炳华淑萍伟智邀叙市垆同李棪斋先生

巾车又过城东路，轮椅萧萧更仗扶。棪老病痹。喧阗詧腾看众醉，安排几席
费千呼。不堪华发多时落，难得浮生一晌娱。回首雨晴都过了，且尝馎饦荐
秋菰。

为李大林题崔广志红梅赠陈香莲正月初八夜题　　丁丑

璀璨山花五出开，影随朝日几徘徊。关心最是吾民瘼，冉冉芬芳隔岭来。

广州诗社成立八周年献词

赫赫南园一代雄，盘盘岭峤启宗风。几番春夜连绵雨，又见庭榴烂熳红。荔子

光阴文酒会，骚坛山斗古今崇。莲花端为清时出，措大能工亦不穷。

《广东年鉴》创刊五周年纪念

万态纷纷纪录真，元刘因《咏史》："纪录纷纷已失真，语言轻重在词臣。"从来资治重勾陈。一年铅椠辛勤去，为把金针度与人。

题张氏家谱十二首

少昊

　　有宗族观念者，于父母之丧事合理处理外，远祖亦须依礼追祭。是以应溯其源流，而历史记载，因为年代遥远，事迹繁多，或有阙漏和不实之处，令人疑惑。少昊乃黄帝长子，分封于江水，等于后世诸侯，且以金德王，不同于黄帝以土德王，史籍未详，其为轩辕裔，亦龙体所生枝干。祖宗源流，因时代太远，须提防中断，所以家谱记载，必须分明不断，方不至遗漏。

慎终追远溯宗支，史籍多闻每阙疑。江水诸侯金德王，轩辕苗裔螟龙枝。源流递嬗须防失，谱牒分明不虑遗。代纪尝尊五帝首，后从赐姓别张姬。

张仲

四牡骙骙奏凯旋，功成赫赫颂周宣。观风纯朴推东粤，遗教温良重北躔。祠祀云仍仪硕望，家乘楮墨纪先贤。当筵孝友侯谁在，小雅栖栖六月篇。

张良

鲰生倜傥恰逢时，帷帐运筹作帝师。甚惜副车椎博浪，遂教孺子礼邳圯。安邦靖乱封雍策，衣锦还乡入沛诗。兔死弓藏觇有象，布衣高蹈赤松宜。

张骞

一使通胡万里行，匈奴闭道困苏卿。十年不失天朝节，九译宣威四海亨。义属议增边塞卫，信宽能贯夏夷情。功成西域怀柔策，博望高悬汉使旌。

张载

儒敦名教不言兵，讲易堂中拜二程。政事每仪三代治，井田恒主九宫明。论持唯物先神在，学重穷经后法生。高隐关中开学派，南山苹苹有殊名。

张衡

讽谏精思赋二京，阴阳历算好玄经。浑天地动两仪蕴，非谶图虚一疏征。东观遗文勤补缀，汉家定礼惜无成。三才灵性时多蔽，无道凭伊辨浊清。

张公艺

世有操戈室内戕，燃萁靖难甚阋墙。人生应有天伦爱，国治原从孝友张。礼义能循斯正道，宽柔以教即南强。且看百忍张公艺，九代安居共一堂。

张巡

烈士忠臣著简书，睢阳忠烈不虚誉。宁为义死呼南八，岂欲偷生事北渠。待救全人苟论集，存亡阻贼异言除。至今祠享双忠庙，肃肃凌烟画阁舒。

张九龄

楼高岞崿耸韶中，勋业文章直道隆。旨远言微金鉴录，拾遗补过玉堂风。醇儒不朽存忠谠，岭道寒关表事功。仰止典型馀韵在，翩翩风度独怀公。

张夔

南中介士一夔足，烨烨玺书耀里门。梓得五经勤课士，陂成千顷拯黎元。丘山重大尊名节，训子温和辨薄敦。赢得御屏名姓勒，馨香俎豆表宗尊。《族谱》："诸司列荐，谓'南中清介，惟夔一人。'"夔，尧时乐正，一人即可制乐。后以'一夔已足'喻专门人才。"

张世杰

宋亡三杰壮南州，夷夏分明易代仇。草市飞灰崖海恨，平章漂血战云愁。海陵骨冷天难挽，太傅祠荒梦不留。青史君臣存正气，于今俎豆足千秋。

张秀眉

揭竿首义一黔苗，高举皇皇汉帜飘。攻略东南开府治，平分土地废庸调。利民务本农桑重，御众同和种族消。十七年来功业炳，洸洸忠义薄云霄。

题卢伟圻所藏黄子厚小楷卷子　　　　　戊寅

出手渊源已在斯，石斋小字海藏诗。郑苏戡题其《黄石斋小楷孝经诗卷》云："舍经论
书亦无匹，用意严重趋艰辛。"不侪媚世随波逐，倜诡嵬骎众已痴。

为麦汉兴题所藏李寿庵人物花卉山水小卷

珠海多画人，洲南汇风气。隔山开学派居廉，南社相表里。三十年代陈树人、黎庆
恩、李寿庵、胡剑庐、李野屋、崔鸣同、黄鼎苹、麦公敏等结南社于河南，人材鼎盛。岁时会
消逝，陈树人、罗仲声、麦公敏、张绳初、李寿庵、黄鼎苹等结清游会，五十年来会员遍各省
县，至今弗衰。厥风播遐迩。伍氏浮碧亭，伍德彝，波光一阁炽。黄鼎苹，其室曰珠
海波光楼。竹实桐花馆，五桂双兰嗣。麦公敏，有五子二女均能书画，"麦家五汉"尤
为世重。越社起鹤鸣，诗书三绝萆。黎葛民，居鹤鸣巷，组越社雅会最盛。岐兴桐荫
屋，文酒集高士。刘玉笙鸾翔，隐岐兴南，拓地筑桐荫小屋，时与伍德彝、崔咏秋、杨仑
石、吴英蓴文酒高会。秀茁日夕佳，闭户南洲萃。晚近来海风，旋罹世网跤。伤曼
硕海风楼，丙丁间所毁。就中翰云楼，李寿庵。岿然树一帜。蒲社绛帐悬，抗战初，
寿庵避地香港，设蒲社教画。李桃纷济美。尝云德成上，艺成徒尔尔。虽工无雅
骨，所学随亦止。因品重其人，因人重绘事。语辄中时弊，可奈世风靡。寿庵
尝论画云："闻之德成而上，艺成而下，学力虽同，而止境各异。故奇人逸士，亦云笔墨游戏人
间，得一二佳处，即见重艺林。因其品重其人，即及其画。名留典籍，不亦宜乎？不然，画虽工
而无雅骨，其品下，其所学随之，此与匠工何异？世风浩荡中，老成人已矣。屈指数昔
贤，存者仅一二。大块岂无人，惜乎笙磬异。人生何所贵，所贵同臭味。珍重
语桐斋，抱卷灵光视。掷笔三叹息，抚卷破吾寐。

戊寅长夏随德公伉俪筱孙家凤光升桥头赏荷
夜宿度假村翌晨有作

临塘廿里芰荷香，村馆帘开送晚凉。一枕且容寻旧梦，十年难得是清狂。桥头
耸阁初游地，眼底飞云入鬓苍。映日浮萍开一展，依稀人迹在沧浪。

戊寅中秋雅集

琼楼高处露华滋，挥翰来题秋月诗。暑酷乍随春燕去，枝寒深憾病蝉移。风怜未老雕霜鬓，水调犹赓弄影词。休道人皆翘首望，有谁曾赏未圆时。

为卢炜圻题所藏李曲斋行书卷　　己卯

十年生死泪纵横，掩卷秋虫入夜声。威凤依然英气在，屠龙不减旧才名。从来书道论家法，晚近狂奴背玉衡。中正欹斜纷聚讼，古今新故不同盟。

题梁伟智夜读图卷

跂望不如登高博，终日而思不如学。《荀子·劝学》："吾尝终日而思矣，不如须臾之学也。吾尝跂而望矣，不如登高之博见也。"荀卿论学不可已，匡衡舍直甘佣作。匡衡好学，向人借书，与之佣作而不取值。鲁直三日不读书，胸中义理如解箨。黄山谷曰："士大夫三日不读书，则义理不交胸中。"燃麻然松固勿论，顾欢贫，乡有学舍，无以受业，于壁后倚听，夕则然松而读。刘峻读书，常燃麻炬，从夕达旦。要之往复而求索。梁子好学夜囊萤，夜夜四邻闻诵声。少年发奋异博弈，尝谓为者必常成。晏婴曰："为者常成，行者常至。"应知穷达本无命，沈攸之晚好读书，尝叹曰："早知穷达有命，恨不十年读书。"余谓穷达无天命，读书始能主宰其命。所贵持恒学乃盈。勖哉旦旦久不怠，藜杖终逢太乙精。彭端淑云："为学，吾资之昏，不逮人也，吾材之庸，不逮人也，旦旦而学之，久而不怠，迄乎成。"又，刘向校书天禄阁，夜有老人植藜杖，杖端出烟，授《五行洪范》之文，至曙而去，自云太乙之精。

己卯中秋集华美达宾园

洗天风雨入新晴，置酒高楼露气清。今夕何年秋及半，寒蝉嘈暑夜无声。横空河汉疑云在，顾影低徊待月生。所料蟾辉无偏照，人间难得是澄明。

莲湖销暑

堤阴依旧泛湖光，荔子初红菡萏香。尽日清游忘远近，一生曾度几炎凉。重寻小艇澄波影，且憩岑楼渡暑乡。苦热从来思遁世，桥头苑底濯沧浪。

李洁之将军百年祭 庚辰

当年马上展雄风，屏障南陬卫国功。阛阓至今犹颂德，馨香孺慕拜英雄。

市政协庚辰中秋雅集

蒹葭两岸月同圆，耿耿星河共此天。莫负炎黄黔首望，人间终古见瓯全。

怀鞠庵

天壤无端着此人，相看一语见情真。己卯夏，随诸子访公石岐，执手相看久之，忽言："弹琴篆刻莫老也，馀子复不论。"时公九十馀，久病瘖矣，无何耗至。九原自有堂堂在，放眼玄黄不是春。

悼孔凡章

诗坛祭酒惊天下，岭峤南荒惜地偏。沉痛斯人归去后，迎春谁复寄年年。

植梅大庾

南雄古道树梅花，大庾关前只有他。此后托根通两岸，春来行发岭南芽。

题卢炜圻晋斋自存卷

借古开今岭上云，谁甘墨守汉家文。浙妩疲利皖妩媚，独有黟山起异军。

伟智嘱题曹宝麟行书册

襄阳刷字晋贤风，羲献青蓝有异同。舒卷多姿元祐脚，米家薪火到涪翁。

题怀祖集 李小竹孙

荔子光阴乍雨晴，夏来树树有蝉鸣。每当端午清明后，最是怀人听此声。

观朱庸斋壬戌人日水墨山水图轴有作

分春寒气逼人来，人日草堂户半开。秾柳临江知冷暖，远山无主重徘徊。词人心力销残梦，画意春痕寄积哀。过尽小桥看尽石，苍茫谁念世无才。

观黎雄才水墨山水长卷

春云冉冉远山鬈，暮色苍茫看未真。岭外风光知剥复，江前槎影任逡巡。修萝树影侵堤翠，野蔓人家绕砌新。分付城乌休记宿，此山猿鹤笑蒲轮。

无题

云横南岳护苍龙，谡谡雄风落古松。今有古园遗谱在，广陵解韵绕重峰。

中秋集二沙岛 辛巳

一年月照百年人，每到中秋感慨新。此夜家家翘首望，休教蟾阙有纤尘。

祝岭南文史

门户纷纶日，金刚不坏身。扶舆趣正道，端赖掌舵人。文以载道，史以纪事，此《岭南文史》不易之南针，或有顺潮之时，亦一瞬而趣止。今循康庄之道，骎骎日盛，谨馨香祝祷之。

世纪述怀

五千年事溯炎黄，世纪初开现曙光。古国春秋频剥复，万方风雨到金汤。

潮阳仰止堂怀文信国 堂名余所拟也

背倚狮鬃伸正气，贞忠魂化杜鹃啼。落花时节春醅熟，方饭亭前酹一甑。

袁影荷大家八七华诞祝词

彩衣华筑舞婆娑，兰桂堂前茁壮多。矍铄高翔清似鹤，九皋犹听绕梁歌。

寿八七艺人袁影荷

早梅踰岭颂期颐，矍铄翩翩瑞鹤姿。安住小楼看戏彩，歌声犹是妙龄时。

题画诗

题蔡敬翔竹石熊猫图

云氅玄眸世所稀，恂恂凝重饰容仪。何妨珍异分重译，曾记间关下九嶷。饵得青篁中有节，生来白雪本无疵。独怜笑乐供园囿，岩壑烟霞未可期。

题关曼青红棉喜鹊图

岭峤新风貌，呼鸾古道花。东风频报喜，红入万千家。

题孙文斌李筱孙梅菊图

不随凡卉斗秾华，天与投生处士家。菊自欺霜梅傲雪，可知同是耐寒花。

题关曼青梅花双鸟图

一夜报春来，花发春无赖。相对逐东风，幽赏红白外。

曼青大家以所画牡丹白头翁题属题

并翼高翔一片春，洛阳新谱写风神。喈喈鸟语花颜色，都向人间现法身。

题蔡敬翔漓江图卷

画师落笔意高闲，写入漓江八桂山。我欲置身猿鹤伍，烟霞无路可登攀。当年榛梗遍江滨，几度山花委路尘。劫后岿然森世外，今朝应有画图人。

题蔡敬翔九如图

禹门初试跃龙姿，翠点春波泼剌时。眼底筵筵争入画，相将来献九如词。

题曼硕汉兴为余画荷花翡翠便面

江湖浪迹一闲身，久立芦边不避人。莫倚西风矜净植，却防叶底觊潜鳞。

题邓长夫孙文斌花鸟兰石图

雪后芳园绰约姿，东风回暖报春时。鸣禽石上争相庆，花似河阳发万枝。

题郑逸强红棉小鸟图

枝头春鸟立英雄，八表清明耸太空。闲上白云山上望，山山开遍木棉红。

题罗浮宾馆巢鹤图

福地灵岩峭，罗浮霄汉中。高林巢白羽，清露浥丹枫。一唳惊天阙，群居乐晓风。孤标尘外物，健翮奋长空。

题寿字

寿登仙域，南极天星。九如三祝，松鹤遐龄。

题福字

惟德之凝，百福是膺。惟善之积，福寿康宁。

题枭雀图

攫掠终宵急，巢林燕雀悲。不知天道在，群啄集春时。

题搔背图

萧瑟秋风拥敝袍，悠然遁世在林皋。书生不惯嗟来食，痒处从来只自搔。

题孙文斌绯红水墨画梅花小轴

物序惊时异，葵心最是梅。绛云飞玉屑，不待入春开。

题孙文斌林树荣合作耄耋图

扑索翻腾故弄姿，画师笔底肆矜奇。莫愁耄耋英华晚，犹有当年角逐思。

题孙文斌林树荣合作菊花双猫图

家近渊明五柳居，南山山气日当庐。移来老圃三秋色，便作晨餐二寸鱼。

题孙文斌三友图横幅

翩翩顾影一癯翁，三伏挑灯画古松。补罢燕支添几个，相将携手度寒冬。

题陆兆麟牡丹翠鸟图

误入唐宫苑，昭阳正晚妆。不知烟水客，春梦在横塘。

题陆兆麟红梅喜鹊图

三匝归来尚有枝，且穷馀力买燕脂。等闲点染春园色，占尽风情处士词。

题林树荣墨竹双猫图

顾影扶疏绰约姿，春风严护石旁枝。闲眠竹外清幽处，尚忆花前扑蝶时。

敬翔嘱拟题飞鹰捕鱼哺子及乳虎之短句

掣电决云金距疾，慈怀见在哺雏时。_{飞鹰}

养成白额吞牛气，叱咤风云指顾间。_{乳虎}

题蔡敬翔兼葭白鹭图

尘外标风格，长天讶雪飞。岸芦沙日暖，相对讵忘机。

题关曼青苏堤塔影图

胜践当年记断桥，一堤风月酿花骄。诗人去后丰湖水，留得涟漪塔影遥。

题许奇高孙文斌合绘白菜蟋蟀图

十月鸣床下，天寒乃有秋。愿甘此中味，良士得休休。

题孙文斌晨鸡图

生死纷争事芥屑，秋心回荡展霜前。一声唤醒人间梦，起舞应须着祖鞭。

题蔡敬翔三鱼图

观棠钓渭各非宜，云海飞腾拨剌姿。势击奔雷禹门浪，行看一跃化龙时。

题万自重为祖光画牡丹

倾国非关色，倾城不在花。胥台天不夜，沉醉是夫差。

题孙文斌菊石小轴

点头顽石拜芳丛，兀立人前自不同。晚节独从霜后见，笑看凡卉竞春风。

题关曼青松鹰图

侧目愁胡杜老诗，百年遗树永康词。陈亮，永康人。有《龙川集》。《水龙吟》咏松
云："钱王霸图成时，多应是百年遗树。"英雄本色丹青手，巾帼须眉老画师。

题关曼青黄山云海图

极目烟霞缥缈封，孤根遗世蹈高踪。手持一管荆关笔，买得黄山万顷松。

题麦汉兴画牡丹蜂蝶图

阑前倚石玉堂红，歌啸清时艳一丛。梦里画师传彩笔，纷纷蜂蝶舞春风。

为陈永正题陆兆麟画牡丹

妖红新巧冠群英，兀立萧斋分外明。谁个梦中传彩笔，高头枝立一书生。

题长城图为蔡敬翔作

蜿蜒万里靖胡尘，古堞花开百代春。功业不磨青史在，勋劳原不尽嬴秦。
漫野西风雨欲晴，槐阴残垛有蝉鸣。于今万里胡尘远，古窟不闻饮马声。
塞云漠漠古城楼，百代枫红野堞秋。已靖烽烟人乐业，尚留伟迹壮神州。

题海青哺雏图

八表纵横天地宽，海青神俊育雏胖。养成劲翮凌云志，一举高翔展羽翰。

题黄安仁邓长夫蔡景星黄棠合作寿石同春花卉

百卉春来不小休，春花又上老人头。愿将调鼎当年宝，养得新苗丽九州。

清晖园题蔡敬翔关曼青合绘岁寒三友图

占尽风情姑射姿，高冲云表舞虬枝。岁寒少个佳人伴，尚有山阴客在兹。

为蔡敬翔题竹石熊猫

直节生来瘦，玄眸世所稀。龙孙供雨露，洒薄振冰衣。

题关曼青松鹤图

偃郁千盘干，高飞万里心。凌寒支瘦骨，警露发清音。

题李筱孙松山观瀑图

白云深处万山松，乱石飞泉度远峰。欲上虚亭观瀑去，不妨歧路觅樵踪。

题孙文斌萍藻金鱼图

珠箔香车驻，沉浮水上萍。可怜文采误，真意在沧溟。曹秋岳《过金鱼池》诗："不为水亭堪系马，香车珠箔动人多。"

题孙文斌为泰国盛容先生画晚菘秋菱便面

记曾一棹过菱塘，菜甲青青社酒香。万里重洋人别后，此中风味在家乡。

题李瑶屏师孤山处士图便面

荦确风尘道，孤山不老春。悠然送昏晓，世外乐天伦。

题徐家凤牵牛花

风铃紫玉缀晨妆，压架阴成蛱蝶忙。记得今年修禊日，荔湾湖畔古藤旁。

题孙文斌竹石便面

骨瘦宁无节，身顽自有灵。刺天终出箨，圭角慎藏形。

又题孙老秋菱晚菘便面

霜薄青菱小，轻寒荐晚菘。梅开知脱尽，容易又春风。

为曼青题熊猫餐竹图赠日本林彻秀琼伉俪

缟服玄眸世所珍，冲霄直节不同群。画师写出深心意，付与瀛洲古谊人。

题曼硕所贻芦花蜻蜓便面赠平顺

绘事不堪存世问，萧疏芦叶已非秋。海风卷尽英豪气，换了人间又一楼。

蔡敬翔邓长夫黄伟强李守真李筱孙蔡景星合绘花卉题句

分得春光入画图，青青松竹牡丹朱。天球石畔幽香共，尽是东风德化敷。

题蔡景星牡丹蚨蝶

晨兴窥见寿阳妆，粉蝶双双为底忙。最是娇娆夸国色，多情一任笑轻狂。

题蔡景星芙蓉双鸟图

出水花颜红似脸，双禽休自愧无文。何心竞物人偏妒，得傍秋容格自芬。

题蔡景星孙文斌合绘芍药螽斯图

娇痴不僭汉宫妆，已别巫山自有方。我亦倾城开半面，螽斯文竹两芬芳。

为蔚亭题一山老人三友喜鹊图

雪后红梅簇簇开，劲松新绿点春苔。青青庭竹扶摇上，赢得枝头报喜来。

为蔡敬翔题其所画龙虎图

龙灵以嘘云，虎威以啸风。物本禀天性，天性各所钟。人亦物之一，所禀将毋同。善恶极二端，智愚非一宗。二者必具一，勿堕庸与凶。矫矫臣似虎，老聃其犹龙。龙虎风云会，炉冶别通穷。我心写我画，我画惭未工。《诗》："矫矫虎臣，在泮献馘。"

沙头镇题孙文斌李筱孙合作紫藤金鱼图轴

照水藤花懒嫚柯，珠琲影里锦鳞多。缘何系马池亭柳，只为香车驻未过。

为明洛先生题李守真红梅鹊卧斗方

瑶台疏影舞琼枝，偷眼青禽欲下时。酒晕有心生两颊，幽香雪后报春时。

题伍铭波荷花小轴梁伟智嘱

一岸清香独吐红，托根深处不随风。亭亭自有幽人赏，花发诸天莫浪讧。

题蔡汉松山楼阁图

楼阁凌霄起，松涛响遏云。一朝传家法，赫赫小将军。

题蔡敬翔松阴八骏图

蹀躞青蹄猎猎轻，周家八骏饮长城。玉鞍金络供乘御，不及松阴自在鸣。

为蔡敬老题画九首

三虎

咆哮千谷震，百兽望风归。天赋性非暴，母慈人或稀。儿顽相扑索，文炳出光辉。休共群狐狸，眈眈假尔威。

鹰雀

万里鹰扬志，奚侪燕雀飞。高松欣有托，健翮得先机。一举苍穹窄，孤翔雪爪肥。星眸随狡兔，屑屑小禽稀。

柳鹭

鼓翼清音转，双栖翳绿岑。无端窥柳眼，为有取鱼心。誓露偏同鹤，乘风豁远襟。兼葭秋水岸，戛戛念群深。

双雉

独沐朝飞操，文章岂祸枢。胡为惊箭满，毋乃窃钩诛。兀兀原头火，悠悠世外遇。何当繁杏下，飞啄自相呼。

双白猿

万里过巴峡，三声认野宾。红绡怀旧主，玉衲隐苍鳞。休啸藤萝月，徒伤客旅神。秋深松子熟，非复稻粱身。

黄河鲤

一水天上来，攘攘霜筠掩。巨斧暗敲冰，长叉逐拥剑。但愁鳞鬣伤，且作泥泞潜。波底有蛟龙，河清浮噞噞。

锦鲤

众以才常弃，腾渊独有神。不因文采重，难免俎刀亲。荇藻资游偃，涟漪任屈伸。丹青将入画，持颂九如春。

马

天马良以德，驰骤乃其次。岂独作龙媒，其风与牛异。世自有乐皋，厩宁无驽骥。甚惜芸芸中，难乎择主事。

双鹿

呦呦在灵沼，濯濯此身闲。草丰乐中野，时穷隐故山。幽岩芝术足，阆苑虎狼患。洗甲囊弓矢，中原犹可还。

题许奇高墨蟹

拥甲横行势凶骄，一灯郭索夜乘潮。合围已落霜筠篰，又作时珍入市朝。

题蔡汉设色山水长卷

江南雨后涨溪潺，一舸中流且看山。如此峦头如此树，丹青谁复继荆关。

题林树荣百猫图

青年画师年三十，画猫下笔动盈百。长卷墨沛肆淋漓，扑索伏跳皆合拍。写真有意传世人，世人咸苦鼠患频。翻盆窥瓮盗我肉，投之器毁反伤仁。涪翁下聘鱼穿柳，我欲效之知可否。一纸一笔等鸡虫，所难得者丹青手。何劳谳狱断张汤，图悬光射靖四方。一语画师慎点染，废职容奸着意防。

题陶景明书画

天外云雷恨已消，诗心画笔两逍遥。倥偬戎马归来后，一往风情迈板桥。

题李守真柳莺斗方

春柳摇金日，流莺报晓时。画师眠未得，拂袖起临池。

题夜游赤壁图

白露横江浒，茫然一苇杭。匏樽觞客棹，月色泛流光。两赋堂堂在，一官去去忙。临文恣俛仰，骋笔借周郎。

题长城图

经始六王一，逶迤万里天。一夫擐甲胄，九塞靖烽烟。欲扫群狐穴，先张狡兔弦。有基且勿坏，犹待勒燕然。

题蔡当设色山水中台

鹧鸪啼处木棉红，薄薄春云袅袅风。十里青螺环绝壑，一天飞瀑洗晴空。经冬泉石依稀在，没径萑苻剪伐中。寂寞山家何处是，烟霞隐约万山丛。

参观蔡敬翔孙文斌蔡汉国画黄伟强装饰画联展即席赋

鳄渚铮铮老画师，多年无复世人知。一朝脱颖重相见，虎父从来出虎儿。

蔡敬翔、蔡汉

菊石松鹰竹几竿，清新秀逸画中看。师承岂独王籍老，几许心头血未干。

孙文斌

寓意于图独创新，意中形象重传神。陈陈去尽西洋调，笔下胸中别有春。

黄伟强

魏紫姚黄世所知，青山绿水各争奇。画师老去谁人识，赖有春风特地吹。

题林树荣青禽红叶图

青禽不下来，红叶傍阶砌。莫以绳墨衡，空阔足睥睨。

耄耋图蔡老组画

已聘衔蝉去，蘧蘧梦不真。偷香攒蕊粉，伏岸觊池鳞。苔径容萧散，花阴屡欠伸。古云仁者寿，耄耋喜同春。

为蔡老题松鹰图惠来一中七十周年志庆

雨露濡培七十年，拔头健翮奋冲天。凌霄干出凌霄志，错节盘根老逾坚。

题芦花白鹭图

独立沙洲意自闲，使君滩畔采莲还。忽闻隔岸歌声近，飞过芦花浅水间。

题吴勋水墨虾

冰肌绰约傍潮生，水母相随涌沫行。为脱罟笼羁绊苦，江边仔细看分明。

题蔡敬翔饮泉图

猛虎不凭河，渴饮清泉水。岂乏取羊心，临流知所止。

题自重寒雀图

不须相对怨春迟，应信人间有四时。盼得花开终不远，何妨共守岁寒枝。

题徐家凤牵牛花

风铃紫玉缀晨妆，压架阴成蛱蝶忙。记得今年修禊日，荔湾湖畔古藤旁。

题陈懿泉山水张家界写生

一水回环绕四门，奇峰双耸傍山村。长林烟霭迷樵路，寂寂幽窗听夜猿。

题李筱孙丁锐合绘芦荻归舟图

寂寂江南路，萧萧野荻秋。邮程千里外，春梦在归舟。

题孙文斌徐家凤牵牛麻雀图

共沐春风日，相看失白头。公馀无个事，养雀种牵牛。

题孙文斌李筱孙合绘梅竹图

与可高风格，元章幽抱同。画师心上意，今古入毫中。

题李筱孙霜林远岫图

霜林绚烂向朝霞，胜似樊川二月花。淡淡秋云归远岫，一湾流水独清华。

题孙文斌金鱼立轴

银鳞绛鬣碧游澜，赢得人间俯首看。不是天心存好德，郇厨早已供珍盘。
吹絮分蒲暖浪开，翏然腾出非常才。临渊莫惹旁人羡，归去须防结网来。

题孙文斌李筱孙梅菊图

不随凡卉斗秾华，天与投生处士家。菊自欺霜梅傲雪，可知同是耐寒花。

题孙文斌李筱孙合绘岁寒三友图

竹有凌霜骨，梅无媚世姿。老松犹耐雪，共守岁寒时。

题蔡景星写生竹石屏条

落笔有英气，新篁无俗姿。诗人甘下拜，不让米颠痴。

题孙文斌李筱孙合绘紫藤麻雀大横披

压架阴成覆广墀，春花秋荚见繁枝。闲庭雀啅喧声闹，一片春阴宋荦诗。

题李筱孙徐家凤合作玫瑰白梅小蜂横幅

春日蔷薇处处开，冰肌玉骨暗香催。踏青时节游人众，小尾黄蜂冉冉来。

题李筱孙渔村雨霁图大横幅

远岫烟浮雨乍晴，几重树色鹧鸪声。清溪一曲渔村暮，乱石飞泉次第生。

萝岗雅集孙文斌李筱孙徐家凤蔡景星合绘双梅蜂蝶图为之题句

南国春来早，梅花已满枝。幽香原自惜，竟惹蝶蜂知。

题孙文斌墨竹

坚以树德，直以立身。空以体道，节以安贫。题者仲予，画者文斌。

为李筱孙蔡景星题画庚午迎春

琼楼丽日灿华堂，次第春风迤逦光。今日小梅初放了，丹青点缀寿阳妆。

题王楚材浅绛山水岫

叠嶂幽林荡渚烟，秋心闲入渡头船。早抛尘鞅逍遥住，漫掩篷窗自在眠。流水无情时欲出，小桥有路但随缘。武陵咫尺知何处，只在菰蒲野岸边。
远巘深蹊隔世风，小桥流水月迷蒙。欲来山气将成雨，为爱星光不下篷。一枕梦回消万虑，扁舟目断送孤鸿。明朝别浦张新网，笠屐前滩乱石中。

题杨初梁业鸿郑文岩徐家凤李筱孙合作赏梅图

芒鞋踏雪遍冈岑，玉骨冰肌托素襟。赢得画师齐动笔，两般颜色一般心。

题陈志雄红棉

居高难得有传人，矩步无逾好自珍。且看庐中馀卉尽。一枝先夺岭南春。

题蔡景星三友蜂雀图

翠竹幽芳倚劲松，游蜂文雀沐东风。一花一木含春意，且看中郎笔下功。

题张宾隼攫狼图

振翮消群小，摩天睨八荒。凝眸穷崖穴，着意在豺狼。为拯人间劫，宁辞爪下忙。展图诚一快，胸次见毫芒。

题山水画

矫矫群山挺古松，相将携手最高峰。亭亭烟树风光好，俯瞰群峦几万重。

题李筱孙陈永康杨和明徐家凤贺惟宜花卉大横披

艺苑群英画折枝，白头惭愧我题诗。南方广宇春常在，五彩缤纷烂熳时。

题黄伟强画

灼灼春园竞百花，中西新旧各名家。黄郎自有惊人笔，不俟誉扬不自夸。

题墨趣书画

琳琅彩笔享清新，缣素斐然各有神。最是百花齐放后，熙熙南国一枝春。

题徐家凤孙文斌合绘梨花小鸟轴

花开春日霁，小鸟在枝头。休问前宵雨，关门独倚楼。

题林受道遗作玉兰小轴

陈缣初展玉台寒，彩素纷披墨未干。迢递不曾亲雅范，风华今始接湘纨。清高别下桑榆泪，_{年来咢生、文宽、新伦、陈谦、郑衔相继谢世。}掩鼻能无管鲍酸。寂寞秋星琴在榻，百年俄顷哭无端。

题李守真镇海楼图

危楼万劫迹成尘，几度兴亡阅世纷。烟雨久迷歌舞地，丹青留得楚庭云。霸功莫听樵苏说，野色难从晻暖分。六法不磨风骨在，披图低首李将军。

题孙文斌花鸟画册

东西坛坫日喧豗，异说芸芸孔墨猜。老我沧桑枝爱瘦，凭君名德笔能魁。行兴艺事当斯世，向尽风流见此才。雪个寒禽开画册，纷纷花讯又春来。

黄伟强嘱题其德配李莲女士牡丹斗方遗作

栩栩烟笼薄薄纱，风姿露色足名家。若非画角留朱印，错认瓯香馆里花。玉碧金黄澹澹妆，宁论魏紫与姚黄。名花自有春为主，记取蒲车入洛阳。倾城花放浅深红，惆怅阑前几候风。老眼倘能看国色，此心深信不朦胧。丹青留得梦魂思，展卷分明绰约姿。君是神伤荀奉倩，料将珍重付装池。

题张谷雏山水轴答邓禹先生

森森夏木绕溪湾，野鸟浮云自往还。墨渖有人将入画，苑亭风雨米家山。

题苏子强孤鹭图

独立苍茫野岸荒，曾惊鹰隼避横塘。非无奋翮凌云志，只待高风逐凤翔。

题德公筱孙家凤合作三君图

绿竹渐笼当槛日，秋英初染带霜黄。横斜影落孤山水，且任丹青巧弄妆。

题苏子强竹雀图

铩羽昔曾跻四害，逍遥今在碧琅玕。是非自有澄清日，写与人间仰首看。

题关兆江水墨龙轴

神灵之精，能幽能明。嘘气则云起，艺优则存形。鳞角以昭瑞，在田以时乘。丹渊旱而致雨，清风至而飞升。《家语》曰："鳞虫三百六十而龙为之长也。"

题蔡敬翔赠醉酒钟馗图

怪道人间鬼魅多，只缘进士醉颜酡。就中或有难言处，一任堂堂岁月过。

题吴静山杜陵诗意卷子

烟树梅花_{吴仲圭}墨井山，清湘法乳溯荆关。远峰簇簇拳拳石，半角孤城水一湾。

为麦淑萍女史题陈晶工笔花卉斗方两帧

清露如枫雪样身，传神留与看花人。瓯香法乳年年在，销尽丹青几度春。此玉精神貌似花，银盆金盏舞风华。分飞只为劳生累，午睡方酣莫扰他。

题林丰俗竹雀斗方

刺天留此碧琅玕，错被诗人斩万竿。不是东风能长养，文禽何处避春寒。

题牛德恩山水斗方

槛外丛林欲蔽天，远山重叠展襟前。休闲岁月丹青手，写出胸中大自然。_{德恩}

退养后醉心绘事，自得其乐，骎骎有成矣，题此以勖之。

奉题丰俗馆兄荷花

投荒无意下红尘，所幸生来不污身。知否年年春尽后，寻香又见小娃人。

为伟智题林丰俗荔枝图

昭阳宫里曾相识，万里间关频置驿。快一嚼而丧万骑，杨妃病齿伤多食。画师彩笔托深心，不写图中香味色。

留花庵诗集题后

　　神州劫起，金铁飞鸣。庚戌夏，严谴令颁，小园世翁束装徙雷，小子侍家大人西郊送别。翁出自书诗一卷、端砚一方，谓此行当无归望，砚聊赠习书，诗则宜扃诸箧中，事亟，径付丙丁可也。小子泫然拜领。返家发卷读之，时虽年少，未尽识翁泊然绝俗之怀、宛曲深沉之思，犹俯仰三叹，不能自已。阅九载，翁还而康强胜昔，小子因得常陪杖屦，观海市于神泉，扪古碑于燕喜，而翁之述著益富矣。今留花庵全稿辑竟付梓，命作记于后。翁诗早藉藉吟坛，自足垂范百世，小子何用置言，端坐捧诵之馀，犹时缅想翁躬耕雷阳之清操也。癸酉开春前十日愚世侄茂名陈永正敬识。

卷二

留花庵词曲联

词

菩萨蛮 <small>嘉荫堂夜坐</small> <small>戊寅</small>

中庭月色清如昼，倚窗无赖秋香透。瓶绀缀琼枝，风前辗转思。
天寒归梦切，坐久虫声咽。闲却折花人，巢痕乱酒痕。

柳梢青 <small>月夜香山探梅</small> <small>己卯</small>

一天雪意，微云淡月，更添岩翠。秉烛来游，蜿蜒樵路，重寻残垒。
暗香遥度前溪，便抵得、吴山邓尉。帘隙蛛丝，尘楼谁植，粉衣清蕊。

鹧鸪天 <small>饯江楼</small>

泪颊模糊晕酒红，一年聚散太匆匆。霏霏凉露窗前月，漠漠愁云槛外
鸿。　帆影乱，玉瓶空。不须惆怅怨西风。数声残笛催人去，依约芦花入
钓篷。

虞美人 <small>南江口归途同怀公</small>

歌残玉树泷江碧，山雨催行色。酒边泪影涩朱弦，锦瑟无端憔悴度华年。
渔舟隔岸灯明灭，正是花时节。人间何处不相逢，总在离愁乡思梦魂中。

浪淘沙 <small>庚辰</small>

细雨湿香尘，薇院黄昏。春灯愁照倚阑人。窗外忽传青鸟信，暗递诗

魂。　　千里宝钗分，欲问奁痕。瑶琴消息向谁陈。昨夜月明花露重，滴向桃根。

少年游　小溪雪夜　　　　　　　　　辛巳

绮窗风细，雕笼烟袅，烛影荡琼楼。玉糁尘街，人归柳陌，波静冷吴讴。　　衾鸳睡稳残香卸，惆怅少年游。零乱腮痕，惺忪眉意，酣醉弹搔头。

如梦令

冰簟洞房深处，蕙帐画罗金缕。绛蜡晕轻摇，扇底窥人无语。将曙，将曙，残月晓风归去。

前调

苑静槐蝉初嘒，笋菖蟠桃香腻。腮靥石榴红，玉髓比甘丹荔。休记，休记，人散午钟声细。

菩萨蛮　　　　　　　　　　　　　　壬午

无端风雨惊晨梦，危楼掩映帘旌动。倦眼问兰花，天涯何处家。　　日长青琐静，欲起相如病。谁个是文君，文君泪满巾。

鹧鸪天

醉倚残灯伴苦吟，岑楼帘动冷萧森。青枝绿萼风尘共，叶落纷纷不忍寻。春梦醒，晚愁侵，可怜弦断小雷音。几番细语阑干外，未解梅花铁石心。

浣溪沙　市桥　　　　　　　　　　　乙酉

夜色沉沉琥珀杯，江楼酒醒独徘徊。阑前玫瑰正初开。　　镜里有人真似玉，琴边从此恐无才。卷帘燕子几时回。

洞庭春色　重过江楼

尘厣修涂，云迷毂影，门认墙花。记临阶断砌，绿芜庭院，井栏半树枇杷。翘首江楼新燕垒，奈不见、疏帘笼碧纱。低徊处，叹乌衣巷陌，换了人家。　　平生几番聚散，空赢得、室迩人遐。念分茶选韵，轻歌妙舞，低斟浅酌，梦散烟霞。休问阳关几叠，到如今，教人空叹嗟。归途上，看玉绳西坠，犹带昏鸦。

阮郎归　陈巷

朱花门巷绿阴垂，卷帘燕子归。灯光鬓影两参差，风前展转思。　　金鸭暖，玉蟾移，阑干第一枝。等闲到处莫题诗，诗成付与伊。

浣溪沙

袅袅螺云薄薄纱，绿杨帘外不胜鸦。阮郎何事未还家。　　重整凤奁红蕊粉，新添龙饼碧芽茶。春风已着一阑花。

扫花游　　　　　　　丁亥

小园暇日，正斗草评花，点茶深坞。嫩红漫布。看雏莺乳燕，柳绵飞絮。冉冉娇尘，暗惹轻裙绀缕。悄无语。料云坠凤欹，阑畔延伫。　　春思无着处。念昨夜灯前，酒边倾诉。游丝乱绪。恨东风，更遣蝶迷蜂妒。触处浮香，未抵敲窗骤雨。叹鸳侣，泪凝眸，隔墙烟树。

减兰　陈屋书事　　　　　　癸丑

小园昼静，竹影扶摇风不定。几度黄花，天涯何处是吾家。　　沙鸥乍起，万顷田畴通一水。菜甲青青，明朝落叶满荒庭。

风狂雨骤，移榻承盆寻洒溜。断续雷声，巡檐不寐到天明。　　敲窗庭竹，明灭昏灯筛影绿。忽报邻村，泥墙几户雨中翻。

清明节近，箬笠犁云春雨润。社角晨吹，相约携锄过断陂。　　午炊人散，村酿鸡豚青甲饭。鸠妇休啼，家家归去日徂西。

红薯香饭，蛇笋虾蟆俱入馔。朝菌园蔬，雷阳烟瘴地无殊。　　鸡凫村酿，藕叶初残新月上。九死南荒，兹行不负寄遐方。

折肱济溺，卅里羊肠山弄碧。冉冉归来，车尘碾碎夕阳回。　　邻翁病起，客厨添得鱼儿美。夜久敲窗，明朝又约下廉江。

午窗咋唶，小鸟枝头归唤麦。竹影婆娑，筠笼织就护鸡雏。　　闲人生计，艺菊灌园忙次第。天朗气清，图书翰墨寄幽情。

夕阳西下，行乐最宜明月夜。终罢炊烟，作场箫鼓正喧天。　　社南社北，道远不嫌村路黑。人影穿梭，相将呼啸听雷歌。

荔支香近 　暮春蒲泉茗座作　　　　　庚申

涧草如茵，绿霭三春树。归来霜鬓重临，花簇游人路。龙团碧溜泉浇，十载妖尘去。何处，一片浓阴曲廊护。　　欣物换，遍寰宇，盟鸥鹭。匝地莺歌，唤起人间沉痼。雨润仙蒲，暖日琼楼凭高处，仰望岩云飞度。

踏莎行 　壬戌迎春　　　　　　壬戌

细雨笼寒，小梅吐蕊。归来燕子新巢垒。才消雪意待春回，村烟又染蓁杨翠。　　紫笋分甘，红鳞试腻。雕堂人展香山会。明朝相约醉花枝，深心曾为花枝醉。

满庭芳 　春节

花灿春城，灯摇香市，馀寒晻霭轻笼。堕钿蝉凤，欢事笑声中。冉冉凌波仙子，念扬州、诗兴方浓。阑干外，桃唇吐腻，又见牡丹红。　　朦胧。残梦远，一声爆竹，腊雪消融。庆布阳初祚，劝醉深钟。更有人间事业，似水如龙。漫相唤，归来莺燕，歌舞报东风。

永遇乐　双清纪念馆开幕

云聚仙瀛，雨摧故土，曾并鸳翅。辛亥雷轰，神州宇奠，浩气掀民帜。双清词秀，才华经济，几看骋驰骝骖。方期望，萧曹伟绩，何期恨赍泉隧。

卅年祖国，昌荣前景，正向康衢展骥。壮丽山河，金瓯久缺，文轨焉容贰。盛时难再，兰芳继述，风便但传情谊。千秋业，波涛万顷，一笺远寄。

望海潮　秋夕

阑痕堆锦，霓魂弄夜，露华轻漾江潮。风卷画帘，绣幌摇波，花瓷试瀹，月团细碾香飘。倚槛仰层霄，正折凉展布，酷暑初销。万里晴空，满城笙管奏虞韶。　　中秋月近堤梢，念催人潘鬓，垂白萧萧。青剑自磨，黄花未老，人间秋事方饶。画舟可乐今宵，任徐年向瘁，商略明朝。且泛潭鹅逐影，鼓吹度双桥。

踏莎行　白石岩　　　　　　　　癸亥

仙窟璇宫，灵岩鬼斧，溪烟漫掩来时路。不妨崖溜着人衣，忽惊四壁蛟龙怒。　　玉髓悬琼，金霓乱曙，含情传得春莺语。长空雁影独横江，隔林时有秋云度。

念奴娇　萝岗探梅

嫩寒未减，渐残冬、毂碾野桥霜滑。黛暗螺云，攀磴道、问讯玉岩香雪。绣屐粘尘，靓妆临水，照影怜双绝。绮寮风细，飞霙青琐斜缀。　　惆怅几度寻诗，广平幽抱，往事都销歇。楼笛声凄，谁料得、消受一痕萝月。邓尉层峦，孤山千树，负却花时节。枝头笑捻，春光休恨偷泄。

好事近　斑石

万纪瀑遗斑，绿遍龙田阡陌。人在杏花溪里，看石横千尺。　　岩云螺黛绾湘鬟，襆被间关觅。早是南来新雁，带一天秋色。

蓦山溪　大良道口

水乡雨霁，风过新荷媚。浅浪漾青钱，唼游鱼、柳堤影碎。清明过后，蛙鼓送春归，莺旖旎。蝉初嘒，草色沾游屐。　　昼凉如许，路卉迷人醉。村舍鸭阑斜，念篱边、魂销此际。纵横桑陌，阅尽几兴亡，娇凝睇。夕阳里，依旧当年翠。

望江南　南园

广州好，诗社冠南园。文采风流超十子，英雄本色仰群贤。遥迈抗风轩。

琐窗寒　听雨轩迎春　　　　　　　甲子

饯腊迎春，分茶选韵，旧寒如许。银屏锦幄，依约年时游处。念芳菲、岭梅破霜，何曾系得韶光住。正人窥露井，砌阑蒨色，烟笼宫树。

延伫，湖亭路。怅廿四花风，暗催吟绪。销寒九九，唤起山园禽侣。漫消凝、来日试灯，绿杨又染千丝缕。趁东风、初过堤红，醉倚桥边柱。

诉衷情　兴教寺红叶

少陵原上白蘋风，古寺夕阳红。樊川秋色无际，凝眄送征鸿。　　鸦影乱，殿庭空，落疏桐。霸桥霜老，留与游人，几树丹枫。

天仙子　荥阳道上望广武

九月初寒过汴水，冉冉嵩云青嶂起。西风爽飒入车来，原野外，千岩翠，人道是当年故垒。　　自古英雄能有几，汜上荥阳鏖战地。步兵兴叹此登临，三千士，四海治，竖子成名应不易。

庆清朝慢 <small>柳园渡口望河</small>

翠压巉云，青连塞壁，车尘又过新丰。柳园渡浪，淘尽千古英雄。记得翻天波靖，春来次第展新容。沧溟万顷，关河壮阔，顿豁襟胸。　　越鸿沟，临广武，叹西风残照，霸业图空。梁王台畔，几人夺得天功。最是桥横烟水，金堤千里贯双虹。凭高处、倚阑看剑，欲起蛟龙。

江城子 <small>贺龚月珍新婚</small>　　　　　<small>乙丑</small>

翡翠屏开绣凤凰，醉千觞，夜何妨。银烛画楼，依约照鸳鸯。宝镜合欢留倩影，开并蒂，郁馀香。

好事近 <small>题晓峰藏关良戏剧人物图卷</small>

粉墨各登场，尽是衣冠优孟。漫道佳人才子，暨贤愚忠佞。　　画师笔底写真情，才有真情性。且坐绿阴深处，更一壶香茗。

浪淘沙 <small>陵水宾园晨兴</small>

雨后静回廊，斗曲横窗。起来宿露滴馀香。残月晓风花底语，莺啭春簧。浅碧漾云裳，轻渍新妆。惊鸿回首惜分扬。又逐征尘天海去，车转羊肠。

画堂春 <small>载酒堂</small>

浮萍漾碧涨池澜，春深花事阑珊。虚窗人去一堂闲，鸟语间关。吟袖独留儋耳，乡音未改眉山。荷杯碎后酒痕干，小立凭阑。

踏莎行 <small>夜宿那大</small>

冻蝠穿檐，守宫啼夜，风帘灯晕飘村榭。敲窗断续梦惊回，溶溶月色残红卸。　　翠橡凉生，酽茶香泻，徘徊孤馆循阑亚。脊令去后认巢痕，琵琶声咽鹍弦罢。

满庭芳

翠竹连云，黄花映月，旧情新梦重温。当年青鬓，霜意不堪论。野砌寒蛩细语，眉峰聚、掩袖无言。宵来事，几番幽絮诉，心迹苦难宣。　　秋丝空自缚，鲛绡泪眉，已近黄昏。叹穿帘紫燕，故垒空存。璎珞轻罗裙子，环佩解、冷却啼痕。料明日，相思何处，瘦影伴诗魂。

齐天乐 北海湖望　　　　　　丙寅

翠华玉殿凭阑处，当年广寒宫宇。乱叶寒蝉，斜阳烟树，恰是前宵骤雨。秋心乍起。念昨夜蟾圆，灯前侪侣。且住京华，休教归梦乱吟绪。　　西风湖畔细语。绕堤掀柳色，犹系新旅。琼岛凝云，玉桥流水。鹔首双双来去。荒台吊古。看衰草离离，故宫禾黍。欲问丹枫，染山山遍否。

喜迁莺 登黄鹤楼

漫游川鄂，正霜气横秋，西风依约。屏拥吴山，棍通巫雨，天堑一楼新着。绿洲岸连鹦鹉，橘子青摇阑角。侧耳听、听江城玉笛，梅花重作。　　酬酢。檀几畔、墨浪雪泥，茗碗龙团瀹。画栋雕甍，名书素绘，点缀鼎彝琼阁。红袖卷帘风袅，一览楚天寥廓。汉江上，看归来依旧，当年黄鹤。

蝶恋花 题关曼青菊花小轴

倦醒东篱彭泽梦，秋老霜腴，天外来么风。遍倚危栏花露重，双双疲影风前共。　　烛炧琼楼残酒中，灵璧苔钱，和叶青浮瓮。翠袖不胜迎晚冻，朱颜却被流年弄。

踏莎行 文史馆同人丙寅迎春茶会有作

爆竹迎春，符桃换影，小梅昨夜春痕透。一楼欢笑瀹花瓷，天寒岁暮人依旧。　　健饭廉颇，壮心处仲，等闲莫教韶光溜。乘风虎啸入新年，画堂伟业催人又。

巫山一段云 望江楼怀古　　　　丁卯

万里桥边草，百花井外园。萧萧竹影近黄昏，一水绕当门。　　倚槛寻诗思，停琴听月痕。琵琶门巷冷犹温，依约校书魂。

声声慢 湖畔

湖痕弄碧，山色留青，新凉初过堤莎。波泛游舠，午风香送残荷。深沉半生似梦，念前时、浪迹蹉跎。芳草岸，憩绿杨深宇，细语轻歌。　　去日流风渐改，念菱花照影，双鬓婆娑。旧欢新宠，幽恨又结松萝。料他曲栏漫步，到如今、梦醒南柯。琴依旧，纵哀弦、却恨愁多。

清平乐 梅。宋人有以"层玉峨峨"咏此花者

暗香何处，疏影侵堤路。旧恨新愁知几度，却被蝶迷蜂妒。　　峨峨碧玉啼痕，闲庭独对黄昏。次第春风送暖，可怜冰雪梅魂。

浣溪沙 有赠

南内秋风塞雁飞，休论燕瘦与环肥。天长地久是耶非。　　月殿玉蟾思桂子，唐宫金阙护梅妃。泥他词客赋珠玑。

八六子 九日　　　　癸酉

渐黄昏，绿迷堤陌，柳丝轻漾湖光。叹少日游踪汗漫，有客送酒来时，梦回醉乡。　　人生几度重阳，风雨无端连夕，凄然暗自思量。念不破，寒

蜇又啼阶砌，一声孤雁，晚投芦岸，声声报道茱萸老去，匆匆重整归装。到归时，黄花尚留暗香。

风入松 <small>为梁伟豪、伟智兄弟新婚作　戊寅</small>

洞房春夜酒初醒，佳节近清明。梅魂乍入温馨梦，又催妆、窗外莺声。彩笔画眉深浅，帘边夫婿多情。　　踏青时节几阴晴，燕翅舞轻盈。浓妆压倒春花艳，是风流、倩影婷婷。昨夜高烧红烛，并肩同拜双星。

风入松 <small>麓湖</small>　　　　　　　　<small>庚辰</small>

淡云远岫碧湖秋，幽梦倚危楼。关情最是残蝉嘒，一呜咽、一段牢愁。绮岁风华未减，几番旧约难酬。　　思量无计可忘忧，世事几沉浮。檐间燕子归何处，看今朝、凤恨悠悠。鸾换巢痕已碎，等闲莫怨空俦。

卜算子 <small>德庆江上</small>

记得初相别，往事从头说。潋滟波光送潮来，照见星星发。　　柳岸渔灯灭，几点沙鸥雪。又怕归舟双桨摇，划破江心月。

渡江云 <small>题吴静山洛机山山水长卷　辛巳</small>

长空飞雪影，远扶醉墨，去国水云东。一览殊邦美，顿快平生，湖外瞰山容。清游壮志，逐高航、橐笔孤鸿。看绝壁、蓬山已远，犹隔万千重。朦胧。冰封云海，汩泻银河，望洛机谁共。聊写就、江山如画，水墨交融。归来倚、白云山下，漫寻思、异日重逢。攀绝巘，再描夷堡旗红。

曲

紫塞梅花

【乙反首板】乱离中、没羌蛮、悠悠春夏。

【乙反慢板】月照胡营、露埋汉垒、狼号四野，难禁北地、风沙。

【胡笳十八拍】看宵征寒驼，云迷塞雁，晨调牧马。力嘶声悲咤。怅念都门，神魂暗逝，愁无那。伤心闻吹寒笛乍。信步毳幕外，我登高眺望，望，我望望汉家。飞霜凋鬓纱。

【诗白】貂帽狐裘两髻丫，十年空望故园葩。望中汉阙千重雾，雪外天山数点鸦。

【乙反南音】十八拍，诉胡笳，可叹四千坟籍散如霞。休言珠玉文章价，惭愧诵忆遗篇四百加。虚怀悲愤、虚怀悲愤、当年话，兴平丧乱、寇中华。（催快）早料得羌蛮志立中原马，遂致窥江胡骑鼓三挝。偷生移节我从人骂，年年白草看抽芽。幸有双雏弱息依裙下，不觉穹庐视息一纪差。感时每念归华夏，归华夏。

【慢板】漫道中郎有女，谁念我孤婺、无家。清商传乐府，哀怨入琵琶。托命胡庭，涕泪背人、偷洒。飞雪压梅花，凝尘封邺架。亏我抛残卷轴，慵扫签牙。

【中板】幼年间，辨琴明律，能赋知诗，蜚誉虚延、班马。初平中，寒门不幸，重罹祸变，颠沛乱纷挐。汉祚微，鼎沸中原，又谁责胡人机诈。（快）估道此生难望汉高牙。闻说司空一柱支颓厦，功存汉祚庙谟嘉。一使通胡金璧迓，三千里外、赎胡娃。莫非是、夙世交情怜孤寡，莫非是、才怜咏絮恕微瑕。但只愿、空穴风来传非假，迢迢长路紫驼跨。念双雏、难抛下，捐所生、弃荒遐。儿呼母兮、号声哑，母唤儿兮、儿哭妈。欲去还留、难分岔，好叫我文姬心绪乱如麻。

【滚花】死别生离、不行也罢，无奈恩深江海、义重兼葭。况念千秋史业绍先芬，检校丹铅将不暇。久怀青冢明妃草，空待黄金汉使槎。悽切毁颜形，徒怅望迎归车驾。问更能消几番风雪，零落紫塞梅花。

四弦秋

【打引】浔阳江上西风冷，老却朱颜半带羞。

【诗白】水流无限似侬愁，不惜奇毛恣远游。江上残花待归客，琵琶先抹六幺头。集唐人句。

【梆子慢板】昔日虾蟆陵下，风月班头。独步瑶台，虚僭长安魁首。青娥皓齿转歌喉，缓带回波舒舞袖。当筵一笑，犹复自赏风流。玉碎香檀，弦分素手。半掩琵琶，遮不住一枝翘秀。缠头争蜀锦，绕扇逞吴讴。只道向人欢笑，却不知涕泪几时休。人欲醉，月初收。粉腻酒痕，濡染湘纨锦绣。

【中板】说甚么信陵醇酒，到头是季子貂裘。尽管道美眷如花，怎禁得流年似水，毕竟岁月难留。风尘小劫入青楼，唉，苦光阴，磨人够。从良后，往日闲情抛掷久，背人初试描花手。窗前细把秋罗绣，鸳梦两绸缪。无奈商人、重利轻别离，好梦易醒，细语香帏难又。望人归，茫茫江月，谁念我终夜凝眸。辞巢燕子、岂复向人投，更何堪镜里、朱颜暗溜。眼看那虫乱秋丝，陌翻春柳；临风无主，都付情柔。惟有一叶扁舟，共鹍弦依旧，拚做一个老佳人，长厮守。转眼又粉黛骷髅，数不尽花落花开人消瘦。江潭憔悴，顾影谁俦。

【滚花】细认牙樯，未知几担新茶曾卖否。又怕寂对芦花洲畔月，夜潮空咽四弦秋。

雷州归唱

鸾凤有期朝绛阙，繁花烟暖，落叶风高。
玉宇尘清，金茎露重，叹少日、光阴虚度。
虚名何益，薄宦徒劳。
干戈满地，儒雅风流，幽梦断，蘧然难续。秋雨秋风又一年，休怨啼鹃、到酒边。

几人能得，对酒常醺，当年醉墨，尘卷纱笼，旧欢如梦，旧游如许一凄然。

十年一梦到湖边，风度依然。

江山王气空千劫，秋风秋雨又一年。

凭谁说与，须唤取，陌头杨柳恨春迟，槛外扶疏空照影。

藕丝几缕，绊玉骨春心，金沙晓泪，秋风依旧兰清。

世间多少风流事，天也有心相护。

雁影入高寒，却被嫦娥妒。野月穿窗，山云拥户。

杨柳池塘春信早，燕寝凝香，金貂贳酒。

谁识元龙豪气，莫袖经纶手。

遗爱在甘棠。一尊共醉榴花，半生书剑，今犹如此，五亩桑田，一廛茅舍，重与溪山话旧盟。桥边柳、安排青眼，待我归程。

人世几墦间，谁言济世，毕竟饱妻孥。万事只从闲里过，老来生计，灯下书声。青史浪得名。

桃花为春憔悴，念刘郎双鬓，也感秋风。

乾坤浩荡，际会风云，今古渔樵话里，江山水墨图中。

平生活计，橐笔孤鸿。

八表神游，浮云不卷乡关泪，澹澹长空。

雕堡旌旗，招展长空。

拔地危峰，描不尽荆全。青山色、山外更重重。

归来白云山下，重洋有梦水流东。

笑傲、从容展卷、倚醉薰风。

信斯文未丧，不改淳风。

挥醉墨，洒云笺、倒银河、直下洗溟濛。

青山憔悴锁寒云，费尽断云玉斧，空赢得、霜鬓白头翁。

谁辨浊泾清渭，一任狂流，论谈古今中外废兴同。

海棠影转梧桐月，吟到梨花第一枝，崎岖世路浮云态、写不尽踞虎蟠龙。

消息海云边，山色有无中。雕堡大旗红。

流年又、暗中换，倩丹青细染，风流图画，写陂陀十里好凝眸。

江山信美，不及南陬。

几番兴废，几番今古，烟草外、历历楚云湘岫。

为说与麻姑，海桑依旧。

对联

赠梅园大厦

梅柳自春色；园林无俗情。

翠园旅馆接待站

翠岫弯环抱；园花旖旎春。

丙寅春联

莺歌暖日酣春酒；虎啸东风入瑞年。

金凤酒家联

金玉凝珍处；凤凰入座来。

挽李松庵

万里赋归来，终乏灵丸延寿药；十年同事业，难排寒夜挽词心。

半生戎马，橐笔纵横，史癖犹存典范；卅载辛劳，运筹帷幄，馆人长想高风。

文史馆诗书画展览会

绎史修文，国尊五老；清风明月，人乐馀年。

莲塘村牌坊联

创业何难，猗顿运筹陶蠡术；务农有道，赞宁遗谱子龙书。

开放途中，协力同心迎改革；工农业外，养鱼栽竹致繁荣。

惠来县一中七十周年庆

七十年雨露濡涵，培就满门桃李；三万卷图书跌宕，养成用世人才。

松鹤联

翰翮千年寿；昂藏百岁材。

余自丙寅年起书春联，以十二生肖为主题，至丁丑年已满十二之数，今年余已八十四岁矣

丙寅虎：莺歌暖日醑春酒；虎啸东风入瑞年。

丁卯兔：蟾宫续捣延年药；燕垒新营洞屋梁。

戊辰龙：春风花发迎韶岁；暖日松青比鹤年。

己巳蛇：桃萼翻红，尊前一笑；辛盘爆竹，气应三阳。

庚午马：淑景融和人逸乐；春风得意马精神。

辛未羊：东风及弟迎春燕；时鸟鸣春显吉羊。

壬申猴：金猴喜舞迎春瑞；仙鹤高翔展寿姿。

癸酉鸡：岁序春来人起舞；玉衡星照寿而康。

甲戌犬：花发帘前春旖旎；春传洛下报平安。

乙亥猪：乙惟帐启迎春福；亥既珠悬庆寿康。

丙子鼠：梁迎燕子归来日；盘供鼠姑富贵花。

丁丑牛：浮关紫气来青驾；入户春簧报晓莺。

戊寅春联

酒酣献寿群芳舞，岁集枢星万户春。《春秋运斗枢》："枢星散而为虎。"

诗钟"文、史"鹤顶格

文能载道歌平治；史为来修鉴废兴。

文天祥宋亡殉节；史道邻明末拒降。

诗钟"黄花节、修禊"

烈士坟前张浩气；丽人水畔湔罗裳。

麦汉兴寿联

文史风流，是寿者相；丹青跌宕，得艺之精。

清晖园红蕖书屋拟联

菡萏开时，立杨柳堤边，领略清香秀色；阑干倚处，听水晶帘下，传来琴韵书声。

清晖园读云轩拟联

万磊起云峦，拜随米老；六根无我相，法证生公。

为广州园林拟联六则

皓月初生，荷香入座；斯文不坠，墨渖留芬。

凭阑望桥影波光，更有竹绿松青，奔来眼底；把酒对笔花墨浪，顿教诗情画意，骤起胸中。

胜地拓重楹，在红藕香中，碧萝阴里；清游来雅士，坐白纱窗下，绿柳风前。

天下治，园囿兴，格非有记；笔花开，弦歌盛，金谷无文。

络绎迓游踪，请看鳄渚名瓷雕宋绘；虔诚申仰止，移得端溪遗爱证尧心。

长堤柳色平湖月；清韵茶炉紫洞波。

己卯上巳觞咏援右军兰序文十四字用志盛会

得随长者引觞会；故集兰亭修禊文。

正觉禅林方丈联

四相思量通参觉；数声钟磬静云房。

普济禅院方丈联

露洒杨枝，树交连理；经传贝叶，智接传灯。

普济禅院观音台联

觉岸向迷峰，敬求大士慈悲，遍洒杨枝甘露；登台瞻法相，曾仰祇园兰若，宏开洞口禅云。

莲峰禅院方丈联

莲出渌波，峰高自洁；禅离诸相，院静能空。

正觉禅林

法证菩提开妈阁；戒生定慧启禅门。
慧海慈航开正觉；祇园精舍净禅林。

庚辰春联

龙年又报更新序；世纪初开第一春。

文史馆书澳门回归联

镜海波平收版籍；莲花旗展复衣冠。

珠江公园柳林水榭联

疏巾邀客迎风醉；曲榭临流得月光。

卢氏故居联

家望承燕祚；发祥溯范阳。

谷饶张氏思远堂联

思传谷社宗枝，族斯练水，源长千载祀；远绍清河世泽，胤发盐泉，山峻一崇祠。

谷饶张氏玉湖堂联

玉堂怀德，宅启潮阳，万世云礽绳祖武；湖海传宋，源留东粤，千秋俎豆绍箕裘。

张氏祠二联

望族衍清河，踵德泳仁，发祥流庆；怀先传少昊，慎终追远，继往开来。

金鉴动九重，更开岭道，南疆世泽相承，后叶至今怀祖德；清河延百粤，卜聚潮阳，北岳宗风递衍，崇祠终古荫来昆。

为盛南先生拟鹤顶格联

盛德在勤持自勉；南强之本重躬行。

园林联

醉月飞觞，最宜林茂园芳，花香鸟语；观成图始，乃悟本舒土固，筑密培平。

揭阳双峰寺联

源溯磐溪，缘结双峰山有寺；心如止水，数由万法性无殊。

张竞生纪念馆二联

唯理新知惊卫道；献身伟业寓培英。

不虑安危研火药；第于毁誉感斯人。

为香港陈策文先生书联

本助人拯溺之志；率济世宏道而行。

大士联

法界庄严，普施甘露；众生妙悟，接引慈航。

灵台二联

一息尚存，不容少懈；九原可作，惟适三安。

修短随化，终期于尽；死生万行，暂聚之形。

辛巳春联

彩树迎春开世纪；桃花献寿报灵珠。

关帝像联

亦圣亦神存蜀汉；乃文乃武在春秋。

卢氏寄傲楼联

寄形通白鹤；傲德赐黄门。

寄情吟岳室；傲骨锡忠清。

梅关折梅亭联

半岭梅花千里路；满山松影一枝春。

邓世昌纪念馆建馆落成

黄海波翻，想当年摧敌无前，留得风徽光史册；珠江水暖，际此日铭忠有馆，爰收壮节励来兹。

为文史馆拟挽叶帅联

战斗毕生，为党国，为人民，立下旷代殊勋，万世仪型垂竹帛；扫除群丑，愈艰危，愈坚定，结束十年浩劫，一朝关键转乾坤。

挽副馆长冯钢百联

寿越期颐，方祈南极星辉，永耀粤东文史；门盈桃李，深痛钱塘潮落，长怀艺海宗师。（元画家冯君道，钱塘人。以喻钢百）

代文史馆挽杨新伦

精武光馀，方仗青萍宏岭术；广陵散绝，难招玉轸绍唐音。

代广东古琴研究会挽杨新伦

缦政钩沉，派衍岭南，端赖先生传绝业；广陵瘗响，琴寒振玉，痛教后学失师模。

大兄与余合挽杨新伦

方响金声，比德玉亮，吾师所足当者；向阑曲引，将歇众音，小子其何从焉。

挽卢光耀

风雨共皋比，尽瘁遽闻歌薤露；樗蒲依巨著，伤心何止泣鳣堂。

挽黄文宽

半簋缔神交，据梧传简一山笔；两篇弥心折，眇叟遗词霝石诗。

挽朱庸斋　集梦窗词

小桃谢后《双双燕》，断柳凄花《瑞鹤仙》，忍重拈《法曲献仙音》古简蟫篇《扫花游》，空教人瘦《瑞龙吟》；九辩难招《惜黄花慢》，尘笺蠹管《霜叶飞》，还始见《渡江云》何郎词卷《解语花》，不负心期《采桑子》。

庸斋三虞祭挽联

水无涵影，雁不遗踪，好凭大慈航，顿然彻悟；窗静写经，堂深觅句，况有长公作伴，魂兮归来。

挽秦咢生

频年书翰纵横，皓首未遑孔席暖；此日旌旐肃穆，伤心忍见墨池寒。

十年劫火，顿失离魂，最难忘文桂窗前，剪灯按拍；数日微疴，遽歌薤露，更何望罗浮月下，倚榻谈诗。

八载乱离，抵掌虞城交管鲍；一朝永诀，伤心艺海失楷模。

北斗星沉，史馆艺坛人尽哭；南陔誉满，寸缣尺楮世争存。

廿载缔神交，史馆幸逢叔度；孤怀伤绮语，诗才远接坡仙。

代馆挽秦咢生

橐笔任辛劳，远承晋代书风，名世共推传大爨；崇文方倚畀，痛失楚庭硕望，意公未尽展宏猷。

楮墨未干，遽陨大星沉北斗；人琴怆恨，空留遗迹在名山。

挽刘逸生

旷代蜗缘世仅存，方期绩著培多士；五家春树天先夺，又哭蟾圆损一分。张采庵号春树人家。

卷二一

留花庵文

严霜诗词钞序

刘君严霜，名峻，与余同事史馆十年。庚午秋退居香江，今夏返穗，养病东山，出其中岁所为诗词，浼中山大学陈永正教授为之删定。将付梓，属序于余。余深感乎世之为诗词者众，欲求如君者不可多得，故乐为之序。君以名公子，诗词绍其家学，长与世氛，未得展其抱负，故寄酒为迹。酒酣，其诗尤豪宕横肆，有沉郁悲凉之响。人谓其狂，余谓狂始能见其真也。陈东塾之"野水投竿，高台啸月，何代无狂客"，似可为君咏。夫《离骚》之哀愤，汉魏之风骨，少陵之闳肆，玉溪、樊川之风流蕴藉，山谷、简斋之峭拔简练，乃至羽琌、两当之博取纵恣、清新飘逸，洪北江所谓咽露秋虫之声，读君诗往往遇之，而要非古人之诗，君之诗也。其为揽群言之综，集诸家之长者耶？陈散原谓"诗要兴象才思，两相凑泊，有惘惘不甘之情，不自觉其动魄惊心，回肠荡气"，君得之矣。严霜之词，多清商变徵之音，读之令人惆怅不已。其长调继响东坡、稼轩者多，小令则间取子野、珠玉之长，即况蕙风论铁岭词人纯乎宋人法乳，不烦洗涤者。严霜负沉博绝丽之才，以意遣辞，而隶事必古，读者每不能尽举其所出。近以病，持律綦严，而犹吟咏不绝，其诣当与日俱增，不知所极。他日相见，敢从君尽读之。甲戌夏冈州莫仲予序。

沚斋诗词钞序

昔人谓诗有别才，非关学也。不独陈叔伊疑之，余亦疑之。后读《梁溪漫志》云："作诗当以学，若不曾学，则终不近诗。"又曰："大凡作诗，以才而不以学者，正如扬雄求合六经，费尽工夫，造尽言语，毕竟不似。"益知有才无学，所为诗要非本色，况无才者耶？永正世兄以多才积学之士，穷年著书等身，于诸子百家史志之文，博观慎取，旁及道藏内典，穷极问学，其学殖之深且邃可知。故其为诗，典雅宏赡，磊砢豪宕多奇语，余窥其意，每亦未能尽其指也。世咸知永正能诗，而不知其早年即以博奥淡雅之才而为词，时一曼声，寂漠求音，孤清写绝，与其诗方轨并驰，独不轻示人耳。余谓沚斋诗，出入宛陵、昌黎、诚斋之间，其词奄有梦窗、白石、小山之长。永正正当盛年，以其才其学，固非诸家所能囿，再假以岁月，其诣足上陵诸家，亦非必不能至。今斯集之成，读者自能有所体会，且复验余言之不过也。至其书，上取籀篆汉晋之苍劲古拙，如松抱凌霜之骨，梅无媚世之姿，其成就又在诗词以外者矣。癸酉蒲月冈州莫仲予序。

己巳修禊小启

己巳三月初三晨，广东省文史研究馆效兰亭故事，于荔湾湖公园举行修禊雅集。参加者有胡希明馆长、秦咢生副馆长及馆内成员共二十人，分韵赋诗，临流觅句，诗情洋溢，至下午二时散会。

周礼春官，上巳有祓除之浴；永和三月，兰亭集少长之贤。载欣载奔，赠芍采兰之候；一觞一咏，班香宋艳之章。斯乃千载流风，相传递嬗；暮春佳节，共快形骸。际兹双巳嘉辰，未免萦怀往事；留得半天清暇，何妨继武前修。爰集群僚，用襄是举。顾我文曹之耆宿，不乏清才；共为盛世之讴歌，无惭蛮语。裁笺分韵，遑论王后卢前；吐玉联珠，自无薄今厚古。低斟浅酌，务节清囊；四簋一羹，用符今例。喜得清游数刻，预期不越八元。是以折柬传笺，命俦啸侣。若肯惠移玉驾，请署台衔。以便安排，藉供箸匕。

为钟志澄书手卷　　　甲戌

前为曲斋书，钟以赴美前夕，央梁伟智求书。

余藏陈东塾篆书"不思善，不思恶"横幅，是惠能常语人者，此浮屠之谓善也。孟子谓"人性之善，犹水之就下"，又曰"人之可使为不善"，此儒家之谓善也。东塾谓惠能之言为圣人喜怒哀乐之未发，证诸《荀子》有言"天职既立，天功既成，形具而神生，好恶喜怒哀乐藏焉"，则浮屠之善在神生之前，儒家之善则在后，其揆一也。志澄大家将有远行，索书，谨随曲斋论善之后，摭拾儒释之言，书以归之。

题朱庸斋爱莲阁图卷　　　辛巳

癸酉秋，黄子玄同自香江来，出示朱庸斋为黄子所作水墨《爱莲阁图》，与余旧藏癸丑设色图同一名款。深讶二图不期而会，因以赠黄子。庸斋不以画名，然笔下有云林落落萧疏之致。所为词则沉博绝丽，继海绡翁后为世所重，固异于世之苟然以为名者。其集中《台城路》一阕，温蘑悱恻，俨然玉溪之《锦瑟》也。殆其文酒追欢于少日，即事兴怀，抑缱绻当日夌边馀情，不得自已，而抒发其郁结之思耶？此庸斋词事，曩昔侪辈当复有知者。今庸斋墓木已拱，言笑永绝，可胜怆然！黄子合二图，装池为长卷，属缀数语，以志因缘，爰填《双头莲》词书图后报之。甲戌处暑莫仲予，时年八十。

词云："香远清波，伤帐底钗分，酒边人去。飞花过处。叹别浦风细，留春难住。纵借粉蕊丹青，问田田何许。空对语。旧约谁寒，堪嗟老来张绪。

漫道一舸重来，奈珠倾露盖，红衣心苦。蛮笺叠谱，便一醉、休更清游重觑。况又梦到琼楼，教周郎憔悴。添柳絮。恨压柔条，相思寸缕。"

附识：余曩以《双头莲》词题庸斋《爱莲阁图》，陈永正为庸斋弟子，题余词后云："幽华倾翠，漫渍词仙新旧泪。未肯留香，解语何曾解断肠。

红凋千片，只影横塘谁梦见。残夜披图，长忆凄凉静志居。己卯冬敬题朱师《爱莲阁图》，今图发回黄文彬矣。"

岭南五家诗词钞序一 代胡希明作

有唐一代相臣，以直节风度著者，独推曲江。集中遗文，卓然不朽于百世之下，固不待言。其诗上去六朝未远，而无绮靡纤巧之习，远绍汉魏两晋之馀绪，颉颃当代，下启岭表诗风之滥觞，岂独正笏垂裳，蹇蹇谔谔而已哉！曲江诗风骨刚健，鸿博闲雅，取境必真，敷旨必畅，古不戾俗，华不掩质，为一代正声。迨亦五岭毓秀，民风淳朴有以致之耶？明季粤中诗坛鼎盛，南园前后十先生出，承曲江之馀烈，鞚轹中原，望风推服，于是岭南诗派始奠。厥后岭南三家崛起，更如云涌星辉，风扬月白，海内为之矜重。继之者黎二樵、宋芷湾以才气横溢，矩度精严，拔戟自成一队。清末黄公度、康南海以厚今薄古，开诗界之新风。民初之近代四家，葵霜阁以才情绚烂，兼葭楼以峭拔幽深，曾刚父以潜劲思朕，罗瘿公以萧然淡远，挽季世之颓风，咸推艺坛祭酒。今岭南五家，踵武前贤于变革之世，起衰式微，寓创新于稽古之途，托深远于崎奇之垒。其为径则张子建白宏畅跌宕，莫子仲予雄浑古雅，刘子逸生瑰丽新隽，徐子续爽健俊洁而意境冲和，陈子永正清深精微而抱负瑰异，率皆以曲江刚健博雅为旨归，为岭南诗派之矫矫者。余居粤久，粤之能诗之士，几尽获交，如五子者，乃粤之能诗之士之交而知之尤深者。今五家诗词钞行将付梓，属序于余，遂揭岭南诗派源流之理，并五家之所诣，以告后之读五家诗词者。己巳三月胡希明叙。

岭南五家诗词钞序二 代傅子馀作

夫诗关世运，诗之实也；诗关性情伦纪，诗之本也。太史公周览天下名山大川，其文豪宕有逸气；杜工部崎岖陇蜀，其诗豪迈而风调清深，属对律切而脱弃凡近。是则士获山川之助，而能旷其趣而孕其奇，发其义而宣其理，崇实敦本，斡旋世运，鼓动伦类，使千百世下，读之者仿佛其人其境，于实于本有所归焉。现代岭南五家如张子建白、刘子逸生、徐子续、莫子仲予、陈子永正，皆吾粤魁闳瑰玮能诗之士，其诗思力精深，天资高隽，虽取途各异，而神蕴超迈、大雅不群则一。每读其诗，想见其人于熙熙之天，崇实敦本，复乎不可强几也。余知五子深，故为书其集端如此。己巳四月傅子馀静庵谨序。

周正山楷书册跋

右周正山楷书册一卷，乃周子历年致力于颜、柳、褚、李，上溯右军，集其大成而有所发挥者，资为后学楷范。考我国书法，晋唐以来，楷法大盛，名家辈出，演为行草，亦奠基于是，学者须如华亭所谓"晋人取其韵，唐人取其法"者，此周子得之矣。世有谓学行草不自楷始，方能超越古人，此非吾所知也。岁次屠维大荒落律中黄钟莫仲予跋。

谷饶乡志序 代泰国张立初作

吾谷饶张氏，自明末创大公于福建莆田，以兵燹避地龙眼城，再迁广东潮阳谷饶乡定居，是为谷饶张氏始祖，迄今垂六百馀年矣。谷饶地处广东东陲，距省治若干里，后枕小北山，左倚盐泉山、虎狮山大寨两山之间。南绕练江，为潮阳、普宁、揭阳、惠来四县之咽喉。平畴绿野，果林青翠，土地肥沃，民风纯朴，交通畅达，将为练江北岸交通经济中枢。然而，创大公之初至也，田野荒芜，筚路蓝缕，以处草莽，勤奋垦辟，生聚教养，乃至子孙蕃衍，其艰难困苦可知也。明末海禁大开，而乡中迭为旱潦所厄，庐宇凋耗，饥馑荐臻，生计迫戚，其年富而健者，相率出洋谋生。所至之地，以泰国、越南、新加坡、马来西亚、印度尼西亚、澳大利亚、美洲、加拿大、法国、德国等，而以泰国为最。然而几历世代，在外者，不无柏榆桑梓之思；在内者，亦有饮水思源之念。咸以创大公当日胼手胝足，创造辛劳，至于今日，子孙深受馀荫，而虑后世云仍忘怀世德清芬之泽，于是全体宗族有纂《谷饶乡志》之议。公推有德之士某某等父昆，成立编辑委员会，共襄进行。兹《乡志》将付剞劂，嘱为一言喤引。余文无所柢，且旅泰久，私务纷繁，于族事未遑深考，固知史才难，编志尤难，盖稽究今古，鉴别取舍，非一蹴可至。今观斯志，既周既慎，且获观先人遗泽之盛大且长，弥增感奋。《诗·大雅》云："戚戚兄弟，莫远具尔。"《国风》又曰："岂无他人，不如我同乡。"今而后，愿共我族五大房派父老昆弟，咸体创大公始祖缔造维艰，列代祖宗劬劳诲育，及古者宗亲相维相爱之义，一心一德，恪遵始祖训后之词，崇勤俭、励奋迅、紧团结，发扬中华传统，养人才、正风俗，互策互勉，建设文明之乡，为祖国繁荣兴盛而努力，共迎二十一世纪之将临。岂独立初馨香祝祷，亦我谷饶张氏五大房派父老昆弟之共同愿望者也。

卷四

留花庵随笔

一画三眼盲

书画贾胡瑞堂寓西关第十甫，每晨必至烂马路（今中山七路）天光墟，以贱值搜罗残旧书画，归则择其稍有名气者赍藏家求售，藉以糊口。丙午春，余至其家，见一邓诵先仕女小轴，有上下款及年干而无印钤，时诵先在港未逝，计其值犹近百元，而余无力得之。遂嘱瑞堂持付冯遂川，以余意使其收之，遂为遂川所有，悬诸斋中。翌日，装裱师黄秉津至，见之呵曰："何来此赝品也！日前，罗家宝携此来装裱，谓以三十元得自胡瑞堂者，余审其赝，已令其退回矣，今又持以诳汝，真狡谲徒也。"遂川曰："此非瑞堂之咎，乃莫老二使其持来，嘱余收者耳。"秉津曰："老二真赝不分，其目实盲者，宜亟除下弃之。遂川唯唯。又翌日，韩沛然来。沛然年已八十馀，早年亦尝为书画贾，精鉴别，见壁上画问曰："何来此画？"遂川答以故，并谓此赝品，俟维雍回，当除弃之。"维雍者，遂川幼子也。沛然曰："谁谓赝品？"遂川告以秉津之言。沛然曰："秉津诚眼盲者也。此画在抗战前，余于小庐同志社亲见诵先所作。缘诵先乃瘾君子，每日至小庐向账房师爷某赊烟二钱，日久，师爷乞诵先画，诵先数诺而不与。是日，师爷谓曰："芬叔，如今日不偿宿诺，则明日勿再来也。"诵芬笑，即索纸笔，一挥而就，即此画也，当时未携印章，无何中日战起，故无从补盖。此画神来之笔，宜宝存之。"遂川大喜，惟犹以未得印钤为憾。后思往者于古肆购得诵先"还佩楼"印，即取钤画上。数日后，沛然复来，睹画愕然，谓遂川曰："为何悬此伪画？"遂川不解，以其反复其辞也。沛然曰："汝眼盲者乎？'还佩楼'印刻于抗战胜利以后，而此画作于抗战之前，相去十馀年，后之考证者，必谓此画为赝品也。"盖诵先原藏古玉佩，香港沦陷时为人窃去，战后，诵先于广州一地摊上得回，还命冯康侯刻"还佩楼"印，遂川失于考订，致有此弄巧返拙之事。余后知此画，遂川以五元得之胡瑞堂者，乃大沮丧，初不知瑞堂犹以赝品视之也。丙午秋，遂川家被抄，画及印均遭此劫，如尚在人间，异日见之，当作长跋记之。

启功论画诗

庚午间，启功南来，寓珠岛宾馆。与穗中画人闲谈，述其在京时尝参加一青年画展，在座谈会中邀其发言，辞不获，乃曰："余素不习画，于画无甚高论，仅凭个人直觉，凑打油诗一首云：'远望是个瓜，近看像朵花。原来是山水，哎呀我的妈！'"诚然，近日画风之变，殊令人茫然大惑，不独启功然也。

国画改姓

全国第六次国画展览，庚午夏间于广州中央大酒店举行。陈景舒邀余往观。作者多为新秀，老画人仅见朱屺瞻等一两幅，以大画占多数，画风则令人惊叹不置。如此所谓国画，似非改姓不可。中有一戴眼镜之女士，年约四十许，指一画，问余此画如何画法。余谓余非画人，察其纹理，似是以色着橱纱上拓之。又指一画问，余谓似是以色着粗麻包上拓之，均非毛笔所能致也。归后，惘然终日。有谓非此不足以打入国际市场，此则非余所知矣。

李秉绶画

罗钜早年开装裱店于河南洲头咀，晚年潦倒，改撑字画艇。一日遇之于烂马路（今中山七路），罗手持一卷谓余曰："开卷二寸，能知作者者，即举以赠，不取值也。"余开卷未及一寸，即挟之而行，罗自后追来问作者为谁，余曰："李秉绶。"至晚，罗来斋中，苦笑，余知其贫，卒与之值。李秉绶，字芸甫，善水墨松竹，石尤好画，绶于清代画人中少有名气。

刘海粟老气横秋

一九八九年间，刘海粟在穗，画人李筱孙往见。刘态度傲慢，问李："黄笃维在否？"继谓："笃维乃余之学生，习画向不用功，闻近习书法，其字亦不佳。"老气横秋，逼人太甚。刘为一代大师，名播中外，其所作书画亦不见佳处，其书"中国大酒店"市招，直如蒙童所作耳。

多情老师

马卓雄为音乐家马迪云女公子，年十九，为南武小学音乐教员，短发旗袍，性活泼开朗。授学生《悲秋》一曲，词云："晚来秋风吹呀，吹得心旌动。独坐无聊甚情绪，摇摇不定蜡灯红。吓吓，听何处玉笛一声，吹呀吹得我心旌动。何况那萧萧的梧桐叶儿响。又夹着铁马，铁马儿叮当好不凄凉，好不感伤。一年年的好景，一日日的流光，直教他春花秋月笑人忙。说甚么功名，一场好梦熟黄粱。怕明朝揽镜看，青丝上潘鬓萧条几重霜。"马虽年轻，上课时颇严厉，学生有讲话者，辄呵之。一次学生讲话不辍，马呵曰："谁再讲话，将取罚站，勿谓余无情也。"一时学生呼为"多情老师"。

国字之演变

汉字笔画繁复者，民间为便于书写，每从简化，约定俗成，遂广泛应用，如"應"作"应"、"興"作"兴"、"慶"作"庆"是也。"國"字作"国"，初见元至正本《三国志平话》，又见于明刊本芮挺章《国秀集》，可知"国"字流行于元、明，直至清初，亦有作"囯"者。辛亥后有改为"圀"，亦短期流行于民间。解放后则以"国"为规范字，从"玉"不从"王"，取玉有坚贞不屈之义。

花仔

吾粤夏季茉莉、白兰盛开，香清旖旎，尤为妇女所喜。故每届夏日，花地花农编竹为鱼虾、蝴蝶形状，遍缀茉莉，肩负筠笼，手托花盆，满载茉莉、白兰、鹰爪兰之属，上衣洁白，短袖线衫，下穿青犊鼻裤，腰缠彩带，黄昏时分，渡江入城，沿途叫卖，妇女趋之，以为晚妆点缀，人呼之曰"花仔"。至华灯初上，咸集谷埠、东坑、带河基、陈塘一带勾栏花艇，群女争购"花仔"不辍，风生四座，而鱼虾、蝴蝶、筠龙、花托顷刻而尽，花仔亦相率呼啸渡江而归。范烟桥谓吴门卖花多在清晨，所谓"小楼一夜听春雨，深巷明朝卖杏花"；而羊城则在晚间，正如王平甫诗"风喧翠幕春沽酒，露湿筠笼夜卖花"也。然抗日战争后，卖花之事遂辍。青浦王大觉德钟诗："记得玉人妆未罢，绿杨门巷卖花声。"

喜获嵌字联

一九九〇年某烟厂宴客，同席有刘逸生、李曲斋、黄雨、张采庵、陈芦荻、徐家凤及余数人。席间芦荻示曲斋一嵌字联，为某女士作。曲斋以为对仗不工，芦荻不服，遍示诸人。诸人视之，实不工也，而勉应之曰"工"。至采庵前，采庵曰："姑不论工不工，作有一联为诸君述之。某人出上联'园中万物皆生发'嘱对，一人以'扁鼓千靴巷旦毛'对之。某人哗然，谓不能对，其人从容曰：'圆钟'对以'扁鼓'，何尝不工？'万袜'对以'千靴'，何尝不对？'巷'对'街'，是地理对；'花旦''小生'，是人物对；'毛''发'，乃身体对。何尝不工？"众人大笑，芦荻赧然曰："此即谓余联不工尔。"

罪人与国叟

丁巳溥仪复辟，康有为为张勋谋主，而其门人梁启超则为反复辟者出谋划策之中坚。复辟失败，梁氏为段祺瑞起草《讨伐张勋通电》，并自发《反对复辟通电》，中有"此次首造逆谋之人，非贪黩无厌之武夫，即大言不惭之书生"之语。有人责其不为令师留一地步。梁曰："师弟自师弟，政治主张不妨各异，吾名能与吾师共为国家罪人也。"立场坚定，志本可嘉，迨一九二七年仲春，其师康氏七十寿辰时，梁任教清华大学，亲撰寿文，并集汉人成语为寿联云："述先圣之玄意，整百家之不齐，入此岁来已七十矣；奉觞豆于国叟，致欢忻于寿酒，亲受业者盖三千焉。"称"国家罪人"为"国叟"，以"不惭之大言"为"述先圣玄意""整百家不齐"，未审任公此时何以自圆其说？

广东创办日报之始——《广报》之始末

国内日报之创办，以汉口《昭文新报》最早，创于同治十二年（一八七三）。其次为上海之《汇报》创于同治十三年（一八七四）（同年香港国人创办《循环日报》）。光绪二年（一八七六），上海又出版《新报》，而广东之《广报》出版于光绪十二年（一八八六）五月廿三日，虽后于汉口、上海，而广东出版日报以《广报》为始。《广报》创办人为邝其照（蓉阶），主笔吴大猷、林翰瀛（两年后为南海劳保胜，字亦渔。），撰述武子韬（芝鹿），编辑朱鹤（云表）。日报内容分目录、广告、论著、本省新闻、中外新闻、宫门钞、辕门报、货价行情等栏。发行区域，本省以邻近广州县乡市镇为多，省外有上海、梧州等处，国外则港澳、星洲、安南、旧金山、小吕宋等地为多。至光绪十七年（一八九一），因登载新闻不慎，为都督李小泉饬南、番两县查封，因而停办。其《查封令》有云："……辩言乱政，法所不容。《广报》局妄谈时事，淆乱是非，胆大妄为，实深痛恨，亟应严行查禁，以免淆惑人心。"广东第一种日报之《广报》，即立此绝无言论自由之下，惨被扼杀。《广报》被封后，邝其照等即迁至沙面租界，改为《中西日报》继续出版。不久，因销路问题，易名《越峤纪闻》，最终因不能维持而停版。

黄文宽刻印每字必有来历

黄文宽篆刻纯出自学，初搜罗历代名家印章，研究其派别、章法及字体结构变化，于刀法则取名印，洗净残朱，以放大镜细察其行刀轨迹，遂明冲刀切刀之法。与人刻印，从所藏名家印谱中摹以入石，无此字者，择偏旁拼凑之。时李茗柯以黄牧甫高弟饮誉羊城，文宽时亦学牧甫，选印亦以牧甫为多，故茗柯与人曰："文宽刻印，每字必有来历。"盖识其摹他人章字入名也。文宽闻之大怒，终生憾之。

张庄篆刻

张庄能书及篆刻，然务险怪，其刻印十方，中高古者，偶有一二。一日，余访桐斋，斋中只余与汉兴，汉兴忽问，张庄篆刻何如？余即以此答之。忽然屏风内一人趋出，执余手寒暄，视之，张庄也。余恚甚，张意甚恭，然余犹以汉兴不宜有此问。

吕学端作难商承祚

商承祚擅篆刻，与上海吕学端友善。吕尝以极大章石，倩其刻一吕字印，复以极小章石，亦求刻吕字。商氏谓："吕学端作难我。"

叶恭绰墓

南京紫金山中山陵前仰止亭，为番禺叶遐庵捐资建筑。一九六八年八月，叶氏病笃时，曾谓孙夫人宋庆龄允其死后将骨灰葬于亭畔，并获周恩来总理支持，由叶氏门人茅以升董其事，一九七○年墓成。时在"文革"中，亭墓均遭破坏。至一九八一年始由其定居国外之独女叶崇范出资重修，碑刻"仰止亭捐献者叶恭绰先生之墓""一八八一——一九六八"。叶氏为岭南文坛名宿，朝野素敬重，其墓宜择白云、罗浮名胜之地，以俾桑梓后人得以瞻仰，今葬陵园内，实为非制，且墓碑冠以"仰止亭捐献者"，更属不伦，人或以拥资者视之耳。叶氏十五岁作《蚕》诗云："衣被满天下，谁能识其恩。一朝功成去，飘然遗蜕存。"可觇其志也。

叶恭绰论书法

叶恭绰字誉虎，号遐庵，番禺人。光绪六年生，一九六八年八月逝世于北京，遗愿葬南京中山陵仰止亭。能诗书文画，著有《遐庵汇稿》《广箧中词》《清秘录》，尝据宋本影印《淮海长短句》，辑印《清代学者像传》，曾藏宣德炉四百馀具。

叶恭绰尝谓书法功力之深浅："以悬肘为上，悬腕次之，掌运又次之，指运为最下。"又云："书法须有修养。修养之道，第一为学问，第二为品格。无此二者，虽对书法曾下苦功，然其字仍未免有卑下之感。"叶恭绰所用毛笔，不论大小，使用前必剪去笔尖，谓毛笔留尖，不能表达腕力云。

大口金

郑绍忠，字心泉，幼名金，三水人。口大可入拳，故人称之曰大口金。初为春雇于佛山，时中表陈金刚倡乱，据广西贺县，郑往投之，以勇力为左先锋。有陈甲者，为金刚所护，甲假为贼辈说《三国演义》，金刚以为陈甲饶韬略，留为军师，与郑相结纳。

新加坡之诏书竹简

坐观老人《清代野记》载：左秉隆，字子兴，广东人。京师同文馆毕业，能英、法、德三国语言文字，随曾纪泽出洋任新加坡总领事。衙门中藏有竹简十馀，外饰以龙纹，两端以蜡固封，内藏我国历年所颁暹罗、缅甸等国诏书。此等诏书，乃清政府交商人送新加坡领事衙门转递而积压于此者，英人屡请一二幅交由博物馆陈列，左秉隆却之。可见当日清廷与国际间以文书之投递，当无划一制度。

邓坚白二三事

邓坚白素以廉吏称。一九四八年宋子文掌粤政，锐意澄清吏治，特简坚白长南海。时佛山一地，烟赌林立，"大天二"横行，地方势力左右政府。坚白持正不阿、廉洁守法，不为权势所屈。一日，率六卫士夜行，至一小巷，闻喝雉声，即排闼入，拘首事者，众人急溃散。时警察局长叶云龙望此，悄然引去。叶为省民政厅所举，见已纳规也。其时，省财政厅通令全省调整屠宰税率，每头猪由一元调至三元，南海屠宰公会表示反对，坚白反复晓谕，不听。时财厅长区芳浦，南海人。屠商赴省请愿，不得答，争至联合罢屠。坚白为保证县民副食供应，主动简由县参议会、佛山商会临时设供应点，雇散工按新税率屠宰生猪供应市场，实行三日，屠商自动要求复市。坚白自身俭约，其薪俸收入，均由县府出纳员代管，薪俸外无所入，其个人生活费用及上级官员来县公务，一切酬应餐出，均赖是。南海为粤省首县，上级到县频繁。一次，督察专员罗龙祥率视察团下县考核，各县供张甚盛，盖均有积外收，又赖所支齐也。至南海则食宿均视察团自理，仅延罗及随员一二至其公馆作客，席间粗粝可知。罗出而大骂坚白不近人情。又县参议会年会，必由县府宴请一次，各县有法外收入，而南海独无，坚白苦之。数有厨，以在公款开销不允，而宴会势在必行，率由省会计处长于年破例准在预备金内报销，不见于公文。此全国无此例也。坚白一二人廉洁自持，不能使僚属洁身自爱，终以尾大不掉，政不通，人不和，仅一岁即挂冠去。良由当时通货恶性膨胀，僚属生活朝不保夕，制度败坏于前，生活威胁于后，求吏治之清不可得也。

香港邮政小史

一八四〇年英人占领香港，翌年八月二十五日成立邮政署，同年十一月十二日第一间邮政局于今圣约翰大教堂上之小丘建成，其业务初无系统规定，邮件委托过往船只寄出。邮资由收件人付款，亦无规定邮资数目。首次香港发行邮票在一八六二年十二月八日，票面印维多利亚女王头像，分七种不同面额。从一八六四年起，规定邮件必须粘贴邮票，初为代运邮件之商船反对。至一八七七年四月，香港邮政署加入万国邮联。一八九一年发行第一套纪念邮票，因群众挤购，有三人致死，故纪念邮票之发行停止四十馀年，至一九三五年始发行第二套纪念邮票。至于航空邮递业务一九三二年十一月进行，四年试办，至一九三六年三月始正式开展，但只限于香港至英国航线，此后，空递航线遂蓬勃发展。

卫生筷作牙签

哈尔滨为东北繁盛城市之一，以百货商场为最多，除数家大百货商场外，尚有两层地下商场，由以前防空隧道改建，此外以酒家、餐室、小食店为多。余旅哈日，一次到小食店午餐，餐后向服务员取牙签，服务员示意用卫生筷。余讶然曰："余齿缝不及筷子大。"曰："可以扯开。"随动手为余扯筷子。余笑止之曰："不必矣。"晚餐至一较高级餐厅，整洁高雅，饭后至柜台问："有牙签否？"答曰："有。"随在内袋掏出钥匙一束，选一小者，打开抽屉，取牙签一根交余，余不禁捧腹。

东北酒幌

余游沈阳、哈尔滨日，见有门前挂蓝纸灯笼者，心辄耸然。有悬红灯笼者，日久色褪为纯白色，灯笼上皆缀以白花球，吾粤为丧家标识，询之土人，谓之"酒幌"。凡酒家、餐厅、食店，不论大小均悬灯笼，上缀白花球，下缀流苏。最高级者悬四个，悬三个者次之，两个者又次之，最下悬一个者，仅供绿豆、白粥及馒头、小菜者。

李曲斋挽李小竹诗

一九九二年十月廿五日，李小竹哲嗣为纪念小竹逝世六周年，于广东迎宾馆举行诗书画雅集。李曲斋书挽诗云："新篇脱手辄平章，剩许瞿禅下舍香。绝忆清辉借来夜，据床浅唱应天长。""成书巷陌接风徽，文字攻瑕重品题。自分别裁邻李杜，嗣音谁复冠城西。"余与小竹神交十年，未及接席而小竹下世矣。其诗，刘逸生谓"缘情绮靡"。自谓诗近李杜，常喜臧否人诗，故曲斋诗中云云。

客阳山两本中

余住阳山久，宋人客阳山有两本中。张本中为阳山令，于贤令山摩崖刻《圣传颂》，为吾粤南宋第一碑。又有吕本中，有《连州阳山归路》诗云："稍离烟瘴近湘潭，疾病衰颓已不堪。儿女不知来避地，强言风物胜江南。"阳山旧有桂花瘴，触者每杀人，故人皆裹足。

黄晦闻授顾亭林诗

张中行《负暄琐言》载，"九一八"后，黄晦闻先生授顾亭林诗于北京大学。一日，授课中，一学生突然退出，先生即默然变色。有顷，谓学生曰："余选授顾诗者，以河山危在旦夕，心愿藉此以激发学子忧国忧民之心耳。此人不解，真令予痛心！"中一学生起立言："此同学因患痢疾甚剧，感知先生授课，不欲缺课，勉扶病而来，适因便急如厕耳。"先生始释然。先生尝授《海上》诗，至"名王白马江东去，故国降幡海上来"一联，掩卷三叹云。

黄晦闻跋陶集

又载，晦公尝于南宋汤汉注《陶靖节先生诗集》扉页题云："安仁陶仁毅集诸家注靖节诗，云汤文清注本不可得，仅散见于李、何二本，后得见吴骞拜经楼重雕汤注宋椠本，有李、何二本所未备者，因并采之云。此本予于庚申四月得之厂肆，盖即吴氏重刊宋椠本。书中于乾隆以前庙讳字多所改易，而莫氏《郘亭书目》云有阮氏影宋进呈本，未知视此本何如也。"又于扉页后页跋云："近得吴氏拜经楼刊本，后附有吴正传诗话、黄晋卿笔记，字画结体与此本不同，而行数字数则全依此本，意者此或即阮氏影宋进呈本欤？庚申十二月十八日。"

有关大汕史料

陈垣《清初僧净记》云，石濂大汕，住广州长寿寺，自称觉浪盛嗣，不知其是否也。著书名《证伪录》《石敢不信》《源流就正》等，攻《全书》兼攻《严统》，攻丘碑，兼攻叠出五代。潘耒乃作《天王碑考》反驳之，见《遂初堂别集》四。耒非祖《全书》，实恶大汕耳。然《天王碑考》皆陈说，无发明。《遂初堂别集》又有《致粤当事书》《与梁药亭书》《答鼓山若霖书》皆攻大汕。为霖道霈，永觉元贤嗣，主有丹霞五代者，曾为书辟位中符，同是洞宗，而主张与位中、大汕、智朴对立者也。耒致粤东当事书谓："大汕明知皇上为圣感寺僧霁仑作《五灯全书序》，而故将霁仑极力诋毁，故将御制序所褒之书，极力贬剥，并有"不顾皇上道德文章之大"及"累我君王，瞒请当今御制序文"等语，隐然谓皇上不当制序，则皆狂悖之甚者。又擅改洞宗世系，删去五代，则有灭绝祖宗之罪，故不得不辞而辟之。夫僧人灭绝祖宗，与居士何涉，而耒乃热心至此。其与梁药亭书，则因梁为大汕作序，请梁将序撤回。书谓："《严统》毁板，乃浙中当事一时剖判之事，而以为奉旨严禁，是矫旨也。《五灯全书》业经御览赐序，而痛加非诋，是讪上也；削洞宗丹霞淳等五代，是删削祖宗也；素称三十四世，而忽称二十九世，是紊乱世次也。此皆有伤世教，有碍法门之大者。弟念同乡之谊，不得已作书数千言规之，冀其稍知悔悟。"又谓："此在江浙名不能行，不知何以得行于贵乡，三十馀年而无人检点也。"云云。此则侮辱粤人之甚。吾见大汕《离六堂集》序者十五人，梁药亭、屈翁山外，江浙人为多，中有徐电发釚，亦己未鸿博，与潘耒同邑，而盛称大汕，岂亦念同乡之谊耶？何毁誉之悬殊也！《续檇李诗系》选大汕诗，引沈归愚曰："石濂主广东某禅院，能诗，通画理，安南王国师礼之。以货币结往来宾客，分三等，翰林某以所赠平等，作诗文詈之。石濂亦以诗文交詈，翰林忽入都，适臬司某往任广东，属其猝治，缓则有救之者。臬如其言，刑僇递归，旋殒。君子讥石濂之不检，而叹翰林之偏言也。"臬司许嗣兴，此康熙四十一年事。大汕本诤《五灯全书》，而反为潘耒所诤，以至于死，固梦想不及也。然大汕与翁山交恶后，曾欲首其《军中草》陷之死地，见《国粹学报》第七十八期选录潘耒《极狂书》，果尔，则潘亦效汕所为耳。渔洋《南海集》下，有《咏长寿寺英石赠石公诗》，而《分甘馀话》四极诋之，殆受潘之影响。《道古堂集外诗·游长寿庵伤石濂大师》云："离六堂深坐具空，低徊前事笑交讧。纷纷志乘无公道，缔造缘何削此翁。"注："省府县志皆不言师建寺。"深惜之也。余季豫先生言《援鹑堂笔记》四大论潘向汕索赋事颇详，可参证："按《五灯全书》百廿卷，编者为霁仑超永（林野奇孙，道莽静嗣）、校阅轮庵超揆（汉月尔孙、继起储嗣），皆临济密云悟三传也。书成于康熙卅二年癸酉，时永住京师圣感寺，揆住玉泉华严寺，曾进呈御览，颁内府梨板刊行，冠以御制序，盖半官书也。书合《五灯会元》及《五灯会元缵续》而增其所未备，南岳、青原下，各迄于三十七世，集《五灯》之大成，为宗门之宝窟，与《严统》之疏陋偏激，不可同日语矣。"

《翁山文外》九《书嘉兴三进士传后》云，熊鱼山国变为僧，尝过孝陵不拜，有问："先生故明臣也，何以见高皇帝不拜，岂非无礼于君乎？"鱼山曰："佛之道，君父拜之，于君父不拜。"又，严修能元照记之尤详，《蕙榜杂记》言："熊公开元，国变为僧，一日携侣游钟山，有楚僧石溪者独不往。及熊归，石溪问曰：'若辈今日至孝陵，如何行礼？'熊愕然，漫应曰：'吾何须行礼？'石溪大怒，叱骂不已。明日熊谒石谢过，溪又骂曰：'汝不须向我拜，还向孝陵磕几个忏悔去。'"石溪，名髡残，武陵刘氏子，住金陵牛首寺，以画名。《亭林诗集》二，《恭诣孝陵》及《同楚二沙门》诗："落日照金陵，出郊且相羊。客有五六人，鼓枻歌沧浪。盘中设瓜果，几案罗酒浆。上座老沙门，旧日名省郎。曾折帝廷槛，几死丹陛旁。南走侍密勿，一身再奔亡。复有一少者，沉毅尤非常。不肯通姓名，世莫知行藏。其馀数君子，眉宇各轩昂。为我操南音。未言神已伤。""省郎"下注："熊君开元。""少者"下注："释名髡残。"盖即石溪也。

张竞生《性史》

张竞生《性史》，在当年被认为是陷青年于道德深渊之淫书。张竞生自谓留学法国时，习惯于性解放与自由，反观我国旧礼教之束缚，产生反抗态度，故而提倡"性交自由"。在北大授课时任北大"风俗调查会"主任委员，提出"爱情定则"与"美的人生观"。在北大开讲性学，被称为"卖春博士"。又受英国文豪蔼理斯《心性丛书》影响，谓其研究性哲学须要附个人性史作为研究科学证据，所编《性史》又自谓不管性活动史实之正常抑变态，均加以搜集，整理、推论，成为科学之论据。余少年时代也尝读《性史》，此于国法民情、风俗习惯大相径庭。在国家限制生育之今日，社会上性病流行，艾滋病例与日俱增，早婚、暗娼、私生、强奸、通奸、离婚等案件丛生之时，有人计划以科学研究为名再行出版《性史》。我国自解放以来，烟、赌、娼即已杜绝，性病随亦消灭。经济开放政策实行后，烟、赌始即渐死灰复燃，再加以性解放之鼓吹，于人民之遗害尤甚于西方国家，可以断言也。

康有为二三事

康有为中乡试，中式墨卷题为"安世而后仁"，起处有"春秋张三世"语，以有世家可附会也。及附礼部试，题为"达巷党人曰大哉孔子"，有为试文结语曰："孔子大矣，孰知万世之后，复有大于孔子者哉！"盖隐以自况也。南海曹泰从有为作八比文，题为"天地之大也，人犹有所憾"，凡二千馀言，万怪皇惑，不可思议。末两比云："同人以咷为始，则忧患已伏于生时，可知泣血涟而，即降孕已受天剧之惨；未济以火为归，则乾坤必毁于灰烬，可知亢龙有悔，即上帝难为乞命之身。"有为亟赏其名理。

康有为傲岸自大，或于稠座请赴梨园，应曰："余岂不畏人剽杀者耶！"

铁岭文叔问之丧，康有为往哭之哀，即寝其书居，午夜读叔问遗籍，丹铅几过，弥为泫然，因葬之海上。

康有为窃廖季平说

馀杭章炳麟《廖君墓志》略云："余始闻南海康有为作《新学伪经考》《孔子改制考》，议论多宗君，意君已牢持董、何义者，后稍得其书，颇不应。"按，廖平，井硏人，初名登廷，字旭陵。受知张之洞，曾从湘绮学，专治今文。既举于乡，易今名，更字季年。之洞启广雅书院，聘为分校。后成进士，以知县即用，自请改教，选授嘉定府教授，襄校尊经书院。先成《经语》《公羊论》《王制考》，又为《谷梁义疏》《论语微》《周礼考》，初以《毛诗》《左氏传》《周礼》为伪书，成《古文伪经考》以示康有为。有为谓若此经废其三，且得罪名教，弗可刊行。越数年，《新学伪经考》出，皆窃平说也。而平终称有为，以其有传孔教海外之意，比为"儒门达摩"云。甲午五月初二日翁同龢日记云："看康长素《新学伪经考》，以为刘歆古文无一不伪，甯论六经，而郑康成以下皆为所惑云云，真说经家一野狐也。"

俞曲园致某人书云："《王制》一篇，为孔子收作《春秋》，先自定素王之制，门弟子掇其绪论而为此篇。蜀士廖季平见而喜之，采入其书，遂为康氏学之权舆。"

李莼客不师事李苅农之由来

《孽海花》载李苅农答盛伯羲之语，谓："论学问，我原不敢当老师。只是承他（莼客）的情，见面总叫一声，昨天见面也照例叫了。你道他叫了之后接的什么话？他道：'老师近来跟师母敦伦的兴致好不好？'我当时给他蒙住了，脸上拉不下来，又不好发作，索性给他畅论一回容成之术，《素女经》呀，《医心方》呀，胡诌了一大篇。今天有个朋友告诉我，昨天人家问他为什么忽然说起敦伦？他道：'石农一生学问，这敦伦一道，还算是他的专门，不给他讲敦伦讲什么呀？'你们想这是什么话，不活气死了人。你说这种门生还收得吗？"《孽海花》毕竟是说部，未免枝叶其词，想亦非全可据。考李莼客中同治庚午浙江乡试，李若农为副主考，实出其门，故有师生之谊。《越缦堂日记》同治九年九月二十一日有"乡试中式，谒座师，先见副主考李苅农先生，极道故谊"之记载。然莼客素负所学，不肯师人，则《孽海花》谓"不敢当老师"之语，亦有所本。至当时世谓苅农注《撼龙经》，又谈风鉴，精相法，推星令，知医术，为涉猎杂学，号为通人，实非专门之学。此亦苟农学原博约，旁及杂学，致为人忌耳。而莼客亦以此轻之则有之，至《孽海花》谓"与师母敦伦相询"，事涉亵渎，此必无之事也。

范寥侍黄鲁直于宜山一说

《耆旧传》云：汤东野，字德广，丹阳人。崇宁间，妖人张怀素谋倡乱东南，蜀士范寥知之，欲驰入京言状，无以为道里费，东野资之。怀素伏诛，寥起布衣召对，授供备用库副使，白上："臣非汤东野无以见陛下。"上问东野何人，即对镇江府学内舍生，且具道所以资道之恩。宰执因言，朝廷兴学舍法以造士，固应学校之士有忠义奋发仰副作成者，有诏束递马赴阙。既对，言契上心，即授忠义节卫尉寺主簿，再转为辟雍丞，历工部侍郎，官知扬州终。又云："范寥字信中，家丹阳，本范蜀公镇之族。年少客游，落魄不羁，浮湛俗间。翟参政父思之为郡也，寥知其父子有风鉴，草衣卯角，作方外士谒庭下，愿补书吏之阙，思笑遣之，汝文适从后见，亟请其父延之入，与语奇之，因留门下。其后思主朝，位显要，寥貌不相闻。思卒，汝文持丧无锡。一日，有客自外恸哭匍匐而入，门下大骇，问之则廖也。汝文德其意，饭之家，遇之甚厚。汝文陈白金器数事于几筵，一夕哭甚哀，明日夙兴，敛之而行，莫知所之，乃携以抵宜州。谒黄公庭坚，时庭坚已病，尝有诗云：'范侠来寻八桂路，走避俗人如脱兔。'为寥作也。寥有《从庭坚城南晚望》诗，其间有云：'此邦虽在牂牁南，更远不离天地间。人生随处皆可乐，为报中原只如昨。'亦以开释庭坚迟暮之意。未几，庭坚卒，亲友皆去，独寥在，为办棺敛，仍护其丧还，费皆出翟氏，其用意委折如此。"据此，则范寥侍庭坚于宜山，经纪其丧事，与《乙酉家乘》相符，但《楚室》及《别传》则载蒋湋而非范寥。究竟孰是，待再考证。要之，范寥其人，据《耆旧传》所云，则一无赖子耳。翟汝文遇之甚厚而敛其金器以遁，殊非淳士所为，而鲁直诗有"走避俗人如脱兔"之语，则庭坚似知其敛器而遁之事，乃不之责，而反谓汝文为俗人，以挟赃潜逃为脱兔，大非庭坚口吻，疑为范寥伪作，窜入集中，盖范能致也。至诗中称范为侠，则范自作明矣。

新会陈皮

陈皮为新会特产，一向远销省外及美洲、南洋一带，为全县经济收入最大者。顾禄《桐桥倚棹录》载，以虎丘宋公祠、中山烈公祠及文恪公祠，皆有加制陈皮出售，以供配药者，朱昆玉《咏吴中食物》诗云："酸甜滋味自分明，橘瓣刚来新会城。等是韩康笼内物，戈家半夏许齐名。"吴郡戈氏秘制半夏为时所尚云。今新会柑种或绝，无皮出口，药用陈皮已非新会皮矣。

白日奇事

辛巳间，余在灵山县幕，时日寇西侵，县城沦陷，县衙迁司马塘。一日，下午三时许，天阴微雨，壮丁常备甲队长王壮民及分队长陈奇杰，狂跑而至，大呼曰："不得了，队部非马上择迁不可。"细问之，乃言："队部乃一三进祠堂，大门有卫兵二人警卫，门官厅及两直房为队部及队长数人宿食，后为营房，已收新兵百馀待送。是日，午饭后依规定午睡，至二时许，新兵忽在内哗变，纷纷夺门而逃，队长数人及卫兵急忙以身封抵大门，水泄不通，而新兵则从诸人腋下、头上、胯下逃窜净尽。诸人大骇，以为决非人所能为。亟入营房察看，两新兵仍酣然未醒，乃悟白日为'鬼反'，故来请求择地搬迁。"王壮民久历行伍，北伐时需任排连长，以勇称，陈奇杰毕业警校，素循谨，自无伪造口实。然'鬼反'一事，已难置信，且在白日，更属奇事。余意以为此实人有意为之也。

照水碗

余素不信鬼魅神怪之事，然数十年来确有不可思议者，或再越数十年后，科学发达至某个阶段，能有所解答，亦未可知，然于今日则姑妄言之，姑妄听之而已。余十五岁时，先祖母百年冥寿，于家中延三元宫道士建醮，有数堂客自乡间来，中有随带婢仆者。一晚，余母睡前卸下耳环，置床上被架中，翌晨不翼而飞。时余家雇一女仆及一小书童何亮，究为谁人所窃？碍于亲戚情面，不敢声张。余又闻城隍庙侧旧仓巷有一瞽者，能照水碗寻失物，照得者酬金白银一元，否则二角而已，照时必须童男女方能审视。于是余父命余兄弟二人及表妹林毓琨同往，余因晕车，中途折返。至到瞽者，声言失物只照谁人所窃，不照追赃，因曩者照出人质窝处，为警方起获，致受歹徒报复，殴至重伤，故不敢再蹈前辙。施术时，先以大碗贮水，中覆一小碗，左手握拳竖拇指置小碗底上。右手烧符，口念咒语，复以右手轻拍碗边，拇指后置一小油灯。时一室皆暗，忽然拇指中出现如芝麻点小光，渐次放大，至拇指第一节通明，大兄及毓琨聚神向视，见有三老人于树下石台旁饮酒，如微型电影照，瞽者谓是土地神也，随命其带往某街某号门牌。拇指初现街头门楼石，榜字清晰；继现余家门口，两旁贴小字长联，亦隐约可认。瞽者问失物地点，余父答以神厅后房，瞽者轻拍碗边，拇指即显出余母卧房，忽见一人入房中，行近床口，左手开被架小门，右手取物置袋中。大兄、毓琨同呼："是阿亮！"瞽者又拍碗边，像更清晰，瞽者问："果是阿亮否？"时像渐放大，现本身，衣袋下角缝补处亦可见，大兄等齐曰："果是阿亮！"瞽见再命其提脚细数其鞋，鞋为新购，陈嘉庚胶底布鞋，胶底花纹亦可辨。至是瞽者送神像灭灯。时夜十时许耳，归家时，余母正与亲戚在厅事作竹战戏，阿亮坐余母旁装水烟。余母问："如何？"余父微笑颔之，何亮睹状即立回房，闭门不出。后经余母多方晓慰始开门，供出如水碗显像不误，并谓耳环交每日供水之祥伯举入质库，仅得银元六元，询祥伯亦如所供。余父即偕余至警局报案，知会质库于押期完后赎回。此属幻术，今之魔术表演或有之，独不知何故耳。

狱中怪声

余初至阳山，土人为余言，阳山为三煞地，每遇猫头鹰夜鸣或监仓"鬼反"，则当地三长官（县长、法院院长、检察长）其中必有更调。余初不以为意。余居阳两年，住县衙正堂下左庑，最北为一厅一房，旁有小园及厨房为余及家眷所居，南为县税捐处，又南为田赋处。右庑一带为监狱，中为广庭。一日，庭中柏柳有鸮鸣，一连三晚，其声凄厉，时县长麦健生之卫士某以手枪连发数弹，声遂寂然。翌日，卫士即发病，三日而死。一卫骇然。数日后夜间，同事关楚云来余斋中谈诗，至深夜一时许，忽闻人声嘈杂，如万马奔腾，自远而近，喊杀之声，隐约可闻。当时疑为兵变，急命楚云关紧厅门，余则紧提长女丽娟出小园，登黄皮楼，引余妇负次女雨湄登树，拟越过墙头至城外逃生。正在一发千钧之际，忽闻院内有人大呼："汝等不必惊慌，没事了！没事了！"其人即政警中队长也。其时人声渐寂，继而鸦雀无声，楚云开门一问，原来右厍监仓'鬼反'，当时犯人已全部入睡，忽然全体起坐床上放声大喊，声震屋瓦，而无一下床者。翌日鞫之，诸犯懵然不知宵间所为。越数日，法院易长讯到，此实巧合耶？余意以为此亦人为之也。

民俗治病

同事陆桓森夫人，人呼"大姊"，赁居灵山县衙对门楼居。人谓与衙门对门，煞气必大，不宜家居，初不措意。一日，大姊病，高热不退，遍延中西医诊治不效，寝且谵语，昏迷不省人事。遂疑有鬼祟，有谓试以官星显者镇之，其病或退。陆与县长梁汉耀原为戚串，故延梁以视病来。梁甫至，大姊即起如常人，谈家庭琐事井井有条，及梁去，则谵语昏迷如故。陆无奈，密置县府铜印于床头。一夜，神识清醒，呼饿进食。清晨还印于衙，则又昏沉依然。有人谓鬼畏凶器，乃移居警察所内，数日，亦无起色。先是，梁汉耀自德庆调长灵山时，与僚友及眷属共雇一大船，溯西江而上。一夕舟次藤县，一僚眷为水鬼所附，哭笑无常，全船人不得入睡。僚友中有李日芬者，中山小榄乡人，自谓能治之，乃向渔家假一渔网覆之，烧符念咒，顷刻而愈，僚眷醒后亦不知也。是时，李为警察所巡官，陆始央其作法治大姊病，李初以未习此法，恳之，计无所出乃允，姑为一试。余知其定晚上七时作法，心犹非之，乃约督学李保长往观。至警所时，见李左手中食指箍大姊鼻梁，右手举配剑拟之，鞫问其何名，答曰："阿群。"李叱曰："大姊与汝无仇，为何害她？"答曰："吾冻馁甚。"李顾左右曰："速购食物衣服祭之。"叱曰："现给汝衣食，汝须速去。"大姊支吾，李高举剑欲刺，大姊大号。李曰"速去否？"曰："去。"李曰："去何之？"曰："归食也。"时衣服食物已备，燃香烛祭之。李箍其鼻犹未放，曰："今舍汝，汝速去。"遂口念咒语，扶大姊卧下，须臾熟睡。余与保长退归。至夜深，忽闻枪声数响，旋又寂然。翌晨晤日芬，云大姊已霍然愈矣。惟日芬昨夜子时查岗至公园，忽入水池中至饱饮池水，起来四顾无人，自以为阿群作祟报复。其实所谓治病，或即今之精神疗法也。

卷五

留花庵诗词联话

岭南联话

楹帖源于骈文诗词偶句，肇于五代，成于两宋，风靡于明清至于现代。桂林陈继昌云："片辞数语，着墨无多，而蔚然荟萃之馀，足使忠孝廉节之恫，百世常新；庙堂瑰玮之观，千里如见。可箴可铭，不殊负笈趋庭也；纪胜纪地，何啻梯山航海也。诙谐亦寓劝惩，欣戚胥关名教。草茅昧于掌故者，如探石室之司矣；脍炙遍于士林者，可作家珍之数矣。"楹帖之蕴，尽焉于斯。

岭南地处海疆，五岭而外，山水称奇，文物鼎盛。名公巨卿，鸿儒硕士，游迹所至，品题投赠，文采之所炳耀，山林为之增胜，人物为之褒显，绀宇梵宫为之壮观润饰，楹帖虽小道，而一言隽永，遂足千古。是以广搜博采，蔚然成帙，碎璧零玑，得以免乎湮沉，是所望尔。

苏子瞻绍圣四年（1097）四月，自惠州贬琼州别驾，移昌化军安置，随携幼子过起程渡海。七月，抵儋县昌化军。子瞻初至儋，苦于无侣，后有姜唐佐者，字君弼，琼山人，崇宁间举人，从学于子瞻，论文讲道，过从甚密。一日，有洪觉范者诣唐佐，佐适他出，见其母，因问识苏公否？母曰："识之，无奈其好吟诗，适策杖而来，坐木榻上，出一卷，嘱佐归示之。"觉范展卷，则一联也，醉墨倾斜，书云："张睢阳生犹骂贼，嚼齿空龈；颜平原死不忘君，握拳透爪。"子瞻谪儋，身在江湖，心存魏阙之情，于此可见。

五代道士石仲元，隐居桂林七星岩，自号桂华子，负诗名，世传其警句有："石压木斜出，悬崖花倒生。"为湘源（今广西全县西）守杨徽所赏，目为"玉方响"。尝见《筠廊偶笔》载宣武门外永庆寺壁上有联云："石压笋斜出，崖垂花倒开。"与石句文字略有异同，岂偶合耶？

李二何，梅县松口镇人，崇祯元年（1628）进士，官至吏部侍郎。崇祯十七年（1644）李自成陷京师，二何被执，逃归，与赖其肖起兵潮州，事败，隐居阴那山灵光寺，自撰联云："黄鹤楼上，物换星移，但求水碧山青，再至吕仙逢旧主；白鹿洞中，春回秋去，又见花开子结，重来学士认前身。"后筹建松口魁元塔，集名士作文酒之会。又在松口镇梅东桥头建二何书院，孜孜课士。门联云："书登元日，院集千祥。"正堂联云："气度者，立身之本，人智我愚，进几分长几分见识，人强我弱，退一步益一步涵养，读好书、行好事、说好话、交好友，待尊长以礼，御卑贱以恩，善宜奋往，过则勿惮改，慎哉慎哉；物色也，造化是资，粗茶淡饭，减分毫添分毫福泽，夏葛冬裘，有些须增些须受用，积一善、救一命、立一功、育一生，周患难之急，济贫困之厄，水宜从源，木则须知本，记之记之。"均为二何撰书。其对士子立身处世，语重心长，时人目为"潮州七贤"之一。

张鸿，连州（今广东连县）人，唐天祐二年（905）进士。时唐祚式微，鸿知势不可为，遂决意归隐。州人孟宾于水部尝以诗投之，中一联云："自怜成事攀仙桂，谁似投闲向草莱。"盖高之而又惜之也。鸿诗清纯，有集十二卷行世。

纪应炎，字伯明，遂溪人，宋宝祐四年（1256）进士。初试澄迈主簿，咸淳中宰南海。在南海时，自书桃符于衙中云："三年南海清心坐，一任东君冷眼看。"政简刑清，不畏权势，溢于言表，是循吏也。晚年隐居湛江湖光岩，相传楞严寺侧乐懒岩为其读书处云。

吴正卿，字素臣，号太素，遂溪人，化州路学录。应元仁宗延祐四年（1317）湖广乡试，后授平湖书院山长，历仕至南宁军知军，致仕。元统间尝为合浦、临桂（今广西桂林市）二县尹。海北、广西两宪交章举入风宪，其荐剡有曰："人材国家之元气，风纪之耳目，故必元气充而耳目明，人材得而风纪振。"以临桂尹赠其父为海康尹。其父名朝进，字隐贤，号月轩，隐居不仕，以子赠官，时年八十一。故其春帖有曰："儿辈功名来铁定，老夫安乐值钱多。"寿八十五卒。素臣寿七十五致仕，时已重听，宪副卢嗣宗知其名，安车迎以宾礼，延至郡庠，从容以灰置盘中，手书与之语竟日，其见重于时如此。

陆竹溪，明末湖州高士。太守郭青螺造访不晤，其妇子饷以茄豆。旧居恶溪尺隐庵，与潮城隔韩江一水。自题联于庵门石柱云："白社重开三径竹，红尘隔断一条溪。"几经沧桑，恐亦湮沉矣。

海丰县五坡岭方饭亭，明正德元年（1506）建。宋景炎三年（1278）文天祥从潮阳转战至此，方饭，元兵卒至，遂被执。后人怀之，建亭立象其中，岁时瞻仰。亭中有联云："有公方见科名重，是气原从道义生。"又一联云："热血腔中只有宋，孤忠岭外更何人？"不知何人手笔。

梅岭为岭南第一关，自唐张九龄开梅岭通道后，为粤赣交通要冲。有镌联关上云："不必定有梅花，聊以志将军姓氏；从此可通粤海，愿毋忘宰相风流。"《史记索隐》载，古时梅鋗将军居此，故名梅岭。后人于岭上遍植梅花，始名实相副。迨长白观瑞题联于大庾岭云封寺云："挂角何时，偶为岭主人，犹想像千秋风度；举头欲问，可许山中置我，试管领万树梅花。"另有一联云："驿使暂留花下骑，寺门深掩岭头云。"则是时梅花漫岭矣。云封寺又名挂角寺，山门联云："山中藏古寺，门外尽劳人。"今寺、梅俱成陈迹，可慨也已。

宋帝昺祥兴二年（1279）厓门之役，宋兵败，主帅张世杰率部突围，舟次阳江县海陵岛平章山海面，遇风死难，草葬平章乡屋背山。至明弘治十二年（1499），阳江知县柯昌才始封墓，此后屡经重修。清乾隆七年（1742），知县王之正为立墓碑。光绪间督学徐花农倡修时，曾光渠撰联刻石云："瓣香露祝天难间，忠骨函埋地有灵。"墓前原有宋太傅祠，祠门联云："海上君臣留正气，人间俎豆有千秋。"祠今不存。

黄庭坚以所作《承天院塔记》有幸灾谤国语，谪宜州（今广西宜山县）。崇宁四年（1104）九月三十一日死于贬所，后人于城中建祠祀之。清查检堂抚部守庆远（唐置粤州，改曰宜州，宋初升为庆远府，元置庆远路。明仍为庆远府，清因之。治所为今广西宜山县）时，重新之，并制联云："忠孝振纲常，党籍编名，气节宛如东汉；文章垂宇宙，诗家衍派，门庭别启江西。"六月十二日为庭坚生辰，县令李兰卿率诸生设祭，并撰联悬灵次云："载酒为公来，率儒服儒冠，仍似旧开诗屋宴；僦居无地往，占宜山宜水，却教长祭墨池田。"祠内旧有宝华亭、墨池诸胜，今已湮没。李兰卿名彦章，福建闽侯人，嘉庆间进士，曾任山东盐运史，著有《榕园文钞》。

黄遵宪，字公度，嘉应州人，清光绪举人。出使日、美、英、南洋等地为外交官近二十年。对西方国家政治、经济制度及思想文化有深入研究，从而确信当时中国非向西方国家学习才可以转弱为强。遂积极参加戊戌变法，变法失败后屏居梅县人境庐，自题联云："有三分水、四分竹，添七分明月；从五步楼、十步阁，望百步长江。"又尝置一小舟，题联云："尚欲乘长风破万里浪，不妨处南海弄明月珠。"遵宪虽息影家园仍不忘变法救国，每欲东山复起，于其联语中仿佛见之。

丘逢甲，又名仓海，字仙根，号蛰仙，又号仲阏，为台湾省籍爱国诗人。清光绪廿一年（1895）清政府签订《马关条约》，将台湾割让与日本。逢甲坚决反对，亲率台湾义军守土抗日。后以台湾巡抚无意抗战，致日军一举占领台北、基隆，逢甲率义军血战二十馀昼夜，不敌内渡。居原籍镇平（今蕉岭），创办学校，推行新学。逢甲内渡后居沪上时，于斋中大书一联云："天下英雄，使君与操；蛮夷大长，老夫臣佗。"联集魏武及赵佗《报汉文帝书》中语，其抱负于此可见。

楹联有序，此常见也；挽联有序，实罕见之。民国廿四年（1935）黄晦闻先生卒于北平，马叙伦挽之云："残年但愿常相见，旧雨从今不更来。"于联边小字书序云："余与晦闻道兄交逾三十年，行藏略异，襟抱实同。然兄狷洁之美，余所不如。兄擅为诗，足比后山，余向不娴声偶，亦所愧也。先后相聚二十年，见必谈艺，兼励志节，道义之交，无逾于兄。兄与余曾尝闻政而均未展所怀。前岁，兄偶谓余：'君才自宜再出。'余笑应曰：'道大莫容。'兄亦笑曰：'自不如闭户著书也。'然比年熟观忧患，其孤愤之情，见于遗集壬申、癸酉诸诗，而相对每言不如早死，今乃验矣。自兄始病及殁，才逾一旬。其病三日始瘳，谓余曰：'若病起，当勤相见。'不意遂成隔世，我怀如何！怆难为辞，乃假宋人语写与哭挽之。兄在天之灵，必有以鉴之也。廿有四年一月廿有六日，晦闻道兄皋复之辰，学弟马叙伦率子孙同拜挽。"序凡二百馀字，感情真挚，读者动容。同时挽之者，佳构颇多，如章炳麟挽云："赤伏自陈符，严子何心来犯座；黄初虽定乱，管生终日尚挥锄。"以严子陵、管幼安比拟先生也。又李济深挽云："慨自倭寇愈深，民德愈顽，国论愈湮，中夏其可无人？正思旷代名贤，伐钟振铎，明耻教战，庶几终张一军。岂意斯文将丧，决不慭遗，举世惊叹惟我最。　念兹儒者之行，诗人之教，经师之训，下志皆已闻道。太息频年志事，攘外锄非，拯溺救饥，未遑悉咨长者。坐待四夷交侵，乱靡有定，毕生忧悯与谁论。"上联伤国是，下联感私谊，不愧为大手笔。又先生挚友刘裁甫挽以二联，其一云："极哭无声，极恸无言，有道已终，多闻已止；天醉安问，河清安俟，众惑谁解，共溺谁援？"简炼沉挚之至。其二云："幽燕六载两鸣鸟；风雨八方一卧龙。"足见两人交情。

凡长联在敷陈排比以外，重在句法灵活，气势流畅，故难得佳句。昆明大观楼联常传颂一时，然堆砌板滞，犹为识者所讥。吾粤宋芷湾太史有茶亭一联，虽略欠典雅，然佳句浑成，走丸不滞，当年脍炙人口，联云："今日之东，明日之西，青山叠叠，绿水悠悠，走不尽楚峡秦关，填不尽心潭欲壑。力分项羽，智分曹操，乌江赤壁空烦恼。忙甚么，请君静坐片时，把寸心想后思前，得安闲处且安闲，莫放春秋佳日过。　这条路来，那条路去，风尘仆仆，驿站迢迢，带不去白璧黄金，留不住朱颜皓齿。富若石崇，贵若杨素，绿珠红拂终成梦。恨怎的，劝汝解下数文，沽一壶猜三度四，遇畅饮时须畅饮，最难风雨故人来。"此乃小市民阶级人生哲学，故深得一般人赞赏。近人王力效大观楼长联章法撰桂林七星公园月牙山上小广寒楼联云："甲天下名不虚传，奇似黄山，幽如青岛，雅同赤壁，佳似紫金，高若鹭峰，穆方牯岭，妙如雁荡，古比虎丘，激动着倜傥豪情，志奋鲲鹏，思存霄汉，目空培塿，胸涤尘埃，心旷神怡消魂垒；冠环球人皆向往，振衣独秀，探隐七星，寄傲伏波，放歌叠彩，泛舟象鼻，品茗月牙，赏雨花桥，赋诗芦笛，引起了联翩遐想，农甘陇亩，士乐缥缃，工展鸿图，商操胜算，河清海晏庆升平。"说者所谓强凑而成，尤逊大观楼联远甚云。

苏轼在儋耳，与乡人黎子云友善。今儋县东坡书院后楹有苏轼、黎子云、苏过三人塑像，榜题"鸿雪因缘"，联云："宾主联欢，追思笠屐风流，雪爪尚存鸿北去；衣冠承祀，若问送迎诗句，笛腔犹按雁南飞。"

汀州伊秉绶守惠州日，聘宋湘主丰湖书院。宋湘赠以联云："南海有人瞻北斗，东坡今日领西湖。"汀州大喜。又撰书院门联云："人文古邹鲁，山水小蓬莱。"汀州在惠尝重修永福寺、准提阁、元妙观，皆西湖胜迹。宋湘题联云："万间广厦庇来新，问秀才老屋深灯，他日几逢贤太守；百顷平湖游者众，看后学洙情沂思，有人重起古循州。"循州，隋置，寻改为龙川郡，唐复曰循州，又改为海丰郡，后复曰循州，故治在今惠阳县东北。湘又有联云："关心一郡衣冠，在诸公馨鼓三年，敢言劳苦；回首十弓榛莽，见多士琴书四壁，得忘由来。"又题永福寺联云："往来资白业，谈笑出红尘。"准提阁联云："文字有神揭星汉，圣贤以道证人天。"元妙观联云："此湖此水不深浅，放猿招鹤成古今。"又题丰湖书院三堂联云："从来此地比洙沂，况拓开近水天光，四面春宜风浴；自后何人更苏翟，只认取前峰灯火，千秋名共湖山。"宋湘号芷湾，嘉应州人，嘉庆五年进士，为当时诗坛巨擘，工书法，为一时之冠。

伊秉绶号墨卿，乾隆己酉（1789）进士，福建宁化人。工诗，尤善隶法。守惠州日，自题郡署大门云："天凛旦明，尚无惭于尔室；地名循惠，用顾畏乎民岩。"又题署中厅事云："合循惠为一州，江山并美；种竹梅成三友，心迹双清。"又题永福寺云："云鹤有奇翼，瑶草无尘根。"又题陈文惠公祠云："没世不忘真宰相，荒亭犹属旧诗人。"按宋相国陈文惠公前守循州时，于署东建野吏亭，后人即于旁立公祠，今亭祠均不存。

清末民初间以广州话入诗，风靡一时，名士、宿儒乃至显要，竞相为之。如胡展堂、廖恩焘、何淡如等尤著。廖氏且有《嬉笑集》行世。其序文亦以广州话为骈体，遂成风气。但以广州话为联语，则早在清嘉道间流行。招子庸为其子娶妇，自书门联云："为小子迫作家翁，唉，唔通时就催人老；合大众团埋好会，喂，切勿推辞替我悭。"此联冼玉清教授评为"妙人妙语"。

曩见一说部载广州光孝寺山门联云："唐汉无双寺，古今第一山。"后又见某说部载海幢寺联为："汉晋无双寺，古今第一庵"。考光孝寺建于晋代，而海幢寺则建于明末，年代均与寺联不符，且两联大致相同，是否二而一之误，待再详考。

萝岗洞去广州市东北三十馀公里，田野间多植梅、橙、荔枝等果树，每届腊前，梅花盛开，游人来此赏梅者，络绎不绝，故"萝岗香雪"为"新羊城八景"之一。山上有玉岩书院，原南宋间乡人钟玉岩晚年与增城崔与之讲学之所。玉岩名启初，字圣德，玉岩其号也。父遂和，于隆兴元年（1163）从花县赤泥迁居至萝岗开村，为萝岗钟姓始祖。玉岩少时读书于萝峰寺内萝坑精舍。后登开禧元年（1205）进士，官至参议中书省兼知政事。死后，其子就萝峰寺改为玉岩书院。院中多宋以来名人碑刻，如朱熹、文天祥、海瑞、湛若水、郑燮、朱次琦、陈澧、张维屏、符翕、伍学藻等法书石刻木联，触目皆是。游人赏花之馀至此小憩，多流连忘返。名联如："一代衣冠留雅范，千秋桃李觅芳踪。""泉石清幽，地辟千年，一洞烟霞堪入画；峰岚拥护，天围四壁，满山梅荔自成庄。"以及陈澧篆书联："行己有耻，博学于文。"均称杰构。其中以苏曰瑚"萝岗"鹤顶格七言联"萝藤诘屈路如篆，冈峦罨画山欲春"最能概括书院幽深清雅之恬静境界。惜乎近年乡人以梅实之经济价值不高，逐渐铲去梅株，改植其他作物，恐"纵观云海三千界，遍植梅花十万株"之旅游胜地，将成陈迹耳。

晚清诗人番禺梁鼎芬，以冥行孤往，呻吟舒啸，领袖吾粤诗坛。宣统三年（1911）六月十七日集姚筠、李启隆、沈泽棠、吴道镕、温肃、黄节、汪兆铨等第四次重开南园，推鼎芬为祭酒。其诗出入王、苏、欧阳而归于韩、杜，为世所宗。联语尤清隽典雅，脍炙人口。鼎芬官鄂久，其联语多为官署学堂而作，尤精警者，后人宝之。兹择录如次，武昌府署头门云："远溯二千石良规，我辈当为汉吏；恩起十七年废籍，斯人恐负苍生。"又云："教养郡民，即是经营天下志；酬还君国，方能摅写旧时书。"仪门云："丰学陪班，黾勉愿陈元晦表；中诚恋阙，高寒重赋大坡词。"又云："门户光明，一代循良无捷径；江山秀美，万家灯火乐丰年。"大堂云："正胡文忠治鄂之年，来轸无能，难及黎平初政美；记陈先生授经之日，遗言有耻，永怀东塾教思严。"客厅西边云："发明条教，旌别孝弟；开通志识，宏济艰难。"五福堂云："国事多艰，每念莫忘民疾苦；臣心不二，此生终见世清平。"又云："诚则无伪，公则无私，在今日当先斯义；宽而不纵，严而不刻，愿同官相勉此心。"西花厅云："画杨震像于室中，四知自凛；置越王胆于座上，一息尚存。"花厅云："零落雨中花，春梦惊回栖凤阁；绸缪天下事，壮怀消尽食鱼斋。"武昌府头门内云："燕柳最相思，身别修门二十载；楚材必有用，教成君子六千人。"仪门外云："率属无能，吏事太疏从政浅；培风有志，师资未遂读书迟。"大堂云："越王仰胆，豫让漆身，一息不忘此志；南阳抱膝，东山拥鼻，吾生有愧斯人。"三堂云："窗外桃花三两枝，自然清秀；江上波涛千万里，归也从容。"花园云："李文溪祠前，水石清深，珠海棹歌留短楫；吴兰皋屋里，图书跌宕，玉堂铃索感当年。"发审局云："执法贵持平，到眼赭衣皆赤子；王章无枉曲，举头白日见青天。"盐道头门云："鄂有楚之雄风，气象更新，群彦如云扶世运；盐为国之大宝，军民攸赖，在官一日尽臣心。"二堂云："卧龙庵冷，白鹤峰寒，小隐未成孤野服；栖凤楼遥，食鱼斋近，微官无补点朝衣。"东厅云："离别几年，想棣华馆、苕华轩、苕华馆；神思仍寄，在钟山柳、焦山月、庐山泉。"书斋云："读书学剑两无成，此心耿耿；钟鼎山林俱不遂，双鬓萧萧。"臬署联云："不侮鳏寡，不畏强御；如临深渊，如履薄冰。""旧学商量，新知培养；图书跌宕，灯火青荧。"师范学堂讲堂云："诸葛君在隆中，才兼文武，谓之博雅；胡安定教学者，爱若子弟，有如父兄。"节庵对师友酬赠之作，真诚恳挚，从无草率塞责。如赠寿昌云："独立当思肩道义，相期原不在科名。"赠佩珣云："与子抗怀在千古，及时吐气吞万牛。"赠江逢辰云："谊犹昆弟真投分，阅尽江山识此才。"赠朱兆年云："爱向循州开学派，莫同秀水竞诗才。"赠陈凤翔云："北溪字义有家学，东塾师传望替人。"赠谢培芳云："天资笃厚能求道，岁序迁流莫废时。"赠徐嵘云："三十六年交道重，一百五日春风香。"赠其观云："三世交情韶水远，一灯书味乃园深。"以上均系鼎芬赠弟子之联，勖勉诱导之意，溢于言表。

南海康有为为九江礼山草堂朱次琦弟子，受济人经世之学。光绪十四年（1888）赴京应顺天乡试，以"公车上书"提出"变成法""通下情""慎左右"，为顽固派所阻，朝野大震，为晚清变法之滥觞。放榜后以进士派工部主事。以后连续上书，为帝所重，领袖维新变法。光绪三十四年（1908）戊申，军机大臣兼外部尚书袁世凯五十生日，康氏赠以寿联云："戊戌八月，戊申八月；我皇万年，我公万年。"迨项城称帝，说者谓为"联谶"，盖以人臣与帝王同称"万年"也。又有谓康氏有先见之明，故为此以刺之也。又1922年12月1日溥仪大婚，娶前清内务府大臣荣源女婉容，康氏致送贺礼有磨色玉屏、磨色金屏、拿破仑婚时用之硝石碟及贺仪千元，并亲书贺联云："八国衣冠瞻玉步，九天日月耀金台。"仍以帝王视溥仪于清室亡后11年之时也。闻此项礼物与中外人士所赠宝货同毁于建福宫一火云。戊戌政变，浏阳谭复生实与其难，康氏挽云："逢比孤忠，岳于惨狱，昔人尚尔，于汝何尤，朝局总难言，当偕孝孺先生，奋舌问成王安在；汉唐党祸，魏晋清流，自古维昭，而今尤烈，海疆正多事，应共子胥相国，抉目看越寇飞来。"夫木腐虫生，事有必至，辛亥之变，理所当然。然不知挽谭十年后之"我皇万年""九天日月"，康氏于属稿时作何感想耳。

新会梁令娴《艺蘅馆词选》选抄唐五代以来词六百七十馀首，多为久经传诵之名作，发行后风靡一时。令娴为任公女公子，东渡归来后与周氏子缔婚，成婚日，或赠联云："绝代《艺蘅词》，三岛客星归故国；传家《爱莲说》，百花生日贺新郎。"盖婚为二月十二日花朝也。联中以"爱莲说"对"艺蘅词"，以"百花生日"对"三岛客星"，具见匠心，虽借周敦颐之门阀稍嫌牵强，然仍不失为佳构。惟粤俗忌凶语，喜联首用"绝代"二字未免不吉，何不易以"名世"二字耶？

寿联未免以谀词为多，要之颂不流于诣，扬不越乎情，斯为得体。昔潘兰史六十寿辰，各方鼓送贺联甚夥。劳敬修联云："司马文章有奇气，伊川筋力胜中年。"兰史少时就读学海堂，长于役沪上，故邹适庐联云："学海堂中旧名宿，吴淞江上老诗人。"华贵朴素，无溢美之词。其女弟子甘恕先联云："比年爱读漆园书，喜闻天上大椿，植根曾阅八千岁；此地尽容征士隐，好趁东篱秋菊，浊酒连倾三百杯。"大有丈夫豪气，不像巾帼手笔。陈诩联云："傲骨比黄花，正秋来景物都佳，笑看说剑堂前，珠树三株供指使；诗情化红豆，便老去风流犹昨，艳说剪淞阁上，月华双照画眉痕。"雍容闲雅，丰致飘然，为数首之冠。《山海经·海外南经》云，"三珠树在厌火北，生赤水上，其为树如柏，叶皆为珠。"说剑堂、剪淞阁皆其堂斋名也。兰史名飞声，番禺人，举经济特科。著有《海山词》《花语词》《珠江低唱》《长相思词》各一卷，总名《说剑堂词》；又有《粤词雅》一卷，总称《花笑楼词》；合辑《粤东词钞三篇》一卷。

挽黄花岗联如汗牛充栋，记不胜记，但其中佳制不少，有足存者。如李烈钧联云："死国埋名，公等争先入地；挥戈挽日，某也何敢贪天。"又王文濡联云："诸公举身家性命报社会，社会举香花泪墨报诸公，后死者之责止此而已乎，北虏未灭，有忝馀生，誓继一十七次革命家，再接再厉；时势以暗潮热流造英雄，英雄以黑铁赤血造时势，大丈夫所为正当如是矣，南风不雌，抑谁之力，伫看四千馀年光复史，大书特书。"长联重气韵不斤斤於对偶，如"再接再厉"与"大书特书"词语浑成，虽叠字位置不对，不为诟病，制长联者不可不知。

宋教仁字遁初，号渔父，湖南桃源人，1904年与黄兴、陈天华等在长沙组华兴会，举义失败，逃亡日本。1905年参加发起成立同盟会。回国后在上海主持《民主报》。次年参加发动武装起义，武昌起义后，奔走于上海、江浙间。民国成立，任南京临时政府法制院总裁，参与南北议和。1912年国民党成立，任代理理事长，主张成立政党内阁以制约袁世凯，1913年3月为袁世凯派人暗杀。宋教仁逝后，各界挽词纷至沓来，如李初树联云："创林肯以一枪，天之报革命太惨；去桃源不百里，我为赋大招致哀。"有佚名联云："天下已定，吾固当烹；司马之心，人所共见。"对袁氏篡国野心，一针见血，最为简炼。许世英联云："是豪杰下场，爱国舍身，名已千古；这迷离公案，摘奸发伏，责在貌躬。"盖许世英当时正长司法，故有是言。清末，我与一日本间岛之争，不胜，后以宋氏所著书为据，日人理始穷，故吴慕亨挽云："我公关系，岂来歆、岑彭等伦，夜中竟被何人贼；领土执争，较澳门、香港郑重，海内同悲革命雄。"又有联云："盗杀武元衡，有国史特笔；手造意大利，独我公高勋。"又云："岑彭刺客为敌，侠累刺客为仇，君奭而被祸；革命英雄不生，成功英雄不死，予兹欲无言。"挽联中尤脍炙人口者如易实甫云："卿不死，孤不得安，自来造物忌才，比庸众忌才更甚；壮之时，戒之在斗，岂但先生可痛，恐世人可痛尤多。"上联表袁氏必杀之心，下联言宋氏必死之理，说者谓为书生之见云。广东陈敬孙联云："坏尔长城，向谁实为之，殆出诸野心勃勃者；何来刺客，亦大可疑也，果能逃万目睽睽乎！"用问答口吻出之，使袁氏无所遁形，此种手法，最能感人。张镇芳联云："世无晋国触槐人，何地何时，忍令鉏麑乘赵盾；书有楚词香草泪，独清独醒，始知渔父即灵均。"鉏麑乃春秋晋灵公时力士，灵公无道，赵盾数谏，公使鉏麑杀盾，晨往，见盾盛服假寐候朝，麑以为贤，不忍杀，乃触庭槐自杀。下联以宋号渔父，故以屈原方之。挽词中以曹民甫联最含蓄，联云："不可说，不可说；如其仁，如其仁。"

1804年秋，林则徐登贤书，于鹿鸣宴日，娶福州朱紫坊名儒前河南永城知县郑大谟女淑卿为妻。1805年初，林则徐赴京会试，不第，返福州，寓北库巷补梅书屋，设馆授徒，斋中自书联云："屋小朋侪容膝久，家贫著作等身多。"观其联语，恬淡自甘，安贫乐道，孰料竟为我国近代史上高举反帝斗争旗帜之第一人也。

1940年（道光二十年），林则徐就任两广总督时，英廷不甘英商偷运鸦片及英舰袭我沿海为林则徐所遏之失，决定派海陆军赴中国沿海发动战争。林则徐早有戒备，秣马厉兵以御外侮，亲赴校场检阅演习，并手书长联悬虎门演武厅上云："小队出郊坰，愿士卒功成，净洗银河长不用；偏师成壁垒，看百蛮气慑，烟消珠海有馀清。"一股浩然之气，激励士卒，忠勇守边，"净洗银河""烟消珠海",可见文忠之志矣。

1941年2月26日,英舰向虎门各炮台发起总攻击。上下横档失陷,英舰集中攻击靖远、镇远、威远等炮台。水师提督关天培与游击麦廷章等亲率守军发炮应战。在英舰猛烈炮击下,守军阵亡大半,弹药消耗将尽。英军乘势登岸,直扑炮台。关天培手执佩刀砍杀英兵,不幸为炮击身殉。关天培双目不闭,挺立不倒,英军反骇而仆。麦廷章亦同时阵亡,虎门遂陷。是日,林则徐方与撤任两广总督邓廷桢巡视乌涌、白泥、大黄滘等处防务。翌日,始知虎门之失,则徐悲痛欲绝。深恨在主和派钦差新任两广总督琦善之掣肘与破坏下,致虎门保卫战之惨败,挥泪为关、麦撰书挽联云:"六载固金汤,问何人忽坏长城,孤注空教躬尽瘁;双忠同坎壈,闻异类亦钦伟节,归魂相送面如生。"联语直斥琦善。虎门炮台自1835年初(道光十五年)关天培任广东水师提督以后,殚精竭虑,整顿海防,在南山炮台前加筑月台,合称威远炮台,新置连同旧有炮位共四十门,又建永安炮台,置炮四十门;建巩固炮台,置炮二十门,并督铸大炮四十九门,使主要炮台火力有所加强,关天培之惨淡经营,今尽毁于一旦,宁不令林则徐痛心疾首?虎门之失,其咎当在清帝旻宁之和战不决,而当旻宁主战,令削职听候发落之林则徐、邓廷桢"协办夷务"之时,琦善仍一意主和,坚不设防,琦善之辜,可胜诛耶!

1841年5月,廷谕林则徐赏给四品卿衔,驰赴浙江,听候谕旨。途中,则徐回顾粤中山色,留恋两年来抗英事业,对未能兑现"若鸦片一日不绝,本大臣一日不回,誓与此事相始终"之诺言,深感内疚。濡笔撰联云:"孤舟转峡惊前梦,绝磴飞泉鉴此心。"耿耿此心,惟有山川可表。

1844年5月28日,光禄大夫东阁大学士王鼎,以林则徐禁烟有功竟仍戍边事进谏,帝旻宁顾而言他,王刺刺不休,旻宁怒,拂衣而起,王执帝裾大言曰:"皇上不杀琦善,无以对天下;老臣知而不言,无以对先皇。"大干批鳞之怒。次日,复赴宜庐,乃于茶房别院自缢,盖以尸谏也,卒不能回旻宁意。则徐在伊犁戍所闻耗,悲痛欲绝,含泪挽之云:"名位显韩城,叹鞅掌终劳,未及平泉娱几杖;追随思汴水,感抚膺惜别,还从绝塞恸人琴。"王鼎前于

1841年以大学士军机大臣派赴祥符督办河工，旋河督文冲以祥符决口失职，遣戍伊犁，以王鼎代之。林则徐适于是时奉旨折回祥符襄办河工效力，朝夕共王鼎驻坝，与士卒同畚锸。则徐全神贯注于堵口工程，备极艰苦。联语所谓"追随思汴水"即指此。1842年3月始告合龙。王鼎以则徐襄办河工，深资得力，故在旻宁前为则徐力恳赐环，致有此变，则徐内心悲愤，盖可想见。

1842年8月，中英《南京条约》签订后，一时有志之士，愤愤不平。林则徐门生戴绚孙以割地求和，丧权辱国，残害忠良，深感不满，先后投诗则徐。无奈则徐以待罪戍所之身，格于时势，深凛古诗所谓"心非木石岂无感，吞声踯躅不敢言"之义，仅于封面书一联云："剧怜水部吟诗苦，转叹山公启事难。"终不敢属和。

开封祥符决堤合龙后，则徐匆匆奔赴伊犁，途次洛阳，东大寺香海上人求法书，则徐援笔书"右军帖许怀仁集，兴嗣文宜智永书"一联贻之。复与姻亲叶申芗游龙门东山，撰《同游龙门香山寺记》。则徐以治河建功，犹遣赴伊犁，其泰然自若之怀，非常人之所能及。

"无端风雨惊花落，更起楼台待月明"，乃林则徐途次陕西时书赠邱景湘镜泉联也。林则徐受谴后，救国救时之念不辍，惟迭受挫折，月明何时，则殊难逆料矣。

1823年，林则徐到江苏清江浦接任淮海道，时近岁晚，书大门桃符云："求通民情，愿闻已过。"据闻此乃明季王守仁行部前导高脚牌语，少穆移作门联，甚切。

林则徐观察杭州日，重修孤山林处士祠，葺梅亭于祠旁，自题亭柱联云："世无遗草真能隐，山有名花转不孤。"又尝集句题京师陶然亭联云："似闻陶令开三径，来与弥陀共一龛。"梁茝邻谓亭中楹帖，当推此为第一云。

林则徐尝自书厅事联云："海纳百川，有容乃大；壁立千仞，无欲则刚。"有大臣风度。

林则徐卸两广督篆后，有引疾归田意，尝预撰书楼联云："坐卧一楼间，因病得闲，如此散材天或恕；结交千载上，过时为学，庶几秉烛老犹明。"央梁章钜作隶书，未及报命，而少穆苍皇赴戍矣。

梁茝邻谓林则徐工为楹帖，而于挽词尤能曲折如意。所辑《楹联丛话》收入其挽联甚丰，其尤佳者如挽蒋砺堂云："合两朝宰辅封圻，第一流人终不忝；培四海贤才俊乂，在三师事有同悲。"盖嘉道两朝钜公，好吸引宏奖者，惟公一人也。又挽两江总督陶澍云："大度领江淮，宠辱胥忘，美谥终凭公论定；前型重山斗，步趋靡及，遗章惭负替人期。"原陶澍遗疏有"林则徐才识十倍于臣"之语，故下联云云。又挽张兰渚云："感恩知己两兼之，拟今春重谒门庭，谁知一纸音书，竟成绝笔；尽忠补过今已矣，忆平昔双修儒佛，但计卅年宦绩，也合生天。"又挽郭兰石云："三十年人海才名，帝简方隆天已召；六千里家山归梦，亲心难慰子谁依。"又挽俞陶泉云："拯溺旧同心，才德兼资，如此循良曾有几；筹蒇今尽瘁，设施未竟，毕生怀抱向谁开。"又挽樊兴云："薇省早抽簪，忆卅年键户独居，清品咸推无玷玉；芬乡常设帐，怅五集编诗未就，萧辰忽折后凋松。"又挽石之纪云："去思何武留遗爱，死孝王戎本至情。"石居母丧以毁终云。又熊常錞以庚子端午日终于粤东，则徐与熊为清秘堂旧侣，挽之云："清秘昔忘形，况经两地同舟，逾艾年华频话旧；旬宣今尽瘁，空说五丝续命，悬蒲时节正伤神。"屠倬病中拜九江知府命，未接篆即殁，则徐挽之云："病榻恩来，叹息膏肓难再起；潜园人去，流传诗画定千秋。"又挽陆莱藏郡丞我嵩云："泽被十闽深，溯频年砥节奉公，荐鹗名留金笑重；灵归三泖远，怅暑月殚精校士，骖鸾人赴玉楼寒。"江芝亭室颜夫人能诗，有诗草梓行，既殁，则徐挽之云："炜管擅清词，红药阶前，曾伴郎君吟彩笔；绳床惊噩梦，绿莎厅上，忍教司马湿青衫。"

林则徐尝书"应视国事如家事，能尽人心是佛心"一联，悬张仲甫所居堂中，并跋云："一西老夫子大人抚闽中，座右悬此对语，则徐昕夕随侍，知夫子立心行事，皆实践斯言之义，兹命书楹帖，即录此二语，志铭佩之忱云。”夫人心有善恶，佛心无善恶。余尝藏陈东塾篆书横披书“不思善，不思恶”六字，此惠能语也，可以证之。

少穆撰祠庙联，虽不免有封建迷信意识，然洗炼警策，每合民情，与纯乎媚神者异。题苏州吕祖祠云：“仙踪曾现宰官身，济世度人，水利农田蒙惠泽；道力能回元始劫，通灵赞化，和风甘雨锡康年。”题丹徒横闸金龙大王庙云：“南宋溯忠门，香火传来，犹似钱塘江上；东吴恬德水，帆樯驶过，免经铁瓮城头。”时粮船回空，悉由横闸绕过府城也。梁章钜在苏州修韩蕲王碑茔，少穆建飨堂，题长联云：“祠庙肃沧浪，更寻来一万字穹碑，新焕岩阿榱桷；威灵震吴越，还认取七百年华表，遥传江上旌旗。”少穆于杭嘉湖道任内时，修葺西湖孤山林处士祠，撰联云：“我忆家风负梅鹤，天教处士领湖山。”以和靖为其本家也，语极浑成清雅。焦山水晶庵中，有长沙陈恪勤手书联云：“山月不随江水去，天风时送海涛来。”林则徐亦书此联于自然庵中，惟联语作“江月不随流水去，天风直送海涛来”，跋云：“此朱文公句，陈恪勤不审所出，易‘江月’为‘山月’，‘流水’为‘江水’，又误以‘直’作‘时’，今重书以正之。”梁章钜云：“按陈恪勤固以意轻改旧句，而少穆亦偶未审也。此宋赵忠定公汝愚同林择之姚宏甫游吾乡鼓山诗句。朱子喜之，为‘天风海涛’四字，大书磨崖于为屴崱峰顶后，后人又建天风海涛亭，今亭久圮，而磨崖字犹存，此句亦长在人口，不知者遂以为朱子诗。今赵诗载《鼓山志》，厉樊榭《宋诗纪事》亦录之。此联以题鼓山固佳，今若移题焦山，则情景尤真切，故乐为辨之。”茝邻、少穆俱闽人，鼓山题咏固熟之稔，《楹联丛话》乃茝邻辑于桂林节署，公馀遍稽典籍，自得其详，而少穆自嘉庆末跻身仕途，历浙、苏、粤、豫，席不暇暖，复远戍伊犁，文字应酬，偶有失误，不足怪也。

道光初，福州新修贡院，各联多出少穆手，中一联云：“攀桂天高，忆八百孤寒，到此莫忘修士苦；煎茶地胜，看五千文字，个中谁是谪仙才？”

梁章钜致仕后，其子迎养西湖，林则徐驰书相贺，中有“哲嗣以二千石洊登通显，台端以八十翁就养湖山"之语，章钜赏之，嘱演成长联，悬于寓斋，以为光宠。踰月，则徐果手制长联见寄，云："曾从二千石起家，衣钵新传贤子弟；难得八十翁就养，湖山旧识老诗人。"附跋云："莳林中丞老前辈大人自出守至开府，常往来吴越间，今哲嗣敬叔太守又以一麾莅浙，迎养公于西泠。公游兴仍豪，吟情更健，此真与湖山重缔夙缘矣。昨书来索楹帖，以则徐前书有"二千石""八十翁"对语，嘱广其意为长联，并欲识其缘起。公昔历封圻，距守郡时才一纪耳，今悬车数载后，复以儿郎作郡，就养于六桥、三竺间，此福几生修得？若他日再见封圻之历，承此衣钵之传，岂不更为盛事，敬叔勉乎哉！道光丁未人日，同里馆侍生林则徐识于青门节署，时年六十有三。"时林则徐在陕西巡抚任内，以病准假三月养疴。此联当是休假前数日病中所撰。词翰双美，莳林大喜，不禁眉飞色舞，遂报赠一联云："麟阁待劳臣，最难西域生还，万顷开荒成伟绩；凤池诏令子，喜听东山复起，一门济美报清时。"莳林此联书就，即缄寄关中，时则徐已擢移滇黔总制（云贵总督），而则徐所书联，悬诸杭州三桥新宅，众目快瞻，且脍炙人口矣。

叶申芗字小庚，为林则徐姻亲。小庚任云南富民县，将之官，则徐赠联云："人自玉堂来，吏亦称仙宜不俗；神从金马见，民能使富莫忧贫。"后小庚擢河陕汝道，则徐于河上蒇工后离祥符抵洛阳，与小庚晤面留住数日。迨则徐眷属从南京西行途次洛阳，小庚挽留定居，奈不久小庚病故，郑夫人等只得暂寄青门矣。

少穆居伊犁日，常诵"苟利国家生死以，岂因祸福避趋之"二语，忠义之忱可见。及卒于潮州途次，文宗奕詝震悼，赐御制挽词云："答君恩清慎忠勤，数十年尽瘁不遑，解组归来，犹自心存君国；悯臣力崎岖险阻，六千里出师未捷，骑箕化去，空教泪洒英雄。"文忠半生坎坷，于此可稍慰矣。

1962年，胡适病逝台北，高要梁寒操挽联云："名既大，谤亦随焉，学术之争，犹有待千秋定论；健则行，倦则睡耳，哲人遽萎，究难消一代沉哀。"持论客观，不偏不倚。

钟荣光为岭南大学首任华人校长，1942年逝世。逝前，尝自制挽联云："三十年科举沉迷，自从知罪悔改以来，革过命，无党勋，作过官，无政绩，留过学，无文凭，才力总后人，唯一事功，尽瘁岭南而死；两半球舟车习惯，但以任务完成为乐，不私财，有日用，不养子，有徒众，不求名，有纪述，灵魂乃真我，几多磨炼，荣归基督永生。"区区不及百字，简炼纯朴，不虚饰，不揄扬，可作自传读。盖钟17岁入学，29岁中举，1909年参加兴中会，后为美国哥伦比亚大学旁听生，1927年起任岭南大学校长，抗战胜利后，任职省救济总处，最后受聘岭大荣誉校长。联中云"尽瘁岭南而死"，洵非虚也。

道州顷听子贞南来，尝两访海山仙馆，均非荔熟季节，故书赠主人潘仕成楹联云："无奈荔枝何，前度来迟今太早；又乘花舸去，主人不饮客常醺。"仙馆在荔枝湾头，春秋佳日，画舫珠帘，袂云汗雨。主人有游艇名苏舫，道州每至，必泛棹湾中，与主人憩荔阴下，文酒招邀，极一时之盛。舫中悬一联云："池馆偶陶情，看此时碧水栏边，那个可人，胜似荷花颜色；乡园重涉趣，忆昔日红尘骑上，几番过客，虚抛荔子光阴。"为主人伍氏所书，传为忆其亡姬而作云。

陈花村荔香园在荔枝湾畔，园中遍植荔枝，每当荔子红时，游客盈门，争相选购。其门联云："临水竞张云锦画，迎凉齐唱火珠词。"清隽可喜，不知谁人手笔。园早已易主，析为民居矣。

民初，广州东堤东园酒家，小有园林之胜，面临珠江，为文人商贾交集之地。列肆鳞比，青翰往来，征歌选色，殆无虚日，南海江孔殷太史常宴集于此。壁间悬一联云："立残杨柳风前，十里鞭丝，流水是车龙是马；望尽玻璃格里，三更灯影，美人如玉剑如虹。"乃江氏手笔。上联首句用柳耆卿词意。次句从清人诗"十里东风受软尘，鞭丝帽影不离身"化裁而来。末借龚定庵诗作结，下联描写灯红酒绿、笙歌不夜景象，清新绮丽，洵是才人吐属。联出，传诵一时。后有好事者改窜为："披襟珠海楼头，千里来宾，流水比车龙比马；着眼玻璃格里，满堂倩影，美人如玉酒如醪。"全为市侩写照，且醪乃浊酒，更不成话，霞公断无此陋。

三十年代有壶天酒家者，以屠牛沽酒著名，一同盟会老会员为撰联曰："壶里乾坤，须知游刃有馀，漫笑解牛甘小隐；天下无尔我，但愿把杯长醉，休谈逐鹿属何人。"又，广州西门口祥珍茶楼联："祥异谈馀，检来食谱茶经，一碗精神添百倍；珍馐饫罢，试睇池光塔影，满城春色在层楼。"通俗中饶有雅意，今之茶楼酒店无此等佳作矣。

越秀山镇海楼原有二联。一曰："万千劫危楼尚存，问谁摘斗摩星，目空今古；五百年故侯安在，使我凭阑看剑，泪洒英雄。"为彭雪琴撰书，联毁，吴子复以隶体重书，今悬楼上。一曰："五岭北来，珠海最宜明月夜；层楼晚望，白云犹是汉时秋。"为胡展堂撰书，联亦久毁，今尚无人重写。此二联，前者英雄气概，后者名士风流，足与危楼不朽，惜胡联未补耳。"镇海楼"三字题榜，原为叶遐庵手笔，雄强沉厚，惜于1957年后毁弃，今者为吴子复以隶书重写也。

1927年3月31日，康有为病逝青岛，葬于康氏生前自择之李村象耳山。吕振文为书墓碑，碑阴文亦吕氏所撰。"文革"时，康墓被毁，其骨殖由青岛市博物馆保存完好。1984年，康墓由青岛市人民政府拨款重修。因旧墓地已辟为公路，故新择浮山西麓重建。墓园联为王蘧常撰书，联云："万木高风，际海燔天终不灭；一言心许，铭肌刻骨感平生。"王擅章草，康氏生前居沪时，偶于沈寐叟斋中见王书法，甚喜，欲以其女同侪许之，王以齐大非偶而婉却。后同侪于上海愚园路康府门前横过马路，以车祸丧生，年仅十八耳，故下联为此而发。

1912年元旦，孙中山就任临时大总统于南京，时南北和议未成，姚雨平以北伐军总司令受命率粤军沿潭浦铁路北进，渡长江，颂《誓师文》，军威大振，三败清兵张勋、倪嗣冲部，有直捣幽燕之势。是役，阵亡将士葬于南京莫愁湖畔，孙中山题"建国成仁"四字榜墓门，姚雨平撰联云："渡江率子弟八千，淮上收功，破虏永除专制政；流血数健儿二十，国殇不死，雄风长在莫愁湖。"

1938年广州沦陷，禺北伍观淇为第七战区挺进第四纵队司令，率子弟兵抗日，日寇屡为所创。1941年，伍氏在江高举行追悼抗日阵亡将士大会，自书挽联云："怜君遗孤未立，惜君壮志未酬，热泪暗长流，誓斩倭颅供祭奠；跟我杀贼而来，舍我成仁而去，英灵如不泯，再随马首效前驱。"伍氏为军界名宿，治军宽严相济，将士甘为效命，所攻辄克。工书法，擅文词，有儒将称。其廉洁自持，自奉俭约，则众所周知矣。

丘沧海（逢甲）内渡后，还居镇平（今蕉岭），粤中大吏闻其贤，慕而招之。历任广府中学、方言学校校长，辛亥后任教育司长。临时参议院告成，被选为议员，前赴南京，旋病革返粤，卒于广州。及葬，执绋而哭者数千人。台湾遗民之在广州者，为联挽之曰："忆当年祸水滔天，空拚九死馀生，只手难支新建国；痛今日大星坠地，只剩二三遗老，北面同哭故将军。"

新会圭峰山，其脉自鹤山昆、仑两山而来，至会城崛起为绿护界，幅员二十公里。山腰有玉台寺，建于东汉建和以前，传唐僧一行尝卓锡于此。殿宇宏敞，僧舍阒然，有木石清华之胜。苏轼谪岭南时来游，有诗刻岩壁，元时已残剥，今不存。抗日战争时，寺为侵华日军所毁，现仅存"玉台寺"石榜，及光绪十年（1884）重修时，知县彭君谷所书石刻门联，联云："金玉炜煌，天开鹫岭；楼台涌现，地接瀛洲。"余童年每届暑期休暇，必留连此地，从寺门远眺，银洲湖赫然在望，厓门波光，清晰可见，"地接瀛洲"盖写实也。

梁武帝普通年间，天竺高僧达摩航海至广州，在绣衣坊码头登陆，后人称为西来初地，于此建西来庵。清顺治十二年（1655），僧宗符募资扩建为华林禅院（华林寺）。道光间增建罗汉堂，虞东侯书联云："法雨半分千佛国，昙云初护五羊城。"在诸罗汉塑像中，特塑马哥勃罗像，号善德尊者。考马哥勃罗，乃元初从意大利航海至我国之航海家，非佛教徒也，何以罗汉而置诸堂中？则难索解矣。

近人撰联以嵌字为尚，尤以嵌第一字最普遍，这就是诗钟的鹤顶格。曩年香港正声吟社以钟题"风、声"征联，评以"风月林泉容杖履，声华京洛染缁尘”为榜首。又羊城诗钟社以钟题"文、玉"征联，评以"文到穷时工亦拙，玉怜埋后冷犹温"为榜首。嵌字联必须浑成典雅，余尝过番禺馀荫山房，其门联为："馀地三弓红雨足，荫天一角绿云深。"尤见清丽可嘉。又西樵山白云仙馆门联云："云里天泉，壶中胜境；仙人旧馆，阆苑新宫。"将"云泉仙馆"四字嵌入，天衣无缝，与广州潘仕成海山馆门联之"海上神山，仙人旧馆"，同一机杼。云泉仙馆在白云洞外洞，原为玉楼书院，明嘉靖二年（1523）始建，清光绪间改建为道教之云泉仙馆，馆内多名联，皆清人所撰。

潮州文风素盛，大抵韩愈尝官于此，婣雅鸿儒，高文实学，流风所及，人文郁茂，故州内名联特多，如潮州韩文公祠有联云："金石文章空八代，江山姓氏著春秋。"苏轼文谓韩愈"文起八代之衰，道济天下之溺"，故上联云云。

徐琪视学粤东时，题韩祠联云："公来粤中管领青山，函谷不妨移紫气；人似东坡后先赤壁，武昌亦可借黄州。"上联花农以老子文章道比韩愈，推崇备至。下联述苏轼游黄冈赤鼻矶误作蒲圻之赤壁，人所共知，而武昌东南又有赤壁（又名赤矶、赤圻），与东坡无关，花农何以举此？实所不解。韩祠在湘子桥头笔架山麓，宋淳熙十六年（1176）建。

潮安城西湖，原名洞湖，在葫芦山下，清人蒋厚传题联云："湖名合杭颍而三，水木清华，惜不令大苏学士到此；山势分郊郭之半，楼台金碧，还须请小李将军画来。"于湖不着一字，而湖之胜概，可想象得之，非老手不能也。湖广十馀里，有涵碧楼、景韩亭及南岩刻石诸胜。韩愈书祢正平《白鹦鹉赋》石刻在景韩亭后，人谓伪托，余以为较之阳山之"鸢飞鱼跃"苍劲酣畅，故有诗云："独有山亭鹦鹉赋，未多传世是公书"。此外，如凤凰洲上栖凤亭联："十里江亭，昔日鳄鱼今去尽；千重云树，当年凤鸟复来仪。"又凤凰塔联："玉柱擎天，凤起丹山标七级；金轮着地，龙蟠赤海镇三阳。"气象宏放，诚杰构也。

西樵山在南海县境，为广东名山，与号称"东樵"之罗浮山齐名，有

"南粤名山数二樵"之誉，为游粤者必至，故山上名联特多。白云古寺门联云："曲水长流，跨鹤旧寻三洞古；白云犹在，与梅同住一山幽。"此联直与孤山比美。原山上多梅，现已萎谢几绝，不多见矣。上联所谓"三洞"者，乃白云洞、烟霞洞及碧玉洞也。白云洞在西樵西北白云峰麓，为纯石洞，云瀑下流，为西樵著名景区。烟霞洞在大科峰西，雷坛峰北，碧涧环绕洞口，洞门空豁，明学者湛甘泉尝隐居于此，后建大科书院授徒。碧玉洞在西樵东北珠、玉两峰间之断崖峡谷。瀑自珠峰下流为菖蒲涧，下至玉湖，明学者霍韬尝讲学于此。西樵天然岩洞号称"三十六洞"，而以白云、烟霞、碧玉为最，风景亦以此三洞为至佳。

云泉仙馆为山中道观，其嵌字门联，前已记之。其门廊楹联犹有足述者："何年三岛移来，玉洞珠岩，天遣峰峦符福地；此日群仙高会，龙翔凤翥，人从云气望蓬莱。"此联虚中见实，大有飘然欲仙之概。另一联云："为仁人师，为忠臣师，为孝子师，佩剑雍容，云泉寄迹；是儒中圣，是道中圣，是医中圣，薰风化被，草木皆春。"云泉仙馆内祖师堂祀纯阳吕祖，故有此联。吾粤道皆奉吕祖，俨然道教宗主。清嘉庆中敕各省建赞化宫，奉祀纯阳，则非独吾粤一省而已。昔日黄鹤楼吕祖殿联云："教孝教忠，何殊十七世士大夫，显示化身扶正道；为溪为谷，直把五千言古文字，参同妙契指迷津。"又清何绍基尝题吕祖殿联末云："愿乞金丹一颗，长生白发老人。"可知吕祖以忠孝、医术济世，民间流传甚广。

清乾隆间，建三湖书院于西樵白云洞，洞内有大小瀑泉下流汇而为湖者三，因以为名。书院原日楹联多已不存，兹择其可传者记录于后："泉声昼静晴疑雨，山气朝寒暑亦秋。""为爱洞天抛世外，故耽泉石住山中。""胜迹踞三湖，疑是娜嬛，别有洞天开世外；宦游踰五岭，曾经沧海，不如泉水住山中。""鸿雪旧留踪，喜樵岭诸峰，俨然庐岳钟灵，宏开福地；鹤云饶别趣，忆岳阳三醉，恨不邯郸梦觉，超脱尘寰。""看峰头飞瀑，玩洞口归云，顿教三斗俗尘，都消寸鬲；辟曲径栽花，引流泉作沼，尚剩数弓隙地，暂寄闲身。""地有奇石清泉，触景悟时参妙谛；我亦闲云野鹤，出尘到此寄游踪。""遍地烽烟，洗耳厌闻尘里事；一湖风月，写心如现水中仙。"

　　罗浮山跨博罗、增城、龙门三县，其大部在博罗境内，别称东樵，为罗山与浮山之合称。山上传有四百三十二峰、九百八十瀑布、七十二溪，为吾粤旅游及避暑胜地。传葛洪（字稚川，号抱朴子，句容人）东晋咸和二年（827）入罗浮朱明洞建庵隐居，采药炼丹，冲虚观为葛洪之南庵。晋安帝义熙初年，就南庵建葛洪祠，至宋代改为都虚观。元祐二年（1087）敕赐"冲虚观"额，几经损毁，至清同治间始重修完好。粤督瑞麟为题门联："典午三清苑，朱明七洞天。"典午者司马也，晋以司马氏当国故云。此联典重堂皇，为道观门联之冠。

　　罗浮洗心亭在玉龙潭上，清人杨应琚建，有联云："水声晴亦雨，山气夏如秋。"余往年游罗浮，沿五龙潭侧，上一平坡观瀑，水花如雾，扑面微寒，时当长夏，亦难久立，疑即洗心亭遗址。

　　壶天阁在小南海之右，亦名留仙阁，负山临江，一望无际，为邑人宴游之所。阁中有楹联二，一为："江流槛外疑无地，人在壶中别有天。"一为："一声长笛梅花落，几杵钟声山月高。"二联清隽可喜，前者尤浑成而切，移他处不得。

　　七星岩在肇庆市北，由蟾蜍、天柱、石室、玉屏、阆风、阿坡、仙掌七岩分列而成，故曰七星，星湖环之，为广东名胜之一。历代入粤诗人，多有题咏。嘉庆九年（1804）吴山尊（鼐）、张石兰典试广东，粤西巡抚百菊溪（龄）设宴七星岩为之洗尘，山尊即席书赠楹帖云："山有七星邻北斗，人如二客伴东坡。"菊溪大喜。东坡居粤久，素为粤人景仰，故以东坡指菊溪也。

　　孙中山先生手书自撰翠亨村故居门联"一椽得所，五桂安居"人尽皆知，而旅居上海时之门联，则知之者少。民国九年（1920）至民国十三年（1924）底，中山先生居上海香山路9号时，自书门联："满堂花醉三千客，一剑霜寒四十年。"此联原系从唐僧贯休诗"贵逼身来不自由，几年辛苦踏山丘。满堂花醉三千客，一剑霜寒十四州。莱子衣裳宫锦窄，谢公篇咏绮霞羞。他年名上凌烟阁，岂羡当时万户侯"（《全唐诗》未收）颔联借用，改"十四州"为"十四年"而来。民国十一年（1922）陈炯明叛变后，先生居十七阅月中，撰成《实业计划》《孙文学说》，创办《建设杂志》及会见李大钊、瞿秋白、林伯渠等中共领导人，又会见列宁特使越飞，发表《孙文越飞联合宣言》，奠下第一次国共合作基础。传贯休之诗，乃献吴越王钱镠欲求赐地建寺者，时钱镠亦欲开拓疆土，示贯休改"十四州"为"四十州"。先生改用此联，可见先生对北伐之决心。

　　惠州西湖为岭南胜地，自东坡到此后，历代游人络绎，留下诗词楹帖，不可胜数。楹帖之佳者有张丹叔题水亭联云："放眼观古今，倘容判事于斯，吾愿学东坡先生，留一段冷泉佳话；寄怀在山水，偶尔披襟过此，可权借西湖名胜，作片时风月清谈。"又刘树君合江楼联云："此是东坡旧居，应有文光连北斗；恰与西湖对峙，长留诗境在南州。"两联均以东坡起兴，真是才人笔下无俗语。前联以闲逸清新见胜，后联嵌东、西、南、北四字，浑成无瑕，允称佳构。

小园诗词联话

陈澧撰联火神庙云："缅思上古典章，四时改燧；试看太平景象，万户炊烟。"财神庙云："以义为利则财恒足，既富方谷而邦其昌。"又挽杨黼香郡守荣绪云："生为循吏，殁必有可传，亟宜纪载；少与齐名，老必复相见，是用恸伤。"挽室潘孺人云："已到暮年，名曰悼亡实偕老；又妨多病，君今先去我犹留。"集《后汉书》语赠张文襄云："栖迟养老，天下服德；锐精覃思，学者所宗。"上联出陈寔诗，下联出陈元诗。

阮文达学海堂联云："公羊传经，司马记史；白虎德论，雕龙文心。"

城东感旧园有叶南雪衍兰篆书楹帖云："尔雅虫鱼，离骚草木；钟鼎款识，书画题签。"今园久废，联亦随没矣。

番禺陶福祥（春海）学问通雅，喜收书，所藏多精椠，尤善目录校勘之学。殁后，其嗣敦复于东郊建祠，汪兆镛集陶句为联帖云："先师有遗训，赞叹厥美；林园无俗情，允构斯堂。"

南皮张文襄殁，梁鼎芬挽云："甲申之捷，庚子之电，战功先识孰能齐，艰苦一生，临殁犹闻忠谏语；无邪在粤，正学在湖，讲道论心惟我久，凄凉廿载，怀知那有泪干时。"南海戴鸿慈云："封圻入相，扬历四十年，依然诸葛布衣，长物惟馀书几箧；遗疏陈言，凄凉数百字，却比曲江金鉴，令名应足寿千秋。"

陶子政（邵学）少与汪兆镛（伯序）同学，又同举于馆，相知最深。子政光绪二十年进士，内阁中书，主讲肇庆星岩书院，年四十五卒。汪兆镛挽联云："当代此才难，读北海论盛孝章书，痛惜斯人无永岁；故交半萎谢，感魏文报吴季重语，不堪收泪览遗编。"子政于诗古文外兼工词，《祝英台近·咏雁来红》云："露花寒，风絮老。怅触旧情绪。谁洗燕支，更洒断肠处？一群粉蝶流莺，芳菲阅尽，是谁把、少年空误？　念芳意，判受今日秋风，明朝又秋雨。留得鹃红，休自怨迟暮。知他三月春韶，杜鹃枝上，应更有、啼痕还苦。"

余谪居遂溪陈屋九年，寻陈乔森之亭榕垞不获，比读《棕窗杂录》，得其《赠汪伯序便面》诗云："平生济胜具，隐约好奇心。九点齐州小，中年禹穴深。去投陶岘剑，归携少文琴。兹复萦新赏，无端怀旧寻。旧门悭峻壁，涧道折回林。泉石常依屡，云霞乍满襟，相于为题揭，聊以佐登临。"《亭榕垞诗》已刊行，此诗未载。

一九五七年陈寅恪赠冼玉清寿联云："春风桃李红争放，仙馆琅玕碧换新。"

黄伟强著文谓画家何剑士能撰粤曲。其作有《葬花》《送别》《哭庭》《游赤壁》《燕子楼》《季子挂剑》等。

传高州状元林召棠居乡时，乡人往讼是非。甲所言，林曰"汝有理"；乙所言，林亦曰"有理"。其妇在旁言曰："二人相讼，必有一无理者，如何皆云有理？"林曰："汝亦有理。"此必好事者所造。《世说新语·言语》注引《司马徽别传》："（徽）有人伦鉴识，居荆州，知刘表性暗，必害善人，乃括囊不谈议。时人有以人物问徽者，初不辨其高下，每辄言'佳'。其妇谏曰：'人质所疑，君宜辩论，而以皆言'佳'，岂人所以咨君之意乎？'徽曰：'如君所言，亦复佳。'"

吴道镕居家日自书门联云："逸兴多，俗事少，积善家风好；布衣暖，菜根香，读书滋味长。"

重九登高始于东汉，梁吴均《续齐谐》："汝南桓景，随费长房游学累年。长房谓之曰：'九月九日，汝家当有灾，宜亟去，令家人各作绛囊，盛茱萸以系臂，登高饮菊花酒，此祸可除。'景如言，举家登山。夕还，见鸡犬牛羊一时暴死。长房闻之，曰'此可代也。'今世人九日登高饮酒，妇人带茱萸囊，盖始于此。"王维有《九月九日忆山东兄弟》："独在异乡为异客，每逢佳节倍思亲。遥知兄弟登高处，遍插茱萸少一人。"李白有《重阳席上赋白菊》："满园花菊郁金黄，中有孤丛色似霜。还似今朝歌酒席，白头翁入少年场。"

方君瑛，南社女诗人，留学东京时加入同盟会。女子高等师范毕业，后再赴法国深造，归国后以革命未成，民贫国弱，愤而自杀于上海。时汪季新在粤，闻报，不及视殡矣，其撰联云："持躬茹劳苦，救国历艰危，圣病难瘳，卒弃馀生如敝屣；风义兼师友，情深如姊弟，归来恨晚，空挥残泪读遗书。"

罗浮山联语甚多，兹录佳者如下。嫏嬛仙馆在城西长寿观侧，清何南钰别业，其门帖云："曾依帝座游蓬岛，又筑山居接洞天。"朝东亭在沼城东门外，明时联语云："古县秦时有，仙山海上来。"味泉亭，在卓锡泉右，知县熊炳离建，有记云："梁景泰禅师卓锡泉，形如盂，不溢不涸，饮之甘如醴，他泉不及，天下人知味鲜，东坡品为入粤第一泉，以为水不雨石出，东坡知味者。"其石柱刻联云："六尘雨净三瓯浅，万象春归一览中。"壶天阁亦名留仙阁，在浮碇冈南麓，山南海之右，负山临江，为邑人宴游之所。有楹联二，一云："江流槛外疑无地，人在壶中别有天。"浑成深切，移别处不得。一云："一声长笛柳花落，几杵疏钟山月高。"亦清雅隽整，传为单炳泰孝廉撰。海岳轩在浮碇冈南麓，山南海之左，有知县刘忱撰联云："留客当为十日饮，放衙来看隔江山。"何仙姑祠原在黄牛径，久废，光绪时在水帘洞内建小屋数椽，曰何仙观，其内联云："一声石洞鸣红翠，百尺水帘飞白虹。"

王可庄修撰仁堪供奉上斋时屡疏陈时事，謇谔不挠，后去守镇江，理教案，开水利，治蝗清赋，调知苏州，病殁，宗室盛伯羲祭酒昱挽云：“此实关阴阳绝续之交，大哉死乎，君子息焉；遂坚我山林肥遁之志，既痛逝者，行自念也。”梁鼎芬挽云：“香花士女，送君弹指间，吴地凄凉万事了；风雪江山，是我断肠处，焦岩摇落一身存。”

葛立方《韵语阳秋》谓钱塘风物湖山之美，自古诗人标榜为多，如郑谷“潮来无别浦，木落见他山”，钱起“渔浦浪花摇素壁，西陵树色入秋商”，白乐天“潮声夜入伍员庙，柳色春藏苏小家”，皆钱唐城外江湖之美，盖行人客子于解鞍系缆所见。

光绪乙巳、丙午间，两广总督幕僚喜作诗钟。如“相减”鹤顶格，番禺汪兆镛云：“相思旧句吟红豆，减字新词谱木兰。”闽县陈伯贺午星云：“相思颜色刀头梦，减尽腹围带眼松。”“分击”凫胫格，汪云：“联吟夜集常分韵，留客春盘偶击鲜。”陈云：“隆中局定三分日，博浪心雄一击时。”临桂况仕任晴皋云：“少院催花频击鼓，春灯射处每分曹。”会稽姚维书伯怀云：“豪士壮怀思击楫，贫交高谊忆分金。”江阴谢祖宝素存云：“侠客高歌悲击筑，美人幽怨忆分香。”易顺鼎实甫有“钟王”之目，尝在席间拈“次如”鸢肩格云：“艳体次回疑雨集，美人如是绛云楼。”同人搁笔。

梁节庵《寒夜独谣》初稿首句“幽通灿一灯”，见戊午写赠道远小帧。节庵殁后，沔阳卢氏重刊本则易“灿”为“黯”，当为梁氏生前改定。首句“幽通”当以用“黯”字为佳，可见诗不厌改也。

节庵为汪兆镛书扇诗云：“西风被丛兰，池馆坐秋夕。空苔不见人，时有鹿行迹。尘事方机张，名理似丝绎。怀忧倚清尊，怅怅成宿昔。”集中未载。兆镛哲嗣宗衍先生刊辑节庵诗，余总校时已见补入矣。

《广东文物》所印图片中有霍炎昌藏明遗民诗屏，有贺德庆谢朝老寿诗，佘志贞云：“载似长髯玉似颜，风流重见谢东山。绕阶兰桂承天泽，百岁何须炼九还。”章草甚精，在赵吴兴之上。鹅潭屈修云：“谢家才藻世知名，廿载烟霞欲待清。十赍文成幽事足，九如歌罢道心生。丹山未许将雏隐，双岫还看驾鹿行。指点罗浮最深处，扶筇东望访方平。"长寿大汕云："西江澄练色，南极俯青溪。古柏流杯影，新诗选叶题。海云销客傲，山月傍人低。且喜周□□，天长逸老栖。"书学涪翁，疏秀逸气。北粤何绛云："康州城接粤江湄，处士门前花满陂。常事素书传妙术，早辞华黻付佳儿。深松坐看山中历，隔竹闻敲石上棋。更有细君垂白发，为藏斗酒待需时。"书似褚河南，清媚可人。吴文炜词云："几番忆朔，桃熟怕欢酌。绮罗筵，夸笑谑。梅衬蕊珠明，雪映瑶池凿。祝遐龄，翘舞天公殷锡诺。　　真修忒恬漠，歌咏豪情博。傲衡门，伴鹿鹤。弦管韵楼前，凤诏彤庭作。弄斑斓，天山蓬岛年年乐。"隶书，曹全碑体，此词与《千秋岁》字数同，与词谱平仄稍异，未知有此体否？意或有所本。凤山朱海诗云："青鸾传信鹿随车，为祝康州处士家。却喜霜寒天气好，江南江北尽梅花。"诗则平平耳。又，陈恭尹《家务铉载酒移菊过鬌符菊篱同虚斋巨川俦斯诸子共酌次日复同诸子过虚斋西山赏菊醉后即事》云："昨宵载酒人携菊，今夕扶筇客就花。斯世有谁称隐逸，此身连日在云霞。言寻西岭无多路，不觉东篱属两家。霜蟹秋英堪尽醉，归时新月落窗纱。"八分书，秀整可宝也，并有冯敏昌观款。又，张穆《惠州西湖》有云："百顷玻璃合一湖，六桥分水入山纡。芙蓉处处汀州晚，欲问临平绣似无。""白鹤峰遥月上迟，渔灯芦苇夜参差。湖山最是清深处，永福桥头鹤梦时。""千林寒玉净无尘，断岸平桥紫蓼新。别有仙源看又失，石桥曾见玉为人。""隔城朱阁两相看，万叠青峦晓色寒。谁好曙烟争早起，美人先抚赤栏干。"《西濠夜月有感》云："海岸秋深月已残，数声羌笛倚楼寒。西濠旧是笙歌地，空忆花前十二栏。""新欢旧梦一身存，夜语江楼冷月痕。寂寂寒潮自来往，灵槎今已断仙源。""青眼回时乍目成，何烦早计作离声。化工多少滋培意，说与诗人总未明。""门前古干夹梅条，处士归来不折腰。忽泄春光撩好句，应知人退紫宸朝。""长街一树轻如扫，那得纤腰尽姓西。玉律方为回暖气，曲尘寻复驻征蹄。"

罗浮山有隐者，自谓黄冠野人，或云吕洞宾之流，尝题诗山间云："云来万山动，云去山一色。长啸两三声，天高秋月白。"诗有仙气。

　　风雨亭在浙江韶兴城区府山西峰上，1930年为纪念烈士秋瑾而建，亭两侧石刻孙中山挽联云："江户矢丹忱，感君首赞同盟会；轩亭洒碧血，愧我今招侠女魂。"日本东京旧称江户，1905年秋瑾经黄兴介绍在此加入同盟会。

卷六

留花庵论评

连县夏湟村黄庭坚疑冢辩

江西修水县的北宋诗人黄庭坚墓，最近整修一新，将对外开放。（见1983年1月23日《人民日报》）黄为有宋一代诗人，后人称之为江西诗派宗主，在北宋当年，黄的诗已与苏轼齐名，人称"苏黄"。

宋代诗人吕居仁尝作《江西诗派图》，自黄庭坚以下，刊陈师道、潘大临、谢逸、洪刍等二十五人为法嗣。认为他们诗派的源流皆出自黄庭坚。他在《宗派图序》中说："唐自李、杜之出，焜耀一世，后之言诗者，皆莫能及。至韩、柳、孟郊、张籍诸人，激昂奋励，终不能与前作者并。元和以后至国朝，歌诗之作或传者，多依效旧文，未尽所趣。惟豫章始大出而力振之，抑扬反覆，尽兼众体，而后学者同作并和，虽体制或异，要皆所传者一，予故录其名字，以遗来者。"

江西诗派是宋代具有影响的一个流派。在北宋末以及整个南宋时期，几乎没有一个稍有成就的诗人在创作上未受过他的影响。一直到晚清，它的理论和主张在相当多的作家中还有着他一定的支配力。

黄庭坚（1045—1105），字鲁直，号山谷，又号涪翁，洪州分宁人（今江西修水县），为"苏门四学士"之一。生于宋庆历五年（1045）。治平四年（1067）举进士后，出仕三十七年间，以"旧党"屡遭斥逐。最后，崇宁二年（1103）谪宜州（今广西宜山县），四年（1105）卒于宜州贬所，蜀郡范寥经理其后事，归葬分宁。一生事迹，具载《宋史》本传及宋元诸家笔记、年谱。七百多年来，向无异议。独安徽潜山县北有庭坚衣冠冢，清人田雯《皖城西拜山谷老人墓》诗，所谓"长风沙口木叶黄，大江绕郭流汤汤。三桥坂北红鹤砦，涪翁墓在潜山冈。松枳蓊荟路荦确，野烟漠漠狐狸藏。……"就是指此。由于元丰三年（1080）庭坚罢北京教官后赴吏部改官，得知吉州太和县。秋，到江南赴官，途经安徽潜山县，游三祖山山谷寺石牛洞，乐之，因自号山谷道人。庭坚殁后，皖人思念这位伟大诗人，特立衣冠冢以为纪念，实非真正埋骨之所，故田雯诗中有"我来思识古人面，寒飙吹下芙蓉裳。吟魂剪纸招不出，四山云气空茫茫"之语，暗示此非真墓之意。

最近，我省连县夏湟村也发现一座"白祖六郎"的古冢，据当地黄姓族人说，那古冢就是北宋诗人黄庭坚之墓。据《夏湟黄氏族谱》载，他们的开族始祖黄必达是黄庭坚的曾孙，北宋崇宁间，庭坚被谪宜州后，由于当时党禁甚严，遂与州守及蒋㳟等商议，诡称黄死亡，归葬宁州，而庭坚则潜隐广东连县东陂夏湟村，至宣和三年（1121）始卒。夏湟村的"白祖六郎墓"即庭坚之墓云云。

考《夏湟黄氏族谱》中有关庭坚的记载，不但从未见于古籍，而且所记家族世系、官爵事迹及卒年，均多与史籍所载不符。

《夏湟黄氏族谱》（以下简称《族谱》），是民国二十一年铅字排印版，共一册，内容分为序文、家训、谱例、历代考妣源流、族谱、武承公遗训等六个部分。除家训、谱例、族谱及武承公遗训与庭坚事迹无关外，根据序文和历代考妣源流两部分，通过校勘和分析，得出初步结论如下。

一

《族谱·序文》包括：乾隆十年山西监察御史邱玖华《黄氏族谱序》、乾隆十年吏部文选司裔孙黄观清《黄氏族谱序》、同治十一年云南按察使司李元度《黄氏世谱序》、乾隆五十二年太学生裔孙黄显达《原序》、光绪九年裔孙增生黄德纲《重修心孔公宗祠祖谱序》、民国二十年连州广商会馆教员陈高文《黄氏族谱序》、民国二十年裔孙黄兴世《黄氏族谱序》、《再序》、《世系源流序》、康熙四十年黄昌宗《增选班派序》及《祭谱序》五篇，共计一十五篇。这一十五篇序文中，经过初步研究，获得下面一些概念。

（一）自明嘉靖十四年整理过残旧《族谱》以后，最少经过清乾隆十年、五十二年、同治十一年、光绪九年和民国廿二年等五次重修。光绪九年只重修《心孔公宗祠祖谱》，而大修则在民国廿二年。

（二）在乾隆五十二年以前的序文中，仅提到连县夏湟黄氏"其祖来自江西，迁于湖湘，后来连州"的话，惟有乾隆五十二年裔孙黄显达的序文，才明白地说："考吾族始祖黄公讳宋邦，字必达，豫章籍也。从大父讳仲式公仕居湖湘，遵遗命于大宋绍兴三十二年徙居于此，此乃白祖公隐避之遗址焉。白祖公即吾必达公之曾祖庭坚公也。不传太祖"大学士"，而传"白祖六郎"者，循其隐也。必达公接踵于斯而以夏湟村名焉。是必达公为吾夏湟村肇基之祖也。"可知庭坚隐避连县之说，是从这时开始的；《太祖庭坚公传略记》《赠谥宋故讳庭坚公敕命》和抄袭、删改过的《庭坚公遗迹》八篇，也可能是在这时加入谱内。至民国廿二年大修时，又增加了《历代考妣源流》部分，把庭坚和夏湟黄氏世系的关系更加肯定了。

二

《太祖庭坚公传略记》（下面简称《传略记》）是附在《历代考妣源流》之后的。由于题下注"照旧谱所录"，故怀疑是在乾隆五十二年重修时，为了使庭坚伪死隐避一事，加强征信作用而窜入的。文内讹误最多，不胜枚举，兹择要分列如下：

（一）关于黄庭坚的仕宦迁谪，《传略记》说：熙宁间，庭坚举进士第，初授叶县尉，再调太和令。元丰二年坐苏轼诗案，被贬者司马光等二十八人，庭坚亦在其内。元祐二年，以宏词科召，入拜翰林学士，赠三代。后被奸党诬蔑，谪涪州别驾。崇宁间籍元祐党，再窜宜州。这项记载，核对史实，大有乖误。

（1）庭坚登进士第是在治平四年（1067），不是在熙宁间。

（2）关于苏轼"乌台诗案"，据王文诰《苏文忠公诗编注集成总案》注，有元丰二年十二月复案定狱之后，庭坚责授卫尉寺丞的记载。但考诸史籍，只记元丰三年（1080）春在京师，盖罢北京教官后赴吏部改官，得知吉州太和县，并无记载授卫尉寺丞事。而庭坚历次贬谪，亦无与"乌台诗案"有关。

（3）元祐二年（1087），庭坚迁著作佐郎加集贤校理，并无"以宏词科召，入拜翰林学士、知制诰"。考庭坚有"苏门四学士"之称，钱大昕《潜研堂文集》记之甚详："黄鲁直、秦少游、张文潜、晁无咎称'苏门四学士'。宋沿唐故事，馆职皆得称学士。鲁直官著作郎、秘书丞皆馆职（原注：元丰教官制，以秘书省官为馆职。），故有学士之称，不特非翰林学士，亦非殿阁诸学士也。"

（4）《神宗实录》书成，庭坚擢起居舍人，召行秘书省著作佐郎，并非"授龙图阁直学士，赠三代"。据王明清《挥麈录》说："建炎末，赠黄鲁直、秦少游及晁无咎、张文潜俱为直龙图阁"。那么"龙图直学士"只是庭坚死后的追赠官衔，而不是生时的实授官职。

（5）庭坚之被羁管宜州，洪迈《容斋四笔》卷八说："黄鲁直初谪戎、涪，既得归，而湖北转运判官陈举以时相赵清宪与之有小怨，讦其所作《荆南承天塔记》以为幸灾，遂除名羁管宜州，竟卒于彼。今《豫章集》不载其文，盖谓因之肇祸，故不忍著录。其曾孙嶅续编别集，始得见之。大略云：'余得罪窜黔中，道出江陵，寓承天禅院，住持僧智珠方彻旧浮屠于地，而嘱余曰："成功之后，愿乞文记之。"后六年，蒙恩东归，则七级岿然已立，于是作记。'其后云：'儒者尝论，一佛寺之费，盖中民万家之产，实生民谷帛之蠹，虽余亦谓之然。然自省事以来，观天下财力屈竭之端，国家无大军旅勤民丁赋之政，则蝗旱水溢，或疾疫连数十州，此盖生人之共业，盈虚有数，非人力所能胜者邪？'其语不过如是，初无幸灾讽刺之意，乃至于远斥以死，冤哉！"王偁《东都事略·文艺传·黄庭坚传》又说："初，庭坚尝作《荆南承天院记》，部使者观望宰相赵挺之意，以庭坚有幸灾之言，坐除名编管宜州，卒，年六十一。"周季凤《山谷黄先生别传》则所载较详："（庭坚）自涪归，道出江陵，作《承天院塔记》。……文成，府帅马瑊饭诸部使者于塔下，环视先生书碑，尾但书作记者黄某，立石者马某而已。时闽人陈举自台出漕，先生未尝与交也。举与李植、林虞相顾前请曰：'某等愿托名不朽。'先生不答，举由此憾之。（举自台察出为转运判官，坚朝奉郎新知舒州事，荏平马瑊承议郎知府事，李植转运判官，林虞提举常平。）知先生与挺之有怨，挺之执政，遂以墨本上之，诬以幸灾谤国，其文初无幸谤之意，遂除名羁管宜州。"此外，范公偁《过庭录》和王明清《挥麈后录》均有记载黄庭坚与赵挺之有怨之事。再从汪应辰《文定集·书张士节字叙》有"崇宁间，前之得罪于绍圣、元符者，特不用而已耳，而鲁直以言语触讳，独再被谪"之语，更可知与党籍无关了。

（二）关于黄庭坚的家族世系。（1）《族谱·历代考姓源流》作如下的记载："黄庶公，好博学，中试举人。姓吴氏，生庭坚、大临、叔达、知命。庭坚公字鲁直，号山谷，宋进士，官至御史，追赠龙图阁大学士。生殁失考，葬在地名夏湟大里冲梓橦溷。姓戴氏，生八子，长黄冠。冠生仲式，建炎己酉科乡试，仕平阳令；生三子，长曰必清，次曰必源，三曰必达。必达为吾族始祖。"通过初步考证，根据陈无己《李夫人墓铭》说："夫人连昌人，李姓，溧水尉赠特进之子，大理丞知康州黄庶之妻，集贤校理佐著作庭坚之母也。……元祐六年，年七十二卒于东都。五男：大临、叔献、叔达、仲熊，校理其次也。……于是大临为梁县尉，而仲熊卒。诸子名文行，而梁县法度之大也，世以是贤夫人。（《后山集》）"又《宋史·文苑传·黄庭坚传》说："（庭坚）幼警悟，读书数过辄成诵，舅李常（按，李常字公择）过其家，取架上书问之，无不通，常惊，以为一日千里。"是则庭坚母姓李而非姓吴，明矣。此外，庭坚诗集中也有不少与舅氏唱和的篇什，如《山谷内集》卷一的《次韵公择舅》、卷二的《送舅氏野夫之宣城》（按，李莘字野夫）、卷三的《谢公择分赐茶》、卷九的《姨母李夫人墨竹二首》等可作旁证。

（2）庭坚父黄庶的出身，据《豫章先生遗文》附录庭坚诸孙黄𫓧所述，系中庆历二年进士第，并非举人。

（3）据《李夫人墓铭》载黄庶有子四人，除仲熊早死外，长子大临（字元明，见陈永正《黄庭坚诗选·次元明寄子由》题解），次叔献（按，即庭坚），次叔达（按，即知命，见任渊《山谷诗集注·附年谱》绍圣三年知命所附诗《宋懋宗寄夔州五十诗三首》题注）。墓铭的作者陈无己与庭坚同时，且为挚友，所记当属可信。此外，庭坚诗集中亦有不少兄弟赠答之作，如《山谷内集》卷十一的《同元明过洪福寺戏题》、卷十二的《和答元明黔南赠别》、卷十三的《赠知命弟离戎州》《侄相随知命舟行》、卷十六的《新喻道中寄元明用觞字韵》、卷十七的《罢姑熟寄元明用觞字韵》、卷二十的《宜阳别元明用觞字韵》等，也可作为旁证。

（4）关于黄庭坚的仕宦经历，《传略记》的谬误，上文已有辨正。而《族谱·历代考妣源流》竟谓"官至御史"，尤属无稽，不但庭坚从未任过御史官职，即《族谱》本身，亦互相矛盾。至庭坚恤典，《传略记》作"追赠龙图阁大学士"与事实亦有出入。据周必大《分宁县学山谷祠堂记》说："高宗中兴，恨不同时，追赠直龙图阁，擢从弟叔敖为八坐，置甥徐俯于西府，皆以先生之故。"王明清《挥麈录》又说："建炎末，赠黄鲁直、秦少游及晁无咎、张文潜俱为直龙图阁。"则恤典追赠为直龙图阁而不是龙图阁大学士。考《宋史·职官志二》载龙图学士班在枢密直学士上，直学士班在枢密直学士下。直龙图阁即龙图阁直学士，简称直学士，与龙图学士不同，《族谱》混淆了。

（5）嘉祐六年（1061）庭坚娶孙觉（莘老）女，熙宁三年（1070）孙氏卒；继室为谢景初女，元丰二年（1079）谢氏卒。（均见陈永正《黄庭坚诗选·附年谱》）两氏均无所出，以后亦未见续娶，仅一妾于元丰元年生一子，名相（小名小德，小字四十）。孙、谢两氏实于庭坚卒于宜州前二十二年已先后去世，而《族谱·世系》谓庭坚妻为戴氏，不知何据？

（6）元丰元年（1078）庭坚妾举一子相，至绍圣二年（1095），庭坚"弟知命自芜湖登舟，携一妾一子及山谷之子相，并其所生母俱来（黔州）。"（任渊《山谷诗注·附年谱》）此时，黄相已十七岁（黄庭坚《与元勋不伐书》），此外别无兄弟。自绍圣二年至庭坚崇宁四年（1104）卒于宜州的十年间，遍查各家著录，庭坚均无再生儿女的记载。《族谱·世系》所谓"生八子"殊属不经。再考《豫章先生遗文》附录庭坚诸孙所述："铢龆龀时，先祖训之曰：'吾七世祖仕南唐为著作郎，知分宁县，因家焉。传三叶，有孙十人，登第者七名，旁皆从"水"、从"是"者。第四，左朝散大夫位也，子四人，长从"广"、从"芡"，中庆历二年进士第，终大理寺丞，盖太史（按指庭坚）之父也。次从"广"、从"兼"，中嘉祐六年进士第，终给事中，太史之叔父也。族广而散，不可缕述。始自此列为二派，钩牵绳联，其名从"木"、从"火"、从"土"、从"金"，又从"双木""双火"者，合而计之，仅啻十百。'"可知黄氏家族命名偏旁，祖例不紊。（试举杂见诸典籍者如相、棺、朴、梲、铢、瞀等可证。）而《族谱·世系》以冠为庭坚子则与黄氏祖例不符，故冠非庭坚子可以断言。且庭坚仅有独子相，《族谱·世系》谓有八子，独冠有名，其他七子无名，亦可见《族谱·世系》含混之处。如谓黄冠系庭坚伪死隐匿连县后（1105年以后）娶妻所生，则建炎己酉（1129）仲式试平阳令时，黄冠仅得二十五岁，怎么能有中乡试出仕的儿子？

三

关于黄庭坚在宜州贬所诈死，潜隐连县之事，《传略记》作如下的记载："崇宁间，籍元祐党，再审公于宜州，而公父已故。是时，党禁甚严，而贼臣蔡京必欲置公于死地。士大夫无敢接纳者，惟州守俞若著、州人蒋漳与公善，因商议诡称公卒，归葬宁州，敛迹销声，潜隐于粤，抵湟水，易名讳，遂栖止于斯焉。至宣和三年（1121）而公卒，葬湟水之原。公子有八，惟冠居长，生仲式，建炎己酉科乡试，初仕平阳令，生三子，长曰必清，次曰必源，三曰必达，随宦湖湘。一日，式公谓诸子曰：'吾老矣，追忆祖父隐避远方，骸骨谁托，魂不血食。向者，诸父昆弟以吾仕近省视为幸，而吾犹一意挂冠，追随湟水，永守庐墓，接踵香灯……汝谁愿遂我志乎？'达公对曰：'敢不如命。'绍兴二十九年，仲式公卒，丧除，达公竟承父志，徙居于此，循公遗址而遂家焉。以夏湟村名者，盖以湟水而因本郡所取义也。必达者，是吾族之始祖，乃仲式之季子也；黄冠公之孙，即庭坚公之曾孙也。今湟水之源，梓橦涧之'白祖六郎之墓'者，即庭坚公之墓也。不传太祖"大学士"而谓"白祖六郎"者，循其隐也。"这段记载，目的是为了肯定他们始祖黄必达是黄庭坚的曾孙，为了肯定"白祖六郎之墓"是黄庭坚之墓，因而捏造出"诡称公卒""潜隐于粤"的故事。其实，庭坚之卒于宜州贬所，现存的史籍中已有详尽的记载，如《宋史·文苑传·黄庭坚传》说："庭坚在河北，与赵挺之有微隙。挺之执政，转运判官陈举承风旨，上其所作《荆南承天院记》指为幸灾，复除名羁管宜州。三年，徙永州，未闻命而卒，年六十一。"其他宋人各家记载如岳珂《桯史》说："山谷居黔，尝题六言诗：'蝴蝶双飞得意，偶然毕命网罗。群蚁争收堕翼，策勋归去南柯。'崇宁间，庭坚迁宜，蔡京以此诗为怨望，将重加贬谪，会以讣奏，仅免。"又释惠洪《冷斋夜话》说："鲁直南迁，年已六十，亲故忧其祸大，又南方瘴雾，非菜肚老人所宜。鲁直笑曰：'宜州者，所以宜于人也。且石塘鬼非村落间无智愚鬼，侍郎之言，岂欺我哉！'鲁直竟殁于宜州。"其中以陆游《老学庵笔记》所记尤详："范寥言，鲁直至宜州，州无亭驿，又无民居可僦，止一僧舍可寓，而适为崇宁万寿寺，法所不许，乃居一城楼上，亦极湫隘。秋暑方炽，几不可过。一日，忽小雨，鲁直饮薄醉，坐胡床，自栏楯格间伸足出外以受雨，顾谓寥曰：'信中，吾平生无此快也。'未几而卒。"这是范寥亲自目睹庭坚弥留时的情景而对陆游说的。崇宁三年二月，庭坚过洞庭，经潭、衡、永、桂等州，五六月间到宜州贬所，其家人仍留永州，故贬所仅庭坚一人。此外，范寥就是他唯一的伴侣。可以断言，范寥所提供的资料，当是最可靠的。再从范寥《宜州家乘序》中说："崇宁甲申秋，余客建，闻山谷先生谪居岭表，恨不识之。遂泝大江，历溢浦，舍舟于洞庭，取道荆湘，以趋八桂。至乙酉（崇宁四年）三月十四日始达宜州，寓宿崇宁寺。翼日，谒先生于僦舍，望之，真谪仙人也。于是忘其道途

卷六 留花庵论评

217

之劳，亦不知瘴疠之可畏耳。自此日奉杖履，至五月七日，同徙居于南楼。围棋诵书，对榻夜语，举酒浩歌，跬步不相舍。凡宾客来，亲旧书信，晦月寒暑，出入起居，先生皆亲笔以记其事，名之曰《乙酉家乘》，而其字画特妙。尝谓余：'他日北归，当以奉遗。'至九月，先生忽以疾不起，子弟无一人在侧，独余为经理其后事。及盖棺于南楼之上，方悲怆不能已，所谓《家乘》者，仓卒为人持去，至今思之，以为恨也。绍兴癸丑岁，有故人忽录以见寄，不谓此书尚尔无恙耶！读之怃然，几如隔世，因镂版以传诸好事者，亦可以见先生虽迁谪处忧患而未尝戚戚也，视韩退之、柳子厚有间矣。东坡云：'御风骑气，与造物者游。'信不虚哉！"据此，庭坚之卒于宜州，信而有征，无可置疑的了。

此外，《传略记》中尚有不少讹误不合常理之处，如：

（一）庭坚自遭贬谪以来，确曾受到新党的迫害和社会的歧视，从他的书牍中，往往流露出来。如《与逢兴文判官书》说："某放逐弃捐，人不备数。"《与冯才叔机宜书》说："亦恐士夫之常，畏窜逐之人，书问至前，故极简阙。"《与唐彦道书》说："放逐之迹，人所鄙贱。"又说："罪逆馀生，苟活不死，湮伏田里，旷绝人事。"等等（均见《黄山谷书牍》）。确是受到社会上一定压力的，但在几次的贬谪途中的舟车往来、行李运输和日常生活，也还往往获得州府官吏的照顾，甚至一些州县官吏和亲知，还有送迎馈赠的事实。独羁管宜州之后，受州守压抑，迫害更甚于前。庭坚《跋李资深书卷》曾这样写道："余谪宜州半载，官司（当指州守）谓不当居关城内，乃抱被入宿子城南予所僦舍'喧寂斋'，虽上雨旁风，布声喧聒，人不堪其忧，余以为家本农桑，使不从进士，则田间庐舍如是。既设卧榻，焚香而坐，与西邻屠牛之机相值。用三文买鸡毛笔书此。"记载得比较详尽的还是杨万里的《宜州新豫章先生祠堂记》，其中一段说："盖山谷之贬宜州，崇宁甲申也，馆于城之戍楼曰小南门者，明年卒焉。予闻山谷之始至宜州也，有甿某氏馆之，太守抵之罪；有浮图某氏馆之，又抵之罪；有逆旅某氏馆之，又抵之罪。馆于戍楼，盖圉之也；卒于所馆，盖饥寒之也。先生之贬，得罪于时宰也，亦得罪于太守乎？鹿之肉，人之食；君子之残，小人之资也。孰使先生之所挟，足以授小人之资也哉？夫岂不得罪于太守也！先生得罪于太守，则太守不得罪于时宰矣。岂惟不得罪也，又将取荣焉。由今观之，其取荣于当时者几何？而先生饥寒穷死之地，今乃为骚人名士伫瞻钻仰之场，来者思，去者怀，而所谓太守者，犹有臭焉。"杨氏此文，一面揭发宜州太守对庭坚的多方迫害，较历次被贬时为甚；一面说明《族谱·传略记》载州守与庭坚友善的全非事实。

（二）当时宜州太守是党明远（见《宜州家乘》崇宁四年八月初三日日记）而不是俞若著。"俞"应作"余"，《传略记》作"俞"非是。考余若著是当时的州判，位在州守之下。据岳珂《桯史·范碑诗跋》说："太府丞余伯山（禹绩）之六世祖若著倅宜州日，因山谷谪居是邦，慨然为之经理舍馆，遂遣二子滋、浒从之游。时党禁甚严，士大夫例削札扫迹，惟若著敬遇不怠，率以夜遣二子奉几杖，执诸生礼。"又杨凤苞《题山谷道人书范滂传摹本》诗云："宜州更斥任戏侮，慨然舍馆贤郡丞。从游况复遣滋浒，私奉几杖宵篝灯。"又楼钥《攻愧集》卷四《跋余子寿（按即若著子）所藏山谷书范孟博传》中系诗云："宜人所谓宜于人，菜肚老人竟不振。承天院记顾何罪？一斥致死南海滨。贤哉别驾（按汉制，别驾是州刺史的佐吏，宋改置诸州通判。以职守相同，故通判也有别驾之称。即指若著）眷迁客，不恤罪罟深相亲。攘攘不容处城闉，夜遣二子从夫君。……别驾去官公亦已，身虽既衰笔有神。"由此可知：（1）州守不仅不是与庭坚友善，反而是对庭坚的严重迫害者。（2）通判余若著过去与庭坚无一日之雅，庭坚抵宜后才"不恤罪罟"为之经理舍馆并遣子从游，而且还是在夜里偷偷地去，不敢公开往来的。同时，崇宁四年正月以前，余若著已去官他适，有楼钥诗"别驾去官公亦已"和《宜州家乘》自崇宁四年正月至庭坚卒前，均没有若著及二子往来的日记可证。那就充分说明了庭坚与州守或若著，共商诈死潜隐之事，是绝对不可能发生的。

（三）再从庭坚个人的心理来分析，他虽然是个儒士，立朝处世，一贯以忠、信、孝、友为本（见《山谷书牍》中《上苏子瞻书》《答洪驹父书》），但却存在着浓厚的佛家出世思想。遇到困厄的时候，往往追求思想上的解脱，"照破生死之根，使忧思淫怒，无处安脚"（《与胡少波书》），"化烦恼境界，超然安乐"（《答知郡大夫书》）。所以，他虽然长期陷在贬谪播迁的逆境中，心里总是处之泰然。方回《瀛奎律髓》说："（山谷）流离跋涉八年矣，未尝有一诗及于谪，真天人也！"这就是庭坚在逆境中善于"化烦恼境界"为"超然安乐"之处。就他被羁管宜州之后来说，当时他遭受的迫害，虽然比过去为甚，但据《宜州家乘》所记，竟每日都在观书、听琴、对棋、出游、沐浴、会客与及亲友书问往来之中；各方的财物馈赠，更大大地充实了他的物质生活，加上"洗心于道，不受缠缚"，而且还有一种倚伏循环的心理（《答王观复书》云："君子所以处穷通如寒暑者何哉？方万物芸芸之时，已观其复矣。"），自然就胸怀豁达，心情舒畅了。张守《跋周君举所藏山谷帖》对庭坚祸福宠辱置诸度外的态度，尤为欣赏。跋中说："山谷老人谪居戎僰，而家书周谆，无一点悲忧愤嫉之气，视祸福宠辱如浮云去来，何系欣戚？世之贱丈夫，临小得失，意色俱变，一罹祸辱，不怨天尤人，则哀呼求免矣。使见此书，亦可少愧也。"不独此也，庭坚的理想中，对他自己的前途，还寄以无穷希望。看他最后赠别大兄元明诗说："霜须八十期同老，酌我仙人九酝觞。"不但毫无伤别之意，而且还满怀信心地为他们兄弟相依终老举觞祝福，谁能相信庭坚会毅然弃绝亲友，甘冒大不韪，苟且偷生，贻讥千古呢？

（四）庭坚诈死隐匿连县之说，通过考证之后，既认为全非事实，那么，"白祖六郎墓"不是庭坚之墓，便可以断言，毋须再辨的了。

（五）至"蒋湋"之名，据清人叶廷琯《吹网录》云："……至明人刻《山谷集》，其年谱中，亦载范寥相访及同住南楼事，似即本之《家乘》，而附刻周季凤所为《别传》则云：'初谪宜州，与零陵（按，即永州）蒋湋友善，士大夫畏祸，不敢往还，独湋日陪杖履。病革，湋往见之，大喜，握手曰："身后事委君矣！"及卒，湋为棺敛送归。（按，即归葬分宁）'此与序中之言大异，与《鹤林玉露》亦有不合。又近时新化邓显鹤增辑《楚宝》一书（明末湘潭周圣楷纂）"独行门"有蒋湋传，载侍山谷事与《别传》同，其人决非漫无征信者。而按诸《家乘》，则自乙酉正月朔至八月二十九日止，每日所书，绝不见蒋湋姓名，不知何故。"据此，当时在宜州侍送庭坚者，《家乘》谓是范寥而不及蒋湋，《别传》则谓是蒋湋而不及范寥，各执一说，莫衷一是。再考陆游《老学庵笔记》中的一段说："黄鲁直有日记谓之《家乘》，至宜州犹不辍书。其间数言信中者，盖范寥也。高宗得此书真本，大爱之，日置御案。徐师川以鲁直甥召用，至翰林学士。上从容问："信中谓谁？"师川对曰：'岭外荒陋无士人，不知何人，或恐是僧耳。'寥时为福建兵钤，终不能自达而死。"陆游生于北宋宣和七年（1125，庭坚卒后二十年。），卒于南宋嘉定二年（1209），他始除右迪功郎福州宁德县主簿时，是绍兴二十八年（1158），明年调福州决曹（见夏承焘等《放翁词编年笺注·附陆游年谱简编》），陆游与范寥相识，约在此时。上文当系范寥死后补记。陆游既与范寥相识，时代又距庭坚卒时不远，《老学庵笔记》所述，自足征信。此外，《山谷内集》崇宁四年有《和范信中寓居崇宁遇雨二首》，题注云："信中名寥，山谷有跋范寥所收东坡诗，云实崇宁四年之五月丙午，山谷老人谪居宜州二年矣。山谷又有宜州游山记，盖四年六月辛巳，而信中挂名其间，此诗亦四年夏所作欤？"则侍送庭坚者当是范寥而非蒋湋，可无疑议。又《宜州家乘序》谓庭坚死后，《家乘》为人持去，至绍兴三年癸丑（1133）始有人录以见寄，则范寥复得者是抄本，其真迹已为宋高宗赵构所得。（当时翰林学士徐师川是庭坚甥，对庭坚字迹的真伪，自能鉴别，高宗所得者是真本无疑。）《家乘》中具载范寥日侍庭坚之事，而徐师川不识其人，实在由于师川当日不在宜州，复以"削札扫迹"，故与庭坚不通音问；庭坚在宜州又日夕与崇宁寺僧相往来（见《家乘》），故误以范寥为僧，也是可以理解的。

四

《族谱·历代考妣源流》还附载所谓《敕命》一篇，和庭坚诈死隐匿后致友人书牍多篇，通过考证，确定了是伪托的和将庭坚谪宜前书牍改窜编入的。

（一）《族谱·附敕命》："……尔故荣禄大夫龙图阁大学士黄庭坚宏通博洽……宜加褒恤，兹特谥文节，申锡茂恩……"考庭坚原任著作佐郎加集贤校理，而《族谱·传略记》谓"以宏词科召入，拜翰林学士"，《族谱·历代考妣源流》又谓"官至御史"，均误，已辨正于前，今《敕命》复谓"荣禄大夫龙图阁大学士"，于历史更无所据。关于庭坚恤典，周必大《分宁县学山谷祠堂记》说："高宗中兴，恨不同时，追赠直龙图阁，擢从弟叔敖为八坐，置甥徐俯（即师川）于西府，皆以先生之故。"王明清《挥麈录》又说："建炎末，赠黄鲁直、秦少游及晁无咎、张文潜俱为直龙图阁。"可见《敕命》一篇，全属伪托。

（二）附载庭坚诈死隐匿后致友人书牍，多系将庭坚谪宜前书牍中改窜或删节编入的。如（1）《与中玉知县书》，据商务印书馆排印版《黄山谷书牍》原文是："某僦居城南，虽小屋而完洁，舍后亦有二三亩闲地，种菜植果，亦有饭后逍遥之地，所谓'园日涉以成趣，门虽设而常关'者也。生事虽

□□，竟未能有根本，然衣食随缘薄厚，亦自寡过少累耳。但以舍弟知命不能乐静居，数出入，然流温就燥，水火自有性，虽圣人不能易，亦命也。恐欲知，故具之。承巴县，已是见阙，闻已治装，计岁里必到官，相去数舍，舟行可勤书也。"考《山谷诗集注·附年谱》云："元符元年戊寅……山谷三月间离黔，六月初抵戎州，寓居南寺，作槁木寮、死灰庵，其后僦居城南。"则知此书是作于元符元年六七月间。而《族谱》所载，则删去"某僦居城南"五字易以"隐居湟川"四字，其蓄意作伪之迹可见。又原文"生事虽□□"原缺两字，留空两格，而《族谱》附文亦缺两字，但不留空格，作"生事虽竟未能有根本"，文义遂不可晓。此外，庭坚弟知命元符三年卒于荆州，距庭坚卒于宜州时早五年，何以隐居湟川后，知命犹在人间？此不待深辨即知其伪矣。（2）《族谱》所附"作文不必多，每作一篇，要商榷精尽。……笔尾上直，当得意"一篇，系窃取《黄山谷书牍》中的《答秦少章书》。（3）《答李端叔书》在《黄山谷书牍》中共有三首，都是庭坚谪宜州前所作。《族谱》附载"数日来骤暖，瑞香、水仙、红梅皆开……恨公未识耳"一篇，是其中的第三首，只删去了最后"方叔安否"四字。（4）《族谱》附载"老来懒作文……顾同味者难得耳"一篇，即《答李端叔书》第二首的后段，删去了前段"得书数幅"至"然非在黔戎时语也"计一百三十六字。其馀《族谱》附载书牍尚有多篇是从《黄山谷书牍》窃来，而且讹脱错漏不一而足，乃至不可究诘，不再一一加以深考了。

总的来说，《夏湟黄氏族谱》中有关黄庭坚的记载，全是伪托的。因而"白祖六郎之墓"也就并非黄庭坚之墓了。

冼玉清教授诗词浅述

已故广东省文史研究馆副馆长、史学家冼玉清教授，毕生从事教育事业，著作等身，为我国自唐宋以来，女作家中之无出其右者。早年，我读过她的《广东文献丛考》《广东文献丛谈》和发表在全国各报刊的笔记及历史考据论文，深深感到一个女子为了枯燥无味的学问，艰苦钻研，乃至终身不嫁，为后一代作育人才，可以说是前无古人的。我国历代的女作家中，唐代花蕊夫人、薛琼、薛涛、鱼玄机等以诗名；宋代李清照、朱淑真等以词名；明代沈宜修、叶小鸾、许景樊等亦以诗传世；清代以来，闺秀驰骋文坛者如柴静仪、朱柔刚、顾横波、恽冰、顾太清、陈书、归懋仪、庄盘珠、吴藻、吕碧城辈，均以诗词名家，都不是研究朴学的学者。所以我说冼玉清教授是"前无古人"，不足为过。

1985年我整理馆藏旧书画时，发现冼教授题顾太清小楷《销寒诗》团扇的五言律诗云："指顾天游阁，依然在望衡。百年犹对语，万里此孤征。香火前因远，壶觞贤主情。宗风仰三绝，展卷一心倾。"后来编辑《南方鼓吹》时，才全面地读过她的诗词《琅玕馆诗》《流离百咏》《琅玕馆词钞》和解放后的作品，然后认识到她的旷代逸才。

她全部诗作中，可分为三个时期。以抗日战争前为初期，抗日战争时至抗战胜利后为中期，解放后为后期。初期的作品，曾经过四位大诗人的评点。

1929年春，她在岭南大学讲授诗词。9月，应燕京大学的邀请，参加其校舍落成典礼。10月，趁在京之便，赍所为诗谒郑苏戡先生，郑先生乐为评点。例如："故旧久疏君独至，何辞屡尽酒盈卮。"（《病起》）"我自不花蜂不惹，拂云筛月闲情写。清凉世界忘熏炙，静翠幽香自潇洒。"（《种竹歌》）"谁知芳臭才近唇，咳唾攒眉复漱齿。出而哇之且未已，嗜痂奇癖相訾訾。噫嘻物性本无殊，爱恶相悬我与彼。好奇真赏古所难，人生知遇亦如此。"（《流连糕》）"红花烂漫满山谷，如火翻迷烧痕绿。淡淡黄花映夕晖，蝶花春晚矜交飞。魏家那及紫花笑，自倚荷囊商格调。林阴远照丛白花，低枝更不容栖鸦。雾蓝小朵耿相伴，轻烟软幂纵横斜。清泉白石天饶假，托根本自忘高下。"（《山前踯躅花盛开》）认为皆是好句，在旁加点，总批云："古体诗时有隽笔。"

是时，黄晦闻先生辞去广东省教育厅长后返京，复任北京大学教授，兼任清华研究院导师。玉清教授晋谒于大羊仪宾胡同寓所，出诗请益。晦公诗"内蕴耿介，外造隽淡"，故点玉清教授诗，独取其当意者，如："竹籁远喧来枕簟，荷裳暗解念池塘。"（《夏夜风雨不寐》）"阳春煦庶物，万木华且荣。岩野抱幽秀，淡淡丰格成。"（《贫士》）"病枕恹恹忘岁月，强凭风物遣愁魔。墙头照眼榴花火，始识今年已夏初。"（《四月初二与秉熹弟游园》）晦公认为"意境似从谢康乐《登池上楼诗》变来，惜造句未工耳"。晦公昔年在北大授汉魏乐府及鲍参军、谢康乐诗，深得《选》诗三昧，而冼氏诗则独往独来，不专唐专宋，随意发挥个人胸臆，其轻清浅近处，晦公认为未工，可以理解。至于"世路多榛莽，故山馀蕨薇。寄言云际鸟，飞倦早言归"（《蕙芹拟南归，作诗见寄》）则认为与晦公的"坐花且开筵，芳菲拂剑鼻。草木春犹荣，世运何大异"（《宴集桃李花下》）同一机抒。而"伤于哀乐久，颇损少年心"（《山居》）及"名花不植金谷园，寂历穷谷幽涧间。赏花不向洛阳县，徘徊黤黯之青山"（《山前踯躅花盛开》）则与苏戡先生同加密圈，共赏其愤世含蓄。此亦可见前辈奖掖后进之用心。

1937年，玉清教授赴京，以晚辈谒散原老人陈三立先生（冼氏与散原哲嗣寅恪交契）。老人题其集后云："淡雅疏朗，秀骨亭亭，不假雕饰，自饶机趣，足以推见素抱矣。"冼氏深受策励。

当时诸大家中，玉清教授与如皋冒鹤亭先生交契最深，他们同在广东通志局及国史馆工作，又同在勷勤大学任教，过从甚密。冒氏出生于广州，长从番禺名词人叶衍兰游。早年、中年勤于词曲创作，晚后专于词曲理论，有《冒鹤亭词曲论文集》行世。尝谓："学词当从唐人诗入，从宋人词出。"因此，他评冼氏诗，多赏其近唐人风格者，如《极乐寺》云："百辈名流尽，一春游履忙。前朝僧亦老，还守国花堂。"《法源寺》云："闲居无所适，日日为花忙。雪艳化香海，绿阴生佛光。"《天寿山展明陵》云："群山崒崒松桧寒，翁仲石兽怜芳残。居庸紫气久无色，上谷风尘犹浩漫。"《登八达岭》云："危峦曲道愁攀牵，黄云漠漠风势颠。独立忽觉与天近，身在中原山尽边。下视居庸若井底，人踪飞鸟迷苍烟。烽堠相望一百九十有六处，昔日险阻还依然。"其馀评点尚多，皆近唐音者，说明玉清诗在当时岭南诗人尚宋风气中，能跳出樊笼，不受拘束，自辟蹊径。

1938年10月11日，日军在惠阳澳头登陆。13日陷惠州，向广州进犯，政府封锁珠江口，限令市民疏散。冼氏随岭大迁徙香港复课。1941年12月，香港沦陷，冼氏辗转潜返内地，仅以身免，沿途"冒硝烟弹雨之至危，历艰难凄痛之至极"，"哭甚穷途，愁深故国"，（《流离百咏·自序》）成《流离百咏》一集，是为冼氏中期的诗作，也是冼氏全部诗词的精华。冒鹤亭为之序，题其集者多人，其中诗人冯秋雪云："一诗一字都成泪，仿佛流民郑侠图。"可谓一针见血。集中备述失地之恨和流离之苦。如："破桌渍油尘浣袂，断垣飘雨鼠跳床。倚装无寐偷弹泪，前路悽惶况远乡。"（《宿宾阳旅店》）"刺破青衫踏破鞋，孤灯远笛总伤怀。更堪客里黄金尽，目断来鸿信息乖。"（《廉江道中行李尽失留滞盘龙作》）"哀鸿遍地苦饥寒，我辈何妨首蓿餐。宦橐早闻空似洗，少翁廉吏古称难。"（《黄冈访卓振雄》）"岳家军撼原非易，自坏长城可奈何。漆室沉忧非一日，问天无语泣山河。"（《闻长沙奉令撤退感赋》）丧乱相逢各苦辛，穷途枨触易沾巾。离离蔬果盈原野，世乱谁为守土人？"（《曲江告急》）1945年8月14日，日本宣告正式接受无条件投降消息传出后，举国欢忭若狂。玉清教授时正避地仁化，闻此喜讯，奋笔写道："八年忍苦意如何，一夕山城报凯歌。看到扶桑残日落，不须东指鲁阳戈。"（《喜闻日本降》）八年流徙生涯，至此告一段落，在返回广州途中，冼氏闲适地吟道："扫尽烟氛天宇清，碧澜千里縠纹平。笑言喜共还乡伴，篷背招凉卧月明。"（《舟中即事》）于是安然返回她的琅玕馆。

广州解放后，冼氏先后任岭南大学文物馆馆长、广州市文管会委员。岭大并入中大后，任中大中文系教授、省政协委员、省文史研究馆副馆长等职，并且经常下乡到各地参观、访问和视察。由城市到农村，由学校到工厂，看到了城市新建设、新秩序以及农田水利和先进的机械设备，视野广阔了，祖国的大好前景展现在眼前。这个时期冼氏的诗，再不是"惊心时局百回肠，无限江山暝色苍"（《春暮感怀》），更不是"扶老携孩更裹餱，跄踉陌上似累囚"（《全校教职员避难黄坑》）的时代，而是对祖国新貌的歌颂。如："星岩砚渚古端州，信美江山把臂游。馆榭楼台新点缀，四围香稻润于油。"（《饮星湖桂花轩》）"排排新屋好村庄，鸡犬相闻稼穑忙。四野深宵同白昼，照明户户电灯光。"（《参观石井新村》）"堤围水闸齐修造，人力回天电动开。抽水机兼排灌站，一般洪旱不为灾。"（《参观石井水利》）1957年春节，冼氏高兴地吟唱："桃李红争放，琅玕碧换新。窗前生意足，宇内艳阳匀。童叟嬉花市，工农乐比邻。丰年知有象，歌唱太平春。"（《丁酉岁朝》）一个社会、一个时代各有语言天地。玉清教授这个时期的诗，由于沾上了新的时代气息，因此就增添了新的价值。玉清教授词不多作，经她自己选定的仅22阕，但每阕都是可以代表她的水平的优秀作品。为什么她不大填词呢？从她的《浣溪沙·题孙正刚岁寒词隐图》，我们就可解答这个问题了。词云："三十功名似锦时，等闲莫老鬓边丝，鄂王词意耐寻思。　文教起衰吾辈事，倚虹长啸蛰龙知。莫教拥鼻但填词。"冼氏毕生以作育人才为己任，日间在大学教书，晚上除了备课外，还要做文史校雠工夫，又何暇选调□字，分平仄，论起结呢？

冼玉清教授离开我们已经三十年了，我们今天重温她的诗词作品，不禁掀起一种茫然的感想：目前，商品经济的洪流，正在冲击着我国传统知识领域，人们在思想上也产生无所适从的心理变化。传统文化和商品经济社会新的审美观念，出现了差异。古典诗词刚从十年动乱后解放出来，正在萌芽茁壮的今天，又受到这样意外的影响，好像又回复到过去停滞不前的倾向。《冼玉清教授诗词集》出版在纪念她诞辰一百周年的时候，是有其重大的意义的。我们要学习冼玉清教授毕生献身教育事业的崇高品德和为我国传统朴学钻研不懈的精神，从而认识到今天加强精神文明建设的必要性，藉此争取精神文明在商品经济社会中能够得到平衡发展。

李文田与泰华楼

清代中叶以后，粤人应科举中，殿试擢一甲前列的，大不乏人。其中仕宦通显，桢干于朝，内蕴赡博，袠然重于学士大夫之间，退而造福桑梓，标望岭隅，为后学承流，渊源递衍者，便独推顺德探花李文田了。

李文田（1834—1895），字畬光，一字仲约，号若农，又号芍农，顺德人。清咸丰九年（1859）进士，会试拔一甲第三名探花及第，授职翰林院编修，出任江西考官。同治间，擢翰林院侍读学士。同治十三年以养母，乞归粤东，主讲越华书院。母殁后返京，擢礼部侍郎。光绪二十年（1894）出任顺天学政。生平曾多次充乡试考官及阅卷大臣，故光绪帝有"叠掌文衡，学问渊通"之谕。光绪二十一年（1895）卒，谥"文诚"。

文田通晓兵法、经史、天文、地理之学，对金元史实、西北水利之研究尤为突出。尝藏宋拓秦篆《泰山刻石》及宋拓《西岳华山庙碑》，均为世间仅见之物，视为至宝，故颜其所居探花第向东之书楼曰"泰华楼"。其楠木楼榜"泰华楼"三字是晚清吾粤学者陈澧所篆，后有铭云："东泰西华，秦篆汉隶。如此至宝，是为稀世。谁其得之？青莲学士。有大笔兮一枝，与双碑兮鼎峙。戊寅仲春，为仲约尊兄书榜，并系以铭。"距今111年，此榜尚保存完好。楼在广州西关多宝坊，原占地面积约3800平方米。是六便过大屋，正间为四柱大厅。现存多宝坊27号之泰华楼，是旧日探花第的西南角。旧探花第则由于年久失修，1989年动工修建前，有部分已倒塌不能使用，只保存了正厅、左右两偏间，门厅、外廊和书轩，面积仅约300平方米，不及原来的十分之一。

泰华楼所藏两碑帖为宋明拓本，是研究碑帖学的宝贵资料，它们也有一段沧桑史的：

《泰山刻石》是秦始皇巡狩时刻石于泰山顶上以歌颂秦之功德的，其石不知何时被毁。明末，断石出土，残存篆书29字，后来移置碧霞元君祠中。乾隆五年（1740），又毁于火。到嘉庆二十年（1815）在玉女池访得残石二块，止存10字，嵌置在山顶东岳庙。因此，文田所藏宋拓全文本，自为稀世之珍。

《西岳华山碑》是东汉延熹四年（161）郡守袁逢将古代所立碑文，用经传等按其原文新刻于石。该石刻于明嘉靖三十四年（1552）地震被毁后，世传宋拓仅见三本。一为王弘撰的"四明本"（又名"华阴本"），一为王文荪的"长垣本"，一为天一阁范钦的"关中本"（又名"鄞县本"）。清同治九年（1870）文田督学江西时，于南昌购得又一宋拓本。此本先后递藏于杭州金寿门（农）、扬州马氏玲珑山馆（曰琯、曰璐）、金陵伍诒堂（福）、阳城张古馀（敦仁）、子絜（荐棨）父子。当时名流如姚鼐、张敦仁、赵魏、陶然仁、汪喜孙、唐仲冕、车持谦、魏成宪、伊秉绶、吴修、胡嘉槐、严可均、孙星衍、顾广圻、蔡之定、汤贻汾、徐颋、颜培文、程式全、戴錞、秦嘉谟、张荐棨、龚自珍等均有题识，遂称为天下第四本（世称"顺德本"）。文田得此后，复乞题于王懿荣、赵之谦、宗源瀚、潘祖荫、完颜崇实、沈秉成、陈澧等七人，而文田自四题其后。同治十三年（1874）文田归粤，秋冬间，先后借得"长垣"等三本与"顺德本"相校，其校记云："同治十三年八月，文田告养归，将出都，始从崇尚书家借读"鄞县本"，略记其剥蚀之异同。十月望日到杭州，又从梁敬叔观察处得读"华阴本"，复记之。同月二十四，舟泊严州，晤宗湘文太守，太守招文田饮署楼中，更获观"长垣本"焉。天下三本于三阅月内见之，岂不异耶！文田记。"他的校记凡37条，以小楷分注于每叶之四旁，认为"顺德本"胜于"华阴""鄞县"二本，而略逊于"长垣本"。但亦有"顺德本"胜于"长垣本"者，如"长垣本"之"殖字有缺泐""报字纸破""礼字墨重""曲字不分明""在字末笔有损泐""五字被墨所掩甚重""四字墨渍甚重""惟字左半以下拆去一半"，此8字皆"长垣本"有所不及。"顺德本"归文田后，不知何时失去两叶。此两叶是："仲宗"下至

"礼从"一叶，凡48字；"还荒"下至"之势"一叶，凡48字。两叶缺失共96字。此失去两叶，已请赵之谦双钩摹补册中。光绪二十一年（1895），文田殁于京师，哲嗣渊硕年仅十五，携"顺德本"连同《泰山刻石》归粤，珍藏家中。渊硕，字孔曼，号圆虚道人，受业于壬辰探花陈伯陶之门，而伯陶则为文田掌教应元书院时之弟子。渊硕书法宗隋《苏孝慈墓志》，著有《古兵器图解》等十馀种，遗稿毁于"文革"中。当清末时，两江总督端方已收储"长垣"等三本，更欲兼吞"顺德本"于其箧中。遂浼伯陶以重价及高官为饵，谋于渊硕，卒为渊硕所拒。端方殁后，其所藏三本亦相继散去。闻"长垣本"已流入日本，"华阴本"早年由故宫博物院收回，而"鄞县本"民初时为潘复所得，今亦不知下落。民国二十三年（1934），文田长孙椷斋教授尝以"顺德本"托商务印书馆用旧罗文纸影印30部，越一年，又用旧夹贡纸影印50部，此两种版本今已难得。至1970年，香港中文大学文物馆始改用美国象牙纸精印100部，附有考证及与其他三本的异同表，最为精细，为研究汉碑人士必读之书。广州中山大学及暨南大学图书馆均有著录。抗日战争时，广州沦陷，泰华楼藏书除先已移置北平燕京大学及运港一部分外，已散失殆尽，泰华两碑拓本亦同时散失。1952年间，作者先兄于文德路坊间购得"顺德本"双钩全文，装订完整，古色古香，闻有印记系泰华楼故物，亦毁于十年动乱之劫。这不独是吾粤文献的一大损失，亦研究碑帖学者无可补偿之缺憾。

泰华楼原日藏书，除两碑帖外，书籍多为人间不经见之珍本，稍有宋元旧椠，而明代野史皆属钞本，多至100种以上，即名贤文集亦皆秘本，多藏家书目所未载。其中关于西北地理，考核特精，已刊者如《元秘史注》《和林金石录》《耶律氏双溪醉隐集笺》等。未刊者如《元史地名考》为最钜，惜已缺失不全。1940年香港广东文物展览会展出文田批校本如《蒙鞑备录》《黑鞑事略》《西游记》《西陲纪略》《西域水道记》《西域地理图记》《龙沙纪略》《辽左见闻录》《蒙古源流考》《至元译语》《华夷译语》等凡41种，皆批校于书眉或每行中，细密精详，多所辨正，足见文田治学之精审。文田并精目录学。官京师时，有《简明目录》一本，其简端即分录孙星衍廉石居所记、邵懿辰所标注、缪荃孙所校订诸语，颇为详备。又著有《四朝书刻纸版考》，于版本辨别最精，稿版存萍乡文素松氏。其著述闻已由其弟子龙凤镳、袁昶、江标、缪荃孙等刻入知服斋、渐西村舍、灵鹣阁等丛书及烟画东堂小品中，馀藏于家，终于难逃夷火。

文田生平于批校、著述以外，兼工书法，对碑帖源流有深入的考究，早年为了应考，专学欧阳询，旁及其它唐碑。光绪四年，隋碑《苏孝慈墓志》出土，遂力攻此碑，深得丰神结构。陈永正《岭南书法史》谓文田中岁以后，博采汉魏碑刻，以邓石如、赵之谦的笔法，融篆隶楷于一炉，笔力酣畅饱满，意态厚重雍容，卓然成一代大家。故陈氏又谓广东碑派自李文田出才正式形成，打破了阮元"北碑南帖"之说，而且发展到康有为更是抑帖扬碑，其流风所及，已不仅在中国近代书坛，而且还熏染到日本的书法界了。作者近从中山余鞠庵先生斋中，获观文田行书四屏，潇洒高迈，丰神独绝，当为文田中年之作，较以晚年所书，可以代表岭南书风从帖到碑的演变轨迹。

文田在朝之时，虽非高官，但遇有关国家安危、民生疾苦之事，较敢犯颜抗疏。如光绪二十年（1894）慈禧六十寿辰，群臣希旨有铺张盛典之议，而文田则以当时中日之战迫在眉睫，倭人行踪诡秘，乘机窃发，遂上《请停点景，但行朝贺》一折，中云："臣等备员差使，纵有意外，不足可惜，而变生肘腋，恐非六班及周庐值宿诸大臣一时所能猝办……安危所系，实在呼吸之间。"折上，卒寝铺张之议。

文田虽久官在外，还是桑梓情深，遇乡间急难，必尽力维持。如光绪三年（1877）北江水涨，清远石角围堤决，文田募捐督修，不遗余力。又三水莘田围之修建，尤为群众口碑称誉。至今"探花围"之事迹，民间犹乐道不已。

文田为吾粤一代著名学者，其文孙棪斋、曲斋两先生均能世其家学，声闻称誉于时。棪斋先生为文田长孙，生于光绪三十三年（1907），早年在香港大学毕业，至北京入辅仁大学及北京大学，获硕士学位。中年，在英国伦敦大学、剑桥大学及伯明翰大学讲授《中国考古学》及甲骨文字，历时15年，有著作数十种，以古文字学研究为多。其后则以新法研究易数，为近代名播中西的学者。其各类论文，均经由香港中文大学及香港大学出版部印行，中国各地有名大学图书馆均有收存以供学者的研究和参考。棪斋教授现年90岁，矍铄清健，犹能继承乃祖治学精神，孜孜不倦地进行创作，是值得我们学习的。文田次孙曲斋先生，是吾粤当代著名辞章、书法家，誉满艺坛。书宗文衡山，参以《书谱》。性高简俊爽，然视世之以稊为兰、曲笔取媚者，辄面非之。盖其才博，故其言放，大有乃祖謇谔之风。晚年任广州市文史研究馆副馆长，广东省书法家协会顾问，广州市书法家协会主席、名誉主席，广州市书法研究院副院长。不幸于今春病逝，终年八十。吾粤书坛骤失巨匠，咸为哀悼不已。书法家、中山大学教授陈永正有挽诗云："竟令斯人逝，苍茫问九渊。翔鸾留片羽，注海恸长川。一艺自不朽，多才谁与传。峨峨瞻泰华，终古柱南天。"沉痛真挚，不失为曲斋先生知己。

漫谈朱庸斋的山水画

广东省文史研究馆已故馆员朱庸斋先生，以诗、词、书法驰誉岭南，桃李满门，为国家造就了不少人才。他的诗，以后山、宛陵为近；词则毕生致力于梦窗，兼祧清真、稼轩。年少便以词名，为陈述叔、叶遐庵两前辈所推重；其书整洁遒丽，取法钟元常，为世所称。此外馀暇写些山水、竹、兰小品，偶一涉笔，每奇趣横生。由于他不是专业画家，所存世作品甚少，知名度也不大。他在1983年病逝，享年仅六十二，是吾粤文艺界一大损失。1994年，友人自香江来，出庸斋《爱莲阁图》斗方，装成手卷，余为题《双头莲》："香远清波，伤帐底钗分，酒边人去。飞花过处。叹别浦风细，留春难住。纵借粉蕊丹青，问田田何许。空对语。旧约谁寒，堪嗟老来张绪。 漫道一舸重来，奈珠倾露盖，红衣心苦。蛮笺叠谱。便一醉、休更清游重觑。况又梦到琼楼，教周郎憔悴。添柳絮。恨压柔条，相思寸缕。"复系以跋云："庸斋不以画名，然笔下有云林落落萧疏之致。所为词则沉博绝丽，继海绡翁后为世所重，固异于世之苟然以为名者。其集中《台城路》一阕，温麈悱恻，俨然玉溪之《锦瑟》也。殆其文酒追欢于少日，即事兴怀，抑缱绻当日衾边馀情，不得自已，而抒发其郁结之思耶？此庸斋词事，曩昔侪辈当复有知者。今庸斋墓木已拱，言笑永绝，可胜怆然！"1995年，邓禹先生自濠镜携来庸斋山水小轴，书张炎词补白，后跋云："余生平未学画，偶尔弄笔，百无一是，聊写胸次而已。甲寅大寒，夜过泰华楼，清谈引兴，爰写张玉田词意，以博定邦兄一笑。"画写溪桥断浦，柳岸扁舟，逸笔草草，墨趣笔情，跃然纸上。余信笔题一绝云："词人心力消磨尽，又对云山几席看。汲汲劳生谁不朽，梦中芳草想高寒。"顷庸斋弟子梁伟智以所藏斗方五帧，嘱为文表之。伟智侍庸斋久，其所藏多为庸斋惬意之作。五帧之中，山水画水墨设色各两帧，墨兰一帧。绘画本非庸斋所长，但有一点值得注意的就是他每写一画，必有题诗、题词或录前人诗词补白，或写古人词意，后必附跋语，清才隽永，一望而知是才人之笔。庸斋画学倪云林之简逸清远。由于他既富诗文词修养，对艺术又下过苦功，偶然游情翰墨，约略点染，写出胸中丘壑，世所谓文人画，古人谓之"戾家"者，全法气韵生动，不求物趣，以得天趣为高。云林树石仿法关仝，全用正锋，而云林用侧锋取势，庸斋用侧锋外兼用正锋；云林画多水墨，而庸斋间或傅色清淡，或以浅绛出之，于高远处更觉妩媚。惜庸斋早逝，不然，其成就定不止此。

徐信符先生《古籍校读法》述略

番禺徐信符先生以一介寒儒而藏书最盛时期达600万馀册（疑为60万卷）筑南州书楼而藏之，真是匪夷所思。当时海内藏书家皆醉心于宋元版本的搜罗。大抵宋椠可贵之处是精于校雠。由于宋初镂板，统由国子监所掌握，每刻一书，必列详勘官衔名于后，以示专责；又选善书者书板，将缮者、刻者姓名列于版心；对印刷用纸、装帧方面都刻意讲究，其精美处，有很高的欣赏价值，成为后世雕板、印刷的楷模。其次是有相当高的经济价值。因为到了明代后期，宋元版本渐少，物以稀为贵，于是人们视宋元版本为骨董、古玩，其市价便与日俱增，因此藏书家趋之若鹜。而信符先生认为宋版固有其可贵之处，但到了南宋以后，所刻书籍便良莠不齐，官本擅镂之禁已弛而不行，建阳各坊刻书最多，每刻多任意增删换易，标立新奇，于是所刻古籍每失其真，况且那时北宋版本已凤毛麟角，所谓宋版，实在以南宋所刻为多。信符先生是以儒者读书而藏书，也是为了藏书而读书，对宋版不甚珍惜。笔者曩年到香港与汪孝博先生谈起南州书楼，汪先生谓信符先生对他说过："书囊无底，一介寒士，不敢佞宋秘元。"所以南州书楼所藏宋元旧椠不多。

信符先生鉴于古籍以时代不同，文字之讹误迭见，加以宋后坊刻错舛日甚，欲疏通证明，非加以校订不可。盖书不校则不能读，不能读则不能解。如"三豕渡河"不加校订，则不能辨为"己亥"；子思论《诗》"于穆不已"，因师资不同，便生乖异，有作"于穆不似"者，有作"于穆不祀"者，由于校勘不精，读音不同，异文遂起。明代以后，浅学之士，不知校订，随意删裁改窜，一代之中，校雠专家，寥寥无几。到了清代，名家蔚起，如顾亭林、惠栋、戴东原、纪晓岚、王伯申、钱竹汀、王西庄、卢弨弓、孙渊如、段懋堂、桂未谷、阮芸台辈后先辉映，各有专长，以渊深之学，从事铅椠。此外如何义门、鲍以文、黄荛圃、张敦仁、顾千里、秦敦夫、吴兔床、陈仲通等，于所校刊，皆能正文字，订讹谬，不愧为校勘大家。咸同而后，四方多难，然抱残守缺，娴目录、精校订者，如潘滂喜、莫友芝、俞荫甫、缪艺风、孙诒让、王益吾等，其所校刊，皆负盛名。是以有清一代，校雠之学，对后来学者起到推动作用。

信符先生在清代名儒影响之下，致力校雠之学。他主张以"多闻阙疑"四字作为校雠原则。因为多闻，然后能知得失之所以然；阙疑，然后不轻易改动古籍。凡考证必当有所依据，第一要视所引书与本书有无可以借镜之处。第二要注意所引书的真伪和有无经过改窜。第三，凡古籍文字多有通假，宜采陆氏《经典释文例》分别异同。第四，校勘要选择善本。第五，古书流传久远，往往简策散乱，有从他简混入者，有蜕简者，钞本讹脱更甚，要审慎考订删补。第六，凡两三书记载异同，要详细校勘，除重去复。第七，校勘后宜将结果附记书内，视字数多少，采用夹注或附注。第八，两书校勘，应以后者从前，如《国语》之于《左传》，《国策》之于《史记》，择善而从。此八点为校书必须遵守者。

信符先生综合前人校书名目，分述如下：校注者，是因前人所注未当而校正之，如吴师道《战国策校注》是也。校释者，是原书尚有疑义，校而诠释之，如朱右曾《周书集训校释》是也。增其所缺谓之补，纠其所失谓之正，如周寿昌《汉书注校补》、钱坫《汉书地理志校正》等是也。考异者，是参考多本，互相考核，如毕沅《道德经考异》是也。释误者，考其错误，特为摘出，与刊误同，如张淳《礼记识误》、朱熹《孝经刊误》等是也。纠谬者，是考其错而纠正之，如吴缜《新唐书纠谬》是也。释文者，则沿陆德明《经典释文》例校释经文，如张敦仁《抚州公使库礼记释文》、胡三省《资治通鉴释文辨误》等是也。正字者，是校正古籍字体，如顾炎武《九经误字》、沈廷芳《十三经注疏正字》等是也。校勘记则集中善本互相勘验，如阮元《十三经校勘记》、周家禄等《晋书校勘记》、罗士琳等《旧唐书校勘记》等是也。此外有称校补、详校、某某校等，既标出校字，则循名责实，总不外订讹补正以求其是而已。

信符先生谓校书之难，莫难于读，盖读由音而来，故音读是研读古籍的必经阶段。由于古人一音之字，往往互相通用。制字时每字原有本义，但人们生活日渐复杂，事物日渐繁琐，制字不足应用，不得不依声托字，故通假遂多，辨别遂难。古人谓六书中惟假借难明，若假借明则六书明，六书明则经典明、古籍明。是以不明通假，便不足以读古书，也不足以校古书。古书有古本今本之分，而古本多与今本异文，或据异读，或援古文，或用借字，如"戋方"之作"識方"，"周币"之作"舟币"，"黎老"之作"犁老"，"眉寿"之作"麋寿"，"行李"之作"行理"等，是字的通假。但通假有存义可寻的，又有无义可寻的；有声近而借的，又有义近而借的，总不外从读音而来。此外有借声不借义的，如"毚、劖""啻、翅"是也；又有借义不借声的，如"庄、严""通、彻""常、恒"等因避讳而借用别字的。所以从事校雠必须懂得假借。

我国幅员广阔，南北殊俗，言语不统一。信符先生认为校读不离声音文字，方言不统一，则不能通文义。如《公羊传》多齐语，《淮南子》多楚语，吴人谓"缓"为"善"、谓"伊"为"稻"，楚谓"乳"为"谷"、谓"虎"为"於菟"。域外文既不同，方言自别："万俟"读曰"墨祁"，"龟兹"读曰"丘慈"，"阏氏"读曰"燕支"，"令支"读曰"零岐"。虽方言俗语，都是学问，亦为校读者不能忽略的。此外，校读时对《石经》、汉碑也要参考。因为历来考订，多据《石经》以决群疑，但《石经》流传至今，惟唐时所修汉魏《石经》，亦仅存残字而已，其流行至今不变者，惟汉碑为最古。因为秦焚简册，古籍几亡，汉兴后昌明经学，经师相承转写，伪谬不无差异，故汉碑引经，多以今本异文。加以隶无定法，人自为师，沿讹袭谬，由此而生，所以不考汉碑，校雠也不全面。刘师培尝谓："倘能于汉碑所引经文，分为二派，各为疏证，或亦考证者之一助。"

信符先生又说："校读之事，当据古本以参众说。"因为书籍的刊刻，随时代日增，亦随时代日亡。各"艺文志"所列书目，传之于后者，十不存一，能补此缺憾者，惟有依靠类书。类书之辑，始于唐而盛于宋。唐代有《群书治要》《北堂书钞》《艺文类聚》《初学记》《白孔六帖》等。宋代有《太平御览》《册府元龟》《山堂考索》《玉海》等。近代学者搜辑遗佚，莫不以此为依据，其中《群书治要》《北堂书钞》《太平御览》尤为可贵，读书者无不以此为校勘之资。

凡校读一书，牵引众书，纷纭交错，而且正伪杂陈，无所适从。前人谓经不易伪，史不可伪，集不必伪，所伪者多为子书。信符先生谓此说亦不尽然，梅颐《古文尚书经》、阎潜丘《古文尚书疏证》出，则伪书尽发。《诗》《礼》二经，武进臧琳谓以王肃私窜为多。史则《竹书纪年》《汲冢周书》为著。惟子则踳驳繁复、附赘假托，尤难殚纪。故宋景濂有《诸子辨》，胡应麟《笔丛》有《四部正伪》三卷，姚际恒有《古今伪书考》等，对伪书辨别最精。古往今来，伪书充斥：有伪于前代人皆知之者，有伪于近代人不尽知者，有摭拾古人之事而伪者，有取古人之文而伪者，有附会古人之名而伪者，有蹈袭古人之名而伪者，有不敢暴露自名而伪者，有假他人之名而伪者，有嫁祸于人而伪者，有诬捏他人而伪者，有书本非伪而人托之而伪者，有书本伪而又增之而益伪者，有伪而非伪者，有非伪而曰伪者，有非伪而实伪者，有当时知其伪而后世不传者，有当时纪其伪而后世不悟者，有本无撰人后人因近似而伪托者，有本有撰人后世伪题者。古今伪书之多若此，凡校书者不可不知辨别。

信符先生是陈兰甫先生再传弟子，学问渊博，毕生从事教育事业和致力于版本、校雠、目录之学，总结出校读古籍之法为后学津梁，先生淡薄名利和治学精神为士林所共仰。祝秀侠先生在其《粤海旧闻录》中说："（先生）与朱执信为莩葭亲；其堂兄绍桢曾任第一任江苏都督、广东省长，而信符先生赋性恬淡，无意干禄，终其身教育英才，历任广雅、广府中学文史教席，中山大学、岭南大学教授。……汪伪政权成立，粤省建立广东大学，省方派人罗聘在港名流宿学回穗任教，即陈某某亦以生活困难返粤任教，先生为该校屡邀聘而坚决拒绝，宁穷愁居港，坐拥书城度日，其高风亮节，诚为足多者。……其南州书楼藏书，最盛时期达600馀万册，视东莞莫氏五十万卷楼且倍蓰之，而保存乡邦文献、弘扬文化，亦可谓难能可贵者矣。"汪孝博先生在《艺林丛录·记徐信符先生》文中又说："（先生）一生皆致力文教事业，辛亥革命后，一时旧游皆贵盛，有邀以事者，弗顾，盖其淡于荣利，素性然也。"

信符先生以恬淡自甘，治学、教学终其身，生前以读书而藏书，又为藏书而读书，而教书，是学者又是藏书家，桃李满门，至今广东学人，犹追怀教泽不置。

黄文宽的篆刻艺术

篆刻是我国优秀的艺术遗产之一。自元末王元章以天台宝华山花乳石刻为私印以后，一时研朱弄石，代替了范金刌玉，给后来文人雅士开拓了一块新的园地。自文三桥、何雪渔辈以"一剑抉云开，万弩压潮落"之势，首创苍劲奇逸之徽派，开篆刻流派之先河。其后浙、皖、赵、吴与及黟山诸派先后迭兴，篆刻艺术遂在国内艺坛占上一个重要的位置。

广东虽然僻处南服，但篆刻之风，也不后人。有明一代，名家辈出，如朱光祖的浑穆清丽，袁登道的气度雍容，张铁桥的厚朴典雅，为一时所重。清季黎二樵、陈兰甫、谢里甫、吴荷屋、李药农等，在致力于经史、文学、书画金石、考据之馀，偶尔奏刀，均能神与古会，绰约多姿。他如《紫石山房印蜕》《乐石斋印谱》《梅雪轩谱》《里木山房印存》《梁星堂印存》等都是当时名家之作。要皆以汉为经，益以己意，或取浙派之长，各立门户。到了晚清，黟县黄士陵牧甫随吴大澂入粤以后，广东篆刻风貌为之一变。牧甫之学，早岁私淑完白山人，晚年专攻汉印、秦玺，旁及六朝造像、权、量、诏板、泉币文字，号黟山派。一矫锯牙燕尾之习，开岭南篆刻独特的风格。他的弟子李尹桑茗柯，也能善守师法，为粤中名手。近代鹤山易大厂，师承赵悲庵而以砖甓瓦削文字入印，蜚声海上，可惜久客沪滨，粤人鲜有知者。当时广东印坛名宿有邓尔雅和冯康侯两氏，一时瑜亮，各具所长。邓氏初宗元白山人，其后皈依黟山；冯氏私淑牧甫，兼攻完白、执叔，长于玺印，尤以元朱文见重于时。

解放后，在党的"百花齐放"的方针指引下，广东印坛更形活跃，不断涌现出新的篆刻家。广东省文史研究馆副馆长台山黄文宽老先生就是这个时期的优秀篆刻家之一。他的艺术造诣，还起到承先启后的作用。黄老的作品，以汉印的传统形式为基础，而不墨守成规；吸取各个流派的特长，自辟蹊径，而不为藩篱所囿。他的元朱文印，一反牧甫的法度、构图和线条，远溯完白、悲庵而加以刚健；所为白文印，既有汉玺的古朴典雅，又有黟山的挺拔遒劲；尤以单刀白文铁线篆流丽静穆最为突出。总的来说，黄老的篆刻艺术，不但能表现其个人的独特风格，而且为岭南印风树立新的典范。

黄老的篆刻艺术之所以有今天的卓越成就，不是一蹴而就的，而是经过漫长岁月，从不断艰苦探索中得来的。早在1928年，黄老就读广州法政专门学校以后，课馀之暇，首先学习书法，取径于李北海、黄道周，继而学习篆刻。由于没有师承，只得自己去闯。经过无数次的失败，终于大量搜罗各家碑帖和印谱，还补充一些字书，旦夕孜孜不倦地与笔、墨、石为伍，摸索了一个时期，他才找到了自学篆刻的门径。经数十年的积累，印谱的收藏颇丰，其中《丁丑劫馀印存》《千玺斋印谱》和《十钟山房印举》均为原钤珍本。由于有了丰富的名印谱，自然对他的篆刻艺术起到了重大的启发作用。

他最初从汉印学起，跟着学吴昌硕、吴让之、邓石如、赵㧑叔等名家。学习的方法分两个步骤。第一是"摹印"。先用薄纸把印谱字体勾勒出来入石，照着刻去，刻至形神毕肖，才转入第二步"仿印"。仿印之法，是选用名印字体，略加损益来配合所欲刻的印文。例如想刻"名隔天和"四字，就选吴昌硕的"石潜大利"印文来损益变化。当然，所需要的印文，不可能仅从一方名印便能全部找到，还得要从同一作者、同一字体、同一刀法的印中慢慢去找。在这段艰辛的自学过程中，对于印文构图上的分朱布白、俯仰揖让等进一步的艺术修养，却得到意外的启发。

1930年的春天，黄老的第一方印刻成功了，他满怀信心地沿着自己摸索出来的道路继续迈进。不过，这个时期的作品，还停留在摹仿阶段，到了1933年至1934年间，黄老与谢英伯、陈大年、莫铁等组织"天南金石社"以后，对篆刻、金石文字才作进一步广泛深入研究。陈、谢两氏是著名书画、金石收藏家，在互相切磋砥砺之下，黄老的篆刻艺术，才从依人门户逐渐进入独树一帜的阶段。

至于刀法的探索，黄老更下过一番苦功。他认为前人论刀法，有所谓正入、单入、双入、切刀、复刀、反刀、飞刀、挫刀、轻刀、伏刀、覆刀、舞刀、涩刀、留刀、补刀、冲刀、平刀等不下十七八种，率皆支离破碎，不切实际，学者心中了了，刀下茫然，无所适从。如何攻破这一关呢？黄老想出一个前所未有的向名家作品实物中去"探索切法轨迹"的方法，结果成功了，这对他在艺术上的成就有极大的帮助。当时广州骨董商店林立，他不惜重资向坊间搜罗了不少明清各大名家的作品，如文三桥、何雪渔、丁钝丁、邓完白、吴让之、奚铁生、赵次闲、黄小松、赵㧑叔等，兼收并蓄，特别是黄牧甫的作品，收藏最多。他先把这些印章的印泥旧渍去尽之后，逐步去观察前人用刀的方法；又用刻刀探试每个笔画和转弯抹角的用刀痕迹，久而久之，便总结出各个流派所常用的不同刀法，结合他从摹印和仿印上所得的成果，通过其个人的精细观察，终于铺平了他在刀法艺术上前进的道路。

黄老的边款，和他的峭拔庄丽的书法是分不开的。通常他用浙派的单入切刀法，字之波磔灿然，但遇到字数较多时，偶然也用牧甫的冲刀法，法虽不同，其效果则一。

1962年以后，黄老从事篆刻的时间较多，涉猎流派更广，胸襟更阔，由秦、汉、皖、浙、黟山直至近人，出入百家，艺术境界更向前推进了一步。1980年日本友人来华庆祝"广州—福冈友好城市"一周年纪念时，对黄老的篆刻作品备极赞扬，并把他的近作带回日本展览及收入纪念册中，对中日文化交流起到一定作用。

黄老在篆刻艺术上的成就，除了表现在技巧方面以外，在理论方面，更有独到而精辟的见解。首先，他否定了"学篆刻必先要完全学通了文字学"这个旧框框，为后一代打开了篆刻艺术的閟宫。他认为"单体为文，合体为字"，《说文》部首是单体的文（只有极少数是合体），而部首以外的小篆乃是部首合体的字（也有极少数例外），如果能够先把四五百个《说文》部首读通，对于小篆入印方面，便事半功倍了。其次，篆刻一般以篆书为主，由于文字在人类日常生活中不断在发展和变革，楷书（真书）中不少字在篆书中所无的，或《说文》脱漏而别见于金文、石刻的，那又怎么办呢？前人泥于不敢"自我作古"，大有"刘郎不敢题糕字"之概。黄老则认为，如果是姓名印，则"姓名表德，义不通假"，为了实用，可把楷书的偏旁篆书化而拼配成字；如果是闲印（如斋馆印、收藏鉴赏印、吉语印、成语印、诗句印等）便用古字或用通假之字，两者都没有时，则用拼凑法。有人说，简化字体入印，艺术性不高，其原因是简化字体的造型缺乏篆书的图案装饰美，笔法、章法较难于安排；而且以简化字体入印，实践少，心得不多，篆刻工作者对此大都"望而却步"。黄老则认为古文中本来早就存在着当时的简化字，所以简化字完全可以入印，只要把字体按照《说文》部首的原则篆书化了便成篆体。这种大胆创新的思想和精神，是值得钦佩的。

字体的组合方面，黄老主张坚守许慎《说文解字》自序中所提出的"必遵修旧文而不穿凿"的原则，要求在一方印上所用的字体必须统一。换句话说，就是必须要用同一种文字、同一种字体，不能大篆、小篆、缪篆混杂使用，也不容许古今字体并用。

　　篆刻是一种综合性艺术，是书法和雕刻艺术的结合，所以黄老认为凡书法上的一切理论和方法，完全可以应用到印稿上来。赵㧑叔说："古印有笔兼有墨，今人但有刀与石。"黄老从明清名家的作品中详细观察，看到印文确还保存原来的书法笔意；用墨的干、湿、浓、淡在印文上也能表现出来，但要在运刀时有纯熟的技巧，而这种技巧，必须通过苦练才可以达到。他还认为刀法运用纯熟可以保存原来的书法笔意，而笔则不能充分表现刀法所能取得的效果，这就是篆刻之所以能够成为一门独立艺术的原因。

　　前面说过，黄老鉴于前人论刀法名目繁杂、支离破碎，自创新法去探索古代名家的切法轨迹，那么，黄老通常所用刀法有哪几种呢？笔者曾请教过他，根据他数十年操刀经验，总结出来，不外正刀与侧刀、浅冲与深冲、大切与小切六种刀法而已。如能就这六种刀法勤练熟练，神而明之，自然心手相应，运用自如。以前各个流派的作家，都有他们擅长的刀法，如歙派多用涩刀，浙派多用切刀、碎刀，吴派多用钝刀，黟山派多用冲刀等，而黄老由于不专一派，故亦不守一法。至于刀具的利、钝、厚、薄方面，黄老主张取决于印材。由于石质有精、粗、软、硬之分，如昌化质软，青田质硬，寿山有硬有软等。石质软者，刀过粉出，刻刀宜厚钝不宜廉利；石质脆硬者，刀过开片，刻刀宜廉利不宜厚钝。所以黄老刻单刀白文印，则选石质坚硬的青田石，以廉利正刀慢冲，就是这个道理。

　　下面介绍黄老的8方印选（编者按，原有附图，从略），虽然为数不多，却可以看出他的艺术风格的多式多样。"年年芳意新"和"天之所以与我者夫岂偶然哉"两印，前者是仿邓完白的风格，后者挹赵悲庵之长，再入己意，均为黄老较有代表性的作品。"台山黄氏瓦存室鉴藏金石图书"一印，是仿浙派之作，直接继承丁龙泓、黄小松的风骨，改变他们的切刀法而以冲刀出之，于流利中隐见峭拔。黄老虽以朱文见长，但白文印中，以其渊思朗抱，涉笔命刀，不规规于一格，又仿古玺、仿汉玺、仿汉官印、仿《天发神谶》、仿完白、让之、牧甫诸家，加以变化，别具机杼。如"文宽长寿""以卜馀年见泰平"两印，就是继承牧甫浅冲之法，通过化裁，将横画粗细相间，避免板滞。仿完白山人的如"溯流风而独写"一印，用冲刀兼切，师邓而不为邓拘。"动心忍性"一印，深得汉印之神韵。"动、忍、性三字，近边笔画稍细，"心"

字参以缪篆书意，顿使整个印面活跃起来。仿汉官印的如"台山黄文宽之章"一印，以汉铜印为基础，去其波磔凿蚀痕迹，表现出原来恬静质朴之致。"台"字的篆法，是从铜印"昌"字化裁而来，使印文获得了统一。

总的说来，黄老的治印艺术，由于是从自学得来的经验中，总结出前无古人的法则。因此，这些法则是最现实而又最细致的，特别是把这些法则用于培养下一代，避免"心中了了，刀下茫茫"之苦，收到事半功倍之效。

1988年，岭南篆刻学会成立，黄老任第一届会长，岭南治印之风，骎骎大盛。1989年，黄老为了总结毕生经验传给后人而着手编撰《篆刻学》的时候，不幸逝世，享年71岁。这无可补偿的损失，使人们感到无限惋惜和哀伤。

黄老旧体诗功力湛深，尤工七律，颇受晚唐玉溪，明末云华阁、大樗堂的影响，其诗多哀丽峭劲，惜诗名为篆刻所掩。此外，黄老还长于史学，《澳门史钩沉》就是他晚年所著。数十年来，他桃李满门，如蔡国颂、卢炜圻、黄大同、古树安等就是他诗学和篆刻学的入室弟子。他们将在黄老的艺术基础上更加发扬光大，于岭南艺坛中放出光彩。

章草和今草

章草和今草，是汉字中的书法之一。什么是书法呢？在谈这个问题之前，首先要弄清楚"书法"和"写字"的涵义。

好多人认为书法就是写字，其实，书法和写字是两个不同涵义的概念。写字的目的在于清晰而规范地把文字这一表达语言的符号，正确地写出来，只起到传达思想的工具作用，文字本身的美感和情绪不是目的。一首优美的诗篇，字体不一定写得怎么美，只要把字写得规范、整洁，使别人看了一目了然，也就达到目的了。而作为艺术形式之一的书法，则与一般应用工具文字不同。因为书法的目的，在于依附文字的躯壳，将点、线组织起来，利用线条的轻重、曲直、方圆、疏密等变化，创造出美的境界。一幅成功的书法作品，令人赏心悦目、心旷神怡，从中获得美的享受。

现在，我想谈谈书法中的草书。大家都知道，汉字从古到今，大体上有甲骨文、金文、籀书、小篆、隶书、章草、楷书、行书、草书等几种不同的书体。这些书体，都是逐渐跟不同时代演变而成的。章草和今草虽然都是草书，但由于产生的时代不同，两者在形式和结构上自然有所区别。

什么是章草？章草是如何产生的呢？据东汉蔡邕说："昔秦之时，诸侯争长，羽檄相传，望烽走驿，以篆隶难，不能救急，遂作赴急之书，今之草书也。"说明了草书产生的原因。这种初期草书的结体究竟如何？我们可从西汉墓出土的早年简牍书（竹木简）寻到迹象。大抵是草率的隶书，今天称之为"草隶"（有人称为"汉简"）。这是从隶书过渡到章草时，可以说是"未成熟的章草"（实在是隶书简化之后的草写）。由于草隶的时期很短暂，而且西汉的竹木简到近代才大量出土，人们还未及正式综合研究，统一其结体法则，所以未能作为一种成熟的独立书体来看待。（章草则经过两汉长时间综合整理才有了规范化后结体。）

为什么叫"章草"呢？南北朝刘宋时王愔在《文字志》中说："汉元帝时，史游（黄门令）作《急就章》，解散隶体粗书之，汉俗简惰，渐以行之。"因此，有人说章草是史游所作。其实，一种书体的形成，是由无数人经过长时期各以己意简化以后，逐渐统一起来，而不是一朝一夕，更不是由一个人创造出来的。《急就篇》是汉代的识字课本，而史游的《急就章》，实际上是史游用当时统一了的规范化的草书体来写《急就篇》而已。后人便以这种书体名为"章草"。以后历代传摹，都以这种书体作为章草的典范。

到了吴、晋时代，著名的章草作家有皇象、钟繇、卫夫人、王羲之、索靖等，一直流传到现代，代有名家。

章草最早的碑帖流传至现代的有：张芝的《八月九日帖》、皇象的《急就章》、索靖的《月仪帖》《出师颂》（有人说是隋朝人所书），以及元代的赵孟頫的《急就章》《千字文》和明代宋克的《急就章》《书谱》。这些都是目前较常见的章草字帖。

章草特点是"字字有区别，字字不牵连，定体有别，省变有源，草体而楷写"。最突出的是还保留隶书的波磔。每字的笔画虽然偶有牵连，但不像今草的任意使转，特别是字与字之间绝不牵连，字的大小基本一致，波磔在笔画中起着节奏作用，与隶书血缘关系有着显著的体现。

卫恒在《四体书势》一文中有这么几句话："汉兴而有草书（章草）。……弘农张伯英者，因而转精其巧，凡家之衣帛，必先书而后练之。临池学书，池水尽墨，下笔必为楷则（楷模法则），常曰："匆匆不暇草书。"

可见章草虽然是简化了的书体，但在"草体而楷写"的原则下，仍然是慢写不苟，比作楷书还慢。所以汉章帝时，"诏使草书上事"（因此，有人认为章草之名由此而来）。

章草到了东汉末年，草圣张芝（伯英，敦煌酒泉人。今属甘肃人）创作出省去章草的波磔，笔画连贯（一字中笔画连贯，字与字间笔画有时也连贯），体势纵逸（放纵飘逸），大都一笔写成（有时成行一笔而就，所谓"一笔书"）的另一种草书字体，这种字体又受楷书结构所影响，名之曰"今草"。今草再纵横放纵，一气呵成，名之曰"狂草"，实在是今草的再草写。

今草以楷书为基础，以章草的结体为手段，加以变化，张怀瓘所谓"拔茅连茹，上下牵连"。章草则字字区别，不作牵连。所以学草书者，必须弄清章草与今草结体的异同，同时草书的一点一画，一转一折，都有固定法则，不能增减变易。因为草书是从隶书或楷书省变至无可再省变的情况下形成的，如稍为增减变易，则变成另一个字了。例如草书的"夢"字，如把中间一画减去，则成为草书的"简"字；又如草书的"市"字，如在旁边加多一点，便成为草书的"於"字了。又如草书"牛"字，如变其转折，便成为草书的"幸"字了。这些例子太多，不能尽举。这是草书结体应注意的一个方面。

其次，今草的偏旁，大致与章草相同，章草的偏旁是从隶书省变而来的。但也有正变之分，如"偃""徐"之"亻""彳"，有时可变作"丶"，"何""仗""後""得"是也。又如隶书"言"旁作"丷"。更有通假之别，如"言"（丷）旁借作"彳""亻"（如上例），又借作"氵"。"攵"旁借作"欠"，"又"旁借作"殳"。借草头"艹"作"竹"。偏旁中还有共通之形，如"尸""厂"皆作"乛"，"阝""阜"皆作"阝"，"辶""廴"皆作"乚"。学草书主要先要弄偏旁，再行分析变化轨迹，否则只依草帖临摹，容易走样不成字。下面举几个例子来说明一下。

改移笔画法。如"擧"字，省上部为"乙"，省"八"为'八'，移于二横一竖下。

笔画相藉法。如"名"字，省口作"ㄨ"，"夕"内点笔微长与下笔相连，成为草书之"名"。

存上下略中法。如"尊"字，存上"ㄨ"下"勹"，略中"酉"（无上一画）。

使转形同加点法。如"等"作"寸"上加点，避与"寸"混。"民"右上角加点，避与"氏"混。"土"作"圡"避与"士"混。"専"右上角加点，避与"専"混。"竟"右侧加点，避与"充"混。此法最常见，误省一点便成别字。

省笔易位法。"憂"篆书从页从心从夂，隶作"憂"，草书将上半与下半相合成"夏"，再移心于最下作"一"。

省变之法尚多，不多举例。总之学草必须认识演变源流，若只临碑帖，追求形似，必致错误百出之弊。

不论写字也好，书法也好，其书体优劣还是其次，主要在于不要出错，有一点一笔之错，便会成为另一个字，或不成字。结体不错之后才追求结体美恶、优劣。

黄安仁书画集序

一幅画的生命，是在于神韵和气骨，而不全在形似。汉代刘安尝谓："画西施之面，美而不可说；规孟贲之目，大而不可畏：君形者亡焉。"就是说，形的生命不在于形，而在形上的神韵气骨。这不是强调神韵、气骨就否定了形的客观内容，而是客观内容要渗透神韵、气骨，才能增强画作的感染力。

我每读黄安仁先生的作品时，总感到生辣而幽雅。它有新的题材，直逼古风，客观内容与气骨融合一体。不论山水、人物、花鸟、静物，都涵孕着强烈的生命力量。这无疑是安仁先生刻苦向艺术追求的收获。更令人佩服的是，他选择对了这条以传统为基础，结合西方技法，加上走出画室向大自然取材，丰富了创作主题，形成个人独特的时代风格的道路。从他的无数作品中选印了250多幅，以成此巨册，便充分说明了这一点。

安仁先生为了向大自然取材，以七十高龄，走遍了大江南北，东至鸭绿江边，西至云贵山峒，和北美、南洋各地，还深入国内少数民族地区体验生活。足迹所及，进行大量写生和速写，积累素材。他辛勤不懈，孜孜不倦地为艺术付出全部精力和汗水，全都表现在集里每一幅画面。

题画诗跋及书法，与画面是相辅相成的。试观元明以来名画家作品，可以印证。所以近人评"元四大家"之一的吴仲圭画里的书法和题咏时，有"足以睥睨黄子久与王叔明，而同倪云林相颉颃"之语。但世人对题画工夫每多忽略，而安仁先生独致力于此。他认为唯有如此，才能使作品完美无缺，从而达到高度的艺术境界。试举其题《尼加拉瀑布》云："天公移海入云寰，失手加东峡谷间。千百怒龙呼啸下，奔雷泻雪万重澜。"又尝读其《朝雾浴星湖》跋云："清晨登玉屏峰，瞭望朝雾缭绕，绿水悠悠，群峰耸立，有如碧玉之簪。岚翠四合，景色清幽，揽胜归来，忆写其意。"其诗思之奇趣，跋语之隽永，如读一则晚明小品，与画面之醋畅幽邃，有机地联系一致，达到丰富多彩，可谓摩空独运，旁无赘词。且书法遒丽，深得文衡山笔意，而气韵似尤过之。从集选诸书法作品中，可知他对书艺之分行布白、揖让提按，与画作同一机杼，合绘画并轨而驰。

安仁先生自小养成刻苦、谦谨，对人忠诚坦率，对事虚心勤奋而有深厚的责任感。表现在绘事上，严肃认真，一丝不苟，虽偶然即席酬应之作，亦矜慎从事，从不草率应付，尤为人所敬佩。

总的来说，本集所收作品，是安仁先生从艺五十多年来的丰硕成果，表明他的艺术造意之工，以及表现手法上具有高度才识与卓越的技巧，与气韵相融，在社会上扩大了影响，在当代艺坛上树立时代的里程碑。

黄伟强的笔序

我认识黄伟强是在80年代初期，同工作在省文史馆。我早就知道他是著名的漫画家，特别是以长篇连载漫画《茂叔》驰名。为什么当年人们对《茂叔》如此倾心呢？因为凡读过《茂叔》的人，都会尝到甜、酸、苦、辣的滋味，如饮醍醐，给陶醉了。那时我"风华正茂"，也是《茂叔》拥趸之一。因此我们一见如故，交往遂密，对伟强的认识也较深刻。

《茂叔》的年代，到现在已经过半个世纪。在这漫长的岁月里，正如廖冰兄先生所说，伟强除长期以黑笔致力于漫画创作外，还拿过红笔，当过小报主编、大报副刊编辑、编辑主任和总编辑。在坎坷的环境中，又拿过钢笔，编写过不少少年读物小册、文章、诗歌和随笔。由于冰兄先生与伟强交情较深，故对他的过去也最为清楚。

到了60年代，伟强却把写漫画的思路，孜孜不倦地全都注入了装饰画的创作。也许因为人尽皆知的原因，使他毅然掉转笔头，另谋出路吧。伟强运用彩笔对装饰画悉心钻研了十多年，终于成就了有个人特色的画风。80年代，他把装饰画第一次展出于文化公园。这次展出，令人耳目一新，叹为观止。随又出版了一册《装饰画选》，颇获好评。今年，又以其近期致力于鱼类装饰画作品中，遴选了部分，刊行了《黄伟强百鱼图》。《百鱼图》的素材、风格、构图、造型、色调，层出不穷，为我国画坛放一异彩。最近，他再鼓馀勇，正在创作《黑白百鱼图》，强调线条与黑白，继续为鱼类传神，把他的装饰画推上了另一境界。一个年届八十的老人，仍有这样强劲的敬业精神，真是值得钦佩。

伟强的四种笔，总结了他大半生的心血和事业，打算集中起来再出一本作品选集，以纪念他的文艺创作生涯。但大部分的作品和原稿，早付丙丁，或遭散失，使他十分痛心。然而又不忍自己的心血毁于一旦，几经钩沉搜佚，虽蹄涔点滴也收回整理，裒成一集，用他的挚友廖冰兄先生的文题，名之为《黄伟强的笔》。全书分装饰画选、漫画选、《韧庵诗草》、《两步室文钞》、《天河居随想录》五个部分。其中装饰画、漫画和文章，工力之深，对社会影响之大，人们早有定评。但他以漫画家的独特思维而为诗，质而不俚，淡而弥珍，人们少有知者。他以数十年的见闻，通过他消化、洗炼的笔，写下了富有知识性、史料性、趣味性、哲理性的《随想录》，最为突出。郑逸梅先生曾经说过："见闻有局限性，事物不可能都亲眼目睹，闻则广泛无涯，远超于见。应该具有一定文化素质、丰富的经历、较高的年岁、正确的判断，这样的记述，才可以贡献社会、有益后人。"伟强的《随想录》，每则多者十句八句，少者三言两语，都经高度提炼出来的。读之其味隽永，使人有所启迪，有所深思。

我看过了全书的初稿，认为本书的出版，对社会有所贡献，而且相信每个读者必有不同程度的收获。

卷七

文史杂谈

张伯桢伪造袁世凯族谱

洪宪帝制既成，有东莞张伯桢者，巧施媚袁之术，先伪印明版由袁安至崇焕《袁氏世系》一书，谓据元明麻沙刻本。又编袁崇焕遇祸后，子孙某支由东莞迁项城始末，精抄成书，顺德罗惇曧为题册曰"袁氏四世三公（当时推袁者皆美为汉代袁安四世三公之后），振兴关中，奄有河北，南移海隅，止于三水、东莞，清代北转项城。今日正位燕京，食旧德也。名德之后，必有达人"云云。书由三水梁士诒代呈项城，项城大喜，各部遂会衔奏请尊祀崇焕为"肇祖原皇帝"，建"原庙"。项城又派专使赴东莞致祭崇焕，祭文中有"皇祖有灵，尚祈来享"之语，末署"十九世孙某"。溧水濮一乘（伯欣）作《新华打油诗》以讥之云："华胄遥遥不可踪，督师威望溯辽东。糊涂最是张沧海（伯桢字），乱替人家认祖宗。"亦谑而虐矣！

泰华楼藏书

顺德李文田，富收藏，精鉴别，颜所居曰"泰华楼"，以所藏宋拓《泰山石刻》和《华山碑》而名。

楼中藏书，多为人间罕见珍本。稍有宋元旧椠，而明代野史钞本，多至百馀种，即所藏文集，亦多藏家书目所未载者。其对有关西北地理诸什，考核尤精。已刊者，如《元秘史注》《和林金石录》《耶律氏双溪醉隐诗注》及《藕溪零拾》所载之小品等。未刊者，以《元史地名考》为最巨，惜已散失不全。

1940年香港广东文物展览会上展出之《蒙鞑备录》《黑鞑事略》《西游记》《西陲纪略》《西域水道记》《西使记》《龙沙纪略》《辽左见闻录》《蒙古源流考》《至元译语》《华夷译语》等，不下数十种，皆泰华楼所藏，且经李氏悉心批校，或于行中细密精详，多所辨正。李氏并精于目录学，官京师时，尝著《简明目录》一部，于简端分录孙星衍廉石居所记、邵懿辰所标注、缪荃孙所校订诸语，颇为详备，或并辨正书中得失。

广州沦陷后，楼中藏书，闻有散佚，唯有一部分早已转寄北京燕京大学。事详徐信符《广东藏书纪事诗》注。

黄公度词

黄公度为晚清"诗界革命"倡导者。其论诗，主张"我手写我口"，要求表现"古人未有之物、未辟之境"。著有《人境庐诗草》十一卷。惟倚声之作，则不多见。

光绪二十一年（1895），文廷式自江宁（今南京市）归萍乡修墓，公度为祖饯于秦淮舟中，有《闰月饮集钟山送文芸阁学士假归兼怀陈伯严吏部三立》诗，载集中，并与芸阁各填《贺新郎》一阕。公度词载《春冰室野乘》，甚少传世，词小序为"乙未五月芸阁南归，饮集吴船，各赋《贺新郎》词，以志悲欢"，词云：

> 凤泊鸾飘也。况眼中、苍凉烟水，此茫茫者。一片平芜飞絮乱，无复寻春试马。又渐渐、夕阳西下。水软山温留扇底，展冰奁、试照桃花写。影如此，泪重洒。　　寻思梦里临行夜。把明朝、鲛绡分剪，公然割舍。天到无情何可诉，只合埋忧地下。但何处、得开酒社。相约须臾毋死去，尽丁歌甲舞今宵且。看招展，花枝惹。

李岳瑞谓此词"苍凉激楚，直摩稼轩之垒"。余谓公度词，虽不多作，然此词格调谨严，丰致高古，其沉郁悲壮处，虽苏、辛不过，若非倚声老手，不克臻此。

廖恩焘之广州方言诗

费衮《梁溪漫志》谓方言可以入诗，举周少隐"雨细方愀露，云疏欲护霜"，此乃以吴语词汇入诗者。明末屈大均《素馨曲》："素馨棚下梳横髻，只为贪花不上头。十月大禾未入米，问娘花浪几时收？"乃以粤语词汇入诗者。

清末民初，纯以广州方言为诗者，颇为流行，一时文人骚客，趋之若鹜。如胡汉民、李泽甫、梁寒操、简又文等，亦时有即兴之作。当时较著者有何又雄，如《垓下吊古》云："又高又大又嵯峨，临死唔知重唱歌。三尺多长锋利剑，八千靓溜（漂亮）后生哥。既然凛扰（不断）争皇帝，何必频伦（急忙）杀老婆。若使乌江唔锯颈，汉兵追到屎难屙。"亦不过偶尔操觚，尚未成集。

继何氏之后，则有廖恩焘之《嬉笑集》。当时，诗出即脍炙人口，各报刊争相登载。其全集分"汉书人物分咏""史事随笔""金陵杂咏"及"信口开河录附存"四部分，诗作共七十三首。其诗，诚如李泽甫序中所云："虽属游戏之作，时主题为咏史，褒贬得体，庄谐并具，镕经铸史，巧妙入神，嬉笑嘲谑，笑语如珠。尤其运用佗城语，声韵铿锵，对仗工切。信手拈来，毫无斧凿。"集中"信口开河录附存"诸诗，对当时弊政，多有抨击。如《漫兴》一首云：

> 全城几十万捞家，唔够官嚟夹手扒。大碌藕真抬惯色，生虫蔗亦啜埋渣。甲仍未饱偏轮乙，贼点能知重有爸。似走马灯瘟咁转，炮台难怪叫车喱。

诗中充满对官府与黑社会把头互争榨夺的讽刺。又《赠友》云：

> 六年不见先生面，今见先生重有须。识透旧肴唔合炒，怕同新镬凑埋捞。风车世界啦啦转，铁桶江山慢慢箍。眼鬼咁冤唔愿睇，暂时诈醉学糊涂。

此诗大约成于1917年前后，北洋军阀统治时期。西南各省出兵讨逆，呼声正高，作者不愿同流合污，故暂且息影。

《嬉笑集》完成于1919年，其时廖与胡汉民同旅日本横滨，于客店中读《汉书》下酒，盱衡古今人物。书成，汉民大为击节，怂恿付梓，但延至1949年夏，始以笔名"珠海梦馀生"出版于香港。后李泽甫重印，转登《广东文献季刊》。其《自序》末段云：

> 作者珠海梦馀生，近住柳波涌畔路，见过泮塘皇帝。微臣足领屎煲，老友惯打牙铰。排啱广嗓，谛成律诗。一片婆心，唔算踱西游怪记；几番公认，就算补北梦琐言。冇摩啰拍栅肉酸，比亚运洗镬干净。
> 能闻能舞，非屎桶中关帝把刀；或掘或尖，任脑袋里董狐枝笔。

廖恩焘字凤舒，又作凤书，号忏庵，仲恺先生胞兄。原籍惠阳，早岁留学日本，以《粤讴》名于时，工诗词，1954年病逝于香港，享年九十。遗著尚有《扪虱谈室词》行世。

正声吟社之诗钟

辛亥革命后，粤中耆宿及清代遗老之避地香江者，大不乏人。彼等在港先后集结诗社，以诗文书画相驰骋，其中亦间有从事诗钟者。但有谓诗钟务以一体为之束缚，为之者矫揉涂傅以求一字之合，他人读之，渺不知其旨趣所在，为之愈工，去诗愈远，文字之无益，莫过于是。此不知诗钟者也。诗钟原为格律诗中两联预习而设，求其对仗工稳，语出警策，词活意赅足矣。良由习之者众，往往为求夺魁而流于诡谲轻薄，滥用僻典，此非习诗钟之本旨。

昔日张南皮督粤时，粤中诗钟大盛，迄于清末不替。1931年，旅港耆宿朱汝珍、温肃、江孔殷、赖际熙、区大原、桂坫、谈道隆辈，倡组正声吟社，诗课之外，竞为诗钟，由社命题，评定甲乙，排日榜示。积年，而诸格赅备，汇而付梓，名曰《正声吟社诗钟集》。

兹分格录其优者：如"曹操、蝶"分咏格，则有温毅夫之"恨遗吴蜀三分鼎，蜕化罗浮五色衣"。"天、玉"燕颔格，则有桂南屏之"补天实赖娲皇力，碎玉难为项羽谋"。"飞、藕"鸢肩格，则有朱聘三之"风立藕花王恽句，霄吟飞絮玉溪诗"。"华、影"蜂腰格，则有谈瀛客之"会向龙华参一指，梦随蝶影化千身"。"云、水"鹤膝格，则有朱聘三之"双龙并负云间望，孤驿偏宜水国秋"。"灵、树"凫胫格，则有桂南屏之"南海旧传枯树赋，东方亲见巨灵飞"。"剑、长"雁足格，则有谭荔垣之"待驱十万青锋剑，休笑三千白发长"。"园、黄"晦明格，则有黄宣庭之"东洛游观逾白下，盛唐气韵迈黄初"。"饮、姑"蝉联格，则有林芷湘之"莫辞北海千杯饮，姑作平原十日游"。"笑、河"魁斗格，则有招量行之"笑煞鲁连甘蹈海，乐闻宣圣戒凭河"。"中秋月"鸿爪格，则有李叔琼之"秋水远连天上月，春山淡画镜中人"。"日、寇"鹤顶格，则有邱颂禹之"寇深国蹙思先轸，日暮途穷哭阮生"。"汉高祖"合咏格，则有黄宣庭之"五色云成天子气，七言诗唱大风歌"。"良、海"三四辘轳格，则有招量行之"蠡智良谋皆远祸，韩潮苏海各能文"。"璧合联珠"双钩格，则有桂南屏之"联邦愿易昭王璧，合浦曾还太守珠"。"同、喜"四五卷帘格，则有谭荔垣之"朱陆异同纷聚讼，唐虞揖让喜赓歌"。"庆长春"押尾格，则有桂南屏之"修禊有亭吟上巳，求仙得馆庆长春"。"正声吟社"碎锦格，则有谢焜彝之"春色社前茶正苗，秋声江上获长吟"。"千里共明月"五杂俎格，则有陈履谊之"千里凉风随雨至，满船明月共潮生"。"东坡、陈后主"守雌格，则有黄伟伯之"惨累丽华投辱井，逗醒琴操入空门"。"隋炀帝、杨玉环"雌雄分咏格，则有黄伟伯之"汴堤有客悲新柳，南内无人笑荔枝"。"中秋月"鼎峙格，则有陈履谊之"云绕室中三界暮，月悬山上半轮秋"。"白、饮"笼纱格，则有桂南屏之"酒便可招陶靖节，诗能无敌李青莲"。

上举诸例，已尽诗钟之格，其中不无黍离麦秀之思，然亦间有忧时爱国之作，不能以无聊消遣视之。

丘逢甲自撰斋联

丘逢甲内渡后，其恢复大志，流露于其所作诗文以外者，往往见之。关达明丈尝为余言，童年时尝随其尊人谒逢甲于沪滨，见其斋中有自书联云："天下英雄，使君与操；蛮夷大长，老夫臣佗。"时当辛亥革命前夕，中山先生叱咤风云，故以先主许之；而己则兼南武、魏武于一身，大有枭雄气概。集句亦豪迈而切，诚大手笔也。

黄遵宪自撰斋联

公度退居日，尝自撰楹联二则，潘兰史为之书，悬书斋中，人谓双绝。联云："药是当归，花宜旋覆；虫还无恙，鸟莫奈何。"一云："万象咸归方丈室，四围环列自家山。"大有东山高卧之概。余尝三过人境庐，犹见"万象"一联悬小楼中，"药是"一联，则未之见也。

何淡如谐联

何又雄字淡如，南海人，同治元年（1862）举人。尝任高要县教谕，后设馆省港间，徒从甚众。性诙谲幽默，其趣闻趣事，里巷流传甚广，能书善画，尤擅谐联，语出每令人喷饭。虽属游戏文章，然每寓警世之旨。其对仗工整，出语浑成，才华自见。如：

　　一拳打出眼火，对面睇见牙烟。

有酒不妨邀月饮，无钱那得食云吞。

四面云山谁作主，一头雾水不知宗。

又《花炮》联云：

周身花，果然好样；一肚草，格外大声。

《戏棚》联云：

滚滚江山，只为大花面争权，国老无能终散局；纷纷世界，怎得正武生掌印，奸臣尽灭至收科。

《观音醮坛》联云：

我本一片慈悲，有时黑面做埋，只系收磨恶鬼；你若十分诚敬，如被红须扭过，何妨直禀灵神。

神来之笔，亦庄亦谐，真匪夷所思。

徐信符拒就伪教席

抗日战争时期，广州沦陷前夕，南州书楼主人徐信符教授挈眷携同宋元珍本避地香江，与叶恭绰、简又文等举办广东文物展览，以激励民族气节为宗旨。广州沦陷后，伪组织成立广东大学，校长林汝珩乃徐氏昔年任教岭南大学时学生，数度礼聘徐氏任该校文学院教授。徐氏婉辞却之，并赋诗二章见志：

枋得曾修却聘书，未能鸣鼓责吾徒。长松怪石安吾素，不向人间作大夫。

依然穷措一书生，港澳周游作舌耕。不是长房工缩地，岂能幻化到羊城。

当时徐氏正仆仆港澳间，一周中，在港授课于培英中学及仿林女中者三日，在澳授课于教忠中学及执信女中者三日，已无暇晷，是亦徐氏得以婉转措词者。

籍没后之海山仙馆

潘仕成字德畚，番禺人，为广州盐商。以捐资获钦赐举人，官至两广盐运使。筑海山仙馆于西关，有水木清华之胜。后以积欠国课，不能完缴，家被籍没，园亦入官，此同治末年事也。

园价昂贵，一时无能受者，乃用开彩法公开发售。券共三万张，每张银钱三枚，不数日即售罄。迨开彩时，为香山一蒙师所得。此人本寒士，骤得巨产，遂恣意嫖赌，挥霍无度。以全园无人能购，则零碎拆售。先售陈设玩器，次售假山奇石，次及门窗椅桌；未一二年，则园舍已犁为平地，所馀惟颓垣败瓦，而得彩之人，亦已潦倒死矣。潘氏之《佩文韵府》板片，则抵与山西某票号，海山仙馆遂尔荡然。或谓"海山仙馆"四字，离合观之，适是"每人出三官食"六字。"出三"者，出银钱三枚也；"官食"者，款归官也，颇为巧合云。

潘氏之败，粤人多有感慨者。南海李仕良辅廷《狷夏堂诗集》有《过海山仙馆遗址》诗云：

> 我步西城西，野花纷簇路。遗址认山庄，旧是探幽处。主人方豪雄，百万讵回顾。买得天一隅，结构亭台护。流露绛雪堂，金碧纷无数。佳气郁葱哉，森然簇嘉树。插架汉唐书，嵌壁宋元字。沉沉油幕垂，曲曲朱栏互。时有坠钗横，罗绮姜姬妒。此乐信神仙，高拥烟云住。祸福忽相乘，转瞬不如故。高明鬼瞰来，翻覆人情负。此地亦偿官，冷落凭谁诉。树影尚离披，泉声仍溓溯。孰是孔翠亭，孰是瘗鹤墓。可怜坏道中，故物文塔具。吁嗟复吁嗟，消息畴能悟。席草吊荒凉，徘徊秋水渡。客日盍归来，夕阳天欲暮。孤影陡惊人，稻田起飞鹭。

观此，则主人当日之奢汰淫逸，概可想见矣。

九曜坊戏棚火灾

道光二十五年（1845）四月二十日，广州城内九曜坊演剧，于学政署前设台，席棚鳞次。时有歹徒于附近聚赌，南海县将派勇缉捕，事泄，歹徒扃东辕门以拒。会子棚中因吸水烟失火，随风蔓延，遂成燎原之势。观众仓卒走避，以东辕门已闭，集趋西辕门而走，因践踏而死者二三百人，不及逃出而烧死者千馀人，有逃出而毙于途者逾百，其闯入学政仪门，缘考房越墙存活者，仅千馀人耳。设当时东辕门不闭，则南出书坊街，东出九曜坊，遇难者当无如此之甚。

乙卯广州水灾

一九一五年七月十三日至十六日，珠江上游堤围崩决，造成广州空前特大水灾，史称"乙卯年大水灾"。

造成水灾之原因，是由于七月上旬，粤北山区及沿西江一带之四会、广宁、怀集乃至梧州以上地区，连降暴雨，东、西、北三江江水同时暴涨，珠江上游作为广州屏障之石角、存院等围堤，先后崩决；珠江水位上涨丈馀，广州长堤西濠口、西关、河南等处，首当其冲，全部为洪水淹没，较低地区水深至门楣，甚至没顶。当时广州城墙未拆，老城、新城地势较高，素来不受水患，故城内居民，无大影响。

此次水灾，以芳村、花地、西关受灾最深。一般贫民房屋，倒塌不少。无楼者被迫上树暂避，小儿则悬树上待救。泮塘地势尤低，破旧房屋倒塌者达五六成，死人过百。

尤惨酷者，十四日（一说十三日）下午二时，当水位最高之际，十三行有商民避水楼居，因午炊失慎，造成火灾。有谓火由白米街口十三行尾之连发油店，店主燃点灯烛，失火烧及火油而起。又有谓先由一艘载满易燃物品之木船失火，延及同兴街店户。同兴街全街多为出售火油、汽油、火柴、洋烛之商店，火种一到，油箱爆炸，火随油流，所至火起。于是熊熊烈火，四下蔓延，不可遏止。其时大风忽起，火乘风势，交相肆虐。更且燃烧至江面船艇葵篷，而船艇又连结成一串，因而大火延及河南大基头临河铺尾。祝融之祸，河南遂亦不免矣。

大火从十四日下午二时起，至十五日下午七时，本已基本熄灭，不料隔三小时后，死灰复燃，由晚上十时再烧至翌晨一时方止。受灾街道计二十五条，焚毁商店、住宅二千家以上。从灰烬中挖出尸体约一千具，河南地区火灾损失，尚不在此数。

当洪水之来，势如破竹，又无二楼可登而临急避入十三行九如茶楼者六十馀人。由于该楼年久失修，突然倒塌，以致全部死亡，无一幸免。同时，在泮塘、荷溪及其他受灾街道，拾到遗尸亦达二百十馀具。

据不完全统计：水火二灾死伤约三千人以上，焚毁、倒塌店房约二千馀间，财产损失约达白银二百馀万两，为广州旷古未有之浩劫。

当时广州商业区原有消防组织（防洪组织则无），由于水位高达数尺，消防人员无所施其技。而政府机关及文武官，集中于老城，当洪水成灾，督军龙济光虽曾派员会同警局员警前往巡视，亦只望洋兴叹，隔岸观火，并未积极设法抢救。以致一些坏人驾艇驶入灾区，趁火打劫。其中以容光街、联兴街、同兴街一带商户，损失较大。天灾之外，更加上人祸的损失，故群众对政府深感不满。幸而珠江河面原有紫洞艇、疍艇、横水渡、孖舻艇、舢板等甚多，此时纷纷先后驶入灾区，解决一部分灾民的住宿、运输、交通及粮食、副食的接济问题，其功至伟。

沙面为外国人所居，当洪水来时，他们即以沙包筑成防水墙，故未受灾害。

水退后之善后工作，以广州商会会长陈勉畬表现最力。他在上九甫布行会馆内成立水灾善后会，会同九大善堂中之爱育、崇正、四庙、惠行等及城西方便医院，分头展开赈济工作。爱育善堂以兴学为主，崇正善堂负责赠衣施药，惠行善院医治跌打外伤，四庙善堂担任收容灾民及赠衣施粥，方便医院除赠施医药外，还派人收葬路尸。此外，一面向市内殷富、善士募捐，一面呼吁港澳及海外华侨各界人士捐款，同时征集救济物资，办理散赈。

水灾善后会纯属商户自发组织，政府并无拨款赈济，可见当时军阀盘踞下之民政工作是如何的有名无实！

张弘范木主明正典刑

光绪十九年（1893），康有为设万木草堂于广府学宫（今工人文化宫）仰高祠内。当时学长有徐勤、梁启超、陈礼吉、林奎等辈，故康门子弟多戒谨肃穆、进修不懈、崇尚名节、检摄威仪之士。

仰高堂原奉祀广东名宦如吴隐之、宋璟等，神龛中陈列木主数十。一日，学子聚谈，梁启超注视神龛，忽大呼曰："张弘范亦在此耶！"众人果见张弘范木主，赫然在列。启超弟启勋年仅十八，血气方刚，立跃上神龛，掷弘范木主于地，取刀欲斫。陈荣衮在旁止之曰："彼未知其罪，俟吾明宣之，然后行刑未迟。"于是伸纸振笔大书："尔张弘范，以汉族之子孙，作胡奴之牙爪。欺赵氏之孤寡，促宋室之灭亡。犹复勒石厓门，妄夸己绩。陈白沙曾以一字之贬，严斧钺之诛。乃复窃位仰高，滥膺祀典，若非加以显戮，何以明正典刑。尔肉体幸免天诛，尔木主难逃重辟，尔奸魂其飞于九万里外，毋污中土。"书毕，掷笔宣读一过，于是手起刀落，木主立碎，残片则付诸庖人，投之烈焰。事虽涉儿戏，亦可见草堂学风一斑。

相传宋帝昺赴水后，张弘范镌字于石云："张弘范灭宋于此"。后陈献章加镌"宋"字于其上，所谓"一字之贬，严于斧钺"者也。明赵瑶亦有"镌功奇石张弘范，不是胡儿是汉儿"之句，惟《崖志》不载此事。

虎门第一次放电影的风波

鸦片战争之役，虎门附近各地群众，受害最深。他们在帝国主义侵略者的蹂躏下，家散人亡。数十年来，仇恨深深藏在每个人的心里。1910年7月3日晚上，虎门太平福音堂英国传教士赞永乐，公开放映一部卡通片，虽然是默片，但在偏僻的农村，第一次看到电影，必然会感到极大兴趣。然而，人们想起了七十年前的今天，他们的祖先为了抵御外侮而遭受一场弥天大劫，激起无比愤怒，一致齐声喊打。在群情汹涌之下，制止他继续放映，群众还要把放映机砸烂。最后还是由当地警察赶来劝服群众，赞永乐才得悄然离去。

羊城花事话当年

明季以前，广州归德门外，南临濠水之西角楼，朱栏画榭，连续不断，皆优伶歌女所居，大有十里平康之慨。当承平之时，番夷辐辏，日费数千万金，饮食之盛，歌舞之多，过于秦淮数倍。

明清之际，广州花事以珠江为最。紫洞艇、花艇，列如雁齿，栉比蝉联如市衢。每当华灯初上，晚妆才罢，珠娘联群结队，花枝招展，以媚游人，俗谓之"老举"；雏妓则谓之"琵琶仔"，以其小如琵琶，并取白乐天"犹抱琵琶半遮面"之义。妓分上中下三等：以谷埠者为上，引珠街者次之，白鹅潭者又次之，均集居水上。

光绪甲辰（1904），谷埠大火以后，妓寨渐移至陆地，多聚于西关塘鱼栏、陈塘南、新填地及河南尾等处。有大寨及二四寨之分。大寨妓以侑酒为主，留宿则缠头所费不赀，不易为其入幕之宾。

1929年以后，广东商业曾一度繁荣，生活、治安比较稳定。陆居妓院，上层者集中于陈塘地区，花筵酒家林立，嫖客多属官僚、政客、豪绅、巨贾。纸醉金迷，灯红酒绿，为广州妓院全盛时代。下层妓寨，除东堤一带外，则有长塘街之鸣凤巷，带河基之显耀里，西濠口一带之妓艇，河南大基头之妓寨等。此外，东较场之竹棚"讲古寮"，则为近郊贫苦人家不得已出卖色相者所居，是在官衙、吏役与黑社会势力盘剥压迫下，度此卖笑生涯。

1930年，两广事变失败，还政中央。当局虽颁禁娼明令，惟令行不远，广州而外，依然阳奉阴违，不绝如缕。及抗战胜利以后，广州娼妓始告绝迹。

南词班

晚清民初间，广东各地南词班妓女，均为外省籍，有堂班、窑班之别，各于门首榜堂名，俨如大家巨室。妓有中姿以上而能歌者，可入堂班；下姿不能歌者，则为窑班。

窑妓无他技，客至即留宿。有向为堂妓，至年老色衰时，降格入窑班者，往往有之。

堂妓以侑酒及度曲为主，留宿则视客妓间感情而定，即鸨母亦不能强。侑酒谓之"出条子"，以陪酒或聊天为事。开席前妓至，坐所召者旁，寒暄顷刻即起去，曰"转条子"，谓他处有条子相召也。开席时妓复至，代客敬酒，惟菜肴则例不入口，盖堂规如此。妓去后，至散席前复来。席撤，即索酬而去。

度曲，谓之"开牌子"，有内、外牌子之别。内牌子粤人谓之"打水围"。客来则导入房中，献清茶瓜子，随尽出诸妓亮相。一雏妓持歌扇前请点曲，歌两三出为度，曲终，即付资而去。外牌子则由一乐师领能歌者三数辈直召所度曲，曲终索资即返。故堂班每家必延一乐师以授雏妓曲，开牌子则乐师操京胡以和。其所唱曲大致分京曲、小调两类。京曲有各行当之流行曲目如《玉堂春》《珠帘寨》《三娘教子》《捉放曹》《击鼓骂曹》《霸王别姬》等；小调多为《小放牛》《四季相思》《贵妃醉酒》《十八摩》之类。然客无周郎之癖而顾曲于此者，亦醉翁之意耳。是故此等歌者，稍中规矩已属上乘，非以唱工为主也。

每届春节，为妓院敛财之时。除夕前，妓央其熟客请客于院内，谓之"封岁酒"。除付席金外，另付妓压岁钱若干，均为妓院收入，妓不得也。开春后，又央熟客邀朋辈赴院开宴，谓之"打财神"。客至则环坐席间，举酒贺岁。席上纷陈腊味冷盘多式，例不下箸，每人仅饷以莲子鸡蛋糖水而已。客则付席金及分派红包与赏钱。于是，妓院所入丰，而客囊倾矣。

凡堂班出局（包括条子、牌子、大局）及窑班大局（留宿），必须纳税，由县征收花捐，为县税主要收入之一。李伯豪主粤政后，曾行文厉禁，而各县以税收谋所以代偿，延宕多时，至1941年始逐渐禁绝。

羊城花市

"羊城世界本花花，更买鲜花度岁华。除夕案头齐供养，香风吹暖到人家。"此光绪年间冯向华《羊城竹枝词》也。广州除夕花市，作为一种民间习俗，由来已久。如宣统年间，梁鼎芬所修的《番禺县续志》便有"花市在藩署前，岁除尤盛"的记载。惜记焉不详，难窥全豹。

究竟除夕花市，始于何时呢？冼玉清教授有这样的意见："除夕花市，在同治、光绪间才逐渐发展起来。因为在这以前，两重城门入夜即闭，既无大光灯（火油大汽灯），又无电灯，黑夜沉沉，花市是没有可能繁盛的。"这样说，似乎较切合事实。

晚清以后，花市以藩署前（俗称双门底，今北京路）为最盛。其次是西关鬼驿站一带（包括今浆栏路、光复路、十八甫、扬巷），又次是河南大基头（今洪德路）等处较为集中。开市时间由农历十二月二十四日小年夜起，至除夕深夜止。

花市一般在街道两旁店户门前搭起竹架，陈设花木。花的品类，枝头则以吊钟为主。吊钟来自肇庆鼎湖山。徐澄溥《岁暮杂诗》所谓："双门花市走憧憧，满插箩筐大树秾。道是鼎湖山上采，一苞九个倒悬钟。"就是因为世俗认为一苞九钟是"吉利"的兆头。遇到这可喜的兆头时，多在枝头挂上红绸以示庆祝。其次是桃花，分绯桃和寿带两种。但粤人以桃花命薄，一般不大喜欢，故其价值往往稍低于吊种之下，偶或过之。腊梅则甚少，大枝者尤不多见。水仙花也是花市的主要品类，分企标和蟹爪两种。蟹爪由人工剔成，故价比企标略贵。引花销路最广，为每户人家所必购。盆头花果有金桔、朱砂桔、茶花、桂花、大丽花（粤人谓之芍药）、牡丹（从洛阳运来，多由河南五凤村花农培植）等。购者以金桔、朱砂桔及大丽花为多，牡丹则索价奇昂，一般人不敢问津。此外，有散枝花，专供插瓶之用，品类有菊花、万寿菊、凤尾球、剑兰、鸡冠等，亦甚畅销。

清末除夕花市，除卖花外，不涉杂物。民国以后陆续加卖字画、古玩、花瓶、水仙盆、小摆设、金鱼、盆栽等各色杂物。古玩、字画，时有明清名家真品小件，精鉴藏者，往往以贱价获得珍品。

花市游人，以近除夕两晚为最多，摩肩接踵，途为之塞。其中以纯属游览者居泰半。由于"年卅晚游花街"成为广州人习俗，故吃完团年饭后，不论男女老少，倾巢而出，留连花市时间最长。其次是真正买花的，人数亦不少，他们买齐花以后，不敢久留。因人群挤拥，花易挤残，只得将花束高举过头，急不可待地赶回家去。还有一种是妄图"发财过年"的扒手、流氓，认为此时正是他们的好机会，纷纷出动，施其空空妙手。虽然戒备森严，亦难免百密一疏，间亦有得逞者。

此外，一些街头小食、儿童玩具、小百货以及年宵品等，不能进入花市，只得在花市外沿街摆卖，亦见熙熙攘攘，生意兴隆。

到了深夜一时左右，游人陆续散去，正是家家爆竹迎年之时，卖花者把卖剩之枝头花，尽弃地上而归。向者虽有出高价而犹不肯售者，此时亦视同敝屣矣。

小榄菊花会小史

昔有"小柴桑"之称、今有"菊城"之誉的中山县小榄镇，以艺菊名闻遐迩。小榄人艺菊之风，由来已久。相传宋咸淳十年甲戌（1274），因逃避兵燹，经南雄南迁的人，有一部分在香山（今中山）大榄之飞驼岭、凤山、圆榄山和半边榄山等山麓及沙丘高处定居。到了明朝洪武初年，又迁来了一批屯垦军队，因此，小榄便成了人口不断蕃衍之村镇了。由于他们多是故家望族，明代以后，应科举、入仕途者大不乏人。后来致仕归田者多辟园囿、莳花木以自娱（一说他们迁来时，正值菊花季节），特别是艺菊成风，各蓄奇种，以相矜耀。

清初《迁海令》下，复受海盗之扰，乡人委家他徙，园事遂荒，故何巩道诗中有"偶闻乡语便成悲，穷海田园异昔时。栗里寂寥陶令菊，东山零落谢公棋"之句。小榄菊花，遂尔荡然。

到了康熙二十三年（1684）以后，朝廷令各省开界，沿海居民才逐渐回复"内有耕桑之乐，外有鱼盐之资"，小榄艺菊之风，也渐盛于往日。

乾隆元年（1736），小榄乡民联合菊户，于霜降后十日，设菊场，举行"菊试"。以三不（不脱裙、不交枝、不跪脚）为标准，以"三丫六顶"为式，以"一捧雪"为极品，品评等第，定甲乙，选魁首，奖赏有差，是为有组织的菊展之始。

乾隆五年（1740）以后，小榄氏族、庙宇、坊社，多结"菊社"，公定每岁重阳日，集佳种于社中，征歌会宴，共庆秋成。文雅之士还成立诗社，分题征诗，中以贯虹、花溪等社旗鼓最盛。

从乾隆四十七年（1782）开始，菊社改为"黄华会"，会无定期。乾隆五十六年（1791）曾集会一次。至嘉庆十八年（1813），乡人认为祖辈经南雄迁来时岁在甲戌，明年恰值甲戌之年，为了纪念开村，公议自明年开始，每逢甲戌年，即举办菊花大会，以为定例。

嘉庆十九年甲戌（1814）第一届菊花会时，大小二榄菊社、花市，星罗棋布，盛况空前。展出的菊花有一捧雪、小银台、鸳鸯锦、檀香球、紫牡丹、粉褒姒、醉贵妃、状元红、御衣黄等七十二名种。

同治十三年甲戌（1874）第二届菊花大会，小榄何、李、麦三大姓各自成立菊会，联合为大会，规模更大。这次以诗坛独盛，大会举办"斗菊筵"，广征诗联。重阳之日，集各地文人骚客，诗酒唱酬。由大会命题，题有《登风度楼怀张文献公》《菊糕》《菊酒》《菊枕》《菊灯》等，最后评出优胜者三十三名，由大会颁奖。

第三届菊花大会是在民国二十三年甲戌（1934）。这一届，全镇分东西南北中五区同时展出，大街小巷，百菊纷陈。各氏族、坊、庙、社共搭花棚二十四座，花街、花楼各十二处，花桥、景棚各八处，花塔六座，艺菊场九处，戏棚十一座。还有省港同乡会之游艺场、老人健康比赛、征诗、征联、农业展览、鱼灯水色等活动。游行队伍，夜以继日，远近来游者达一百万人。

解放后，菊花大会改为十年一届，首届在1959年举行。这一届，会场分四个菊区及工农业与文物、花卉、盆栽等十二个展馆。当时《羊城晚报》《广东画报》等在报导中将小榄誉为"菊城"。

第二届菊会应在1969年，由于十年动乱影响，改期在1973年。除展出传统菊花名种外，首创造型菊艺，以立体与浮雕之艺术形式，塑造出飞禽走兽、人物、虫鱼等数十款。这次规模虽小，但最大的收获是多年来湮没了的名贵菊花品种，得以渐次复苏，艺菊的传统技术藉以保存，而且还有所发展，这是乡人们最大的安慰。参观人数，据统计突破100万人次，创历史最高纪录。

1979年，农村经济日益繁荣，为庆祝建国30周年，又举办一次菊花大会。这次大会规模之大，为历届所未有。花场跨大小二榄，仿传统景色50处，花街柳巷，万紫千红，花桥花楼，争妍斗丽。大会以烈士陵园和人民公园为主场，永宁大队为分场，展出菊花3万多盆，800多个品种，其中不少传统名种。菊艺方面，除传统的"扭龙头""三丫六顶"外，创新的造型，更别具风格。同时举办赛艇活动及大放烟花、美术及动物展览。还有省、市、县剧团演出多台粤剧、体育、杂技、舞狮、舞龙等20多个项目助兴。中央新闻纪录制片厂、广东电视台、香港丽的电视台、中央人民广播电台、新华社等几十家通讯社以及报纸杂志采访报导大会盛况，及摄制多部纪录片。参观人次亦达100万。其中接待海外参观团体280多个，海外知名人士及外国友人、华侨、华裔、港澳同胞14300馀人。小榄菊花会源远流长，蜚声中外，诚非虚语。

伍廷芳的四个第一

我国著名外交家伍廷芳，是中山先生的得力助手。他少年时代，就读于香港皇后书院。毕业后，于咸丰八年（1858）创办《中外新报》。是为在香港办报的中国第一人。

同治十三年（1874），伍廷芳自费留学英国。光绪三年（1877）获伦敦林肯法律学院法律博士学位。是为我国获法律博士学位的第一人。

伍廷芳获博士学位后，同时在英国取得大律师资格，回国在香港执业律师。光绪十三年（1887），受香港政府聘任为法官兼立法局议员。是为香港第一个中国籍议员。

后来，伍廷芳回到北京，入李鸿章幕，办理洋务，奉派出使各国。光绪十八年（1902）回国，在刑部任职期间，为修改《大清律例》，参考各国有关法律精神，草拟了《大清新刑律草案》。草案内容，主要是废除历代相沿的凌迟、枭首、戮尸、缘坐、刺字等残酷刑律。最后获得宪政编查馆审议通过，修订为《大清现行刑律》。是为近代争得废除封建酷刑成功的第一人。

牵牛花"窠藤法"

王湘绮《牵牛花赋序》曰："牵牛花者，蔓生蒙茏，不任盆盎之玩。待晓露而花，见朝日而蔫。虽无终朝之荣，而有连月之花。豪贵之士，将晡而起，终莫能睹也。"粤人以其叶密花繁，花期且长，多植屋前后，编竹作篱，使沿篱而生，幽雅有野趣。日人则以"窠藤法"栽以小盆。其法：蔓长六七寸时，则摘去其端叶，禁其蔓长，令其高不及尺，花叶皆丛聚盆中。每岁且举行"奇花会"，角甲乙，胜者获奖而荣。梅兰芳献艺东瀛时得其法，遂遍搜诸种，归植百馀器，类别部居。并授法其友如李释戡、姜妙香、程砚秋等七八辈，呼蓄数百盆，以异种相矜耀，更迭排日为宴，召客评骘为乐。1914年甲寅，湘绮入都主国史馆，顺德罗瘿公以湘绮前有"蔓生蒙茏，不任盆盎之玩"之说，故召梅郎与湘翁共证花前。翁意甚乐，且有诗焉。后见北京荣宝斋木刻出版白石老人牵牛花小轴，题云："梅畹华家，堂下遍植牵牛，余写其最小者。"据此，则老人当时殆在座耶？自己巳春，余依法于露台试植一盆，果然繁花簇簇，烂若铺锦，惟惜异种难得耳。

武德"绿绮台"琴小史

唐琴"绿绮台"有二，一为武德二年（619）制，一为大历四年（769）制。大历琴原为陈子壮弟子升所藏。明桂王朱由榔立于邕州，授子升兵部给事中。永历西奔时，子升正奉命东行，流离久之，始得归里。殁后，其所藏"绿绮台"及"凤凰"二琴，迄无可考。武德"绿绮台"为"广东四大名琴"（"绿绮台""天籁""春雷""秋波"）之一，原为明武宗朱厚照御琴，后赐大臣刘某。琴底颈部刻"绿绮台"三字，隶书，龙池右侧刻有"唐武德二年制"六字。琴形仲尼式，黑漆，日久成黝赭色；通身交错蛇腹、牛毛、冰裂、流水、梅花等断纹，琴首尾两端已朽。明末邝露得之刘家。顺治七年（1650）清兵入粤，邝露与诸将坚守广州凡十阅月。城陷，露端坐海雪台，环列唐琴珍玩殉国。琴为清兵所攫，鬻于市，归善（今惠阳）叶犹龙以百金得之。暇日集名流泛舟丰湖，出"绿绮台"，座中梁佩兰、屈大均、今释等见先朝遗物，皆为掩涕。各赋长歌，今释为之序有"此邝中翰湛若琴也。中翰死于兵，家贫暂典，力不能赎，叶锦衣德备赎之"等语。屈大均作长歌，中云："顾谓双鬟陈绿绮，一时宾客皆倾耳。言是中书邝子琴，珠徽如月寒光起。梅花千片断龙鳞，沉香一节烧鸾尾。制曰唐朝武德年，隐隐金书御玺建。毅皇亲向宫中选，赐与刘卿世世传。"盖纪实也。后琴归马平杨氏，杨氏旋寄籍番禺。会咸丰八年（1858）太平军兴，杨氏将琴托管于东莞陈氏，陈氏转典于可园主人张敬修质库，不赎，张氏遂得"绿绮台"，大喜，赋七绝四章纪其事，并于可园筑绿绮台珍藏之。辛亥革命后，张家陵替，琴为邓尔雅所得。1922年，军阀据粤，邓氏避地香港，携琴无伤。1929年，筑绿绮园于大埔为藏琴之所。1944年7月，绿绮园为台风所毁，邓氏所蓄珍异俱亡，而"绿绮台"岿然无恙。1954年9月6日邓氏病笃，弥留之际，犹抚琴依恋不舍，乃至最后一息。邓氏殒后，闻此琴仍藏其家。

"秋波"琴小史

"秋波"琴是"广东四大名琴"之一，传为唐代雷威所制。长三尺强，黑漆，琴首镶有长方形白玉，背首刻隶书"秋波"二字，背腹篆刻"戛玉鸣金"四字白文方印。原为宋杨万里所藏，后归明益王内府。

香山（今中山市）小榄人卢本潜为天启进士，掌谏垣，思宗时奉命册封益、桂两藩。益王出"秋波"琴及一金印劳之。后本潜女适同里李剑山，因以琴为媵，"秋波"琴遂归李氏拾月山房所藏。至咸丰初年，琴漆已剥蚀殆尽。时剑山后人李荫田以田产纠纷，缘同乡何斌襄之力得解。荫田德之，斌襄因是乞借琴一弹，遂久假不归。斌襄且取付琴工，修补胶漆，并于琴背腹部刻有重修题记。荫田深悔不及，因赋《秋波叹》，并序以志恨：

> 秋波者，予家藏琴名也。拂拭无人，剥蚀殆尽。友人何斌襄一见爱

赏，取付琴工，修补胶漆，音韵清亮，里人羡之，而不知为予故物。一日，偶读剑山祖家传，始知琴传自杨诚斋，为公生平至爱，欲赎无从，殊深怅恨。虽幸珍物之得主，深憾手泽之不存，诗以写心，命曰《秋波叹》。

紧昔延陵不忘故，带剑千金弃丘墓。矧为孙子守家珍，法物如何善呵护。我家有琴名秋波，五传手泽重摩挲。父老能言剑山祖，当日读书弦且歌。波涛沸沸指际起，花在春风月在水。斲自何人唐雷威，传自何人杨万里。一朝弦断人亦亡，束之高阁琴无光。丹青剥落蝮纹折，雁足散失龙池僵。少年不知珍重藏，出以赠友情慨慷。揭来一夜读家传，始知祖物经年长。欲赎无赀气先沮，欲乞此情难晤语。不作范乔执砚悲，但惜籍谈数忘祖。琴兮琴兮可奈何，听之每觉心魂苦。平生抱憾此最深，甑纵生尘不典琴。他日黄泉若相问，人琴俱渺情难任。秋波森森秋江浔，秋江浩浩秋波音。秋波已去知难返，每对秋江泪满襟。

荫田临终遗言："后世子孙能以琴归者，泉下乃无遗憾。"迨后，其侄达庐求之不得，乃刳木为琴形，悬诸厅事，仍遗言其子蟠曰："先人手泽，宜子孙永宝。"以示不忘于"秋波"也。

李蟠字仙根，少肄业陆军小学。留学日本时，结识胡汉民、廖仲恺，得介识孙中山而受知遇。陈炯明叛，蟠犯难随侍。1920年蟠初长中山县时，何氏已中落，琴亦两易其主而归里人缪凤群，蟠求归"秋波"不获。迨蟠任大元帅府机要秘书时，缪氏虽诺归琴而未践。1935年，蟠复任中山县长，再调长粤汉铁路局时，缪已出家为黄冠，其道院以违官禁为有司勒封。缪氏浼蟠为之缓颊得免，乃归琴为谢。蟠大喜，报以"玉仙杯"。至是，"秋波"琴复归李氏秋波琴馆。1940年，中国文化协进会在香港举办广东文化展览会，李蟠以"秋波"琴出展，并系以诗云：

悬梦升平世既遥，故家乔木日萧条。楚庭风雅垂垂绝，南海珠尘黯黯销。人事渐随时势换，古魂愁向异方招。寻常一物关兴废，我抱秋琴阅四朝。

"春雷"琴的下落

"春雷"琴是"广东四大名琴"之一，据传是唐代所制。宋徽宗赵佶藏之于宣和殿，为万琴堂第一。后为金章宗完颜璟所得，又为昌明御府第一。章宗死后，以"春雷"琴殉葬。十八年后，章宗墓被盗，"春雷"复出人间，完好无损。宋周密称之为"天地间尤物"。

元时藏于承华殿，后为大臣耶律楚材所得，最后把"春雷"和种玉翁《悲风谱》一起赠与万松老人。自此，"春雷"有一段时间下落不明。

到清末民初，琴为广东收藏家何冠五所得。何经商失败，藏品星散，"春雷"辗转流归番禺汪兆镛微尚斋，再转让给画人张大千，藏于巴西八德园。1981年台湾电视剧《卓文君》剧中《凤求凰》一曲，就是由"春雷"弹出。同年底，张大千将"春雷"同他收藏的另一张宋琴"雪夜钟"送台湾历史博物馆展览。（与莫尚德合作）

朱启连与"寒涛"琴

朱启连（1853—1899），字棣垞，原籍萧山，寄寓番禺，执信先生之尊人。光绪二十一年（1895）学琴于浙江张廉甫，尝以琴律就正于陶子政中书。居常相与讲论，琴学者有章珠垣、叶秩甫、杨子瑞、何镜如、陈叔举诸人。寓广州城内纪纲街鄂弥达祠，故所著琴论曰《鄂公祠说琴》。是书系光绪二十四年（1898）原稿本，内分琴律浅说、琴律馀说、旋宫相生音律图表、十二箫律表及校正琴谱《古怨》《代徽招》两操，合共四卷。所蓄琴"寒涛"系明代陈献章遗物。据近人郑逸梅《艺林散叶》云："启连有一记载：'琴为白沙先生物，子孙世守四百馀年，朽矣。其乡后进高仲和为修完之，顾贫，不能有，介高以售于余。'"闻解放后，朱之后人献与国家保存。（与莫尚德合作）

二十年代的香港茶居

张德彝《随使法国记》中，有同治九年（1870）经香港时，"在兰桂坊杨兰记茶社小憩"的记载；到了1912年，兰桂坊的杨兰记已不复存在。而其他繁荣市区则茶居林立，顾客盈门。当时的茶居，有有楼座的茶楼，比较高级；有没有楼座的地档，消费标准较低。

茶价以每位计算。大致茶楼由八仙到一毫，地档由二仙到三仙不等。茶叶种类有水仙、龙井、六安、普洱等，随客选择。由于当时俗尚品茶，故以"山水名茶"相号召，凡"水滚茶靓"的茶居，自然客至如云。

点心则不外包、饺、烧卖、饼食，种类简单，无多大变化。而茶客则喜食叉烧包和饼饵，因为大都以一盅两件为准，非此不足以果腹也。

辛亥革命前后，香港的茶楼以皇后大道中的得名、三多、得云，上环大马路的富隆，十王殿的平香较为著名；地档则以荷李活道、威灵顿街、结志街等地区最为密集。

到了30年代以后，社会经济逐渐稳定，香港的茶居业又出现一番新景象了。

广雅书院藏书之散失

光绪十五年（1889），两广总督张之洞在广州城西彩虹桥创立广雅书院，辟楼藏书，榜曰"冠冕"。梁鼎芬掌教时，悉心搜罗典籍，故藏书之丰，为当时各书院之冠。楼分东西两楹，藏庋图籍，其通行本必具两部，供东西两省士人借阅。辛亥后，广东都督府聘黄晦闻为高等学堂（后改为广东高等学校）监督。学堂即广雅书院故址，鼎革之初，常为军队进驻。《兼葭楼集》中《题广雅书院》诗，谓"曾见讲堂屯马队，坐闻幽鸟语寒烟"，即指此事。当时楼中藏书，时有被窃，晦闻上书都督府云：

> 吾粤藏书，旧推丰顺丁氏、南海孔氏，二家皆已散亡，文献之存，惟广雅冠冕一楼耳。比者，广雅后垣外，常有军民驻扎。二月十八日私毁冠冕楼锁钥，遂失去藏书三大柜。长此不已，则四百余柜之书，何难立尽！吾粤文献，必底散亡，是岂都督维持学校之盛意？

书上，当局未及措意，而高等学校改为第一中学，校长彭镇三竟将楼拆毁。此后藏书，一厄于水患，再厄于盗窃，司保管之责者失于放任，冠冕楼之藏书，已硕果仅存。1918年莫荣新督粤，广西请求分书，于是又以一部移西江图书馆，一部移广东图书馆。其后，粤军西征，陈炯明复将前移西江者，送交广东高等师范学校。至是，广雅藏书，遂瓜分豆剖以尽。

南洋劝业会

宣统二年（1910）四月初一日，开南洋劝业会于南京，为我国工业展览会之始。会内除分省设馆陈列外，另设水族馆、农业馆、医药馆、工艺馆、剧场、马戏、歌咏及各种模型等。广东馆之工业产品中，以牙、玉、木、石雕刻之人物、花鸟、山水最受群众欢迎。其中牙雕八仙及檀雕山水尤享盛誉。大会开幕后，参观者途为之塞。骚人墨客，纷纷发为吟咏。以王葆桢《南洋劝业会杂咏》三十首为首选。其咏广东馆云："鬼斧神工世不传，风云雕凿破南天。檀香山下鼍龙吼，珠海飞来入洞天。"

广州水塔小记

1929年以前，广州供水工程未臻完善，市民用水，时受短缺之苦。为了保证用水，曾先后建造四个调节水量的水塔。后来市区逐渐扩展，人口日益增多，供水系统不断有所改进，原建水塔，已不适应。目前除越秀山的球形水塔停用后仍保留作为风景的点缀外，其馀都先后被拆除。

最早出现的是西关水塔，建造于光绪三十二年（1906），位于西关长寿大街（今长寿路）。塔的结构是用钢板焊接而成，容水量782立方米，工程造价白银94000馀两，1976年拆除。

沙面水塔位于沙面肇和路，建于民国初年，容水量227立方米。当时沙面系属英法租界，由租界内各户集资成立沙面水厂，建水塔储水，供应租界内用户，上世纪七十年代初期拆除。

1929年1月，广州特别市政府接收了民办广州自来水股份有限公司，成立广州特别市政府自来水管理委员之后，在越秀山原象冈炮台遗址上建造水塔一座，容水量1095立方米。塔为球形，全用钢板钢柱构成，高14.6米，1931年7月23日建成供水。广州解放后，另建越秀山水库，水塔遂停止使用。

东山水塔，位于梅花村，建成于1929年7月，容水量364立方米，专供东山区居民用水，广州解放后拆除。

居巢之《可园诗》

东莞可园，道光三十年（1850）建。占地仅三亩馀，而厅堂楼阁、池榭桥亭、嘉树奇花，联接紧凑，密而不隘，布置经营，繁而不俗，为"粤中四大名园"之一。园主张敬修，好金石书画，常会名士于园中，如徐三庚、张维屏、陈良玉、郑献甫等，均为上客。其中以居氏梅生、古泉兄弟客园中最久，明窗净几，作画吟诗，至今人犹乐道。梅生诗平淡雅健，园中景物，多有题咏。如《环碧廊》云："长廊引疏阑，一折一殊赏。茉莉收晚凉，响屧日来往。《曲池》云："一曲蓄烟波，风荷便成赏。小桥如野航，恰受人三两。"《滋树台》云："露台养名香，疏簟量风日。时见种树人，乐与共晨夕。"《花之径》云："开径不三上，回旋作之折。人穿花里行，时诮惊蝴蝶。"《问花小院》云："问花能解语，但愿惜韶华。莫似平章宅，花时不在家。"《可堂》云："新堂成负郭，水木恰幽偏。未妨丝与竹，陶写入中年。"《博溪渔隐》云："沙堤花碍路，高柳一行疏。红窗钩车响，直似钓人居。"《可舟》云："渔父不浮家，何可无此屋。省却买邻钱，邻此烟水窟。"《可亭》云："三分花竹外，台榭枕烟水。片席占鸥波，长桥小亭子。"《茉莉田》云："行疏苞乃畅，耕深气乃达。罢官种花好，知究区田法。"《邀山阁》云："荡胸溟渤远，拍手群山迎。未觉下土喧，大笑苍蝇声。"

张敬修《擘红小榭记》有云："可园既罗致佳品，杂植成林，乃为榭于树间，以待过客。"故梅生咏小榭云："十年种树迟，一夏名园住。频欲摘得新，差免此腹负。"

梅生名巢，颜所居曰今夕庵。画工花鸟草虫，笔致工秀，宋藕塘所传也。诗为画名所掩，著有《昔耶室诗》《烟雨词》，并有《读画绝句》三十四首。

粤刻丛书

丛书古无刻者，宋温陵曾慥始集《类说》，自《穆天子传》以下，共250种，是为丛书之祖。此后，刊刻丛书之风，接踵而起。清代以还，更汗牛充栋，不下数百家，非仅在于存古，亦实有功于学林也。

吾粤文化稍后江南，清季中刻书始盛。较著者有伍崇曜《粤雅堂丛书》

180种，共1000馀卷，续刻、三刻尚未计。伍崇曜字元薇，号紫垣，南海人，以洋商起家。是书仿鲍氏《知不足斋丛书》之例，凡前人已经刊刻之书，皆不著录。复延南海谭玉生莹为之校雠，每书末叶，必有题跋，亦谭氏手笔，间亦嫁名伍氏者。伍刻丛书尚有《岭南遗书》59种，共343卷。《粤东十三家诗》180卷，又先刻近人诗《楚庭耆旧集》74卷，复影刊元本王象之《舆地纪胜》，皆谭氏为之排订。

同时，尚有潘仕成《海山仙馆丛书》56种，共461卷。潘仕成字德畲，番禺人，以盐笑致富。后以副贡捐输，钦赐举人，官至两广盐运使。是书亦仿鲍氏之例，选前贤遗篇，足资身心学问者为主。别有《海山仙馆藏真帖》，亦多宋明旧拓。惜于鸦片战争时，外兵陷广州，所有版片，为法人所掠，陈于巴黎博物院，良可慨也。

其后，若陈兰甫之《东塾丛书》、林伯桐之《修本堂丛书》、梁廷枏之《藤花亭十种》、金武祥之《粟香斋丛书》、刘晚荣之《藏修堂丛书》、李光廷之《榕园丛书》（又名《守约篇》）、方功惠之《碧琳琅馆丛书》、陈伯陶之《聚德堂丛书》等，亦闻风而起者。

1918年，番禺徐信符创办广雅印行所，将广雅书院残板，从事校补，历时二载，选得150馀种，辑为《广雅丛书》，又修订学海堂板为《学海堂丛书》，于是粤中刻书之风又不让江南矣。

石湾窑

佛山石湾半陶瓷器，初不为世所重。近百年来，始为中外鉴藏家珍视。以其胎质凝重，釉色变化多彩，人物造像，栩栩如生；且头部及手足为原泥胎色，不敷釉彩，线条清晰，尤为日本人喜爱，故精品外流不少。其他制品亦雅致精美。其釉彩，明代以葱白、瓜皮绿及黑釉为多，清代则以麻酱釉、石榴红为贵。

故老相传，石湾窑之先为阳江窑。由于宋室南渡，中原人流徙至阳江者多，该地泥质与河南省均窑相似。仿均窑之器多作天蓝色，仍为宋代紫定风格，后因泥源渐缺，乃迁至东莞。当时制品，仅仿古铜器如瓶、碟、香炉之类，底胎多钤"南石堂"印。后由东莞再迁石湾，发展至今。有谓东莞窑出品，纯泥胎本色，不敷釉彩，由阳江迁至东莞之说不可靠。又有谓石湾窑始于晋代，因无古籍记载可据，迄无确论。

近年，政府重视工艺美术制作，大量雕塑美术人才参加石湾陶瓷工业生产，除改良操作，造型新颖之外，釉彩方面，重新发现湮没数百年之"结晶釉"。此油呈鹅黄、淡红、浅褐、粉绿等色，不一而足，于珐琅质下呈现放射形结晶，重叠呈立体感。此釉一出，轰传中外，收藏家宝之，为国家争取外汇，创造优越条件。

三十六江楼

广东三水县江口，清代设有行台，为两广总督阅兵时驻节之地。后迁往肇庆，江口行台遂废。阮元任总督时，将肇庆行台改为书院，加以扩建，飞阁临江，规模宏壮，题曰"三十六江楼"。所谓三十六江者：北江所汇者九，曰浈江、始兴江、墨江、锦江、翁江、麻江、滃江、滨江、苍江；西江所汇者二十七，曰北盘江、南盘江、龙塘江、思览江、祥牁江、柳江、漓江、郁江、浔江、西洋江、洛青江、驮蒙江、黄龙江、橘江、荔江、藤江、绣江、横槎江、邕江、秋风江、贺江、新江、白马江、金城江、绿瓮江、蕉花江、武阳江。

闹新房

新婚之夕闹新房，古已有之，目的是增强婚礼中的欢乐气氛。粤俗闹新房，多在新婚之夕举行，也有的在新婚翌夜举行。如大户人家请客，正日喜酌，翌日梅酌者，闹新房便在第三日的晚上。通常以新郎的案兄弟（同学和年青朋友）为主，以新娘为对象，置长桌于厅中，新婚夫妇并坐一端，案兄弟分坐两旁；也有新婚夫妇并坐厅中，案兄弟环坐的。他们分别向新娘提出务使难倒新娘的问题，使她忸怩不堪以为笑乐。如提出闺房内的亲昵话头或歌谣，令新娘复诵；或提出使新娘羞于回答的问题，强使她回答；或提出小魔术、小玩意，使新娘无法仿效；或中悬生果，使新郎新娘两口相对吃完如亲吻状，等等。每一项目，新娘不能完成满意者，则由提者提出罚则，如罚生果若干斤、香烟若干条、酒席若干桌、女伶堂会若干台等，高抬索价。新娘方面则由女傧相（大姈姐）及新郎分别求情请减，推磨一会然后商定，定期由女家出资遵罚。但也不过是由女家出些钱，请请客，唱一台女伶堂会，大家高兴一番就算了。至于葛洪《抱朴子》所述俗间戏妇之法，有"蹙以楚挞，或系脚倒悬，致使首伤于流血，跌折肢体"，类似这种粗野近于残暴的行为，乡间偶有所闻。但自欧风东渐，结婚仪式改变，特别是抗战胜利以后，似这样闹新房之陋俗，也就逐渐革除了。

戏女婿

戏女婿与闹新房同是旧式婚礼中的习俗，流行于珠江三角洲各县，特别是广州附近地区最为普遍。二者可能有些因果关系。因为闹新房是以新郎的案兄弟为主，以新娘为对象，进行在先；戏女婿则以新娘的姐妹为主，以新郎为对象，进行在后。如果闹新房时，闹得不那么厉害，则戏女婿时就和风细雨，"轻舟已过万重山"。否则，新郎便难免吃些苦头了。但两者的目的都是为了增强婚礼中的欢乐气氛而已。

戏女婿一般在新娘三朝回门之翌日（或另择吉日），女家以上等筵席宴请新郎，谓之"新姑爷上厅"之时进行。席上丈人坐主位，新郎坐宾位，另由女家请四男客作陪，并雇堂倌在旁引赞。上主肴（有钱人是鱼翅或燕窝）时，例由丈人离席向新郎躬身一揖作礼，然后入席向新郎敬酒，以示今后女儿全仗照料之意。随即觥筹交错，频让起箸。但席上珍肴一般浅尝辄止，例不饱食。筵席中鸡、鹅、鸭、腊味并陈。而姐妹们为了戏弄新郎，故置海参于其前，其馀则暗中贯以铜丝，然后匿于暗处，窥其动静。新郎持象筷固不敢向海参下箸，然不慎夹到一片贯铜丝的肉片或腊肠，则成串带起，在暗处的姐妹则哄堂大笑，如新郎举止失措，则又哗然复起。也有暗置爆竹于新郎座下，一声巨响，使新郎大惊失色，藉以取乐。因此，凡作新女婿者，心理上必预作诸方准备，以防失仪。

尤有趣者，有一乡村，凡新姑爷上厅，姐妹们必为新郎改一绰号。如戴眼镜者曰"四眼某"、镶金牙者曰"金牙某"、高者曰"高佬某"、矮者曰"矮仔某"、肤黑者曰"黑面神"、白皙者曰"白板仔"，等等。必在暗处集体齐呼，务令哄堂，新郎则狼狈不堪。自此以后则为此人终身绰号。有一新郎温文尔雅，态度雍容，席间谈吐大方，举止中节，无疵可摘。至席散，新郎告辞，心中窃喜。出门上轿时，暗伺于旁之案兄弟问改何绰号？新郎笑曰："幸而免。"不料为躲在轿后之姐妹所闻，大呼曰："他叫'幸而免'呀！"于是屋内姐妹齐出门前大呼"幸而免"，绰号终于不能免。

华侨与祖庙

佛山祖庙大殿，有一个铁香炉，是旧金山华侨赠送的。炉上刻有谢词，全文为：

> 乔迁几载，服贾遐陬。鲸波利涉，雁序蒙庥。神贶敬答，聚宝千秋。鸿恩永在，百禄是道。

款署"光绪六年，旧金山东遂利号送，梁津词"。为什么旧金山华侨会送香炉给祖庙呢？

祖庙祀北帝，北帝是水神，这是许多人都知道的。香山黄芝在嘉庆二十三年（1818）撰的《粤小记》有云：

> 粤呼北帝庙为祖庙者，因粤为水国，而水者五行之始也。……居其始，所以为生民之本，祖者本始之谓也。

这样看来，祖庙就是原始海神的庙了。以前华侨出国，他们乘坐的是被称为"浮动地狱"的帆船，在惊涛骇浪里颠簸，自然会幻想有一位海神来庇护，这是他们对北帝特别崇敬的原因。

在美国旧金山附近，华侨也建有一间祖庙，古色古香，但是并不宏敞。庙前有一条小溪叫做北溪。每年阴历三月初三日，照例举行迎花炮大会，各地华侨都来参加，热闹非常。抢花炮也和佛山祖庙北帝诞日的情形一样，认为抢得头炮就"万事胜意"。

海外华侨连祖国的北帝也搬到外国，对祖国的祖庙也不曾忘怀，铸炉赠送佛山祖庙，正反映他们时刻不忘祖国之心。

外商在黄埔经营的船舶修造业

广州黄埔是我国造船业重点地区之一。鸦片战争前后，外国商船往返广州，轮船的修理，常委办于黄埔船坞。到了道光二十五年（1845），英国大英轮船公司派苏格兰人约翰·柯拜到黄埔监管修船业务，并在当地租赁厂房，雇用中国工人从事修船，是为外国资本在广州经营最早的船舶修造业。第二次鸦片战争期间，这个船坞被爱国群众捣毁，柯拜也死于战争中。战争结束不久，英国强迫清政府赔偿柯拜家属12万元。后来，柯拜的儿子约翰·卡杜·柯拜在黄埔重新修建船坞，正式成立柯拜船坞公司继续发展新船坞。同治二年（1863），怡和洋行联合大英轮船公司、德忌利士舱船公司收买了柯拜船坞及香港阿伯丁船坞，组成香港黄埔船坞公司，扩大营业范围。同治九年（1870）以后，该公司放弃黄埔的经营，把黄埔的几个船坞高价转买给清政府。

当时在黄埔开设船坞的外国企业还有：同治二年（1863）美商开设的旗记铁厂，拥有船坞3座；同年，英商开设的高阿船厂，拥有船坞2座；同治三年（1864）英商开设的于仁船坞公司，拥有船坞4座；同治六年（1867）英商开设的福格森船厂，拥有船坞1座。因此，当时黄埔的船舶修造业，全被外人所垄断。

广雅书局小记

光绪十三年（1887），两广总督张之洞、巡抚吴大澂，在原来机器局旧址上，并拆取三忠祠西偏之臣范堂，又价购慈度庵及民房数间，建筑了东、西、南、北、前、后六座校书堂，设立广雅书局。由两广盐运司负责经费，并综理其事。延聘文学名儒任评审校勘，刊刻群籍。先后刊成经、史、子、集多种，而以史部最负盛名。阳湖吴翊寅编有《广雅书局史学丛书目录》。丛书所收，多名儒稿本及孤本。校书六堂之外，并建会宾之所，名十峰轩。南皮政务徐暇常莅此与文儒考订古籍，当时有"百宋千元"之誉。辛亥以后，书局停办，改为省立广东图书馆，原书局所存版片，仍藏馆中。1917年，番禺徐信符先生奉命开办广雅版片印行所，汇刻《广雅丛书》。1938年广州沦陷，书局版片由信符先生移贮四乡，其未及移者，散失殆尽。而广雅全部堂宇，亦改为公廨矣。

辛亥后重开学海堂

1920年，广东省长张锦芳重开学海堂。原越秀山堂址已驻军队，遂借清水濠图书馆上课。聘周朝槐、汪兆铨、姚筠、杜鹤年、汪兆镛等为学长（陈庆年、徐绍棨续补）。命题分校悉沿道光时旧制：分春、夏、秋、冬四课。学长出经史、词章、古文、骈文、古今体诗等课题，商定刊布。课生得用笔名，列上、中、下三等。会选日，各以其遴选前列，共同校阅，商定总榜名次，并发给膏火各有差。学长每季脩金30元。汪兆镛阅史学、词章二课。知名之士如江孔殷、黄佛颐、陈樾、黄荣康、黄任恒、黄秩南、谭祖锹等皆应季课，一时文风称盛。后张锦芳去职，杨永泰、陈炯明继之，至1921年冬课毕，学海堂即告结束，重开仅一年馀耳。

王蓮祭黄节诗

1936年，黄晦闻先生谢世之明年生朝，南武公学词人设祭于校园原日观音殿。王蓮秋斋与晦公契交三十年，适南归与祭，赋《正月廿二日故友晦闻生朝海幢寺与祭赋纪》七律一首，余藏其亲书诗笺云：

> 还装坐迄冬春换，旧雨今朝动海幢。树已得圆初识地，时犹及祭在危邦。明诗斯世方知痛，遗愤重泉可许降。私愿慈仁宜据例，未衰桃李叹临江。

秋斋殁后，叶誉虎与朋旧刊定其诗曰《摄堂诗选》，此诗亦收集中，题为《南归旬日海幢寺公祭晦闻与赋》，颈联易为"防民徒记诗为教，入地何疑愤许降。"末联易为"私愿慈仁同作例，未衰桃李尚临江。"此或为秋斋后来删定，然不及原作更有深意。秋斋诗深受晦公影响，故两人集中多相似不易辨，惟秋斋诗名为书名所掩，人少知耳。

梁鼎芬崇陵种树

清德宗载湉崇陵，在河北易县城西偏北约40里的梁格庄太平峪。宣统继位后，开始修建。更由京汉铁路特辟一条支线，以梁格庄为终点，以便于德宗灵柩的移运。光绪三十四年（1908）十二月，将灵柩运至太平峪停放，暂安展以待奉安。并于殿旁设王大臣六班公所，派定内务府大臣负责指挥、监督修建工程的进行，及轮流值班守护灵寝。另外派有军队负责巡逻守卫。辛亥后，建陵工程仍继续不辍。这时逊位后的宣统小朝廷，派了梁鼎芬为崇陵种树大臣。

但是陵园种树经费预算，最初没有列入建陵计划之内，所以这个虚衔的钦差，便感到经费无着，曾一再要求拨款购买树苗，均不得要领。最后，他想出一个妙法：时值冬季，他从北京定购陶瓷酒坛两三百个，运回陵地，发动守陵人员，每坛载满陵园积雪，以红布密封，外贴"陵园雪水"四字红签；另外写一篇《募捐崇陵种树经费启事》，带着随从盛泰，分别向原日清室皇亲贵胄及遗臣，逐一亲自登门送上雪水一坛，以示"饮水思源"之义，并力陈陵园种树刻不容缓之意，向他们募捐。有些思想犹豫或认捐数额与身份不称者，梁更反复陈词，务使解囊捐献。陵园种树计划，遂得完成。

梁鼎芬在陵园种树时，住在王大臣六班公所。据杜如松《光绪奉安实况》，谓梁每日必随班朝奠，风雨无阻，并有时哭临于梓宫前，跪地不起。其忠于光绪帝比较清室亲贵，有过之无不及云。

广州同文馆

同治元年（1862）八月，北京成立第一间外语学校——京师同文馆以后，李鸿章上书请求在上海、广州两地继续开设，以培养外语人才。经同治二年二月初十（1863年3月28日）上谕批准，广州同文馆遂于同治三年五月三十日（1864年6月23日）成立。馆址设在朝天街（今朝天路），提调为王镇雄，馆长为谈广楠、汤森，英文教习为美国人谭训，汉文教习为吴嘉善。第一期收学生20名，附生5名。学生中，满汉八旗子弟占16名，汉族学生4名。学制3年，学科以英语、国文、数学为主。光绪五年（1879）增设法文、德文两馆，各收学生10名，其中5名由英文馆熟习英语者调来，其馀均为八旗子弟。学制由3年增至8年。从第三学年始，加入世界史、代数、算术、物理、几何、三角、微积分、机械、航海测量、化学、国际公法、天文、地理等学科，另加生理、解剖两个选修科。后来又增设日语、俄语两馆。

广州同文馆从1864年成立至光绪三十一年（1905）奉命改为译学馆时止共41年，人才辈出，有被保送至京师同文馆深造者，有为涉外有关部门重用者，是为晚清洋务派在广州所办的第一件较重大的洋务事业。

画人李瑶屏及其武功

李瑶屏，又名耀屏，晚号小榄山樵，中山小榄乡人。擅花鸟、虫鱼、山水、人物。山水私淑吴石仙，善雨景，以米芾泼墨横点，参以西洋透视法，好以浓墨作烟雨图，有萧远迷蒙之致。后师法四王及北宗诸派，去吴石仙之俗气，故其画独具风格。论者谓瑶屏画雄迈处布局周密，犹之舞剑，进退顿挫间，中兼柔术，令人赏玩不尽。又其气韵秀逸处，仿佛骚客临轩，悠然绝俗云。

民国初年，瑶屏参议民军司令王和顺幕，后绝意仕进，与广州画人组织癸亥合作社（后改为国画研究会），以画任教于广州市立师范学校、私立南武中学及美术专门学校。其弟子黄君璧、吴梅鹤、女弟子郑漪娜、林妹殊等均名于世。

瑶屏童年曾习技击，能举百斤。事成，遂不复谈武事，惟日习不辍，与白鹤派宗师三水吴肇钟交厚，艺逾湛深。

某年，广州大巡游，游人云集双门底一带，忽然一摩托车飞驰而来，途人辟易，有被挤倒者，群众止之，车仍奔驰不已，状甚危殆，瑶屏忽飞腿将车踢出丈外，众皆鼓掌欢呼。瑶屏体瘦而弱，文质彬彬一书生耳，而有此膂力，可知其功底深厚。

丰湖书藏不收袁枚龚自珍著述

梁鼎芬掌教丰湖书院时，创丰湖书藏于书院侧。其建筑结构悉仿焦山书藏，并编有书目八卷。其跋卷后云："书藏意在搜罗往籍，于国朝人文，尤所加意。然如袁枚之素行无耻，得罪名教，淫书谰语，流毒海内，三五成群，成为盗贼，成为风气，不可救药；龚自珍心术至坏，生有逆子，败乱大事，文字虽佳，不与同中国；凡此二人著述，永远不得收藏，以示嫉恶之意。诸生其懔乎之，如有违背，非吾徒也。"袁、龚之私德，前人或有微词，然其诗文，在清代文学上甚有影响，更不能以其后人悖逆而归罪之，此节庵之褊见，未免转惑后学。

梁启超论中国佛学

近人苏渊雷谓梁启超早岁受康有为《大同书》、谭嗣同《仁学》之影响，于华严、法相两宗最为契合。其《论中国学术思想变迁之大势》一文，论中国佛学有四特色：

第一，自唐以后，印度无佛学，其传皆在中国。……自玄奘西游，遍礼戒贤诸论师，受法而归，于是千馀年之心传，尽归于中国。

第二，诸国所传佛学皆小乘，惟中国独传大乘。当马鸣初兴时，印度本教中人，固已纷纷集矢，谓大乘非佛说，故其派衍于外国者，无不贪乐偏义，谤毁圆乘。中国人之独受大乘，实中国国民文明程度较高于彼等之明证也。

第三，中国诸宗派，多由中国自创，非袭印度之唾馀者。故以华严立教，实自杜顺、贤首、清凉、圭峰之徒始也。……若夫天台三昧、止观法门，特创于智者大师一人，前无所承，旁无所受，此又其彰明较著者矣。

第四，中国之佛学，以宗教而兼有哲学之长。佛说本有宗学与哲学之两方面，其证道之究竟也，在觉悟；其入道之法门也，在智慧；其修道之得力也，以自力。中国人惟不蔽于迷信也，故所受者多在其哲学之方面，而不在其宗教之方面。而佛教之哲学，又最足与中国原有之哲学相辅助者也。

孙中山与宗仰和尚

宗仰和尚，字中央，别号乌目山僧，江苏常熟人，俗姓黄，咸丰十一年（1861）生。十六岁时，依常熟三峰寺药龛和尚出家。二十一岁时，依金山江天寺大定和尚受戒，通英、法、日、梵等文字。

光绪二十七年（1901），宗仰痛清政窳败，以如来示现之志，在沪与吴稚晖、章炳麟、蔡元培、蒋由智、邹容等，组织中华教育会，主编《苏报》，鼓吹革命。旋《苏报》被禁，章等出亡国外，而宗仰亦间关赴日。与中山先生相见于横滨，为中山先生所器重。后先生赴美，绌于资，宗仰倾囊助之。

光绪三十四年（1908），党禁稍懈，宗仰返沪，创办上海爱国女校，中山先生自美寄书云：

中央上人英鉴：横滨来函，已得拜读，弟刻在檀岛与保皇党大战，四大岛中，已肃清其二，馀二岛想不日可以就功，非将此毒铲除，断不能做事。但彼党狡诈非常，见今日革命风潮大盛，彼在此地则曰'借名保皇，实则革命'；在美洲则竟自称'保皇会为革命党'，欺人实甚矣。旅外华人，真伪莫辨，多受其惑。此计比之直曰'保皇'如康怪者尤毒，梁酋之计狡矣！闻在全国各地已敛财百馀万，此财大半出自有心革命倒满之人。梁借革命之名，骗得此财，以行其保皇立宪，欲率中国四万万人永为满洲之奴隶，罪通于天矣，可胜诛哉！弟等同志，向来专心致志于兴师一事，未暇谋及海外之运动，遂使保皇纵横如此，亦咎有所不能辞也。今当乘此馀暇，尽力扫除此毒，以一民心，民心一则财力可以无忧也。务望在沪同志，亦遥作声援，如有新书新报，务要设法多寄往美洲及檀香山分售，使人人知所适从，并当竭力大击保皇毒焰于各地也。匆匆草此，即候大安！弟中山谨启。

1919年7月，宗仰住持栖霞寺，谋营殿宇，中山先生首捐银币万元，以报前赴美之助。1921年7月，宗仰圆寂，总统黎元洪挽云：

奥旨邃深，道根永固；辞机旷远，名翼长飞。

诗人对罗浮之褒贬

罗浮为粤中名山，峰峦起伏，深秀雄伟；山上飞泉古洞，奇石茂林，景物天然，不矜雕饰，其胜固不在梵宫绀宇、丹灶药池也。汉晋以来，入粤名士，游屐所至者，辄多吟咏。如阴铿之"罗浮银是殿，瀛洲玉为堂。朝游云渐起，夕饵菊恒香"；李白之"婵娟罗浮月，摇艳桂水云""余欲罗浮隐，犹怀明主恩""心爱名山游，身随名山远"；杜甫之"结托老人星，罗浮展衰步"；刘禹锡之"夜宿最高峰，瞻望浩无邻"；李贺之"博罗老仙时出洞，千岁石床啼鬼工"；苏轼之"伟哉造物真豪纵，攫土抟沙为此弄。劈开翠峡走云雷，截破奔流作潭洞""欲从稚川隐罗浮，先与灵运开永嘉"；祖无择之"我到罗浮看不足，下山还解倒肩舆"；陈献章之"夜久天宇高，霜清万籁彻。手持青琅玕，坐弄碧海月"；王守仁之"遥拜罗浮云，奠以双琼环"。有清一代，来游者更众，颂罗浮之题咏更多。赵瓯北《纪游诗》五首，有云："我行半天下，名山阅百里。若云云水多，未有见及此。"对罗浮尤为倾倒。至如朱彝尊之"何能振衣去，敢复计穷途。"亦何等一往情深。迨袁简斋晚年来游，其诗竟云："吾将不帝秦，岂肯中分野。不信蓬莱山，如此割左股。"又其《诗话》谓只华首台及五龙潭等景尚幽缈，馀如冲虚观等，平衍散漫，颇无足观。不知随园当日经营小仓山，其毋夜对走磷飞萤，狼号鸥啼，饮泣欲去时，较罗浮差胜否？尤有甚者，《博罗县志》载李侍尧勒石山上云："黄土卧黑石，此外一无有。只可一回来，不堪再回首。"真不知缘何对罗浮丑诋如此之甚。

孙中山为别人著述作序

近见《孙中山不为别人著述作序》一文，举1920年5月，天津罗鉴龙撰《子女唯心法稿》一书，请中山先生作序，并附蔡元培序稿以备参考。先生以代答形式复之，谓虽曾习医，然荒废日久，对专门之研究，非有心得，莫敢赞一词，求序当谢不敏云。又举林正煊等致书孙先生，请为何慨之所辑《全国兵工厂改革》一书品题，先生以"书当以内容之切实为贵，不当以品题文藻为贵"为词婉却。但余尝读刘成禺《洪宪纪事诗》，先生为作序云：

> 今春总师回粤，居观音山粤秀楼，与禺生、少白、育航著话榕阴石上，禺生方著《洪宪纪事诗》成，畅谈《新安天会》剧曲故事，予亦不禁哑然自笑。回忆二十年前，亡命江户，偶论太平天国遗事，坐闻犬养木堂、曾根俊虎各出关于太平朝之东西书籍，授禺生译著。年馀，成《太平天国战史》十六卷，予序而行之。今又成《洪宪纪事诗》凡三百篇。前著之书，发扬民族主义；今著之诗，宣阐民主主义。鉴前事之得失，示来者之惩戒，国史庶有宗主，亦吾党之光荣也。民国十一年三月，孙文叙于广州粤秀楼。

由此可见，中山先生除《洪宪纪事诗》外，还序过《太平天国战史》，并不是不为别人著述作序的。

古兜山之匪患

古兜山在新会县崖西镇，山峦起伏，岩谷深邃，林森草茂，密没人径。三十年代前后数十年间，为萑苻潜滋之地。山中匪穴成村，如世外桃源，樵苏裹足，外人不得至。匪徒劫杀抢掠、掳人勒赎之事，时有所闻。人有语及古兜山者，辄悚然有惧色。民国十四、十五年间，盗魁为陈祝三，以打单著，其妻单眼英尤悍，能使双枪，每发必中。余童年亲见投递邮件中，有血渍透信封，从裂缝中窥见以棉花包一人耳，此勒赎信函也。闻匪掳来人质，久不赎者，每割其耳付其家属；再不赎，则杀之云。时国民党十三师徐景唐部驻江门黄家祠，屡剿不利，后以招抚，许以安置，诱祝三夫妇出而逮之。戮祝三，其妻有娠，分娩后亦遭处决，时论哗然。咸以既招抚而背约杀之，非为政之道。解放后，山容一新，千峰耸翠，绿竹苍松，风景秀丽，近且全村大兴畜业，"崖西鸡"名播重洋，古兜山遂不复如前之令人闻而却步矣。

清末一件涉外离婚案

李方，广东长乐县（今五华县）人，自幼留学英国，与英人拍尔利女士结婚。毕业后与拍尔利回国，就任京师大理院推事。后来拍氏返英不归，且来信决绝。李遂具呈顺天府尹衙门，请求离异。兹录原呈如下：

> 窃职系广东长乐县人，自幼留学英国，于光绪二十五年在甘别立与英国人拍尔利结婚。三十一年毕业回国，遂将拍尔利带回。现因拍尔利不守妇道，复于三十四年一人回国，至今不归，并来信言伊不返，实系彼此情愿离异。为此，理合取具同乡京官印结，并拍尔利亲笔来信，一并呈请尹堂大人查核，照例咨行外务部转咨英国公使馆办理。伏乞准予施行，实为德便。

结果如何，笔者虽未发现文献记载，但清宣统时人蒋芷侪谓此事为"吾国前此所未闻"。

汪兆镛惠爱贫民

汪兆镛字伯序，一字憬吾，祖籍浙江，居粤久，遂为番禺人。早岁，举学海堂专课生，为陈澧高弟。光绪十五年（1889）举于乡，会试，两选誊录，南归，习刑名学。光绪三十一年（1905），兆镛应邀入粤督岑春煊幕，月脩200两，办理奏牍及钱谷事宜。其时，广东典当业例于每年冬季减息三个月。广州有某绅向岑条陈，请通饬毋庸减息，再加征当业饷项，则可得巨款。案由兆镛承办，镛以过去冬季减息，原为体恤贫民起见，如照所议，贫民典当衣被，隆冬无力取赎，则有"无衣无褐，何以卒岁"之忧，筹饷而刮削单寒，殊非善政，立批斥之，事遂寝。

尺八与苏曼殊《本事诗》

苏曼殊《本事诗》云："春雨楼头尺八箫，何时归看浙江潮。芒鞋破钵无人识，踏过樱花第几桥。"原注："日本尺八与洞箫少异，其曲名有《春雨》者，殊凄惘。日僧有专吹尺八行乞者。"诗中"尺八"，其出处最早见于《旧唐书》："（吕）才能为尺十二枚，尺八长短不同，各应律管。"后来，洪迈《容斋随笔》引《逸史》则云："开元末，一狂僧往终南回向寺，一老僧令于空房内取尺八来，乃玉笛也。"又引孙夷中《仙隐传》："房介然善吹竹笛，名曰尺八。"考《风俗通》："舜作箫，其形参差，以象凤翼，十管，长二尺。"又《三礼图》云："箫大者，长尺四寸，二十四彄；颈长尺二寸，十六彄。"又《广雅》云："箫大者二十四管，小者十六管。"其制与《三礼图》所说同。据以上记载，则尺八为按乐律之清浊而并排若干管而成之乐器，即后世所谓排箫，其管多寡，视所需音阶而定，其长短系指各管并排之长度而言，非管之本身长短也。上云"玉笛""竹笛"，乃笛而非尺八，大抵尺八与笛，唐代已混而为一。《风俗通》又云："武帝时，丘仲作笛，长尺四寸，七孔。"则知尺八一管一音，而笛则只一管按孔取音，自不能相混。至《燕子龛随笔》："日本尺八，状类中土洞箫，闻传自金人。"则洞箫又与笛及尺八不同矣。《辞源》"洞箫"条云："古代的箫，以竹管编排而成，称为排箫。排箫以蜡蜜封底，无蜡蜜封底的称洞箫。今称单管直吹、正面五孔、背面一孔者为洞箫。"又可知洞箫为直吹。笛为横吹者，两者亦不能相混。曼殊诗乃1909年居日本时作，诗中所谓"尺八箫"乃日本之洞箫，非中国之排箫也。曼殊此诗为其集中名作之一，脍炙人口，其首句"春雨楼头尺八箫"，本自明末张乔《送黎遂球》诗"春雨潮头百尺高"而来，此为人所鲜知者。

响坟

唐武德间（618—626），伊斯兰教创始人穆罕默德命其门人阿布·宛葛素从波斯湾来华传教。贞观元年（627）建怀圣寺于广州（为我国三大清真寺之一）。及其归真，瘞于城北桂花岗，今兰圃之西侧。墓室呈方形，顶上隆起成圆形，南面为小拱门。室内正中有土丘，即宛葛素墓，地铺草垫，丘上覆锦缎。室内如悬钟，容人礼拜，教徒诵经其中，回声宏亮，人称之为"响坟"。墓门榜书"真理恒久"，柱上刻联云："阐圣教于南邦，脉脉相传，三十册恪遵谟训；树贤声于东粤，亭亭独立，千百年共仰仪型。"三十册者，《可兰经》也。墓园建拜殿、牌坊、房舍、池亭，遍植花木，复集宛葛素门徒四十人柩，附葬于此。唐时，阿拉伯人北循丝绸之路、南沿香料之路来华贸易者众，至广州者必礼拜怀圣寺及响坟，迄今国外游人谒坟瞻仰者，犹络绎不绝。

北梅南雪两芬芳

粤剧之有坤角，自李雪芳始。李以演《仕林祭塔》名于时。词人新会陈述叔尤喜雪芬歌，每登台，述叔辄携壶觞以俱，至唱遏行云之际，必浮一大白，引吭喝彩。时翰林伍叔葆亦捧之，且延绪名士如吴玉臣、张汉三、区季恺等数十辈，各赋诗以赠，述叔亦填词十馀阕授雪芳。会华北赈灾，雪芳应上海南洋兄弟烟草公司简琴石之聘，赴沪义演，随携粤中名流所贻诗词俱行。抵沪，戏园前门高悬花额，额曰"北梅南雪两芬芳"，并张诗词于两侧。是夕，海上名士大宴雪芬于粤人甘翰臣之非园，朱彊村在座，睹榜书而讶，窃谓："何方尤物，能与吾梅郎比美邪？"披阅吴、张诸人所赠诗词，无当意者，及读述叔诸词，乃叹曰："并世词流，惟况夔笙可以抗手乎？吾几失述叔矣！"遂手录归以示夔笙，夔笙不顾，曰："当今海内，孰能与吾侪匹耶？"迫姑读之，乃大骇，始知南国尚有人在也。雪芳声誉，坐是鹊起。后彊村刻述叔《海绡词》于其丛书中，并乞黄晦闻为之序。序中有言："以彊村词宗当世，而称述叔词，且为刊而传焉，则知其词之有可传世也。述叔穷老，授徒郡居，微彊村，世无由知述叔者矣。"而彊村亦有《望江南》词云："雕虫手，千古亦才难。新拜海南为上将，试要临桂角中原。来者孰登坛？"此1923年事。至1929年，邹海滨接长中山大学，央彊村来粤授词，彊村固辞，荐述叔以代。

汪精卫与已聘刘氏退婚

光绪三十二年（1906），汪精卫以投身革命，自绝于家庭，并与已聘刘氏退婚，致书其胞兄兆镛。原书云："事已发觉，谨自绝于家庭，以免相累。家中子弟多矣，何靳此一人？望纵之，俾为国流血，以竟其志，死且不朽。惟寡嫂、孤侄（按精卫仲兄兆鋐，肄业于广雅书院西学堂，并充学海堂专课生。光绪二十九年以县试第一名入邑庠，不数日卒。寡嫂崔氏，孤侄宗湜。）望善抚之，不然死不瞑目，抑此非罪人所宜言也。与刘氏女曾有婚约，但罪人既与家庭断绝，则此关系亦随之而断绝。请自今日始，解除婚约。"汪氏此时，革命之志，何其坚也；行刺载沣，何其勇也；及其晚节不保，抑又何其愚也！

香港茶居雇用女工的风波

1925年省港大罢工，香港茶居酒楼的工人，热烈响应，纷纷离港返穗。因此全港的茶居酒楼，都一律闭门停业。经过3个月后，香港当局逼使茶居开市，以吊销营业牌照为要挟。地档茶居规模较小，无需多雇企堂，可由老板及家属代替，尚可应付。但大茶楼则情况不同，有些楼层多的，堂座广阔的，所用楼面工人自然要多些，这便使大茶楼的老板们大感踌躇。当时岭南茶楼的老板想起广州的软红茶室，全部雇用"女招待"，生意兴隆，他便以此取法，招雇香港的青年女工来代替"茶博士"，开张复业。因此，中环各茶楼如三多、高升，上环的武彝仙馆、富隆等，相率效仿，成为风气。

但由于避免吊销营业执照而临时雇用女工，则女工工资自比男工工资提高，因而茶价亦相应增高。而茶客方面，因茶居停业数月，一旦复业，且改用女工，反而客似云来。

茶居复业后不久，铁行轮船公司买办、太平绅士黄屏荪却联系多人，入禀华民政务司，请求禁止雇用女工，大意说："男女有别，礼教昭垂。古今中外，不能例外。茶居酒楼，雇用女员招待，招致狂蜂浪蝶，大启淫风，败坏礼教，实非鲜浅，应宜立即禁止。"但香港当局为应付罢工，并未禁止。由是香港全埠之茶居、酒楼、餐室、茶室相继招雇女工，较广州尤为踊跃。

虎门义马

1841年1月英侵略军进攻沙角炮台，副将陈连升殉难。2月，英军复攻虎门威远、镇远、靖远三炮台，水师提督关天培死守，中炮牺牲。倪云癯《桐阴清话》载陈连升殁后，坐骑为敌所获，不食而死。三水欧阳错（字双南）作《义马行》云："有马有马，公忠马忠。公忠唯国，马心唯公。公歼群丑，马助公斗。群丑伤公，马驮公走。马悲马悲，公死安归。公死无归，马守公尸。贼牵马怒，贼饲马吐。贼骑马拒，贼弃马舞。公死留锓，马死留髁。死所死所，一公一马。"而《悔逸斋笔乘》载虎门之陷，提督关公坐马为英人所得，每乘必咆哮跳踉，直负之以趋海，众惊，救之起，马无恙而人溺毙矣。如此者数四，竟无一人敢乘者。粤人闻而义之，赎以归，豢诸忠节祠中。此又一说也。因而周弢父有《关将军义马行》，其诗云："将军已死马尚在，贼奴竟思骑而行。蓦然踏空海云裂，阳侯避浪冯夷惊。呜呼将军真壮士，养马犹能识忠义。若教临阵成大功，辟易应看走千骑。西风萧萧海波立，万马归来汗流血。粤人重马痛将军，至竟挥戈欲杀贼。锦鞯饰马身，黄金络马头。飘珠喷玉四蹄疾，平原苜蓿当清秋。伏枥哀鸣志千里，文绣盐车等闲事。秋风感激报恩心，侧目苍穹望箕尾。如龙之骏老天闲，壮士闻之尽拊髀。君不见殿头仗马兀不动，日日恩叨大官奉。太平干羽舞两阶，蹴云奇气成何用？"周弢父名腾虎，道咸间阳湖人，娴经济，通文词，为林则徐、曾国藩所赏识。著有《餐苕华馆诗文》，此诗载在集中。虎门一义马耳，其属陈属关，是生是死，未可考也，独弢父与林文忠同时，其说当可信。又考陈连升乃炮台之副将（协台），似无骑马之必要；提督关天培为水师最高将领，指挥营垒，必备坐骑，以此推之，弢父之说，亦可信也。

清代《迁界令》之祸

"迁界"之祸，起于闽边，次及粤之潮、惠，更进及虎门以西、厓门以东诸地，而以广州五县（番禺、顺德、新会、东莞、香山）受害尤烈。事缘于清初，郑成功据台湾，常招沿海居民四出扰掠，出没无常，清廷殊难应付。遂诏下《迁界令》：定沿海之界，令居民徙入内地五十里，先划一界，以绳直之，出界者死。初始行于闽地。至康熙元年（1662），广东总督王国光、巡抚董应魁会奏，始并及虎门以西、厓门以东之沿海居民。康熙三年（1664），施行至酷，于是沿海居民，无一幸免。被迫迁户，有一宅而半弃者，有一室而中断者，挖以深沟，稍逾跬步，死即随之。有因贫而无力迁徙者，竟铲平其地，杀戮之酷，甚于往古。迁徙之民，委居捐产，流离失所。因此盗贼四起，民不聊生。巡抚董应魁去职后，王来任继任，尝具疏请求复界，不允。王死，遗疏复陈迁民之苦，御史杨雍建亦以此事上奏。至康熙八年（1669），时台湾已归顺，始召复迁海居民旧业，但延至二十三年（1684）始彻底执行。此二三十年暴政，置民于水深火热之中，而清廷竟讳莫如深，后人鲜有知者，只散见于稗史或私人著作，至今尚可窥见先民之创痛，诚所谓"苛政猛于虎也"，特举新会黄居石诗数首以征实焉。

《甲辰别故乡》云：

　　清明有策弭黄巾，彻土绸缪越海滨。固围不妨先割地，安边何惜复移民。千家蓐食依穷谷，四野蓬居少旧邻。陌上相逢多掩泣，故乡从此断归人。

　　空江渺渺岸沉沉，几度徘徊出故林。细雨暗飘行处泪，悲笳长咽别时心。孤村日落人声绝，万井烟寒草色侵。望德不须防竭泽，渔家今已入林深。

七古《悯故乡》一首，中云：

　　自审蓷苻无定处，全家飘泊信乾坤。兵燹未宁复移海，室庐倒塌见荒原。今春更逢西军至，巷无居人各逃奔。多有赤贫难久客，强携妻子返故园。

复有《哀江门》一首，中云：

　　甲辰移海尽丘墟，古庙独存新市侧。雪峰烟起暮钟残，一床苔藓坐弥勒。先年展界通鱼盐，中泽哀鸿方戢翼。酒垆蛋舶尚晨星，大半荒芜廛未得。

由此可见清代苛政之酷、迁民流离之苦矣。

粤诗搜逸

辑逸之书，最早有宋王应麟之《玉海》、明孙蒉之《古逸书》，清代则有马国翰、王谟、黄奭之、茅泮林、洪颐暄、姚振宗、张澍之、陈运溶诸家，续绝钩沉，嘉惠后学，功不可泯。于是辑佚之事，遂成专门之学。

唐代以前，吾粤文风未盛，诗人寥若晨星，然其光芒在目，不可没也。昔人之选粤诗者，虽有《岭南文献》及《广东文选》等书，然皆不专于诗。其专于诗者，如《岭南五朝诗选》《广东诗粹》及《广东诗海》等，率皆尊唐黜宋。唐则独取曲江，唐以前鲜有采者。道光间，番禺黄子高，发其家中藏书，旁参史志，或借录抄本，成《粤诗搜逸》4卷。诗中收入陈1家、唐6家、五代14家、宋56家、元19家，存逸诗215首。其断简零句，亦所不弃，惟有专集行世者不收，并自序梓行。民国成立后，商务印书馆收入该馆《丛书集成》初编。历代粤诗之见遗而得保存者，黄氏之功也。

黄子高（1794—1839）字叔立，号石溪，初补县生员，道光十年（1830）以优行贡太学，补学海学堂学长。

邓秋零遗诗

邓秋零，字慕芬，顺德人。父业农，精武艺。秋零幼年随父习武，有臂力，能只手举百斤铁机，人称之为"女英雄"。后就读于港沪女校，与同学黄秋心为莫逆交。二人均有厌世思想，尝欲遁迹空门而未果。1914年冬，秋零偕秋心同诣肇庆鼎湖山庆云寺礼佛，入夜，共沉于飞水潭以死。时人莫悉其由，深感惋悼。事详《天荒杂志》，并载秋零遗诗《题雨中芙蓉》一绝云："秋风秋雨奈何天，断粉零脂只自怜。何事画师工写怨，染将红泪入毫端。"又有自题披发小照调寄《点绛唇》词，亦多解脱语。陈颙庵读其遗作，有诗云："逃禅不遂竟沉渊，恨事多年道路传。一卷天荒读遗句，秋风秋雨奈何天。"载陈氏《读岭南人诗绝句》集中，则知二人实有一段伤心史也。

廿载繁华梦

《廿载繁华梦》是清末黄世仲创作的一部揭露粤海关腐败情形和官场黑暗内幕的真人真事的小说。最初在《时事画报》连续发表，后来有光绪三十三年（1907）汉口东亚印刷局的线装巾箱本、三十四年（1908）上海书局石印线装本及坊间几种排印本等多种版本。书中描写主人公周庸佑（字东生）以粤海关一个小小库书，巧取豪夺，几年间竟成为广东世达事。他利用粤海关每年措办金叶进京的机会，抬高金价，与奸商串同渔利；又挪用公款，作为高利贷资金；海关监督任满晋京，提大量公帑进贡及行赂时，周亦从中插手取利。至其他侵吞偷漏等罪行，书中揭露无遗。周庸佑骄奢淫逸，挥金如土，仅是他的住宅，就把西关宝华正中约一条长街占了一大半。宅阔14面过，深12丈，宅后花园，楼阁戏台，穷奢极侈。他还贿赂北京权贵，居然放出比利时钦差。但不久便被参抄家，所积顿散，而且株连亲友。廿载繁华，及身而败。读者谓与杭人胡雪岩同，其盛也勃如，其衰也倏焉，洵不诬也。

《廿载繁华梦》作者黄世仲，字小配，别号禺山世次郎，笔名黄帝嫡裔、世界一个人等。生于光绪初年，弱冠赴南洋谋生。光绪二十七年（1901）在南洋参与尤列创办之中和堂。1903年任香港《中国日报》记者。1904年助郑贯公创办《世界公益报》。1905年加入同盟会。1907年创办《少年报》鼓吹革命。辛亥后，任广州民团局局长，因与陈炯明不睦，被陈诬以侵吞军饷罪，为胡汉民所杀。遗著除《廿载繁华梦》外，还有《洪秀全演义》《宦海升沉录》等。

顾太清销寒诗团扇

顾太清簪花小楷《销寒诗》泥金团扇，原由文如居士邓之诚所藏，后归南海冼玉清教授。扇中字体韶整娟秀，风韵独绝。《销寒诗》七律六首，清丽缠绵，委婉匀净，在《饮水》《两当》之间，洵为清代女词人之冠，不为过誉。其诗云：

斗室虚明暖气融，坐闻庭树怒号风。几竿疲竹摇寒碧，一角斜阳抹淡红。败叶乱敲声淅沥，冻云低压影朦胧。天光更觉黄昏好，窈窕凉蟾挂半弓。

帘风窗纸共凌兢，冷到书帷第几层。鸂鶒眼昏朝有泪，凤凰池浅夜初冰。凹藏宿墨寒云聚，匣启新晴暖气升。收拾案头残画稿，闲教呵冻写吴绫。

凄凄如水复如烟，云净风高别一天。桂冷无花摇镜面，梅疏扶影到帘前。乌惊老树窥霜下，鹤守空庭藉雪眠。此夜不知寒几许，欲从高处问婵娟。

　　木落空林水不波，冻云无力被山阿。淡烘斜照迷鸦阵，浓挟寒云压鸟窠。漠漠长天归去懒，沉沉幽谷聚来多。知因酿雪饶清态，满目氤氲望若何。

　　红叶飘残又几时，连林烟树郁寒姿。森森远露峰千点，隐隐低悬日半规。樵径荒凉人散早，巢痕冷落鸟归迟。朝来忽觉琼瑶灿，瑞雪纷纷缀满枝。

　　街析敲残夜未央，银釭掩映近藜床。冷侵翠被三更梦，疏透晶帘一豆光。暗牖风来花琐碎，短檠烟烬影凄凉。阿谁更向窗前卜，奇吐双葩喜欲狂。

　　道光丁未夏日录旧作《销寒诗》六首，书于红雨轩北窗。太清西林春。

此诗顾氏《天游阁集》未收，故录之以备后之编集外诗者采补焉。

书伪印真

　　1921年间，广东水灾，上海广肇公所发起书画义卖筹款散赈。时康有为自海外归来后，寓居沪滨。公所请他参加义卖，康以桑梓急难，义不容辞，但一经见报，索书者纷至沓来，致日书楹联数十，仍不足应付。刚巧刘海粟学书于康氏，遂亲书数款，命海粟照样临摹，由其幼子及婿盖其印章，日亦售二三十副。故康书存世颇多，惟书伪印真，难乎后之鉴藏者耳。

赤社画展

　　赤社美术研究会为画家胡根天等所组织。1921年10月1日，该会假座市立师范学校（在今北京路）举办第一次西洋画展览会。展出作品有油画、水彩画、木炭素描、粉彩画、铅笔速写等160多幅。参加展出者均该社成员如胡根天、陈丘山、梁銮、徐宗义、梅雨天、容有机、雷毓湘、李殿春、徐藏龄及崔国瑶等。

　　1922年6月，赤社又举行第二次画展。地点在中央公园（今人民公园）旁的葵棚。展出作品，除第一次展览的作者外，加入油画家冯钢百。自这次画展之后，赤社即以广大路第10号及12号为社址，开展美术研究工作。以后直到1928年，已开办过7次画展，同时还加入中国画参加展出。

刘海粟与康有为

1921年，刘海粟与吴昌硕、王一亭等开画展于上海淮海中路尚贤堂。时康有为方自海外归，寓愚园路712号。画展开幕日，康独往观，王济远与丁悚出为款接。康问："刘海翁在否？"适海粟外出，王等以实告，并请康为海粟题词留念。康欣然为题《赠刘君海粟》一诗（后复书成屏条贻海粟，海粟至今宝之），题毕而去，至门前，遇海粟归，丁悚为之介，康执海粟手曰："君即海粟之子耶？"海粟愕然。继曰："老笔纷披！"海粟则又赧然，盖不意竟获此誉也。

翌日，海粟谒康于愚园寓所。康谓："余门人中，林旭八岁能诗，梁启超十六岁中举，独无一学美术者，非君莫属矣。"继又谓："余不能授画，可授尔诗、书、文也。"论及书法时，主张先习钟鼎、大篆，继习《石门颂》《石门铭》，长期学碑，基础深厚，将必有所成就云。从此，海粟每周星期五必至康寓学习书法。行之有素，其画亦随之而进。

太平天国使美国书

太平天国定都金陵以后，一日，有一外国轮船驶至，守军准备炮击，见船上升起白旗，遂以小艇划近船旁，问明来意。船上一军官答曰："我国商人云集上海，现在太平军已下南京，恐怕我国商人受扰，我们今日之来，纯系保护侨民，别无他意。你们双方的战事，我们绝不偏护。"守军回舟转达东王杨秀清，东王转奏天王。洪秀全为了争取国际的声援，遣使接待船上军官，转达天王的诚意说："彼此通商，理所应然，我们今天驱除苛暴之异族，救人民于苦难之中，将来战事结束之后，除了洋烟（鸦片）不能再运来中国之外，其他货物，可以自由贸易，无所禁止。"同时引导船上军官参观守军各营，他们大赞天王开明通达。当轮船将回上海时，天王使其弟洪仁玕同行报聘，遂得交英、法、美各国领事。美领事报书天王说："敝国正以解放黑奴，有南北之战。天王为人民争取自由，实东方一大革命也。天王何不遣使敝国，一通交好？"书达天王，天王遂派洪仁玕使美。时美领事适归国述职，仁玕乃赍天国国书同行。书曰：

> 太平天国天王告美国大民主：前上海贵国领事以民主意上书，书达金陵，经东王阅过，呈朕览。以贵民主远居海外，音问不通，翩然肯来，实洽朕意，特遣朕弟仁玕远使贵国。朕闻贵国重人民，事皆平等，以自由为主，男女交际，无所轩轾，实与我朝立国相合，朕甚嘉赏。一切交涉事件，可与朕弟仁玕往还。凡贵国人民来我国者，皆上帝之子孙，必以兄弟相待。以后两国永久和好，朕有厚望焉。

军阀据粤时期民选县长之丑剧

1920年，陈炯明由闽回师广东，任广东省长兼粤军总司令。1921年4月，《广东自治条例》及《县自治暂行条例》公布后，至年底，实行民选县长已有数十个县。初步选出160馀候选人，依照条例规定，每县选出3人，呈由省长圈定。当时各县民主制度尚未建立，多数在土豪劣绅及地方恶势力把持下进行选举。在选举中，舞弊、收买、包办等现象，普遍存在，所选出之候选人，自然良莠不齐。最可笑者原为新会人已入葡萄牙籍之澳门赌商莫俊伟，舞弊有据，经群众揭发，省署无法庇护而被撤销。又如三水之陆世珍、陈贵湛、陈剑衡等3人，陆为一不识中文之香港某洋行买办；贵湛为洪宪馀孽，贪劣迹彰，且鸦片烟瘾甚深；剑衡则以选票最少而获选。尤令人齿冷者为电白选出之谢某，圈定而未派，出门竟乘四人大轿，马队导前；陵水选出之刘某，圈定后，出则鸣锣开道，鸣炮示威。更有甫当选即自制报条，分发亲友者。实乃城狐社鼠，衣冠优孟，如此临民之官，实乃蠹民之贼。

宋湘《种松树碑》

宋湘官滇日，撰《种松树碑》，自书，刻于大理石，立于云南大理白族自治州之洱海滨。碑云：

> 前摄迤西道篆日，买松子三石，于点苍山三塔后寺鼓民种之，为其濯濯也。今有客报余，松已寻丈，其势郁然成林者。余喜且感，系以三绝句："不见苍山已六年，旧游如梦事如烟。多情竹报平安在，流水桃花一惘然。""古雪神云有几回，十围柳大白头催。才知万里滇南走，

天遣苍山种树来。""一粒丹砂一鼎封，一枚松子一株松。何时再买三千石，遍种云中十九峰。"道光二年三月，宋湘。

抗日战争期间，中山大学迁往云南澄江。1939年，农学院长侯过亲临大理，寻访此碑不得，怅然而返，赋诗云：

> 我本种树人，来访种树碑。树随斧斤尽，碑亦去何之。试问牧童言，遥指陇西祠。牧童莞尔笑，老人默然思。伐木爱其用，移碑留其诗。有用树栽生，有碑诗永垂。

叶名琛印度赋诗

粤督叶名琛被俘后，因于印度孟加拉国镇海楼中，日以书画自娱，英人求之者亦众。其从者以"身为封疆大员，为夷所囚，所作书画，不宜署名，免重贻国羞"规之。名琛韪其言，所作仅署"海上苏武"而不名。居常每赋诗自遣，殁后，英人敛以铁棺桐椁，并所作诗两篇归于粤人，诗云：

> 镇海楼头月色寒，将星翻作客星单。纵云一范军中有，怎奈诸君壁上看。向戌何心求免死，苏卿无恙劝加餐。任他日把丹青绘，恨态愁容下笔难。

> 零丁洋泊叹无家，雁札犹存节度衙。海外难寻高士粟，斗边远泛使臣槎。心惊跃虎笳声急，望断慈乌日影斜。惟有春光依旧返，隔墙红遍木棉花。

名琛被逮，固国之耻，然以使臣、高士自况，则所拟不伦矣。

梁节庵不忘旧交

王存善，字子展，室名寄青霞馆。浙江仁和人。祖王兆杏，建藏书楼"知悔斋"。子展早年随父宦粤。初以佐杂分发穗垣，得南关保甲差委。光绪初，在厘务总局任坐办。后署理南海知县、虎门同知。光绪二十六年迁居上海，主持招商局务并担任汉冶萍公司董事。藏书二十余万卷，编有《知悔斋存书总目》《知悔斋检书续目》。有《南朝史精语》《辑雅堂诗话》等。刘成禺《世载堂杂忆》述胡展堂之言，谓陈兰甫讲学城南时，于晦若、文芸阁、梁节庵、汪伯序兄弟及胡衍鹗皆受业于兰甫，子展夜班巡街，必入陈宅请安，因获交诸公。后节庵显达，官湖北时，子展书至，节庵报以诗云：
"故人别几月，珍重千里书。开缄问眠食，一字当一珠。生死贵明达，贫富
无贤愚。男儿不受怜，女子乃嗟吁。堪笑籹与饡，羁络千侏儒。惟有神仙
姿，凌风还太虚。溪山处处好，松栝皆我庐。思子不得见，笑子非吾徒。"
元结《漫酬贾沔州诗》诗："岂欲皂栎中，争食籹与饡。"《全唐诗》注：
"籹，糠中可食者。牛马食馀草节曰饡。"按，籹，音纥；饡，音觅。王子
展以佐杂获交节庵，观诗中眷念之情，于清代官场中实不多见。节庵名鼎
芬，字星海，节庵其号也。番禺人，光绪六年（1880）进士，授翰林院编
修。因劾李鸿章罢职。在粤历任丰湖、端溪山长及广雅书院院长，出任湖北
按察使，后充陵园种树大臣。

李伯元《南亭四话·庄谐联话》："文芸阁学士廷式于今年八月殁于萍
乡珂里，其公子甫旋沪，设奠于寿圣庵，王子展观察存善挽以联云："追思往
事，感不绝于予心，同学少年，北邙过半，曹子桓有言既痛逝者，行自念也；
历溯生平，士固憎兹多口，文章千古，东海流传，韩昌黎所谓动而得谤，名亦
随之。"据此，当日王子展可能亦师事兰甫，后亲佐杂而入仕也。

李文田诗

李文田诗文集未刊，汪伯序《棕窗杂记》录其《题阿克苏出土刘平国
碑》七绝五首云："汉武轮台画庙谟，五单于弱避龙居。（《元史》"怯绿连
河"亦作"龙居河"。）谁料季叶威棱在，瓯脱犹留末将书。""达阪高高比
可汗，穆苏尔岭最嶙峋。（穆苏尔达巴罕，阿克苏大山也。）故人施宿工搜
访，（施均甫观察，余庚午典试浙江所得士。）百字贞珉尺二宽。""蒲海裴
岑出最先，（《裴岑碑》有"海祠"字，谓"蒲类海"也。）沙南侯获近祁
连。（《沙南侯碑》，近人考为侯获碑，沙南乃汉县也。）穷荒更遣菁华露，
礼器碑刊仅二年。（此碑题"永寿四年"，后《礼器碑》两年。）""安得穹
碑尽日摩，风雷虽动倮搜罗。（《姜行本碑》每拓则有风雷之异，见纪文达公
笔记。）北征录与西游录，说着今人见不多。（耶律楚材《西游录》云："别
石把有唐碑。"金幼孜《北征录》云："交河郡出唐碑。"此皆今新疆地，而
碑未见。）""论旧惟闻盛孝章，（借唐人句。）一时渊雅数天潢。（谓盛伯

羲祭酒，有《郁华阁诗集》。）郁华重出更生在，手释新碑字字香。（所释皆字字确凿。）"

梁节庵诗

梁节庵《落花》诗共六首，第一首云："缥缈高楼一昨风，晓来悢怅见飘红。虽然开谢春为主，便有高低态不同。绮岁才人看夕照，旧家词客赋飞蓬。今朝目极仍回首，犹听疏林数点钟。"颔联传诵一时，人称"梁落花"。余喜读节庵诗，惟读至末联，每感"仍"字后不应再用"犹"字也。

梁节庵《寒夜独谣》诗云："写入幽通黤一灯，神人仿佛事何曾。月明深巷疑闻豹，风肃清帘不到蝇。久别花枝凭梦折，无多酒力带愁胜。年来莫溯心中语，何止篱间懒嫚藤。"余藏节庵戊午秋（1918）写赠道远小帧，"黤一灯"作"灿一灯"，未知印集何时修改也。

王应华诗

汪兆镛《棕窗杂记》载，王应华为县崖社兄乔木棉花诗五绝两首云："扁舟无近远，丽瞩日成欢。我爱古人句，明霞亦可餐。""习静观朝槿，陋哉摩诘翁。如来光相好，逼塞满虚空。"应华字崇闇，号园长。东莞人。崇祯元年进士，与史可法、徐汧、金声同榜，初除武学教授，累擢福建按察使、礼部侍郎，广州拥立唐王弟聿镆，改元绍武，拜东阁大学士。清兵至，唐王仓卒匿应华家，应华与何吾驺出降，旋奔赴肇庆，桂王授光禄寺卿。后礼空隐和尚，法名函诸，隐居水南，韬晦终身。善书，工水墨兰竹。王集已佚，汪记独存此诗。

郭频伽诗

郭麐《灵芬馆集》刻于道光壬午（1822），汪兆镛藏其道光乙酉（1825）《题太仓萧子珊抡贞松慈竹》诗云："慈竹生孙木有阴，高堂鹤发已侵寻。一生补竹牵萝意，五夜篝灯恤纬心。应有范乔传宝砚，不妨令伯未华簪。遥知才子承颜乐，返哺乌真是好音。"乃刊后三年所作。萧抡，字冠英，号子山，又号樊村。太仓人，廪生，与兄揆齐名。经术湛深，才华富瞻，好为齐梁丽制。著有《樊村草堂诗选》。

宋芷湾集外诗

宋芷湾《粤秀山方丈小坐同墨卿太守》云："海水只贴地，白云来几年。山川秦郡后，烟雨佛门前。树杪下人影，竹根吟石泉。蒲团分小坐，我亦祖师禅。"《雨夜亭西城友人》云："消息壁虫深，一灯残自吟。伏经三夜雨，秋到几人心。旧约城西好，名花水北寻。明朝可晴霁，踏屐海棠阴。"《珠江新柳和友人韵》二首云："折过前年系马条，十分情思在眉腰。今还愁锁君知否，只背东风不肯朝。""晓乌啼罢夜乌啼，生小桃根共水西。郎是渡江须用楫，一生生怕五花蹄。"四诗清婉，均《红杏山房集》未载，从汪兆镛所藏自书小帧录出，微此将失传矣。款署"菊船先生属书"。按，钱塘许乃来，字菊船，道光初官番禺令。

前人论书每有异同

郑孝胥《朱丙君求题张瑞图草书长卷》："崇祯定逆案，阁臣居其四。生祠谁书碑，二水败以字。其书颇精熟，实则有习气。岂不劲且巧，所乏萧散味。竖眉复怒目，俗笔在刻意。对策列第三，立论却有致。用人古不分，称职足为治。君子与小人，强名乃多事。人污言不废，此理未为悖。朱君得此卷，喜看腾掷势。缶庐亦许可，绝叹龙虎臂。吾意独轻之，一说聊可备。缶庐擅三绝，诗笔挟忠义。莫持张比吴，逝者有馀愧。"又，《马通伯属题姚惜抱刘石庵行楷卷子》，视董香光为乡愿，王梦楼侧媚似吴姬，姚惜抱稍劲秀，终有董氏之鬼腕，包安吴拜邓石如，但恶札不可耐，刘石庵堆墨狡狯，何道州有斫阵之势，晚亦不免俗态。

前人论诗亦有好恶

金人王若虚，字从之，号慵夫，藁城人。金章宗承安二年经义进士。其论诗云："山谷之诗，有奇而无妙，有斩绝而无横放，铺张学问以为富，点化陈腐以为新，如肺肝中流出者不足也。"金人周昂曰："宋之文章至鲁直已是偪仄处，陈后山而后，不胜其弊矣。"杨大年不爱老杜诗，谓之村夫之语。

王若虚喜平易而恶艰深，其论白诗云："乐天之诗，情致曲尽，入人肝脾，随物赋形，所在充满，殆与元气相伴；至长韵大篇，动数百千言，而顺适惬当，句句如一，无争张牵强之态，此岂撚断吟须、悲鸣口吻者所能至哉？而或以浅易轻之，盖不足与言矣。"周昂尝谓："鲁直雄豪奇险，善学新样，固有过人者，然于少陵初无关涉。"

鲁直《牧牛图诗》自谓生平极至语，王若虚却谓"有何意味"，并谓"黄诗大率如此，谓之奇峭，而畏人说破，元无一事"。若虚谓鲁直作诗有谓"夺胎换骨""点铁成金"法，直是"剽窃之黠者"。史舜元为周昂作诗集序云："吾舅儿时便学工部，而终身不喜山谷也。"由是可知毁山谷者实不喜耳。王若虚谓诗道至宋人已自衰弊。又谓："司马迁之法最疏，开卷令人不乐。"又谓："自古文士过于迁者何限，而独及此人乎？迁虽气质近古，以绳准律之，殆百孔千疮，而谓学者专当取法，过矣。"

章太炎演说

光绪三十二年丙午，章太炎东渡日本，在留学界及民党欢迎会上演说云："大凡非常的议论，不是神经病的人断不能想，就能想而不能说。遇着艰难困苦的时候，不是精神病的人断不能百折不回，孤行己意。所以古来有大学问成大事业的，必得有神经病才能做到。"未知章氏亦此等人否？

宋湘琴台题壁诗

古琴台在湖北武汉市龟山尾部、月湖侧畔，传为春秋时楚人伯牙鼓琴之处。北宋时此台已有，解放后重修，有碑林石刻。宋湘琴台题壁诗云："噫嘻乎，伯牙之琴，何以忽在高山之高，忽在流水之深？不传此曲愁人心！噫嘻乎，子期知音，何以知在高山之高，知在流水之深？古无文字直至今。是耶非耶？相逢在此。万古高山，千秋流水，壁上题诗吾去矣。"可称千古绝唱。

附录

莫仲予年谱

郭鹏飞　编

1915年（民国四年乙卯）　　一岁

先生本名尚质，字达猷，别字仲野，又字仲予，以仲予之字行，号小园。别署野叟、野人、万松山人、陈屋散人，室名有三研堂、留花庵、志不可夺斋、惜琴轩、春风草庐、小雷音琴馆等。广东省新会县人。著有《留花庵诗稿》《留花庵印存》《莫仲予章草集》等。

本年夏历八月十三日（家谱载民国四年乙卯年乙酉月乙卯日生，公历9月21日），先生生于广东省台山县。

父讳大熊，一名熊祥，字嘉望，别字渭臣，号觉清。生于光绪九年（1883），卒于1972年2月17日。

先生《自述》（档案1956年12月）云："父亲名渭臣，七十四岁。当他才九岁时，祖父便去世了。曾祖父去世时，我父亲也才十三岁，这时家庭生活就发生了严重问题。因为父亲还〔有〕一个姊姊和哥哥，由于年纪太小，祖尝都由族中的另一房接管去了；加上了家无恒产，连住屋都是曾祖父生前典来的，而且快要到期了。后来姑妈出嫁后，才由姑妈来补助，解决了生活上的困难。不久，父亲找到了职业，最初是在一家医园（院）里当副柜，后来在澳门渡上和香港《世界公益报》当过司账，最后考进了伪广东邮务管理局，随后和我母亲结了婚。我就是在父亲当台山新社伪邮局长出生的。"今按，渭臣先生于宣统二年始任浙江省新昌县二等邮局局长，疑于辛亥革命爆发后辞官回里，即娶姚氏。后任台山县邮局局长，民国八年调任江门邮局局长。

长兄尚德，字道猷，别字景南。中山大学医学院毕业。解放后，曾任华南医学院医生、广东省传染病医院院长。师从琴人招鉴芬习琴。擅弹《双鹤听泉》《醉渔唱晚》《鸥鹭忘机》《普庵咒》《忆故人》等操。1980年，参与成立广东古琴研究会，任副会长。撰有《广东古琴史话》。

1917年（民国六年丁巳） 三岁

是年，渭臣先生始教授先生读书。最初读《三字经》《唐诗》《屑玉》《诗经》之类，后来又读过"四书"、《左传》等。练习方面还从造句、对联以至作文。

1919年（民国八年己未） 五岁

是年七月，渭臣先生调任江门二等邮局局长。先生随父回里，迁居江门象溪坊。

1921年（民国十年辛酉） 七岁

是年家居江门，由父亲教授古文和"四书"。

先生1956年自述学习经历（本文简称《自述》）曰："一九二一年，七岁。我父亲在江门当邮局局长，当时学校很少，好的学塾也不易找，仅在家里由父亲教些古文和四书。在家读书实在从三四岁便开始了，最初读《三字经》《唐诗》《屑玉》《诗经》之类，后来又读过"四书"、《左传》等。练习方面还从造句、对联以至作文。"（见广东省文史馆档案）

先生自言："余自束发受书，先君即授以音韵、骈偶之学，诵《三百篇》，《离骚》，汉魏、唐宋之诗，左氏、司马、韩、欧之文。"（《留花庵诗稿·卷末附言》）

1922年（民国十一年壬戌） 八岁

是年进入江门蓝秩生学塾读书，不久转入李泽芸学塾读书。

《自述》云："1922年，进了江门范萝岗蓝秩生学塾。因为当时《三字经》已背得烂熟，开蒙不过是循例故事而已，所以不久就转到了李泽芸学塾，进入了'开讲'的阶段。这时课程已有增加了，直至1923年底才离开。"

1923年（民国十二年癸亥）　九岁

是年底，离开李泽芸学塾，准备进入江门景贤小学读书。

1924年（民国十三年甲子）　十岁

是年转入江门景贤小学读书。

《自述》云："1924年，由于学校渐兴，我吵着要进学校，于是又进了钓台路的景贤学校。"

先生童年随父渭臣先生学中医，兼习诗文书法。

1925年（民国十四年乙丑）　十一岁

5月30日，发生"五卅惨案"。景贤小学因易长风波停办，先生被迫又转入私塾读书。

1926年（民国十五年丙寅）　十二岁

是年，转入李苊谦学塾念书，地址在江门圩顶，课程以经解、文章、考据为主。年底，景贤小学复校，便转回景贤学校就读。

1927年（民国十六年丁卯）　十三岁

是年在景贤小学读书，年底初小毕业。

九月，渭臣先生调充广东邮政管理局秘书。全家迁居广州，赁居河南龙溪新街13号。与居于河南会龙里6号之陈俊初结交。先生兄弟与陈俊初之子陈明德、陈明善为友。

1928年（民国十七年戊辰）　十四岁

夏，考入广州市南武中学附小，读四年级。一直到1937年夏从南武中学高中毕业。先生兄弟与陈明德、陈明善为南武同学。

是年，古琴家杨新伦回到广东，先生与长兄尚德后即拜杨氏为师，学习古琴。

1929年（民国十八年己巳）　十五岁

在南武中学读书。秋，读高级小学一年级。

1931年（民国二十年辛未） 十七岁

夏，在南武中学小学毕业。秋，读初中一年级。

1932年（民国二十一年壬申） 十八岁

在南武中学读书。

先生兄弟与陈明德、陈明善从胡兆麟习诗古文辞及书法。先生自云："及长，始习文词。"（《留花庵诗稿后叙》）省文史馆云先生"少年时受业顺德胡兆麟先生之门，精熟经史。为诗初学盛唐，高华壮亮，尤擅长篇古体。"先生书法"自幼从（胡先生）习《圣教序》《砖塔铭》，打下坚实的基础。青年时，又临习过《高湛碑》及赵之谦的行楷。"（《莫仲予章草集》）

1933年（民国二十二年癸酉） 十九岁

是年秋，读初中三年级。与陈基溱、郭伟波、卫锡权、李柱平、陆兆麟、陈溢康、刘福祥、李持锐为同学，相交数十年。

春前，先生有七绝《红花岗道上作》。

又尝往漱珠冈（今广州市海珠区纯阳观）探梅，有七绝《漱珠冈探梅》二首。

又有五古《怀李苡谦夫子》。按，先生于1926年入江门李苡谦学塾读书一年，与长兄尚德同列馆席。

1934年（民国二十三年甲戌） 二十岁

是年夏，在南武中学初中毕业。秋，读高中一年级。

1937年（民国二十六年丁丑） 二十三岁

是年夏，在南武中学高中毕业。在家闲居读书一年，并习中医。

是年十一月廿七日，先生与林竹仙结婚。林氏，新会人。

1938年（民国二十七年戊寅） 二十四岁

是年春，先生在新会。

4月初游圭峰山，作《玉台寺》七律二首。

6月，经亲戚介绍到广东省沙田整理分处当股员。

8月，沙田处副处长梁汉耀调任德庆县长。分处长朱韵秀改任梁氏的财政科长，先生亦转职德庆，当办事员。不久成立税捐处，调先生为股长。

10月，日寇在淡水登陆，不久占领省会广州。12月，太平洋战争爆发，日寇陷香港。

先生在德庆。有词《菩萨蛮·嘉荫堂夜坐》。闻警讯，仓促归里。先生父母后徙于台山县冲蒌墟，越三年，先生母丧。至1945年抗战胜利后，接父渭臣先生到鹤山县同居。

是年，长女丽娟生。

1939年（民国二十八年己卯）　二十五岁

1月初，避地归里，经香山县，夜饮，醉后访梅。作七律《夜醉游香山访梅》、词作《柳梢青·月夜香山探梅》。

2月，梁汉耀调任灵山县县长，催先生往灵山县府任佐理会计员。先生遂辞亲西行。有七律《饯江园》、词《鹧鸪天·饯江楼》，即辞别之作也。

是年，先生或以战事等原因，不便通行，故滞留于德庆县。此行结识李怀霜，作《虞美人·南江口归途同怀公》，有句云"正是花时节"，可知二人是在本年春去德庆的舟中认识的。在德庆期间，向李怀霜学习章草。"认识岭南章草名家李怀霜先生，转学章草，从《出师颂》《月仪帖》入手，复临赵子昂《千字文》《急就章》及宋克诸帖。后又私淑王秋湄，得其峭劲的笔法。"（《莫仲予章草集》）

10月底，李怀霜将北上韶关，任广东南路行署秘书。先生作七律《送李怀公北上》，有"烽火东南寇焰张，衣冠北指去堂堂。将军开府新延幕，岭峤雄关古战场"之句。

先生在德庆，有五律《嘉荫堂紫薇》，睹花感事，有聚散浮沉之思。

李怀霜寄诗二首，先生感之，作《怀霜丈自韶关寄诗两首》。诗曰："离乱因缘始受知，又从粤北寄新诗。南江口外归舟日，正是西窗侍砚时。"（《留花庵诗稿》）按，南江口，在今德庆县附近，南江流入西江之处也，舟行可至广州。先生至年底，犹在德庆。

冬，辞德庆县（古称康州）继续西行，午夜兼程。有五律《岁暮别康州》二首，其二云："嘉荫堂前月，香山岭上花。一年光景异，午夜旅程赊。"可证先生滞留德庆将近一年。沿西江北上，经梧州，至藤县小歇，作七绝《小泊藤县》。

除夕，泊舟桂平，作七绝《除夕泊桂平》。复往贵港，南下，遂至灵山县。作七绝《灵山道上口占》。

是年，先生加入国民党，介绍人为梁贻荪。

1940年（民国二十九年庚辰）　二十六岁

春节后，至灵山县，有《三海岩归途》七律一首。作《浪淘沙》词。又有《紫松塘杂咏》七绝三首。

夏间，梁汉耀调任乐昌县县长，先生随往，任乐昌县税捐处征收员，兼附城田粮分处主任。

随梁汉耀往乐昌县赴职，抵乐昌县坪石镇，作《坪石道中》。诗云"满眼杜鹃红过岭"，可知先生在灵山县实际任职时间极短。

1941年（民国三十年辛巳）　二十七岁

是年，任乐昌县税捐处征收员，兼附城田粮处主任职。

过韶关出席活动，作七律《夜宴》。期间，曾谒风度楼，作七律《过风度楼谒文献公祠》。

是年，抗战进入相持阶段。所作词有《少年游·小溪雪夜》一首、《如梦令》二首。

1942年（民国三十一年壬午）　二十八岁

1月4日（夏历辛巳十一月十八日），先生母丧于台山县，享年五十五岁。

是年，在乐昌县工作。夏，调任乐昌县指导员。

是年，次女雨湄生。

1943年（民国三十二年癸未）　二十九岁

上半年在乐昌县工作，下半年在阳山县工作。

6月，梁汉耀被撤职，梁氏的同学麦健生接任阳山县县长，梁氏遂介绍先生做阳山县财政科长。

7月，麦健生赴任阳江县县长。7月16日，舟次英阳三峡，遇大风，舵断，几乎命绝，卒获救。先生刊石以为纪念，朱文。辞曰："癸未三峡鼓中野再生。"款云："迤逦溪间东复东,下航春水上航风。如何不倩猿啼住,游子年年若转蓬。叶文熹《三峡诗》。癸未秋,随麦公健生赴任阳山。航次英阳三峡,遇风舵断,几遭没顶,幸一小舟驰救,始庆再生。横潦行舟,其险若是。同船者:陈兄胜全、宋兄致智、麦公健生、钟兄鼎铭、陆兄式坤、张兄远权、麦兄升誉、李弟镜泉、李弟荫亭、司徒弟其华,以齿序,时七月十六日也。老莫并款。"(《留花庵印存》)

阳山县所产石可治印,然不甚坚。先生复治一印曰"老莫无恙"(白文方形印),款云:"癸未秋,随麦公健生赴任韩公旧治,经三峡遇险无恙。"又有朱文长方形印"仲予处方",款云:"癸未秋,老莫作。"又有两头章,白文曰"莫尚质印",朱文曰"志不可夺斋主人",款云:"腰可斩,志不可夺。癸未秋,老莫作于阳山,十月廿一日。"又有三面小印,其正者曰"留花庵"。对面者,一曰"仲野",朱文;一曰"延年",白文。款云:"石采阳山中,不甚坚。仲野。"(《留花庵印存》)

夏,作《菩萨蛮》。秋,作《鹧鸪天》。

秋,许崇清(号志澄)游阳山县,先生陪同登贤令山,并访摩崖石刻,拓得碑刻三本。

阳山县为韩愈第一次被贬之地。先生诗有《谒韩文公祠》《韩公钓矶》《集北山寺》。又有五古《陪许志澄先生登贤令山访摩崖石刻》。

10月18日(重阳),作七律《重阳听泉亭得催字》《衙斋夜话同韵翁则哲》二首。按,则哲,号韵翁,馀不详。

冬,作《庭梅初放柬韵翁则哲过饮》。韵翁欲南下,先生作《听泉亭饯韵翁》。又有五律《庭柏》,感行路难。不久,韵翁又欲改辙东行,留一宿而别,先生作五古《韵翁改辙东行留衙斋一宿而别》一首赠别。

年底,有七绝《东风》一首。

1944年(民国三十三年甲申) 三十岁

是年,先生仍任阳山县财政科科长。

春,先生曾南下,舟次清远,闻曲江警,旋又返棹阳山。作《江行十四韵》五古一首,有句云:"乱离何日已,忍让到今非。""蜀险终难据,韶危未解围。"欲作计东行,亦不果行。作七律《舟次清远闻曲江警返棹阳山》,

有句云："返棹已成骑虎势，归心真似漏鱼初"。又作七律《夜泊峡山寺》，有句云："坐报曲江传寇警，且沿湟水转征篷。相逢过客停舟问，此去连阳路可通。"

是年11月，第三次粤北会战爆发。

是年，三女杼儿生。

1945年（民国三十四年乙酉）　　三十一岁

1月，韶关全境沦陷。广东省战时政府被迫东迁。有五古《泊城楼》，诗云："昨日见报章，已谓前师突。缘何不旋踵，韶远相继没。"韶谓韶州，远谓清远，时皆相继陷落。

2月，梁汉耀赴任鹤山县县长，电报催先生赴鹤山，任鹤山县财政科科长。先生再次乘舟别阳山，有七绝《再别阳山》，又有五律《江上》。

3月，抵鹤山县。然财政科长已有人接任，乃改派先生为编外秘书，核批财政、会计、仓库的文稿，同时又派为田赋处顾问，核批田赋处的文稿。

先生接渭臣先生到鹤山居住，盖在本年春夏间。有七律咏《莺塱》、七绝《泛棹玉桥同鲁式则哲》，皆作于鹤山。

8月14日，参观乞巧民俗活动，作《萧乡七夕》。

8月15日，日本宣布无条件投降。是月，梁汉耀谢职鹤山县长，调任国民党省党部委员。先生只好辞职，在鹤山县办理交代了两个月工作。8月底，南京全面收复。作七律《收京》。

10月，先生交代完工作，挈家还乡，赁居于新会会城如求社2号，闲居了一段时间。

致书大兄尚德连县，相约归期。作五古《忆昔》，有句云："八载久流亡，凄苦如束稠。家毁妻子离，弟兄委壑沟。母失儿何恃，终身恨莫酬。虽谓普天庆，春还发已秋。归欤复归欤，培我椿庭榴。重坚乡土约，书付连州邮。"注云："大人手植榴花于庭中，枯荣未知也。"

按，陈永正谓仲予先生在"抗日战争期间，流离道路，避乱村居"（《莫仲予章草集》），此期诗词"风格又复一变，吸取宋人梅尧臣、陈师道、陈与义拗折沉郁的诗风，写战乱中悲愤的感情"，"感时抚事，格意俱高"。（《莫仲予章草集》）

是年，所作词有《浣溪沙·市桥》《洞庭春色·重过江楼》《阮郎归·陈巷》《浣溪沙·袅袅螺云薄薄纱》。按，陈巷镇在连州（旧称连县）。

1946年（民国三十五年丙戌）　三十二岁

是年初，在新会闲居。作《扫花游》词。

2月，先生经阳山县工作前同事邓振声介绍，任番禺县助理秘书。

12月8日，有七律《十一月望夜宴江园》诗。

是年，四女若棠生。

1947年（民国三十六年丁亥）　三十三岁

春初，陈融会先生于广州东山一带（今越秀区东南），书赠条屏。翌日，先生赋诗为谢，题云《颙园老人书赠屏条翌日赋谢》。又有五律《江楼四首》。

暮春，陪伍观淇游南海神庙，作七古《宿黄埔艇同伍观淇丈翌日游南海神庙》。曾应徐信符之邀，整理南州书楼藏书。徐氏是年卒，遂止。

夏，尝过暹冈孔庄啖荔支，作七律《过暹冈孔庄啖荔支并留午宴》。

是年，与长兄尚德始从著名琴家招鉴芬学琴。先生先叔祖莫骥昭、堂叔祖莫琛昭皆为岭南颇有名气之琴人。先生后来藏有"小雷音"琴一张，曾名其室曰"小雷音琴馆"。

1948年（民国三十七年戊子）　三十四岁

是年，有七律《客舍》《南石头舟中望海珠桥》。

6月，陈汝超罢番禺县县长职，先生亦罢去。邓振声复介绍先生到新会县任佐理秘书，刚到职五天，新任南海县县长邓邦谟电报催先生到任，遂之南海县府任财政科科长。

章文钦《我和两位前辈馆员的书画缘——怀念蔡敬翔、莫仲予两先生》一文谈到先生在南海县当财政科科长的情况："莫老作为一位传统学人，重缘分而轻金钱，严于辞受取与之道。可以用如下一件事来加以说明：1948年，解放战争正在进行。尚属国统区的珠三角哀鸿遍野，民不聊生。莫老的一个朋友做了南海县长，要他去做财政局长。这位'南海财神'，却正正经经，不捞偏门，以致生活之拮据与平民百姓并无两样，每月领到工薪，即去排队将金圆券、法币换成港币、美金，或先买回粮食。女儿病得不轻，无钱求医，家中只有一瓶十滴水。他含着眼泪对女儿说："用了这十滴水，能把你治好，是你的造化，如治不好，阿爹也没办法了。'他的哥哥，在广州行医，心疼侄女，赶到佛山，才把她治好。"

是年，有《感事》七绝三首、《饮菩提园》七律一首。

1949年（民国三十八年己丑）　三十五岁

7月，邓邦谟辞南海县县长职，先生亦罢去。时梁汉耀调任广州货物税局局长，遂请先生出任货物税局参议。

8月，直接税务局和货物税局合并为财政部广州国税局，梁汉耀任局长，先生任秘书。

10月1日，新中国成立。是月，解放军入广州，广州解放。先生至澳门妻兄处以作观望，闲居数月。

1950年（庚寅）　三十六岁

是年，挈家眷寓居澳门妻兄处。

先生于7月独自回到广州，依靠长兄再寻找工作机会。

1951年（辛卯）　三十七岁

是年春，作《澳居杂诗》七绝三首。接到兄长消息，大概找到了工作机会，于是年初挈家回广州，住在中山五路雨帽街文桂里3号。

2月12日，广州市人民政府号召各党派党员进行登记、审查和处理。先生当日做了登记，但隐瞒了工作经历。

3月1日，经长兄友人叶本权介绍，到维新机器厂当会计。

5月，先生因隐瞒在国民党政府时期的工作经历，在单位被宣布公开管制，接受群众监督和教育。

是年五月，长子家骐生。

1952年（壬辰）　三十八岁

是年，有七律《荔湾怀古》。中秋次日，作七律《十六夜荔湾泛月》。又有《江楼感旧十章》。

是年，治印有白文方印"仲垫启李"，款云："壬辰作。"又有白文印

"万松山人"，款云："居穗郊元下田草屋时所作。壬寅仲野。"（《留花庵印存》）

1953年（癸巳）　三十九岁

是年，在维新机器厂当会计。3月15日，先生的公开管制被宣告撤销。

8月7日，广东省文史研究馆成立。首任馆长侯过，副馆长胡希明、廖嗣兰。

1954年（甲午）　四十岁

是年十一月，次子家骥生。

1955年（乙未）　四十一岁

7月1日，维新机器厂与中星、中兴、万象三厂合并为交运汽车零件制造厂。

12月1日，交运汽车零件制造厂改为公私合营，先生做交运厂来历记录员。

1956年（丙申）　四十二岁

12月，在肃清反革命运动中，先生接受单位（公私合营交运厂）组织调查，对参加革命前后的家庭关系、个人历史、思想转变情况、社会关系情况作书面交代。随后，被送往广州鸦岗农场劳动教养。

是年，杨新伦自上海回穗，任职于广东省文史馆，专门从事岭南古琴的发掘与整理工作。

1959年（己亥）　四十五岁

由鸦岗农场被送往元下田农场劳动教养。作七绝《闻蝉》一首、《繁霜》二首。又有白文印"万松山人"，款云："居穗郊元下田草屋时所作。壬寅仲野。"（《留花庵印存》）边款当为三年后补刻。

除夕，作《山居除夕》七绝一首。

1960年（庚子）　四十六岁

被解除劳动教养，返回广州。至"文化大革命"爆发前，先生一直在其父莫渭臣中医诊所做助手。与陈明德、陆兆麟等旧友过从。陈永正以年家子从游问学。

1961年（辛丑）　四十七岁

是年春，作《市桥晤李枚叔》，句云："南冠忍道三年聚，依约青青老一髯。"

是年，先生曾侍招鉴芬，作五律《园坐侍招师》，诗中谓先生与招师相别已有三年。与兄长莫尚德对传统粤曲八大名曲进行整理。

作七律《雨山寓楼望坚白先生故居》。按，温廷敬，字丹铭，晚号坚白老人，大埔人，1954年去世。

冬，作《至日北园楼坐同迁翁》。按，罗球，字雨山，号迁翁，又号藤花词客。江西赣州人。寓居广州。

1962年（壬寅）　四十八岁

是年，粤曲八大名曲的整理工作完成；六月，在广州正式演出。先生治白文方形印"仲野小诗"，款云："招师戒予勿作，常以此自儆。仲野壬寅。"（《留花庵印存》）

1963年（癸卯）　四十九岁

春暮，招鉴芬卒。先生作《听梅楼挽词》，词甚感人："慭遗竟夺岂天心，寿考令名亦古今。侍坐昨犹元礼接，幽怀终与汨罗沉。堂堂双绝交湖海，渺渺千秋揆浅深。春事荼蘼三月尽，一楼宛在怆人琴。"招老善琴与画，识者谓之"双绝"。1979年，先生《陈屋杂诗》其三犹追忆其师："听梅楼上虚双绝，琴画凭谁作我师。一艺已嫌馀事累，清灯寒影夜阑时。"

1964年（甲辰）　五十岁

是年治有白文小方印"仲堃"，款云："甲辰仲刊"。又有两头方章，一端为白文"莫氏"，另一端为朱文"仲堃"，皆古文，款云："甲辰仲野。"又有两面长方形章"巨鹿"，一朱一白，款云："甲辰仲野。"又有两头小方章"巨鹿莫氏""仲堃"，款云："甲辰立夏。仲野。"又有两头章，朱文曰"莫尚质印"，白文曰"仲野延年"，款云："甲辰仲野。"又有白文方印"春风草庐"，款云："甲辰仲野。"（《留花庵印存》）

1965年（乙巳） 五十一岁

是年治印有"莫尚质印""小园""仲垫""留花庵主""仲垫五十后作""散人莫氏之章"，款未见，姑系于此。（《留花庵印存》）

1966年（丙午） 五十二岁

是年夏，"文化大革命"爆发，诊所亦为之停业。

秋，先生父亲渭臣老先生时年八十四，被只身遣送回新会故里。

按，据陈永正撰文，言及当日之情形：丙午秋，神州劫动，地陷天倾。莫老（渭臣先生）八十高龄，独遣归里。余侍家君相送于天字码头。风云惨淡，浊浪腾翻。莫老凄然曰："二十年前，设以今日语人，人必曰：'焉有其事哉！'二十年后，复以今日语人，人必曰：'言之过甚耳！'"今忽忽二十年矣，迹往情忘，偶念斯言，宁无深慨？（《文艺与你》1986年第5期）

是年，治印有两头章"莫尚质印""垫人"，款曰"丙午"。又有朱文方印"惜琴轩藏"，款曰"丙午"。又有白文长方印"不改其乐"，款云："丙午冬至后一日，仲野。"（《留花庵印存》）

1967年（丁未） 五十三岁

是年春，自广州返新会故里侍父，在新会竹场做临时工。作七律《登横排先慈墓地望崖门》《过象山下》。

作七绝《悼莅君》二首。

冬，与秉坤、凤朋园坐，作《岁暮园坐同秉坤凤朋》七律三首。翌日，再用前韵作三首。

是年，治印有白文"三研堂印"，款云："丁未仲野。"又有朱文长方印"臣之壮也，犹不如人"，款云："丁未处暑后二日，□人命刻。尚质志。"（《留花庵印存》）

1968年（戊申） 五十四岁

是年，侍父自新会故里返回广州。

1969年（己酉） 五十五岁

是年，先生在广州。10月，宣布战备疏散的决定。

1970年（庚戌）　五十六岁

夏初，由于战备疏散，先生全家被安排到雷州遂溪县洋青公社陈屋大队插队落户。陈明德、陈永正父子在广州西郊为先生送别。先生以为馀生将留雷阳，意颇伤感，因出自书诗一卷、端砚一方赠陈永正，"谓此行当无归望，砚聊赠习书，诗则宜扃诸箧中，事亟，径付丙丁可也。"（陈永正《留花庵诗集序》）

6月，至遂溪，抵洋青镇陈屋村。作诗纪之，有句云："苍皇襆被下雷州，千里移家亦壮游。"是月，治有白文方印"陈屋散人"，款云："庚戌五月徙陈屋作，野人记。"（《留花庵印存》）

在雷州干农活。作《灌园》《幽兰》《秋夜苦热据案欲睡室人以浮瓜进颓然赋此》等诗。

作七律《遂溪村居》四首，诗颇沉郁。

1971年（辛亥）　五十七岁

是年，在遂溪县陈屋村居。兼作医生，可算工分。

是年夏，作《夏热》七律一首。

1972年（壬子）　五十八岁

是年，先生居遂溪。二月十七日，父丧，享年九十岁。十九日，奉葬南海县沙贝乡。

秋，曾归广州。作七律《归途寄怀穗中亲友》。

1973年（癸丑）　五十九岁

是年，仍居遂溪。

春，作五律《小园》二首。

秋，作七律《乡人惠竹栽归植园中今已成丛矣喜赋一律》。

冬，作五律《岁晚》，有"萧瑟愁风雨，栖迟忆弟昆"之句。

是年，有《减字木兰花·陈屋书事》七首。

1978年（戊午）　六十四岁

是年清明，先生曾归里。或闻将有遣还之令，作七律一首云："两树寒松先子宅，九年迁客故园情。陌头绿柳催归色，帘外黄鹂唤友声。麦饭冥钱人上冢，春风细雨鸟催耕。遥知罗岭芊芊草，上有儿孙正展莹。"又作五律《兼味》一首、七律《春梦词》七首。

春暮，大兄先获遣还令，自海南来晤。作七律《大兄自海南来晤一宿而别》三首纪之。先生上次与大兄见面在乙卯冬日，至此已隔三年。又赋五律《漫成》一首、七律《幽居七首》。

岁晏，作《除夕从邻村乞桃花一枝含蕾待放楚楚可人因成一律》。又有七律《雷州逢故友》《再赋二首》各一首。

1979年（己未） 六十五岁

春，作《湖光岩》五律二首。作《庭竹》七律一首，谓村人多来乞竹栽。作七绝《撷笋》二首。

夏间，作《陈屋杂诗》十六首。

冬，先生离开遂溪，还广州。《别雷州》诗云"九年边戍地，千里故乡情"。按，计自1970年夏至此，居雷州实九年馀。

作七绝《归途》二首。又作七律《车抵西门》一首，诗云："无病能归事已奇，最难功罪论当时。到门季子情休问，降格黔娄我岂宜。客梦恍然疑一顷，生涯从此念千丝。车尘又过城西路，不见风云帐下儿。"

先生归至广州，始与徐续订交，得读对庐之诗词。

1980年（庚申） 六十六岁

是年，居广州东郊冼村。

春，在白云山与陈明德话旧，作《云岩茶座与陈明德学长话旧》，有句云："十年今昔看晴日，一摔辛酸说断肠。"

春，有词《荔支香近·暮春蒲泉茗座作》。

忽忆十年前仓皇迁雷之事，作七律《灯前叠思字韵》，后又作《虚窗再迭思韵》。

初秋，先生刻两头章，白文曰"巨鹿莫氏"，朱文曰"仲予六十后作"，款曰："庚申初秋，冼村灯下所作。野人。"（《留花庵印存》）

秋冬，作《次韵鄂生见示洛溪峡口阻雨之作》《徐祖立分惠盆兰书旧作艺兰词屏条以报》《寒宵》《荔湖小集》《咏兰》《岁晚偶书》。

是年10月24日，广东古琴研究会成立。时年82岁的杨新伦任会长，先生长兄莫尚德任副会长，谢导秀任秘书长。

1981年（辛酉）　六十七岁

春节，作七律《辛酉春节同人茶会席上赋》。

4月27日（按，黄花岗起义夏历在三月廿九日），作七绝《黄花岗烈士七十周年祭》三首。

6月30日，粤秀业馀文艺学校成立，设置课程有中文、国画、书法、摄影、装裱、素描等。聘请先生与朱庸斋、梁鉴江三人担任中文教师。先生作七律《艺苑开学典礼即席赋》一首。

夏，作《东湖小集同艺专诸子》。又有《陈巷故居》《洛溪渡口》《重过江楼》《登峰雅集》《乞文宽补书诗笺》等诗。

夏，广东省文史馆秘书处柯沂过访莫尚德，时先生在座，以新作出示，柯沂叹赏不已。尔后遂邀先生参与馆中活动。8月14日，省文史馆同人作市桥一日游。先生作《市桥》七绝一首。

是年秋，经胡希明馆长向广东省委统战部推荐，先生获聘广东省文史研究馆馆员。

10月中旬，省文史馆成员赴惠州西湖与罗浮山参观学习。先生未参加，补作七绝《惠州西湖之游余以病足未与文宽有诗纪其事爰依韵奉和》六首。

又有七律《黄婆洞归途》。按，黄婆洞在广州白云山。

辛亥革命纪念活动，先生作七绝《辛亥革命七十周年感赋》五首。

初冬，与大兄、关晓峰、冯曼硕、麦汉兴诸人曾过肇庆，游七星岩、鼎湖山诸胜。作《庆云寺小憩啜山茶同大兄晓峰曼硕汉兴》《赏菊》《七星岩三十韵》《阅江楼晚望》等诗。过珠海，有《谒中山先生故居》《过玲珑山馆故地》《晚抵香洲》《珠海上园赏荷》《舟中望濠镜》等诗。

冬，省文史馆馆员数人同往萝岗赏梅，作《萝岗探梅同馆中诸先辈》二首。

岁暮，有《辛酉岁阑听雨轩茶叙》《残夜》等诗。

1982年（壬戌）　六十八岁

是年，在粤秀业馀文艺学校工作。春节，作七律《壬戌岁朝》一首，又有词《踏莎行·壬戌迎春》《满庭芳·春节》。

是年春，为蔡敬翔题《竹石熊猫图》，为关曼青题《红棉喜鹊图》。

同莫尚德、陈基溱夜饮，作诗《夜饮同大兄基溱》纪之。又有七律《红棉》二首。

上巳日，同广州艺苑诸老作瑶溪修禊，有诗纪之。作《南馆观书归呈胡希老》。先生得晤老友张采庵于省文史馆。张采庵作有七律《喜晤莫仲予不面十八年矣》，诗云："花气横流春在笑，书城南面子能专。"注云："省文史馆。"1980年3月，应张桂光之约，与李曲斋、刘逸生、徐续、张采庵、陈永正同游惠州西湖。

夏，重过清远，游峡山寺。作《中宿峡》《重过峡山寺》。游飞霞山，作《宿藏霞洞三宫殿舍二首》《冒雨游飞霞洞》《赵胡钓台》《寻和光洞路迷不获》。

又作《寺庭偶书》，自谓"僦居市郊冼村，室极湫隘"。作《庭菊》《竹夫人》。为孙文斌、李筱孙题《梅菊图》。

8月30日，廖仲恺何香凝纪念馆开馆。作《读双清词草感赋》，又作《永遇乐·双清纪念馆开幕》。

秋，作《粤秀艺校雅集》《公园书所见》《题门人诗集》《次韵奉酬满桃见寄》等诗。所作词有《望海潮·秋夕》。

暮秋，作七绝《壬戌秋尽广州文化公园赏菊会上即赋遥寄台湾亲友》四首。

是年，省文史馆同人赴桂林旅游，先生未参加。后文史馆编印诗集，先生补作七古《漓江忆》一首。

1983年（癸亥）　六十九岁

是年，在粤秀业馀文艺学校工作。

3月12日，朱庸斋病逝，享年六十三岁。先生撰挽联，又作七律《分春馆挽朱庸斋先生》。3月21日，举行朱庸斋先生追悼会，近四百人参加。先生复作七绝《解行精舍庸斋三虞祭》一首。24日，在银河公墓举行骨灰安放仪式，先生亦出席仪式，同时还有李曲斋、陈子殷、詹瑞麟，分春馆门人蔡国颂、崔浩江、陈永正、张桂光、蔡泰然、梁雪芸、苏些雯、李文约、梁伟智，文史夜学院学生、粤秀艺校学生以及家属。

作《题桐斋师弟合作燕子牡丹萱草寿石横幅时汉兴洛阳赏花归后三日也》《许澹斋周年祭哀词》《读分春馆与晚晴楼集得作》《题佟立章晚晴楼遗稿》《车中遥瞻家别驾公故里》《夜宿望江楼》等诗。

是年春，所作词有《蓦山溪·大良道口》。

夏，先生撰《连县夏湟村黄庭坚疑冢辩》在《岭南文史》上发表。

8月，省文史馆成立三十周年纪念活动。作《广东省文史馆成立三十周年献词》。

初秋，与门人游惠州。有《癸亥初秋偕门人游惠州西湖憩六如亭访朝云墓》《朝云墓下作》等诗。

秋，与省文史馆同人西游。抵封开县，作《舟中晨望江口》《双龙洞》《代省馆贺市馆卅周年诗》《千层峰四首》《出千层峰沿黄岗河畔漫步》等诗。

重过梧州，作《重过苍梧》《梧州中山公园笔会席上作》《谒梧州中山纪念堂》等诗。

是年秋，所作词有《望海潮·白石岩》《好事近·斑石》。

岁暮，作《岁晚迎春园游》《雨后探梅》诗，词有《念奴娇·萝岗探梅》《望江南·南园》。

是年，治印有"仲予古稀后作"，姑系于此。（《留花庵印存》）

1984年（甲子）　七十岁

春节，诗作有《听雨轩新春茶叙》，词作有《锁窗寒·听雨轩迎春》。

过番禺，重游馀荫山房，作七律一首。过珠海，有《狮子洋舟中望莲花城》。

夏，重过新昌。

秋，东游罗浮。作《宿罗浮白鹤楼》《冲虚观》《飞云峰》《双人峰》《白鹤楼白鹤观旧址》《五龙潭》《洗药池》《稚川丹灶》《飞来石》《寿泉井》《跻云石》《罗浮白鹤歌》等诗。归穗，又有《岭海老人大学诗词班聚餐席上赋》《侯若卢自海外归招饮江楼》等。

10月，与省文史馆同人北游。至开封，作《相国寺》《开封菊花盛开游人趋城郊》《开封二首》。抵嵩山，作《中岳庙会》。至洛阳，作《抵洛阳》

《伊阙登西山口占》《石窟四首》《奉仙寺望东山》《白马寺》《王城公园访牡丹》《登邙山望黄河放歌》。抵西安，有词《诉衷情·兴教寺红叶》，有诗《抵西安》《止园晚眺》《登慈恩寺塔望曲江二首口占》《过华清池》《兴庆园杂咏》《荐福寺》《临潼道上》《车中望秦政墓》《骊山怀古》《观长安乐舞》《秦俑三首》《圣教碑下作》《乾陵没字碑》《咸阳怀古》《马嵬怀古》《杨妃墓下作二首》《杜曲》《华阴道上》《出函关》等。复入蜀，沿三峡而下。归穗，作《从西安清真寺得苏书两赋拓本于蒲圻车中展视感而赋此》。所作词有《天仙子·荥阳道上望广武》《庆清朝慢·柳园渡口望河》。

冬，与省文史馆同人东游梅州市蕉岭县，有《过丘沧海故居》《谒仓海先生墓》之作。

岁暮，作《甲子岁阑集馆外曹寅茶叙》。

1985年（乙丑） 七十一岁

春初，先生作《春日杂诗四首》《迎春集鹅潭宾馆》。

3月，作《孙中山先生逝世六十周年献词》。

春夏间，作《天津文史馆书画交流会上即席》《咏兔》《孙文老贻画扇感而有赋》等诗。

8月，作《抗日战争胜利四十周年感赋》《楼居五首》。又有《次韵黄文宽即席书感》《友人自蜀归代购薛涛笺两帙》《薛涛笺》。

9月，过电白，作《登电白虎头山二首》。

中秋前后，作《十四夜雨》《中秋》二诗。

复与省文史馆同人游云浮，作《游九星岩三首》《云浮蟠龙洞》《官窑驿观园即兴二首》。

岁暮，作《乙丑岁暮萝岗赏梅有寄二首》《清晖园饯岁同咢生伟强》等诗。

是年，所作词有《江城子·贺龚月珍新婚》《好事近·题晓峰藏关良戏剧人物图卷》《浪淘沙·陵水宾园晨兴》《画堂春·载酒堂》《踏莎行·夜宿那大》《满庭芳·翠竹连云》。

1986年（丙寅） 七十二岁

1月，有《珠海市书法研究会成立即赋》《武汉伯牙琴社》《次韵咢生夜宿清晖园见赠》。

春节，作《丙寅迎春岁暮有作》。

4月，与文史馆同人游海南。作《机抵海口》《谒五公祠登海南第一楼》《苏公祠下作》《东山岭试茶有作》《三亚杂咏》《徒水河苗寨》《宿通什宾楼听雨》《车中望五指山》《经济植物标本图檀木》《集海风堂》等诗。

夏，有《张子谦前辈缦政七十五年颂词》《上海今虞琴社建社五十周年颂词》《次任文媛见寄原韵》等诗。与文史馆同人过江门，游台城。作《重游台城》《登石花山》《上川舟中》《飞沙滩漫步》。又游粤北。作《丹霞吊古》《游南华寺登藏经阁》《重过风度楼》。又曾游东莞可园，作七律《可园》。

中秋前，与文史馆同人赴北京。有《抵都门》《过长安街望故宫》《居庸关口号》《长城谣》《中秋夜珠市口宾楼对茗同于城伟强李烽》《长陵怀古》《碧云寺谒中山先生衣冠冢》《西山杂咏》《瀛台》《珍妃井》《北海》等诗。词作有《齐天乐·北海湖望》。

是年秋，词作有《蝶恋花·题关曼青菊花小轴》。

11月11日，作《孙中山先生诞辰一百二十周年感赋》。

岁暮，游陈村花市，作《陈村花市竹枝词》五首。文史馆举行迎春茶会，作《踏莎行·馆同人丙寅迎春茶会有作》。

1987年（丁卯）　七十三岁

春，作五绝《迎春》一首。又有《苏北联合抗日座谈会会址修复落成兼怀韩国钧先生》《南武八十二周年校庆即赋呈明德学兄》《丁卯游石马时立春后五日桃花已谢落英缤纷废然而返》。

上巳日，与友人雅集流花湖畔。作《丁卯上巳流花湖畔修禊》。后又作《方孝岳教授之逝胡希老嘱李筱孙作南轩感旧图并亲为之序余白雷阳归抚图于邑为之赋此》。

暮春，过惠州。作《丁卯暮春偕同人夜游丰湖待月不至》。

夏，与文史馆同人游汕头、潮州。作七绝《寿刘昌潮九秩开一》二首。又作《汕头宾园晨兴》《海丰红场》《海门莲花峰》《过海门莲花峰谒文信国祠》《灵山寺》《灵山寺壁兰》《谒潮州韩公祠》《景韩亭文公石刻》《过海门莲花峰谒文信国祠》等诗。

7月，有七律《芦沟桥事变五十周年感赋》一首。

秋，与文史馆同人过南海西樵山。作《车过大科峰下穿云而上望西樵诸瀑》《夜宿天湖宾园》《西樵天湖》等诗。又有《为象棋报发刊一百期题》《祝后浪青年诗社成立》《中央暨十六省市文史研究馆工作经验交流会开幕即席》《沙头水榭遇雨》《柬鲁萍美洲》等作品。

10月初，与文史馆同人赴成都。诗作有《丁卯中秋成都宾园赏月》《登峨眉万年寺》《过新都杨升庵别业》《杜甫草堂》《过汉昭烈庙》《武侯祠》《薛涛井》《眉山三公祠》等诗。词作有《巫山一段云·望江楼怀古》。

抵重庆，复乘船经三峡至武汉，归穗。诗作有《晚抵重庆》《谒歌乐烈士陵园》《鹅岭夜望》《白帝城怀古》《舟次秭归》《三峡行》《出峡》《汉上琴台》《登黄鹤楼望晴川阁》《归途经黄鹤楼下作》。词作有《喜迁莺·登黄鹤楼》《声声慢·湖畔》。

岁暮，有七律《丁卯腊月既望宿雨初霁冰蟾在天客去拥衾不寐起次顾太清销寒诗六首原韵以遣岑寂》六首。

是年，孔凡章被聘为中央文史研究馆馆员，与全国诗词界同人互动颇多。先生与孔凡章亦有书信往来。

是年冬，词有《清平乐·梅宋人有以层玉峨峨咏此花者》《浣溪沙·有赠》。

1988年（戊辰）　七十四岁

1月，广东中华诗词学会成立，先生作七律一首为贺。

4月1日花朝（夏历二月十五日），与刘逸生、徐续、陈永正过杨村赏橙花。陈永正有《花朝杨村赏橙花同小园逸生对庐和明诸老即席赠主人三首》。

4月18日，先生过肇庆，作《三月三日访肇庆梅庵》。归穗，诗作有《陈若金公子超英去国四十年顷自台湾归省曼青赠梅花燕鹊图鄂生与余均有题诗时若老已九十八岁矣》《日中友好书道访中团莅馆笔会》《汤泉园坐》《逍遥堂小憩》等。

5月，广东省文史研究馆成立三十五年，作《广东省文史馆三十五周年馆庆献词》。

初夏，先生回新会。诗作有《戊辰初夏过会城故居》《车过白沙先生钓台少日读书处》《过水南》《谒白沙先生祠》《过任公故居》。

6月30日，应惠来文联之邀，与刘逸生、徐续、陈永正过惠来，登文昌阁。作《惠来雅集即赋》《黑叶荔枝与逸生池富三人联句》《神泉》等诗。后又作《戊辰蒲月同和明逸生沚斋徐续游神泉归题和明水墨兰花》。又有《新羊城竹枝词》四首，盖在此行前后。离开惠来，复至惠东，作《惠东夜话》《为伯彦题册》二律。

归穗，客次桂洲。作《桂洲客次与采庵逸生徐续诸老及门人沛泉论诗灯下有作并柬都门孔凡老代赞》《赠桂洲诗社》《过桂洲登青霄阁》《论诗》。后又作《为许瑞人赠日本友人栗栖昭以昭字》。

与文史馆同人游厦门，作《鼓浪屿》《厦门郑成功祠》。经泉州，作《车中望洛阳桥》。抵福州，作《林文忠祠下作》《武夷杂诗》八首、《莆田怀古》。

秋冬间，与文史馆同人过梅州，作《重过人境庐》。又曾游九江，作《滕王阁重建落成》。

除夕，作《戊辰除夕迎春口号》《戊辰除夕芳村花市》。

是年，在《岭南文史》上发表《漫谈老画家孙文斌的创作艺术》。

1989年（己巳） 七十五岁

春节，作七绝《咏蛇》。

2月，陈景舒师生书法展览会在广州文化公园举行。作《陈景舒师生书法展览会献词》。

上巳日，文史馆馆员雅集于荔湾湖。先生撰骈文《己巳修褉小启》，序云："己巳三月初三晨，广东省文史研究馆效兰亭故事，于荔湾湖公园举行修褉雅集。参加者有胡希明馆长、秦咢生副馆长及馆内成员共二十人，分韵赋诗，临流觅句，诗情洋溢，至下午二时散会。"先生并书为手卷一张，馆员签名颇盛。诗有《题杨和明兰花长卷》《题杨新伦先生横琴图》《荔湾湖修褉分韵得来字》。

4月，与文史馆同人访郑州、洛阳、登封等地。诗作有《重游邙山》《郑州宴席食鲤鱼》《参观仰韶文化遗址》《洛阳王城公园看牡丹》《重游塔林》

《少林寺庭前牡丹》等。

是年春，曾过开平，有《过荻海谒余忠襄祠》。先生代胡希明馆长撰《岭南五家诗词钞序》，又代傅子馀作《岭南五家诗词钞序》。

6月初，与文史馆同人至北京。6月8日端午，自京归穗。有诗《伯彦招饮寓斋》《端午归自都门》《都门书事》《六榕寺惠能铜像》等。

重游罗浮山。有诗《药王山孙思邈纪念馆》《游罗浮诸胜夜宿宾园》。

夏秋间，再过江门，游厓门，作《厓门怀古》《叱石僧舍见壁悬郑绩瓷画》《镇崖台》《叱石岩》《三忠祠》等。

岁暮，有《己巳除夜》《己巳岁晚萝岗探梅雅集》《岁杪访宝晶宫摩崖石刻特约刻石》等诗。

是年，《岭南五家诗词钞》印行，王季思先生题签，收录先生《留花庵诗词钞》。另四家集为：番禺张建白《春树人家诗词钞》、刘逸生《蜗缘居诗词钞》、徐续《对庐诗词钞》、陈永正《沚斋诗词钞》。

1990年（庚午）　七十六岁

2月，杨新伦逝世，享年九十二。先生感怀杨老，作《振玉琴斋视遗琴感赋杨老》《莲花室挽词》。元宵后，刘峻有寄诗，先生作《次韵严霜元宵后见寄》。又集唐人句成催妆诗七首赠梁伟智、李月明留念。

是年春，诗作有《答孙淑彦用己巳见赠原韵》。经文史馆友人介绍，先生始于孔凡章通信，有诗《次韵孔凡老赠隆莲上人》。上巳日，作《庚午荔湾湖禊集》。

5月，作《庚午诗人节已过补集下塘》。

初秋，先生应小湘之属书扇面一副，钤印"莫尚质印""野人"。（陈少湘主编《名家扇画》2010年版，第151页）

与文史馆同人游荆州。作《荆州城楼作》《荆州博物馆观望山楚墓出土勾践佩剑》《纪南遗址留影》《纪南遗址》。

过苏州。诗作有《寒山寺二首》《沧浪亭谈碑》《虎丘》《真娘墓下作》《拙政园山茶》《过胥门》《戒幢律寺西园》《灵岩山馆娃宫遗址》。

过济南，作《趵突泉涸引水为池而玉柱无复旧观矣怅然赋此》《登历山观千佛石刻》《大明湖杂咏》。抵曲阜，作《谒孔庙》《杏坛》。游泰山，

《宿泰安县翌晨登泰山途中作》《雨中登南天门放歌》《夜坐》。

重游罗浮。作《罗浮腾云阁宴集》《重游罗浮二首》。

9月，文史馆同人集于武汉，作《广东省文史馆集会武昌》《重登黄鹤楼》。至宜昌，作《葛洲坝南岸观江轮出峡》。

冬，先生诗作有《至日傅静老招逸生对庐永正饮越秀宾园》《杂感二首》。

1991年（辛未） 七十七岁

1月初，赴萝岗赏梅，先生作七律《罗岗雅集》三首。又作七律《题孔凡章回舟续集》。

上巳日（4月17日），先生作《上巳集老干中心》。

5月，由文史馆长李俊权策划，先生与馆员同事孙文斌、黄伟强、陈景舒、李筱孙编辑的《广东省文史研究馆书画集》出版。该书为广东省文史馆馆员的书法、绘画作品选。

端午后，先生游桂林七星岩，泛棹漓江之上。有《桂林七星岩》《漓江泛棹》。

夏，先生与文史馆同人游粤北，访珠玑巷、梅关古道等地。

秋，与文史馆同人游沈阳，参观沈阳故宫。抵哈尔滨。复过鞍山，访千山寺吊剩人函可禅师。皆有诗作。

10月26日，张建白（采庵）逝世，享年八十八。先生作《春树人家挽辞》一律为悼。

暮秋，迁新居，作七律《新居》。

12月下旬，与刘逸生、徐续、陈永正游阳山县七拱镇，复往连州，游帝后岩、巾峰等胜地。作《发七拱望连州诸山》《帝后岩后澄碧一泓沚斋题淳渊二字依杖小立悠然命笔》《冬至前一日登巾峰同逸生徐续沚斋》等。陈永正作《游连州帝后岩赋呈小园逸生对庐力行诸老》诗呈先生。

岁暮过陈村，作《过陈村宿荟芳园同文斌景舒筱孙》。

是年，撰《广雅书院藏书》《清代迁界令之祸》，发表于《岭南文史》。

1992年（壬申） 七十八岁

2月3日（夏历辛未年除夕），先生作《辛未除夕》七律一首。

4月4日清明，夜宿乡泉别墅（在今中山市三乡镇五桂山下），作《清明夜宿乡泉别墅明日上巳》一律。

6月，孔凡章《回舟续集》出版，寄赠先生。

夏，先生再游清远，作《中宿峡阻雨》《重游飞来寺》《飞霞洞》等诗。

与李曲斋、关振东、徐续、余藻华、陈永正、陈初生等先生筹建白云山碑林，集于白云山庄。作《筹建白云山碑林集白云山庄同曲斋振东徐续藻华永正初生诸公并柬静庵逸生两老》。

秋，过香港，访汪宗衍，作《香江谒汪孝博先生》。时先生自选《留花庵诗稿》钞录已毕，香港某人自言愿为出资刊行，遂以手稿付之。

岁暮，作《次韵玄同岁晚见投之作》。撰《秋波琴小史》，发表于《岭南文史》。

是年，徐续为先生诗词集题诗。先生为陈永正作《题泚斋自书诗卷》。

1993年（癸酉）　七十九岁

春前，陈永正为《留花庵诗集》作序。

初春，汪宗衍逝世于香港。先生作《挽汪孝博先生》。

3月，刘逸生作《留花庵诗集序》，回新会，先生作《还乡书感》三律，句云："老大人徒知贺监，沧桑谁为说龟年。"又有七绝《重游叱石岩》二首、《圭峰阻雨》二首、《为梁伟智跋李曲斋书题杨和明兰花长卷诗卷》。

夏，广东省文史研究馆四十周年馆庆。先生作诗为贺。为陈永正作《泚斋诗词钞序》。

初秋，黄玄同自香港来访，出示朱庸斋画卷，先生赠以旧藏同名款，为赋《双头莲》词一阕。

9月21日（夏历八月六日），长兄尚德病逝于广州。作《哭大兄》三首。

9月30日中秋，与同人雅集，作《癸酉中秋雅集》。

重阳，有《八六子·九日》一阕。

冬，撰《广东水塔小记》，发表于《岭南文史》。

1994年（甲戌）　八十岁

3月，孔凡章《回舟三集》出版，寄赠先生。

5月18-19日，由广东炎黄文化研究会、广州振兴粤剧基金会、香港文化艺术基金会、香港《大公报》《澳门日报》、澳门工会联合总会联合主办，广东电视台、广东对外文化交流协会等单位协办的"粤韵春华——省港澳群众粤曲大赛"在广州进行总决赛。先生出席，作七绝《澳门粤韵春华大赛席间作》七首。

7月，刘峻来穗养疴，出其历年诗词手稿请陈永正删定、梁守中校定，并请先生为之作序。

重阳日，游小榄看第四届菊花展。作七律《九日赏菊》二首、七律《小榄第四届菊花会纪事》十首。是秋，作七绝《杂感》十五首。

1995年（乙亥）　八十一岁

开春数日，闻刘峻逝世，作五古《哭严霜》为悼。次日，又闻吴孟复教授讣告，作七律《挽吴孟复教授》。

9月9日中秋，与亲友集于广州中国大酒店丽晶殿，亦有诗。

秋，过澳门参加文化活动。诗作有《冼玉清教授诞生一百周年书感》《澳门文化广场喜晤梁雪予丈》《黄树森陈树荣两先生邀叙市楼赋谢》《参观澳门大学午过菩提园赴树荣先生蔬席》《濠江杂感》。

是年冬，所撰《文史芬芳述馆贤——冼玉清教授诗词浅述》发表于《岭南文史》。后来"文史芬芳述馆贤"成为《岭南文史》的一个栏目。

1996年（丙子）　八十二岁

李鹏翥著《濠江文谭》赠先生，先生赋七律《李鹏翥先生贻所著濠江文谭》一首为谢。

陈明德逝世，作诗挽之。

9月17日，为《对庐诗词集》作序。

秋，有《挽李曲斋》诗。过南海神庙，有诗纪之。

中秋（9月27日），作《中秋夜露台赏月》。又有七绝《秋窗杂书》十五首。

10月10日，陈芦荻逝世，有悼诗《陈芦荻赠鸥缘集属为赋诗久未报命而耗至忽忽五年矣不胜有负故人之感》。

是年初，撰《李文田与泰华楼》，发表于《岭南文史》。

1997年（丁丑） 八十三岁

春初，作《为李大林题崔广志红梅赠陈香莲正月初八夜题》。

广州诗社成立八周年、《广东年鉴》创刊五周年，先生皆有贺诗。

夏，在澳门识邓伯禹。邓氏古道热肠，"性亢直，笃友谊，慷慨好施予，尤勇于济人急难"，知香港某人吞占先生手稿，拒不归还，遂毅然"以续梓自任"。（《留花庵诗稿后叙》）

是年，作七律《题张氏家谱十二首》，以为"有宗族观念者，于父母之丧事合理处理外，远祖亦须依礼追祭"，"祖宗源流，因时代太远，须提防中断，所以家谱记载，必须分明不断，方不至遗漏"。

是年冬，撰《漫谈朱庸斋的山水画》，发表于《岭南文史》。

1998年（戊寅） 八十四岁

是年春，作《题卢伟圻所藏黄子厚小楷卷子》《为麦汉兴题所藏李寿庵人物花卉山水小卷》等诗。

4月3日，广东省书法家协会在广东迎宾馆碧海楼举行"广东省书法家协会艺术委员会"受聘仪式，先生被聘为艺术委员。

夏，有《戊寅长夏随德公伉俪筱孙家风光升桥头赏荷夜宿度假村翌晨有作》诗。

10月5日中秋雅集，先生作诗纪之。

1999年（己卯） 八十五岁

是年春，《徐信符〈古籍校读法〉述略》发表于《岭南文史》。

4月初，有《风入松·为梁伟豪伟智兄弟新婚作》一阕，又有《题梁伟智夜读图卷》诗。

夏，有《莲湖销暑》诗。

秋，作《为卢炜圻题所藏李曲斋行书卷》诗。

9月24日中秋雅集，作《己卯中秋集华美达宾园》诗。

9月18日，孔凡章逝世，年八十六。岁暮，先生有诗悼之。

冬，再为黄玄同藏朱庸斋画卷题识，录陈永正词。

2000年（庚辰）　八十六岁

是年，有七绝《李洁之将军百年祭》。

秋，有《风入松·麓湖》《卜算子·德庆江上》。

9月12日，广州市政协组织中秋活动，作《市政协庚辰中秋雅集》。

是年，有《怀鞠庵》《植梅大庚》《题卢炜圻晋斋自存卷》《伟智嘱题曹宝麟行书册》《题怀祖集》《观黎雄才水墨山水长卷》《无题》等诗。

2001年（辛巳）　八十七岁

春，有《世纪祝福述怀》《潮阳仰止堂怀文信国》等诗。

夏历五月，为吴静山题洛机山山水长卷，作《渡江云》一阕。款云："辛巳蒲月，题吴静山先生题洛机山山水长卷，冈州莫仲予时年八十有七。填此《渡江云》词时，风雨交作，潦水塞涂，无何，又日丽中天矣。"（《莫仲予章草集》）

8月10日至13日，由广东省人民政府文史研究馆、广东省书法家协会、广州市文物总店主办的《莫仲予陈景舒书法展》在广州市文物总店举行。

10月1日中秋，作七绝《中秋集二沙岛》。

仲冬，作《留花庵诗稿后叙》，备言邓禹先生之侠骨义肠。

腊月，为粤剧名伶袁影荷女士祝寿，作七绝《袁影荷大家八七华诞祝词》《寿八七艺人袁影荷》两首。

是年，《岭南文史》第3期"文史芬芳述馆贤"专栏，先生发表《题朱庸斋爱莲阁图卷》《沚斋诗词钞序》《严霜诗词钞序》。第4期"文史芬芳述馆贤"专栏，先生发表《黄伟强的笔序》《黄安仁书画集序》。又有词作《渡江云·题吴静山洛机山山水长卷》

是年，刘逸生逝世，先生为撰挽联。

2002年（壬午）　八十八岁

是年1月，手抄诗集《留花庵诗稿》由香港创慧文化出版，收诗三百馀首。

3月26日，广东省文史馆与广东省书法家协会联合举办了"莫仲予诗书艺术研讨会暨《留花庵诗稿》《莫仲予章草集》首发式"。首发式上部分学者、诗人和书法家的文章与发言之后选登在《岭南文史》上，专栏题目为"莫仲予诗书艺术探微"。

7月23至27日，国务院参事室主任、党组书记徐志坚来粤调研参事、文史工作。26日下午，在时任广东省人民政府参事室（文史馆）党组书记、主任（馆长）陈毓铮陪同下，徐志坚主任拜访了先生，赞扬他的书法成就和对诗词研究创作所作出的贡献。

10月11日，广东省书法家协会在白云山庄举办"金秋雅集"，与朱森林、王贵忱、徐续等参加活动。

先生论诗。据袁建华《莫仲予：诠经新论有乘除》载先生自言《留花庵诗稿》云："这本诗稿是我一笔一画费尽心血抄写出来的。从头到尾就用一支小楷，那支笔真是好笔！写好后，再影印成清样。只是，这本书自出清样到印成，中间花去了十年时间，最后终于完成了。"先生又自言学诗师承云："岭南词家近百年来以广东陈述叔最著。陈述叔是中山大学教授，是李洸的老师，李洸又是我的老师。我那时在广州河南的南武中学读书。我读书前还念过两年私塾，入顺德胡兆麟先生门下，学诗词，读古文、四书五经。再往前，我六岁即学诗，由于父亲也搞这一行，最早教我平仄、对偶，后来写诗就容易，终生受用。""我写近体诗多，兴头一来，我就写。我很少改，基本不改，写出来就算，不同于一些人擅改。我的诗将当时的思想如实地记录下来，这不是很有意思么？一改，又变成此一时的想法了。像清代诗人袁枚，写诗贴在墙上，看一下又改一下，最后才写出来。这是造诗，就像技术工人制造一个花瓶。""我崇尚'自然'。这两个字很重要。不造作，自然，就是一首好诗。有些人一日可以写几十首诗，写尽悲欢离合，这怎么可能？从人的情感特性来看，根本不可能一天之内既写'喜'，又写'悲'，既写'离'又写'合'，即使能写，也不是出自真情实感，勉强写出来，这是造诗，很假。因此除了'自然'两个字，还有一个'真'字很重要！诗不能假，诗不是造出来的。写诗是诗人的思想情感的自然的真情流露。"（袁建华《南国有诗人》，花城出版社2006年版）

先生论养生。"我是学中医的，我出生在中医世家。我父亲在邮局退休后还做了十多年中医；我外父行医，外父的父亲也行医；我女儿是医生，女儿的丈夫是医生。"文化大革命"期间我下放遂溪后，也做过医生。初时，我给人诊病，生产队给记工分，人称'工分医生'。后来生产队长让我'自收自支'，我行医，重在治病救人，酬金随便人家给，结果一干就是九年，直到打倒'四人帮'后回到广州。现在我每天定时吃药，有时补补液，补什么液？补人参液。""这就是我的长寿秘诀。无论遇到什么挫折，生活怎样艰难，都要抱着一个乐观豁达的态度，坦然面对，这很重要。其次就是'游于诗'，也就是刘老先生说的，'喜愉也，忧患也，劳瘁也，闲适也，亦与诗为一。'传统文化就有这个神奇，只要你沉潜下去，心无旁骛，一定能够延年益寿。"（袁建华《南国有诗人》，花城出版社2006年版）

2003年（癸未）　八十九岁

1月14日晚，广东卫视播出《古韵流风——古诗词吟诵》节目，该节目由广东省文史研究馆与广东电视台共同拍摄，先生和陈永正牵头，组织广州地区诗词家共同吟唱录制。

7月15日，《墙里墙外——当代中国书法邀请展》在广东美术馆举行。岭南美术出版社出版《墙里墙外》作品集，收录莫仲予、饶宗颐、徐续、林近、王贵忱、吴灏、常宗豪、孙稚雏、陈永正、刘斯奋、曹宝麟十一家。

9月9日，广东省文史研究馆馆长何善心一行前往先生家中，庆贺他89岁生日。

2004年（甲申）　九十岁

1月14日，广东省委统战部和省人民政府参事室（文史馆）举办参事、馆员迎春茶话会，先生获颁2003年度"优秀作品奖"。

2006年（丙戌）　九十二岁

秋，陈永正书《题小园世叔留花庵诗卷并呈诲政》，诗云："三世交亲在，今唯老叔尊。真诗光岭海，壮气共腾骞。笔妙史游草，琴清庾信园。寒家执经子，卅载仰春暄。"

陈永正跋先生印谱云："小园老人篆刻宗法秦汉，广采清徽浙诸家，于黄牧甫、邓尔雅，尤为致力。所作小玺及白文印，古拙中有清新之气。丙戌秋陈永正敬识。"

9月，《莫仲予书法集》荣获第七届广东省鲁迅文学艺术奖。同月，香港书艺出版社出版先生书法作品集《南熏》，洪楚平主编，陈永正题签。

9月29日至10月6日，由广东省人民政府文史研究馆、广东省书法家协会联合主办，云山草堂协办的《南薰——莫仲予书法展》，在广州艺术博物院展出。

10月4日（夏历八月十三日），先生九十二岁生日。

10月17日（八月廿六）先生逝世于广州，享年九十三。